二 見 文 庫

光輝く丘の上で

マデリン・ハンター／石原未奈子＝訳

Secrets of Surrender

by

Madeline Hunter

光輝く丘の上で

登　場　人　物　紹　介

ロザリン・ロングワース	没落した富豪の娘
カイル・ブラッドウェル	実業家
ベンジャミン・ロングワース	ロザリンの亡き長兄
ティモシー・ロングワース	ロザリンの次兄
アイリーン・ロングワース	ロザリンの妹
コティントン伯爵	カイルの後援者
ノーベリー卿	コティントン伯爵の息子
クリスチャン・ロスウェル	イースターブルック侯爵
ヘイデン・ロスウェル	イースターブルック侯爵家の次男
アレクシア	ロザリンの従姉。ヘイデンの妻
エリオット・ロスウェル	イースターブルック侯爵家の三男
フェイドラ	エリオットの妻
ハロルド・ミラー	カイルの叔父。カイルの母の弟
プルーデンス・ミラー	カイルの叔母
ジョナサン	カイルの旧友
ヘンリエッタ・ウォリンフォード	ロスウェル三兄弟の叔母
キャロライン・ウォリンフォード	ヘンリエッタの娘
ジャン・ピエール・ラクロワ	フランス人科学者。カイルの友人

1

ロザリン・ロングワースはわが身の破滅を思った。

どうやら地獄をつくりだすのは、炎と硫黄ではないらしい。むしろ無慈悲なまでの自意識だ。人は地獄で、自分にまつわる真実を知る。犯した間違いを正当化するために自分の心に語ってきた嘘《うそ》と直面する。

そして地獄は、果てしない屈辱でもある。いま、ロザリンがこのカントリーハウスのパーティで味わっているような。

周囲ではノーベリー卿《きょう》に招かれたほかの客たちが、笑ったり楽しんだりしながらディナーの用意が調うのを待っている。昨日ノーベリー卿の四輪馬車で到着したロザリンは、招待客の顔ぶれが、思っていたのと違うことに気づいた。男性陣はみな上流階級の面々だが、女性陣は——。

耳障りな金切り声に思いを遮られた。けばけばしい瑠璃色《るりいろ》のディナードレスを着た女性が、不意に抱きしめてきた男性を押しのけるふりをしている。ほかの男性たちがやんやと仲間に声援を送る。ノーベリー卿までも。問題の女性はしばし偽りの抵抗を続けたあと、とうとう降参して、人目を忍ぶべき抱擁とくちづけを受け入れた。

ロザリンは、ほかの女性たちの化粧を塗りたくった顔や華やかすぎる装いを見まわした。男性たちが連れてきたのは妻ではない。洗練された愛人でもない。ここにいるのは、ロンドンの娼館《しょうかん》から呼ばれてきた並以下の娼婦ばかりだ。うち数人は、それ以下にも見受けられる。

そしてロザリンは、そんな女性たちのなかにいた。

厳しい現実に気づいていないふりはできない。男性客はそれぞれの娼婦を連れてきて、ノーベリー卿は自分の娼婦を連れてきたのだ。

いったいどうしたら、この一カ月の出来事をこれほどまでに誤解できたのだろう。ロザリンは、ノーベリー卿が初めて褒め言葉を口にして関心を示してきた日のことを思い出そうとしたものの、いまでは記憶は遠くなり、この二十四時間のあいだに、現実という容赦ない炎で灰にされていた。

件《くだん》の恋人が招待客のあいだをゆったりとした足取りでこちらに向かってきた。一歩ごとに、彼の目のなかの光が輝きを増す。それは愛と情熱の炎だとロザリンは思っていた。だが、いまでは氷のきらめきだとわかった。

どこまで愚かだったのだろう。

「いやに静かだな、ローズ。朝からずっとだ」ノーベリー卿がにじり寄ってきて、椅子に座っているロザリンを見おろした。昨日までは近寄られると喜んでいたし、関心を払われればロマンティックだと思っていた。

本当に愚かだった。

「言ったでしょう、わたしは帰らせてほしいの。この居間にいるのは、ディナーにおりてくるようあなたに命じられたからにすぎないわ。そういうわけだから、あなたのパーティのおふざけに加わらないからといって咎《とが》められても困ります。ここにいる人たちのことも、くり広げられている奔放なふるまいも、好ましいとは思えないわ」向こうの隅では、先ほどの男女が傍目も気にせず互いに夢中になっている。じろじろと見物されているというのに。

「なんと気位の高い。本来あるべき以上だな」卿のつぶやきには残酷さがにじんでいた。ロザリンのうなじはぞくりとした。

いまのノーベリー卿の感想は、ロザリンが彼のハウスパーティを非難したことだけに向けられたのではない。昨夜、ロザリンが彼を拒んだことも含まれている。ロザリンは最初、なにを求められているのかさえわからなかった。説明を受けたときは衝撃を隠すこともできなかった。

やさしくて寛大な恋人は、ものの数分で、拒絶されて怒りに駆られたパトロンに変貌《へんぼう》した。冷たく、厳しく、意地悪な男に。大枚をはたいてあるものを手に入れたあとで、騙《だま》されたことに気づいた男に。

　昨夜、卿が出ていく前に寝室で起きた汚らわしい場面を思い出すと、ロザリンの顔は熱くなった。ノーベリー卿に愛されていると思っていた。心を寄せられていると思っていた。けれど実際は、並以下の娼婦とみなされていたのだ。卿の痛烈な言葉は平手打ちのようにロザリンを襲い、絶望と孤独によって生みだされた幻想から彼女の目を覚まさせた。

「わたしの気位がお気に召さないなら、馬車を呼んで、帰らせてちょうだい。やさしさを示して、わずかにしか残っていないわたしの気位のかけらまで奪わないで」

「となると、わたしの相手がいなくなる。自分の家でぶざまな姿をさらせというのか？」

「みんなには、わたしの体調が悪くなったと説明すればいいのよ。それか――」

　卿の手が肩におりてきて、ロザリンは口をつぐんだ。痛いほど強くつかまれる。肌に触れた手のひらの感覚に、ロザリンは嫌悪の震えをこらえようとした。

「だれにもなにも説明しないし、おまえをどこかへ行かせもしない。おまえは今後もわたしの寛大さに感謝しつづけるんだ。そうしてわたしを喜ばせることができたら、われわれの関係も続けてやるぞ。ドレスや帽子や手袋は気に入っているんだろう、ローズ？　家族が没落したせいで失った快適さや安楽がほしいんだろう？」

　ロザリンの喉は締めつけられた。まばたきをして、今日最初の涙をこらえた。「あなたは誤解しているわ」

「おまえはカビの生えた純潔を差しだして、わたしの贈り物を受け取った。わたしはなにも誤解していない」

ノーベリー卿が腰を屈《かが》めて、すぐそばに顔を寄せてきた。ロザリンは、赤らんだ顔と淡い目と黄褐色の髪から退《しりぞ》きたい衝動と闘った。以前はこの男性を尊敬していたなんて。ハンサムだと自分に言い聞かせもしたなんて。

「少なくともこれで合意に達したな?」質問ではなく命令だった。「今夜は子どもじみた恥じらいなど、見せるんじゃないぞ」

ロザリンの胃はよじれた。「誤解はほかにもたくさんあるし、これからもなくならないわ。帰らせてほしいと訴えつづけているのは、今夜はなにもしないからよ」

卿の唇が真一文字に引き結ばれたのを見て、ロザリンは部屋にほかの人がいることをありがたく思った。肩をつかんでいる手になおも力がこもる。「まったく、わたしの忍耐力にも限度があるぞ、ローズ」

うなじがまたぞくりとして、寒気が背筋を駆けおりた。ロザリンは卿の表情を探り、つい昨日まで愛してくれていると思っていた陽気な男性のしるしを見出《みいだ》そうとした。だが、ひとつも見つからなかった。あたりまえだ。そんな男性は存在しなかったのだから。

部屋の向こうで穏やかなざわめきが起きて、ふたりの無言の戦いが破られた。執事が客間を横切ってくる。ノーベリー卿は銀の皿に載せられていたカードを取り、文字に目を通すと、歩み去っていった。

卿が図書室へと通じるドアを開けた。ドアが閉じる寸前に、ロザリンは図書室で待っている長身で黒髪の男性をかいま見た。

胃のなかで不安が渦を巻く。あふれだそうとする混乱をロザリンは必死で押しとどめた。また愚かなことをしてしまった。無知で、なにもわかっていなかった。いま耐えているものなど、なんでもない。今夜こそ、真の地獄になるのだ。


図書室に入ってきたノーベリーは立腹しているように見えた。カイルはドアが閉じる間際に、客間をちらりと見た。

「ブラッドウェル、遅かったじゃないか」

「測量技師が予想以上に手間取って」カイルは客間のほうを手振りで示した。「パーティの最中ですね。明日、出直しましょうか」

「くだらん。もうおまえはここに来ているんだ。結果を見せろ」ノーベリーがうながすように作り笑いを浮かべた。

おそらく卿の苛立《いらだ》ちの原因は、カイルが訪ねてきた時間の遅さにではなく、どこかよそにあるのだろう。コティントン伯爵の息子にして跡継ぎであるノーベリー卿は、似たような地位にあるたいていの貴族と同じで、反論されることを好まない。自らの言動はすべて正しいとみなされて当然だと思っている。どうやら客間にいるだれかがそのルールに従わなかったらしい。

カイルは丸めてあった大きな紙を机の上に広げた。ノーベリーが屈みこみ、描《か》かれた地図をくまなく見つめてから、小川のそばの空白に指を突きつけた。「なぜここを空き地のままにしている？　地所がひとつおさまるだろう。それも、かなり大きな地所が」

「お父上は、領主邸の裏手から別の屋敷が見えることを好まれません。小川があるので、その土地を使うには新しい屋敷を建てるしか――」

「いまの父はそうした決断をくだせる状態ではない。おまえもそれは知っているだろう。だからわたしにゆだねられたのだ」

「それでもまだお父上の土地ですし、ぼくはじかにご希望をうかがいました」

いまやノーベリーの怒りは間違いなくカイルに向けられていた。「いかにも父らしい。地所のひとつは切り刻んでおまえのような成り上がり連中に分け与えてやるくせに、古びた領主邸からの景観を気にするとは。あの屋敷は使っていないのに、なにを気に病むことがある？　いいからここに新たな屋敷を建てろ。それでこそこの土地を活《い》かせるし、高値で売れようというものだ」

どうやらカイルの好むと好まざるとにかかわらず、議論をするしかないらしい。ノーベリーは土地開発について、なにも知らない。土地の活かし方もわかっていないし、どんな値がつくかなどもってのほかだ。ノーベリーの一家はただ土地を提供して、大きな利益を得る。真の危険を負うのは、カイルと、家や道路を作るための組合《シンジケート》に加入するほかの投資家たちだ。

「あなたには賢明ではないように映るかもしれませんが、お父上のご希望に添っても損はありませんよ。お父上が屋敷から家々を見おろしたくないのと同じように、買い手も領主邸を見あげたくはないでしょう。しかもこの区画を開発するためにはこちらの道路を延ばさなくてはならないし、そうすると、別の二区画を分断することになるため、そちらの価値はさがります」

地図の上を滑るカイルの指を、ノーベリーが見つめた。ノーベリーは自分の間違いを指摘されるのが好きではない。だれだってそうだ。

「ふむ、カイル、たしかにそれも一理あるかもしれんな」しばらくしてノーベリーが言った。納得したような台詞《せりふ》でも、ノーベリーの言葉が選び抜かれたものであることは、カイルもすでに知っていた。〝一理ある〟という言い方は、もっといい選択肢があることをほのめかしている。〝かもしれんな〟という表現は、領主さまがしぶしぶ認めてやったのだと告げている。そして〝カイル〟という呼びかけは、階級の違いを知らしめるために用いられた言葉だ。

ふたりは互いをよく知っている。少年のころから幾度となく顔を合わせてきた。だが、仮に当時のふたりが相手に好感を持ったとしても、まったく異なる生まれとその後の反目のせいで、けっして友達にはなれなかっただろう。その点について、ノーベリーはカイルにいっさい誤解を抱かせなかった。先ほどの呼びかけは、〝成り上がり者〟に立場を思い知らせるための手段だ。おまえはコティントンやノーベリーよりもはるかに下なのだと。カイルが同じような呼びかけを使えないのは言うまでもない。

「家の建築計画を見せてみろ」ノーベリーがもったいぶった口調で言った。階級の違いを知らしめながら。

カイルは何枚かの図面を広げた。ノーベリーの機嫌から察するに、最初の推測は当たっていたらしい。客間にいるだれかが主人の自尊心を傷つけたのだ。

そう難しくはなかっただろう。ノーベリーはおおむね陽気な男だが、ときに怒りっぽい。特別賢いというわけでもない。周囲の者があたりまえのことを指摘してやらなければならないときもままある。たとえばこの土地区画を開発するに当たっての問題点とか。そして厄介なことにノーベリーは、他人に自分の失敗を悟られたり、恥をかかされたと感じたりすると、恐ろしく陰湿になるのだった。

それでも、部屋の配置や召使い部屋の必要数について話しているうちに、和やかな雰囲気になってきた。カイルは、だれでも最低限の生活を維持するには十二人の召使いが必要だとするノーベリーの考えを、受け入れたふりをした。

「おまえのこの才能がうらやましい」ノーベリーがため息をついて、図面の一枚を手振りで示した。「こういう技術を学ぶのもおもしろかっただろうな。わたしがこんな家柄でさえなければ、英国にはもうひとりの偉大な建築家が生まれていたかもしれないぞ。とはいえ、果たすべき務めを放《ほう》りだすわけにはいかん。だろう？」

カイルは図面を丸めながら、あいまいな笑みを浮かべた。「予定どおり、ロンドンで会いましょう。そのときに最終的な計画をお見せしますよ」

「長い午後になるな。そのころまでにロングワースの件でフランスから報告が届いているだろうし、われわれの方針を決めるためにまず会合を開かなくてはならん」

「その件についてはじきに片がつくでしょう。まったく、手こずらされましたね」

「心配ない、正義はかならず行なわれる。全員がその覚悟だ」ときどき見せる人の好《よ》さをのぞかせて、ノーベリーが図面を結わえるのに手を貸した。

暇《いとま》を告げようとしたカイルは、この屋敷の主人がしげしげとこちらを眺めているのに気づいた。

「今日、地所を歩きまわっていたにしては悪くない上着だな」

「生け垣をこしらえていたわけじゃありませんからね」

「むしろ上等と言ってもいいくらいだ。まったく問題ない」

「ぼくも努力はしてますよ」

「わたしが言いたいのは、われわれと一緒にディナーのテーブルを囲んでも問題ない、という意味だ」そう言って、客間のほうを頭で示した。「執事には、おまえとの用事が済んだら向かうから先に客人を食堂へ案内するよう言っておいた。おまえも来い」

ノーベリーがドアに向かって歩きだした。カイルがついてくることをみじんも疑っていない足取りで。「じつに楽しいパーティだぞ」

カイルは実業家なので、富や地位のある人々と出会う機会を拒まないし、そういう人々もカイルと知り合うのをいやがりはしない。詰まるところ、金は血よりも濃く、カイルには金持ちをより金持ちにさせる才能があった。

そういうわけで、カイルはノーベリーを追って食堂に向かった。ドアを開けた途端、陽気なパーティをほのめかすくぐもった音はざわめきに変わった。

集まった人々を一目見れば、今夜は仕事上のコネを期待できないことはわかった。男たちは上流階級の人間かもしれないが、女は違う。化粧を塗りたくって派手な装いをした娼婦ばかりだ。分別など忘れてすっかり酔っ払っている。

ただひとりをのぞいて。

目を見張るほど美しく優雅な金髪の女性が、テーブルの向こう端に静かに座っていた。ほかの客など眼中にないような面持ちで。じっと虚空を見つめて、忍耐の表情を浮かべている。

その女性のすべてが――控えめな羽毛のついた髪飾りから紅色のディナードレス、そして堂々と落ちついた姿勢までもが――はめを外した周囲との違いをくっきりと浮かびあがらせていた。

カイルはその女性に見覚えがあった。二年ほど前、とある劇場でのことだ。あのときは美しい顔に気づいた途端、舞台の上でくり広げられている芝居など目に入らなくなった。

ノーベリーをちらりと見て尋ねた。「ティモシー・ロングワースの妹が、ここでなにをしてるんです？」

「わたしが誘いだした。実際は、誘うまでもなかったがな。どうやらあの一族は悪徳にまみれているらしい。例の悪党が絞首台に向かうのを待つあいだ、わたしも少しばかり正義を楽しませてもらおうというわけだ」

訪ねてきた紳士が運んできたのは悪い知らせで、ノーベリー卿は数日間の外出を余儀なくされたのでありますように――ロザリンは心からそう願った。

そんな願いを嘲笑《あざわら》うかのように悠然と食堂に現われたノーベリー卿を見て、ロザリンは吐き気をもよおした。ロザリンの隣りの空いた椅子に向かって卿が長いテーブルのそばを歩いてくると、体に嫌悪の震えが走った。

そんな反応に気づいた者がふたりいた。ひとりは、ノーベリー卿に続いて図書室から食堂に入ってきた、長身に黒髪の男性だ。彼がテーブルの反対端の席に腰かけてこちらを向いたときに、その表情に起きたかすかな変化が、ロザリンの嫌悪感に気づいたことを物語っていた。もうひとりは、テーブルの向かいに座るケイティという女性だ。ケイティは近づいてくるノーベリー卿を輝く目でとらえてから、なるほどと言いたげにロザリンの目を見た。お高くとまっている女性が貶《おとし》められていい気味だと言わんばかりの表情が浮かぶに違いないと、ロザリンは身構えた。ところがケイティの顔に浮かんだのは同情の笑みだった。両隣りの男性がそれぞれの会話に没頭しているのをいいことに、ケイティが秘密めかした様子で身を乗りだした。

「あんまりうまくいってないの？」

事実と比べたらあまりにも控えめな表現に、ロザリンはもう少しで笑いそうになった。

「ええ、ちっとも」

ケイティがうんざりした顔で首を振った。「ばかね。最初に条件を決めなかったんでしょ。どこで出会ったにせよ、まず条件を決めなきゃ。さもないと、ますますひどいことになるかもしれないわよ」

「そのようね」ノーベリー卿は途中で足を止めて男性客と会話を交わしているが、もう間もなくロザリンの隣りの椅子に腰かけてしまう。

「男なんて子どもと一緒よ。ママが絶対にお菓子はなしと言ったら、絶対になしなの。だけどもちろん、なかには言うことを聞かない子もいるわ。ママを泣かせるのが好きな子もいる。

それでもたいていの子は、どこかよそへ行けばほしいものが手に入ることを知ってるわ。同じ代価で喜んでやってくれる女がよそにいるなら、ひとりの女を傷つけることはない。でしょ？」

ケイティの世慣れた意見にも論理にも、ロザリンは言い返すことができなかった。ノーベリー卿がすぐそばまで迫っているのを感じて、心の準備をした。

ケイティがロザリンのドレスと髪飾りを眺めた。「あんたがそうしてほしいなら替わってあげてもいいわよ。こっちのジョージは扱いやすい人だし、あたしは妥当な報酬さえもらえるなら、あんたのお相手みたいな男でも気にしないし」

「ありがとう。だけどジョージはけっこうよ。というより、だれもいらないの。わたしはただ――」

「ようやく口をきく気になってくださったか」ノーベリー卿が隣りに腰をおろした。「なによりだ。今宵《こよい》のパーティに水を差しても、きみが損をするばかりだからな」

ケイティの目はまだ申し出の返事を待っている。ロザリンはちらりとジョージとやらを見た。男爵の太った弟が視線に気づいて、満面の笑みを浮かべた。

ケイティはそれで話がついたと解釈したのだろう、恥じらいもなくノーベリー卿に色目を使いはじめた。かたやロザリンは、本当に交替できるのだろうかと必死で考えをめぐらした。

そのとき、先ほどノーベリー卿と一緒に食堂に入ってきた男性がロザリンの目に留まった。

酔っ払った男性客のだれよりも大きくたくましく見えるけれど、彼ひとりが素面《しらふ》だから、そんな錯覚を起こしているだけかもしれない。男性は娼婦のひとりの隣りに座って、ときどきその女性やテーブルを挟んだ男性と言葉を交わしている。だが、おおむね食事をしながら周囲の人間を観察していた。

顔立ちに洗練されたところややわらかさは皆無だが、それでも端整なことには変わりなかった。ディナージャケットを着ていないものの、礼儀正しさとはほど遠いこの場の雰囲気を思えば、どうということはない。その男性が着ている服は、不思議なほど文句のつけようがなかった。まるで仕立屋に、金はいくらでもはずむから、だれも眉をひそめない服を、と注文したかに思える。

ケイティは〝ノーベリー卿陥落作戦〟を進めつつあるらしい。卿のほうはケイティの〝攻撃〟を巧みにかわしつつも、ロザリンに意識を戻すことを忘れなかった。ロザリンは卿の考えを読み取ろうとしたが、うまくいかなかった。わかったのは、卿がなにかを企《たくら》んでいるらしいということだけだった。

ノーベリー卿がおもむろに立ちあがると、テーブルの周りにゆっくりと静けさがおりていった。

「ふと思いついたのだが、今日集まってもらったなかには、招待客のひとりをあまりよく知らない者がいるかもしれないな」と語りだす。「ぜひ紹介したい」

ロザリンは、ノーベリー卿がテーブルの反対端にいる男性を紹介するものとばかり思っていた。ところが卿は、ロザリンに片手を差しだした。

「立て」

ロザリンは言われたとおりにするしかなかった。全員の視線が注がれる。酔っ払っていない唯一の目は、例の男性のものだった。

「美しき乙女のみなさんは、なぜこんなに高慢なレディが仲間に交じっているのだろうと思われているかもしれない」ノーベリー卿が言う。「ロングワース嬢は、莫大《ばくだい》な借金から逃げた男の妹だ。家柄はいいがそこそこでしかなく、財産はとうに失い、ろくな親戚《しんせき》もいない。そんな彼女の最新の転落が、わたしのベッドのなかに転がりこむことだったというわけだ。彼女は金より贈り物を好んだ。そのほうが現実を無視できるからだ。ひとりでロマンティックな夢想に耽《ふけ》った。わたしのほうは、妥当な交換条件を持ちかけたにすぎないのに!」

ロザリンは歯を食いしばって絶叫をこらえた。だれもがこちらをじろじろ見て笑っていた。ケイティまでも。娼婦の全員がしたり顔でうなずいている。〝そうよ、ロングワース嬢は夢想好きな女のひとりだわ。あたしたち夢想なんてしない女が同情してやる筋合いはないのよ〟

いや、じろじろ見ているのは全員ではなかった。例の男性はノーベリー卿の話すら聞いていない様子だ。この余興に気づいていないかのようにワインをすすっている。

「さて、諸君」ノーベリー卿が続けた。「じつを言うと、わたしはこの女に飽きてきた。惜しみなく贈り物をしてここまで着飾らせたことを悔やんでいるくらいだ。それに、ほかの美しい花が目に留まってしまってな」卿が横目でケイティを見ると、白々しいことにケイティは驚いた顔をしてみせた。「そこにいるジョージは単純な交換が行なわれるものと思っているらしい。なに、否定するな、ジョージ。きみが品定めするところはしっかり目撃させてもらったぞ。しかし考えたのだが、ひょっとするとわたしも、このドレスやなにかで失った金を取り戻すことができるかもしれない。そこでだ、諸君。ロングワース嬢を競売にかけるというのはどうだろう？」

一同はこれをすばらしい提案とみなした。笑い声や叫び声を天井に響かせながら、盛大な余興の準備にいっせいに取りかかった。

ロザリンは隠しきれない衝撃の表情を浮かべてノーベリー卿のほうを向いたが、ますます卿を満足させただけだった。

「こんな無礼な仕打ち、我慢できないわ」椅子を引いて立ち去ろうとしたものの、腕をつかんで引き止められた。

「彼女は血気盛んで、まだ飼いならす必要がある。きみらのなかには、それだけでも数シリングの値打ちがあると思う者がいるだろう？」卿が貴族たちに言いながら、ロザリンをつかむ手に力をこめた。顔では笑っていても、ぎらぎらした目には脅しがこめられている。

ふたりの様子をよく見ようと、数人の男性が立ちあがった。いやがる女性を無理強いすることにそそられる男性がいるという証拠を目の当たりにして、ロザリンは気分が悪くなった。

「そうだな、少し宣伝をしてみるか」ノーベリー卿が考えるふりをした。

ロザリンはこの男を殴ってやりたかった。いや、殺してやりたかった。卿の手を振りほどこうとしたが、指がいっそう腕に食いこんだだけだった。「こんなまねはやめて」

卿はその声を無視した。「まず、ご覧のとおり、見た目はじつに美しい。ロンドンでも指折りの美人だと、かねてから思っていた」

「その美貌も長持ちしないでしょ」娼婦のひとりが大きな声で言った。「あたしより二、三歳上なんじゃないの？」

「たしかにそう若くはないが、落札者はうまみが消える前に処分すればいい」ノーベリー卿が顎を掻《か》いて続けた。「公平を期するために、短所も述べなければなるまいな。どう言えば上品に聞こえるか。いや、しかたない。名誉にかけて打ち明けねば。諸君、ここにいるロングワース嬢はとりわけ感度良好な女性とはいえない——言っている意味はわかるだろう？」

卒倒しないよう、ロザリンは怒りという強い感情にしがみついた。みんなの顔がぼやけて何重にも見え、無数の下卑た仮面の前に立たされている気がした。

「それからこれも名誉にかけて打ち明けねばならないが、ロングワース嬢は遅咲きのため、いまだかなりの訓練を必要としている」

ああ、神さま。

「あたしがいくつか教えてあげようか」娼婦のひとりが大胆に申しでた。

ノーベリー卿はその娼婦にお辞儀をした。「いやいや、性交の手引書でたとえるなら、きみはすでに二十章目を執筆しているところだが、ロングワース嬢はまだ二章目を読み終えてもいないくらいだ。世の中には教師の役を好んで演じる男がいるし、そういう男こそ財布を開くべきだろう」

さらに数人の男性が急に関心を示しはじめたものの、ロザリンは反応するまいとこらえた。ノーベリー卿の手にはますます力がこめられて、ロザリンの腕はしびれてきた。

「とはいえロングワース嬢の名誉のためにも、いくつか長所をつけ足しておこう」ノーベリー卿が言う。「ひとつ、彼女は強欲ではない。ふたつ、わたしと同じく彼女の兄に多大な迷惑をかけられた者にとっては、彼女の奉仕はある種の返済になる――」

新たな衝撃に、ロザリンは無関心なふりを保てなくなった。さっと横を向いて卿を見つめた。ノーベリー卿があの一件で損害をこうむっていたとは知らなかった。思いもしなかった。とてつもない思い違いをしていたらしい。ノーベリー卿は復讐《ふくしゅう》のためにロザリンに近づき、誘惑したのだ。

なんて卑劣な。

「――そして三つ目。これほど肌の白い女にしては、ロングワース嬢は最高にそそる色濃い乳首をしている」

場が沸き返った。叫び声が飛び交うなか、何人かが最後の長所を証明のために見せろとわめいた。

ロザリンは卿にしか聞こえない声で言った。「あんな要求に応じて、これ以上わたしを貶めないことね。そんなことをしようものなら、わたしはあなたに危害を加えて、喜んで絞首台に向かうわ」

ロザリンの脅しを本気と受け止めたのか、ノーベリー卿が得意げな薄ら笑いを即座に消して、競売を開始した。

「二十五ポンド」ジョージが言う。

「三十！」

「三十五」ジョージが一瞬ためらってから叫んだ。

「五十！」

「六十」目つきの悪い男性が加わった。ロザリンも知っている、モーリス・フェンウィック卿だ。ロザリンはぞっとした。彼女が乗り気になろうとなるまいと、この男性にとっては大差ないだろうから。

「六十五」ジョージが、これで決まりだと言いたげな口調で言った。

「七十」

「七十五」モーリス卿が瞬時に応じた。

「九百五十ポンド」穏やかな声は、どこからともなく響いたように聞こえた。

部屋はしばし驚きの静寂に包まれたものの、やがて低いざわめきが広がった。いったいどの酔っ払いが正気を失ったのかと、だれもが周囲を見まわした。

ロザリンもみんなと同じくらい驚いていた。そして怯《おび》えていた。七十五ポンドを支払った人なら拒めても、九百五十ポンドを支払った人に同じ態度が通用するとは思えない。ついに一同の視線が集まった先には、テーブルに着いたままワインをすする例の男性の姿があった。

ノーベリー卿がしかめ面でその男性を見た。「九百五十だと、ブラッドウェル？　言い間違いだろう」

ブラッドウェルと呼ばれた男性が従者を呼び寄せてなにやらささやき、それからまじめそのものといった顔でノーベリー卿を見つめ返した。「とんでもない。どうぞ競売を続けてください」

ノーベリー卿がテーブルの周囲を見まわしたものの、あまりにも高い付け値のせいで、場の熱気はしぼんでしまっていた。ブラッドウェル氏に急ぐ気配はない。自分が加わった遊びの進展具合よりも、テーブルの上の枝つき燭台《しょくだい》を鑑賞することのほうに興味があるように見受けられる。

じゅうぶんに待って、それ以上の値をつける者がいないことを確認してから、ブラッドウエル氏が席を立って歩きだした。

ロザリンは彼の体格と物腰を観察した。本能は、太って陽気なジョージのほうが、あるいは危険なモーリス卿でも、この男性よりは安全だと告げていた。ついさっき、ロザリンを〝自分に危害を加える可能性のある女〟とみなしていることが明らかになったノーベリー卿でさえ、ましかもしれない。

一見して、ブラッドウェル氏に問題点はない。立派な服装も、完ぺきに整えられた波打つ黒髪も、彼が裕福であることを物語っている。ろうそくの光のなかでは、顔立ちは荒削りに見える。この男性をハンサムだと言うときには――事実ハンサムなのだが――〝個性的な〟とつけ加えたくなる感じだ。

肌の色が室内にいるほかの男性よりも浅黒いのは、多くの時間を戸外で過ごすせいだろうか。体にぴったり合った上着からは、運動に励んでいることがわかる。長身の体と自信に満ちた流れるような動きには、たくましさがみなぎっていた。

怯える要素はどこにもない。それでもロザリンは警戒心を抱いた。この男性のために空気が左右に分かれて道を空けるのを感じたロザリンは、その空気に乗って逃げて行きたい気にさせられた。胸に芽生えた警戒心は、道ばたで知らない犬に出くわした人が抱くものに似ている。この相手だけは避けたほうが賢明だと本能は告げていた。

ブラッドウェル氏がノーベリー卿のそばまで来ると、その顔をろうそくの光が照らした。これほど青い目をロザリンは見たことがなかった。澄んだ泉のような瞳はまったく彼女を見ていない。それは、いまもロザリンの腕をがっちりつかんでいる男性を見据えていた。

「終わりですか?」ブラッドウェル氏が静かに尋ねた。「それとも彼女をノック・ダウンせずにはいられませんか?」

ノック・ダウンは落札を意味する競売用語だが、ノーベリー卿は別の意味を——打ちのめすという意味を——思い浮かべたようだった。そして、顔を真っ赤にして言った。「そんな大枚をはたくとは、とんでもない愚か者だな」

「そうかもしれませんが、美しい女性のために愚かになれないとしたら、金を持つ意味なんてありません」

「こんなことをするのは、単に——」ノーベリー卿は口から飛びだしかけた非難の言葉をすんでのところで抑えた。目に冷たい光が宿る。「気位が高いせいでどんな道をたどるはめになったか、よく考えるといい、ローズ。子爵から、ダラムの炭坑出の男へ。娼婦の歴史においても、これほどまでの急転落は例がないだろうな」

ブラッドウェル氏はこの侮辱に反応しなかった。「もう手を離してもかまいませんよ。ぼくが連れていきます。金は二日以内にあなたのロンドンの屋敷へ届けさせましょう」

ノーベリー卿が手を離した。ロザリンは腕についた指の跡を見おろした。ブラッドウェル氏もそれに視線を落とし、穏やかな表情にかすかな怒りをよぎらせた。内に秘められた野性的なエネルギーがにじみだす。自分の所有物が他人に傷つけられることを好まない男なのだ。

「焦《じ》れったいのか?」ノーベリー卿が、ほかの者にもこの結末を楽しませようと、大声で言った。

「もちろん」ブラッドウェル氏が答えた。「行きましょうか、ロングワース嬢」

ロザリンは行きたくなかった。ふたりきりになってしまえば、この男性も紳士のふるまいをやめるに違いない。この先に待ち受けるものを思うと、ロザリンの胃は激しく暴れた。

そのとき、ブラッドウェル氏が腰を屈めて顔を寄せてきた。なんてこと、キスされる! ここで、みんなの目の前で!

キスというより温かな息を一瞬感じただけだったが、それでも食堂は拍手喝采《かっさい》に沸いた。まだ腰を屈めていた彼が、ロザリンの耳もとでささやいた。「ぼくの言うとおりに。きみはもうじゅうぶんみんなを楽しませた。これ以上、楽しませたくはないだろう?」

従うしかなかった。さもなければ、この男性の脅しどおり、ますますみんなを楽しませることになる。ロザリンはずたずたに引き裂かれた威厳をできるかぎりかき集め、来《きた》る戦いに覚悟を決めると、自分を買った男性に続いて食堂をあとにした。

2

隣りを歩くロングワース嬢は、まるで女王のようだった。屈辱を巧みに隠したその姿に、カイルは感心していた。潤んだ瞳に気づいた者はカイルのほかにいないだろう。

とはいえふたりの背後で食堂のドアが閉まると、ロングワース嬢の気力も萎えそうになった。もう少しで。それでも彼女はしばし足を止めて深く息を吸いこむと、ふたたび歩きだした。

カイルのほうを見ようとはしなかった。無理もない。いま、ロングワース嬢の立場はきわめて危うい。カイルの裁量次第だということは、ふたりともわかっている。彼がつけた値を思えば、ロングワース嬢が不安になるのも当然だ。

九百五十ポンド。まったく、間抜けとしか言いようがない。しかし間抜けにならなければ、あの汚らわしい競売を続けさせることになっていた。そして落札するのは、扱いやすいぽっちゃりジョージではなかっただろう。

モーリス・フェンウィック卿はロングワース嬢を競り落とす覚悟だったし、商品を眺める目つきは、よからぬ意図を物語っていた。モーリス卿の暗く野蛮な嗜好《しこう》は、つとに知られている。

「馬車を呼んでおく」カイルは言った。「従者と一緒に上へ行って、荷造りをしてくるんだ。荷物は従者に運ばせるといい。急いで」

ロングワース嬢の背筋がさらに伸びた。「荷造りをする必要はありません。上にあるものはどれもよくない方法で手に入れたものですし、それをくれた男性を思い出すものは手もとに残したくありませんから」

「服にしろ宝石にしろ、代償は十二分に支払ったんじゃないか？　置いていくなんて愚かとしか言いようがない」

ロングワース嬢の美しい顔は冷静で完ぺきなままだったが、目の光はこの醜悪な夜をさらにひどくできるものならやってみろとカイルに挑んでいた。

「わかったよ」カイルは着ていたフロックコートを脱いでロングワース嬢の肩にかけてやった。それから、ついてこいと手招きした。

「あなたと一緒には行かないわ」

「来るんだ。早く、ノーベリーが考えなおす前に」

ロングワース嬢は視線をカイルの顔の横に据えたままだった。邪魔な家具の向こうを見ようとでもしているかのように。

カイルはその自尊心に感心した。とはいえ、いまは間が悪いし厄介だ。この女性は食堂で自分がどれほどの危険にさらされていたか、わかっているのだろうか。危険がまだ去っていないことも。

「わたしがさっきの見世物《みせもの》に同意していなかったことはご存じでしょうね、ブラッドウェルさん」

「同意してなかった？　やれやれ、それは残念だな」

「おもしろがっているのね。変わったユーモア感覚をお持ちだこと」

「きみこそ、こんな会話をするには間違った時と場所を選んだものだね」

ロングワース嬢は退《ひ》こうとしなかった。「仮にあなたと一緒に行くとしたら、どこへ連れていかれるのかしら？」

「娼館かな。ぼくがノーベリー卿に支払うぶんを稼いで返してもらえるように。金も品物も失うなんて、公平とは言えないだろう？」

ロングワース嬢がいきなりカイルの顔に視線を向けた。軽蔑《けいべつ》の色をあらわにしようとしているものの、抑えようのない恐怖がにじんでいる。カイルは残酷な言葉を投げつけたことを悔やんだ。

「ロングワース嬢、もう行かないと。約束する、きみは安全だ」その言葉を裏打ちするかのように、華奢《きゃしゃ》な肩に腕を回して、玄関広間の外へと力ずくで連れだした。

連れていけたのは馬車の扉の前までだった。そこでロングワース嬢はぴたりと足を止めて、閉ざされた暗い空間を見つめた。カイルは、ここは辛抱だと自分に言い聞かせた。

と、いきなりフロックコートに顔を引っぱたかれた。慌てて顔から布を引き剝《は》がしたカイルの目に映ったのは、夜闇《よやみ》に向かって小道を突き進むロングワース嬢の姿だった。金髪と淡い色のドレスのせいで、薄れゆく夢のように見える。

行かせてやるべきなのかもしれない。とはいえ、どこへ行けるというのだろう？　それも、女性が華やかなディナーパーティに履いていくあの薄っぺらな上靴で。いちばん近くの町や領主邸でも数マイルは離れている。もしも彼女になにかあったら——。

カイルは馬車のなかにフロックコートを放りこんで、ついてこいと御者に命じると、ロングワース嬢のあとを追いはじめた。

「ロングワース嬢、ひとりで行かせるわけにはいかない。夜道は暗いし、寒いし、危険だ」

さほどの大声ではなかったが、声はじゅうぶんに届いた。ロングワース嬢が一瞬だけ振り向いて、彼が迫ってきていることを見さだめた。

「ぼくといれば安全だ。約束する」カイルが足を速めるとロングワース嬢も足を速めた。それればかりか小道を逸《そ》れて森に向かいはじめた。「笑えない冗談を言って悪かった。戻ってきて馬車に乗ってくれ」

ロングワース嬢が森に向かって駆けだした。木立のなかに入られてしまったら、見つけだすのに何時間もかかるだろう。鬱蒼《うっそう》と茂った森に、月光はほとんど射《さ》しこまない。

カイルもあとを追って走りだし、みるみる距離を縮めていった。ブーツの足音が近づいてくるのを聞きつけて、ロングワース嬢がさらに懸命に走る。冷たいそよ風に乗って、彼女の抱いている恐怖のにおいがカイルの鼻先に運ばれてきた。

ついにカイルがつかまえると、ロングワース嬢が悲鳴をあげた。くるりと振り返って抗《あらが》い、引っかこうとする。その爪がカイルの顔をとらえた。

カイルは小さな両手をつかまえて彼女の背中に回させ、左手で押さえこんだ。それから右腕を彼女の体に回すと、ぐいと胸に引き寄せた。

ロングワース嬢は怒りの叫びをあげたが、声は夜の闇に吸いこまれた。必死にもがき暴れるロングワース嬢を、カイルはもっと強く押さえこんだ。

「やめろ」カイルは命じた。「きみを傷つけはしない。約束しただろう、ぼくと一緒にいれば安全だ」

「嘘よ！　あなたもあそこにいたろくでもない男たちと同じだわ！」

その言葉とは裏腹に、ロングワース嬢が急に抵抗をやめた。無言でカイルを見あげた顔には怒りと苦悩がにじんでいたが、目には決意が宿っていた。

やわらかな体が押しつけられて、カイルは胸に乳房のふくらみを感じた。ロングワース嬢のほうから近づいてきたことに仰天しながらも、瞬時に健康な男ならではの反応を示した。

張りつめた股間のものが彼女のお腹《なか》をつついた。

「ほらね。やっぱり同じだわ」ロングワース嬢が言う。「あなたを信じるなんて愚の骨頂よ」

非難の言葉も、カイルの耳にはほとんど届かなかった。月光を浴びたロングワース嬢のあまりの美しさに陶然とさせられていたのだ。なぜこんなに親密な形で抱き合っているのかさえ、頭のどこかに消えてしまった。いまはただ、触れ合っている場所と腕のなかの体のやわらかさだけを意識していた。頭のなかで雷鳴がとどろいた。

ロングワース嬢の表情がやわらいだ。驚きに目が丸くなって、唇がわずかに開く。すっかり抵抗をやめた体は、カイルの腕のなかで女らしく従順になっていた。

まるでキスをせがむように、ロングワース嬢が首を伸ばすと、月光がその完ぺきな美しさをいっそう輝かせた。

と同時に、カイルの顔に近づいてくる剝きだしの歯もきらめかせた。

カイルはとっさに首を引き、ロングワース嬢はこの時とばかりにふたたび逃走を試みた。

またしても間抜けなことをしでかした自分を呪《のろ》いながら、カイルは腰を屈めると、ロングワース嬢を肩に担ぎあげて歩きだした。馬車に戻るまでの道すがら、小さな拳《こぶし》に背中をたたかれ、悪態を浴びせられながら。

ロングワース嬢を馬車のなかに放りこんで、カイルは向かいに腰かけた。

「またぼくを襲ったら、今度は尻をたたくからな。大枚をはたいてよからぬ男どもから救いだした女性に、引っかかれたり嚙《か》みつかれたりするなんて、まっぴらごめんだ」

脅しが効いたのか純粋にあきらめたのか、カイルにはわからないが、ともかくロングワース嬢は静かになった。馬車が動きだす。カイルは丸めた図面のあいだに埋もれていたフロックコートを見つけて、ロングワース嬢に差しだした。「寒くないように羽織っておけ」

ロングワース嬢が言われたとおりにする。馬車のなかに彼女の恐怖と警戒心が充満したまま、無言の数分が過ぎた。

「なにも手に入らないのに九百五十ポンドも出すなんて」ようやくロングワース嬢が口を開いた。

「そうしなければ、ほかの男がもっと少ない額でなにかを手に入れていた」

ロングワース嬢がフロックコートのなかで身を縮めた。「どうもありがとう」小さな震える声だった。

泣いて当然なのに、彼女は泣いていなかった。なんという自尊心。三十分前はずいぶん感心させられたものの、いまは苛立たしいとしか思えなかった。焼けるように痛む顔の引っかき傷が関係しているのかもしれない。

ロングワース嬢は今夜の結果のことを理解しているのだろうか。ひとりの男に乱暴される運命からは逃げられたかもしれないが、もしも今夜のパーティと競売のことが世間に知れわたったら訪れるだろう破滅からは逃れようがないのだ。そして世間にはかならず知れわたる。かならず。

ひょっとすると彼女もカイルと同じように、この嵐《あらし》のあとの静けさのなかで、代償について考えているのかもしれない。カイルに邪魔をされてノーベリーは腹を立てた。あの子爵は楽しみに水を差されたり復讐の腰を折られたりするのが好きではない。コティントン伯爵はカイルの恩人かもしれないが、いま財布の紐《ひも》と影響力を握っているのはその後継者だ。

「取り乱してしまってごめんなさい」

「あんな目に遭ったんだ、しかたがない」我ながら、礼儀正しい会話の作法をよくぞここまで身につけたものだと感心する。いまでは第二の天性になっているが、それでもときどき本来の自分が頭のなかで声をあげた。〝謝って当然だ〟

「あなたが来てくれて、わたしは本当に運がよかったわ。あの場に素面《しらふ》の人がいて、ノーベリー卿のしていることに驚いてくれて本当によかった。彼の悪徳に染まっていない人がいて」

たしかに驚きはしたが、まったく悪徳に染まっていないとは言えない。しょせん大金を払って女性を落札したのだから。

とはいえ自分が道徳心のかけらも備えていなかったらどうなっていたか、カイルの頭にいくつかの想像図が浮かんだ。小道でのあの抱擁が、想像を鮮やかなものにしてくれた。

馬車のなかが暗くて助かった。さもないと表情から胸の内を読み取られていたに違いない。ロングワース嬢の顔も見えないが、それでいいのだろう。この女性の美しさの前では、脳みその半分が機能停止してしまう。そんなふうに不利な立場に置かれるのは好きではない。

「いくつか訊《き》いてもいいかしら？」落ちつきを取り戻した声だった。この女性は危ういところを救いだされたのだ。今夜はぐっすり眠れることだろう。

「なんでもどうぞ」

「あなたの付け値は不自然だったわ。百ポンドでじゅうぶんだったんじゃないかしら」

「もしぼくが百ポンドをつけていたら、モーリス卿が二百をつけて、最終的にはぼくが実際に払ったよりも高値で決着がついていたかもしれない。ひょっとすると数千ポンドで。ぼくがあの値をつけたのは、ほかの人間を驚かせて黙らせるためだった」

「だけど最終的に数千ポンドになっていたかもしれないのなら、九百五十に対して千ポンドをつけるのも無理ではないでしょう？」

「百から二百へ、そこから四百へとあがっていくのと、七十五から千へ一足飛びに行くのとでは大違いだよ。ぼくのつけ値に対しては、千ポンドをつけるしかなかった。九百七十五では、けちくさく聞こえるからね」

「よくわかるわ。いきなり千ポンドだなんて、だれだって思いとどまるもの。間違いなく向こう見ずな額だわ」

九百五十ポンドだって同じだ。とりわけそれがほぼ全財産にあたる人間にとっては。一年前なら難なく埋め合わせられただろう。一年後でもなんとかなったはずだ。だがいまは、ノーベリー卿に金を払うことで、すでに危うい財政状況がますますおぼつかなくなる。ロングワース嬢が助けを必要としたのは、カイルにとってなんともまずいときだった。それでも助けるしかなかったが。これがほかの女性だったとしても同じ行動をとっていたと信じたいが。

もちろんロングワース嬢はほかの女性とは違う。彼女はロザリン・ロングワースだ。兄の犯罪行為のせいで貧しい生活を余儀なくされていたから、ノーベリー卿の誘惑にもあっさり落ちてしまったのだろう。しかしなんという皮肉。言うなればティモシー・ロングワースは、カイル・ブラッドウェルの懐《ふところ》からさらに金をふんだくることに成功したのだ。

「ご存じでしょうけど、あなたに九百五十ポンドもお返しすることはできないわ。もしかして、お金以外での返済を望んでらっしゃる？　そういう形でお礼をするのがわたしの義務だ、と思ってらっしゃるかもしれないわね」

小道で起きたのはそういうことだと思っているのか？　カイルは金の返済など期待していなかった。ロングワース嬢が義務感から反応を示したとも思っていない。あの反応は本物だった。嚙みつこうとする前のあれは。

「そういう形だろうとどういう理由からだろうと、きみとの関係を期待したりしてないし、思い違いもしていないよ」やれやれ、おまえはどこまで気高いんだ、カイル坊や。とことんお上品な間抜けだよ。

とはいえ想像力のほうは止まるところを知らなかった。あの抱擁の記憶は鮮明に残っている。この先、何度か夢のなかで楽しませてもらうかもしれない。大金を支払うのだから、それくらいは許されるはずだ。

「じゃあ、その代わりに娼館のことを口に出したのね。今夜、わたしがどういう存在に貶められたかをわからせるために。ちゃんとわかっているわ。どれほどの代償を支払わなければならないかも」

そうなのだろう。それでもカイルはロングワース嬢の落ちつきに疑問を抱いた。そしてダラムの炭坑村出身の少年は、そんな落ちつきに感心しつつも苛立っていた。取り返しようのないほど貶められた女性が、こんなに冷静であってはいけない。大事なものを失ったときの炭坑村の女たちのように泣くべきだ。

「ロングワース嬢、この先きみの〝人生の出納簿〟にぼくが関《かか》わることはない。意地悪な冗談を言って本当にすまなかった。自分が支払う代償を思うとむしゃくしゃして、つい理性を失ってしまったんだ」

ロングワース嬢が前を向き、カイルの誠実さを計るかのように見つめた。馬車のなかほどに射しこむかすかな月明かりが彼女の顔立ちを照らしだす——大きな目、ふっくらとした唇、完ぺきな顔。ぼんやりとしか見えないにもかかわらず、その美しさには思わず息がつかえた。
「ブラッドウェルさん、あなたは親切で紳士的だったわ。もしもあなたがお説教をしたいなら、わたしはおとなしく聞くつもりよ」

ブラッドウェル氏は説教をしなかった。ほとんどしゃべりもしなかった。いっそ叱《しか》ってくれたらいいのに、とロザリンは思った。短い会話を交わしたあとは、気まずさが少しやわらいでいた。けれどこうして黙っていては、不安を抱えたままこの男性の存在感に圧倒されていなければならない。

物理的に、これ以上離れることはできなかった。何枚もの丸めた用紙が馬車の半分近くを占めているのだ。これはいったいなにかしら?

本能はいまも警戒を怠っておらず、ブラッドウェル氏のどんな動きにも目を光らせていた。なにしろロザリンの運命はこの男性の道義心にかかっているのだ。ブラッドウェル氏もそれをわかっているし、小道での出来事が事態をややこしくしてしまった。あのとき、ロザリンは押さえこもうとするブラッドウェル氏に抵抗していたはずだ。それなのにふと、ふたりともがそれを忘れてしまった瞬間があったのだ。

ロザリンはその記憶を頭の外へ追いだそうとした。またしても男性の意図を読み違えそうになった自分の愚かさについて、いつまでも考えていたくなかった。慎み深い女性にあるまじき反応をあっさりかきたてられたことも、思い出したくなかった。

ブラッドウェル氏は〝代償〟と言っていた。いったいどんなものだろう？　今夜のディナーパーティとロザリン落札をめぐる醜聞のなかで名前を出されはするだろうけど、男性なのだから、それで評判が落ちるとは考えにくい。ある種の人々のあいだでは、むしろ評価が高まるくらいだ。

あるいは落札額そのもののことを言ったのだろうか。だれにとっても莫大な額だ。ひょっとしたら本当はそれだけのお金を持っていないのかもしれない。

もしもきちんと支払いができなかったら、事業やなにかの取引がある方面では面目丸つぶれだろう。おそらくほとんどの方面で。ダラムの炭坑周辺でさえ。

〝子爵から、ダラムの炭坑出の男へ〟あれは興味深い言葉だった。ノーベリー卿はどういう意味で言ったのだろう？　ブラッドウェル氏の言葉遣いと礼儀作法からは、まさかそんな生まれだとは思えないけれど。

「ロンドンの娼館へ連れていかないのなら、馬車はどこへ向かっているの？」

「きみの従姉《いとこ》のところだ。地方紙で読んだよ、ご亭主の地所があるここケント州に滞在していると」

この男性は驚きの連続だ。いまの言葉だけでなく、従姉のアレクシアの動向を押さえていることも思いがけなかった。

「ロンドンから田舎に引っこんでいたなんて知らなかったわ。知っていればよかった。今朝あの屋敷を逃げだして、歩いていけたかもしれないのに」

「馬車でも一時間はかかる距離だ。歩いてはたどり着けなかっただろう。そもそも逃げだせたとは思えない」

「従姉はひとりなのかしら?」

「新聞には家族が一緒だと書かれていたよ」

それならアイリーンも一緒だろう。せめて妹に会えるのだ、この先どんな運命が待っていても……。目の奥がつんとして、ロザリンは血がにじむほど強く下唇を嚙んだ。アレクシアとアイリーンに会うことを思ったら、それまでこらえていたものが一気にこみあげてきた。

「きっとヘイデン卿も一緒ね」そう言う声は震えていた。ブラッドウェル氏の姿がぼやける。

「それなら邪魔はしないでおきましょう」

「きみをぼくと一緒に宿屋に泊まらせることはできない」

「どうしてできないのかわからないわ。わたしの評判はもう完全に地に落ちているのに」

「ぼくのはまだだ」

「そう、そうよね。ごめんなさい。あなたをこれ以上の醜聞に巻きこむわけにはいかないわ。ただ、ヘイデン卿にはこれまでじゅうぶん親切にしてもらったというのに、わたしは恩知らずな態度をとってきたの。それがいまさらのこのこ訪ねていくなんて……しかもこんなにひどい、救いようのない状況で――」

すすり泣きが漏れて言葉が途切れた。ロザリンは、今度はもっと強く唇を嚙んだ。だが、こみあげてきたものを抑えきれなかった。

ブラッドウェル氏がロザリンの片手を取って、ハンカチを握らせた。しっかりとした、だがさりげない仕草は、ロザリンの肌と心に焼き印を押した。ノーベリー卿のように痛くない。弱々しくも乱暴でもない。慎重で頼もしく、ほんの少し粗野。小道でのあの抱擁みたいに。まるで友だち同士だ。このとき初めてロザリンのなかから警戒心が消えた。安全なのだとようやく実感できた。

と、同時に落ちつきも失った。この男性は急場を救ってくれたが、ロザリンを慰めはしなかった。つまり、これから起きることは変えられないと知っているのだ。

先ほどまでのロングワース嬢の落ちつきには苛立たせられた。今度のすすり泣きには狼狽《ろうばい》させられた。

カイルは腕のなかに抱き寄せて慰めたい衝動をこらえた。まだ不信感を抱かれているのは明らかだから。ロングワース嬢はカイルに欲望があることを小道で証明してみせた。あれだけで、カイルの動機を疑うじゅうぶんな理由になる。

それでもロングワース嬢はさめざめと泣きつづけ、カイルはそれ以上耐えられなくなった。

図面を脇に押しやって、彼女の隣りに移動した。慎重に腕を回す。ロングワース嬢が放っておいてほしい素振りを少しでも見せたら、すぐさま飛び退けられるように。

ロングワース嬢はそんな素振りを見せなかった。それどころか、カイルの肩に顔をうずめて泣きだした。カイルは腕のなかの華奢な体を意識するまいと努めた。口から飛びだしたがっている安易な気休めの言葉をどうにか押しとどめた。どうせいまのロングワース嬢には通用しないだろう。今後もそんな言葉に耳を傾けられる日は来ないのではないだろうか。

馬車が道を曲がった。旅が終わろうとしている。ロングワース嬢がそれに気づいて、勇敢にも涙をぐっとこらえようとした。カイルは速度を落とすよう御者に呼びかけた。ロングワース嬢にもう少し猶予を与えたくて。

ほどなくロングワース嬢が落ちつきを取り戻した。けれど体に腕を回しているのが不自然に思えてはこなかったし、彼女も離れようとしなかった。馬車が止まって初めて、カイルはしっかりと回していた腕をほどいた。

先に馬車からおりて、片手を差しだした。

ロングワース嬢が屋敷を見あげる。まっすぐに伸びた古典的な柱と、中央正面の両脇に配置された細長いブロックが目に映った。

「もう夜遅いわ。みんな眠っているんじゃないかしら」ロングワース嬢が言う。

「玄関に召使いがいるだろう。さあ、おいで」

ロングワース嬢が手をあずけた。カイルはかすかなかさつきを感じて驚いたが、感触はおおむねやわらかく温かだった。ロングワース嬢が馬車をおりる。一瞬ためらったものの、ひとつ深呼吸をすると、カイルと一緒に玄関へと歩きだした。怯えた子どものように、カイルに手をあずけたまま。

ノックをすると、しばらくして召使いが現われた。

「こちらはロングワース嬢、レディ・アレクシアの従妹《いとこ》だ」カイルは説明した。「ヘイデン卿がおいでなら、われわれに会っていただけないかと伝えてくれ」

ふたりは召使いの案内で図書室に通された。室内を見まわしたカイルは、その完ぺきさに感心した。マホガニー材の書棚を飾るドーリス式の柱でさえ古代の度量法を忠実に再現していることが、知識豊富なカイルには見て取れる。ヘイデン卿は古代ローマ時代よりもギリシア時代のほうが好みらしい。

ロングワース嬢は座ろうとしなかった。フロックコートをカイルに返すと、両手でハンカチをよじりながら部屋の端を行ったり来たりしはじめた。

「わたしが説明するあいだ、ここにいてもらえないかしら、ブラッドウェルさん。どうかいてちょうだい。ヘイデン卿はいい方だけど、でも……。彼を恐れてはいないけど、いろいろなことがあったから……。見た目ほど厳しい方ではないと思うけれど、今度の件にはどんな聖者も我慢できないでしょうし、彼がいくらわたしの従姉を愛していても、最悪の反応を引きだしてしまうかもしれないわ」

カイルは一度だけヘイデン卿に会ったことがあるので、厳しそうに見えるという点には同意した。とはいえロングワース嬢の言う〝いろいろなこと〟がなにを意味しているかも知っていて、それを踏まえると、ヘイデン卿はそれほど厳しい人物ではないはずだ。あるいはロングワース嬢が言うように、ヘイデン卿は新妻の親戚のためなら厳しさを捨てられるほどレディ・アレクシアを深く愛しているかもしれない。

おそらく〝いろいろなこと〟には、いまでは新妻の親戚への支援も含まれているのだろう。ロングワース嬢が直面しているのは大いなる破滅かもしれないが、ヘイデン卿は彼女が家族と上流社会から切り離されて飢え死にしたりしないよう、なんとか手を打ってくれるはずだ。

「きみが望むなら、説明が終わるまでそばにいるよ」

おりてきたヘイデン卿はひとりではなかった。妻も一緒だった。ふたりとも急いで寝間着から着替えたに違いない、ヘイデン卿は紺色のブロケード地のモーニングコート、レディ・アレクシアは淡い黄色の部屋着姿だ。レースの縁取りがついたキャップが黒髪のほとんどを覆っている。カイルがレディ・アレクシアに会うのはこれが初めてだが、やさしそうな女性で、年はロングワース嬢と同じくらいだろう。二十代半ばか。いま、菫色《すみれいろ》の瞳には従妹への気遣いがありありと浮かんでいた。

ヘイデン卿はあきらめたような顔をしていた。まるで、ロングワース家の人間にたたき起こされるときは悪いことが待っているに違いないと確信しているかのような。その鋭い目は、ロングワース嬢が逃げようとしたときにドレスのスカートにつけた泥をすぐさま見つけた。それからカイルの顔をじっと見つめて、明らかに女性の爪がつけたとわかる引っかき傷を検分した。

女性ふたりは抱擁を交わし、ロングワース嬢がそれぞれを紹介した。ヘイデン卿の軽い会釈は、カイルと会ったことがあるのを覚えているとほのめかしていた。

「ブラッドウェルさんは、わたしがノーベリー卿のパーティから逃げだす手助けをしてくださったの」ロングワース嬢が言う。

ヘイデン卿が意味深な目で妻の目を見た。それは、ロングワース嬢とノーベリー卿の関係を知っていて、初めから最悪の事態を予期していた男の目つきだった。

「残念ながら」ロングワース嬢が気まずい沈黙のあとに続けた。「そのパーティではとても世間体の悪いことが起きて、おそらく数日のうちに世間に知れわたってしまうと思うわ。ブラッドウェルさんがわたしをここへ連れてきてくださったのは、今夜はほかに行くところがないからよ。だけど朝になったらわたしはオックスフォードシアに戻るつもりです」

「正確にはなにが起きた？」ヘイデン卿が尋ねた。

ロングワース嬢は語った。ありのままを。いっさい弁解することなく、すべてを自分の責任として。娼婦の仲間に加えられたことも、競売にかけられたことも、ノーベリー卿の示す関心を愚かにも勘違いしたことも、すべてがはっきりと詳しく率直に語られた。容赦ないまでに。

「だから明日にはオックスフォードシアに帰ります」ロングワース嬢が締めくくった。「わたしが世間から完全に姿を消して、あなたたちとのつき合いを断てば、それほど迷惑をかけないですむかもしれないわ」

「早まらないで」レディ・アレクシアが叫ぶ。「そこまでひどくはならないはずよ。ヘイデン、あなたからも言って、完全にわたしたちとのつき合いを断つ必要なんてないと」

「だめよ、アレクシア」ロングワース嬢が言う。「あなただって、どうなるかはわかっているはずよ。どうかご主人にそんなことを強いないで」

レディ・アレクシアはいまにも泣きだしそうだ。一方、ロングワース嬢は落ちつきを保っていた。カイルはふたりにお辞儀をして、このごく内輪の場面から身を引こうとした。

ロングワース嬢がカイルの目を見て言った。「あなたを信じなかったことを謝るわ。引っかいたりして、本当にごめんなさい。親切にしてくださったこと、絶対に忘れません」

返す言葉が見つからなかったので、カイルはそのまま図書室をあとにした。ヘイデン卿が続いた。

「教えてくれ、ブラッドウェル。本当に――彼女が言うほどひどかったのか？　それとも多少は希望が持てるのか？　その――」どんな希望が持てるのか思いつかなかったのだろう、ただ肩をすくめた。

「本気で真実が知りたいんですか、ヘイデン卿？」

卿が一瞬、ためらった。「ああ。知りたい」

「ノーベリー卿はみんなの前で彼女を娼婦呼ばわりして、その呼称にふさわしい扱いをしました。あなたが毎日のようにクラブで顔を合わせる紳士十二人の前で。彼女のことは心から気の毒に思いますが、あなたの金と力をもってしても、このロングワースは救えないでしょうね」

あてこすりを聞いてヘイデン卿の黒い目に怒りがよぎったが、すぐに消えて、あきらめが取って代わった。

「わざわざ彼女を守ってくれたことに礼を言おう、ブラッドウェル。紳士が山ほどいる食堂で、きみだけが紳士的な行動を取ったとはな」

「あの場で紳士階級に属していないのはぼくだけだったんですから、それこそが本当の醜聞《スキャンダル》ですよね」

カイルは歩きだし、屋敷とそのなかで響く悲しい声から遠ざかっていった。声はじきに喪失を嘆く歌に変わるだろう。

冷たい夜気のなかをカイルは馬車に向かった。フロックコートに残るロングワース嬢の香りが、頭のなかを満たしていた。

翌日の早朝には馬車が用意されているよう手はずを整えてから、ヘイデン卿は図書室を出てベッドに戻った。ロザリンはアレクシアに導かれるまま、ソファに腰をおろした。

「ブラッドウェルさんがあなたを守ってくれて、本当によかったわ」

「とても気高い行ないだったわ。それなのにわたしときたら、彼の顔を引っかいたりして」

「取り乱していたのよ、しょうがないわ。きっとブラッドウェルさんも理解してくれてる。そう顔に書いてあったもの」

たしかに彼は理解していた。すべてを。

ロザリンは、競売が終わってこちらへ歩いてきたブラッドウェル氏の姿を思い出した。彼が最初の一歩を踏みだしたあとは、だれも対抗しようとしなかった。ノーベリー卿でさえ。あんな酔っ払い連中でも、立派な男性を見ればそれとわかるのだろう。

馬車のなかですすり泣いているあいだ、慎重に腕を回していてくれたことも思い出した。たくましさに心を癒《いや》された。二度と味わえないのが寂しい。ブラッドウェル氏の香りと、チョッキとシャツの感触が鮮明によみがえってきて、ロザリンはしばしの安らぎを覚えた。

とりわけ思い出すのは、逃走を試みたあとの閉じこめるような抱擁だった。手荒な扱いに怯えてしかるべきだったのに、むしろあの強い腕に守られているような気がした。彼の不意を打つために体を押しつけたけれど、不意打ちを食らったのはロザリンのほうだった。

ふたりの近さに情熱をかきたてられた。一瞬、ブラッドウェル氏を恐れることを忘れた。彼の顔に欲望を見出したばかりか、お腹をつつく太いものを感じていたというのに。ありていに言えば、ロザリンはノーベリー卿に扱われたとおりの娼婦のような反応を示した。否定できない興奮が血管をめぐった。それが怖かった。だからもう一度、必死の逃走を試みた。

「本当にひどい目に遭ったわね。ノーベリー卿のあなたへのふるまいは恥知らずのきわみ——」すすり泣きが漏れてアレクシアの言葉が途切れた。ロザリンは鼻の奥がつんとするのを感じながら、従姉を腕のなかに抱き寄せた。

「泣かないで。ノーベリー卿がひどい人なのは事実だけど、わたしが愚かじゃなかったふりはしないことにしましょう。未来の伯爵がわたしと結婚しないことくらい、自分でもわかっていたんだもの。ティムがあんなことをしたあとでは。だけどわたしは、自分はノーベリー卿にとって〝お金で買った女性〟以上の存在だと思いこもうとしていたの。たくさんのすてきな愛の言葉も遊びの一部でしかなかったことが、いまではよくわかるわ」

アレクシアが涙をこらえた。「わたしたちと完全に縁を切るようなことを言ったわね。二度と会わないようなことを。まさか……。ああ、ローズ、あなたが次から次へと男性のもとを渡り歩くなんて考えたくもないわ。約束してちょうだい、そんなふうに身をやつさなくてすむように、せめてわたしたちからの支援は受けるって」

「その心配はないわ。わたしは恋人としても娼婦としても失格だとわかったから。おねだりが下手だし、相手の男性は肝心の満足を得られないのよ」

「じゃあ、お金を受け取ってくれるのね？　ようやく？」

以前から続いている口論だった。兄のティモシーが破滅したあとに、ロザリンがヘイデン卿からの支援を断わったのは、最初は自尊心からだった。自尊心と、ティムが破滅したのはヘイデン卿のせいだという思いこみから生じた恨みと。あとになって、ヘイデン卿が実際は兄を守ってくれたのだとわかってからは、無念さと気まずさが自尊心に取って代わった。

「ヘイデン卿は借金をすべて払ってくれたのよ。オックスフォードシアのわたしたちの地所も守ってくれた。これ以上受け取るのは――」

「受け取らなくちゃいけないの。わたしを苦しめないで、ローズ。あなたと会えなくなるだけでもじゅうぶんつらいのに、あなたがあの空っぽの家でお腹を空《す》かせて病気になるところまで想像しなくちゃならないの？」

「飢え死にはしないわ。あがってくる小作料はそれほど多くないけれど、食料と燃料のぶんはまかなえるから。それより、ほかのことであなたにお願いがあるの。アイリーンを――」

妹の名前を口にした途端、胸がかき乱されて先を続けられなくなった。

「もちろんアイリーンはわたしたちが面倒を見るわ」アレクシアがやさしい声で言う。「この一カ月も楽しそうにしているのよ」

ノーベリー卿との関係を知られたくなくて、ロザリンは妹をアレクシアのもとへ行かせていた。じきに世間をにぎわすだろう醜聞で、いちばん傷つくのが妹だ。

「あの子、あなたたちとの暮らしに満足している？」ロザリンは尋ねた。

「とっても。ロンドンのほうが好きみたいだけど、ここでもお友だちができたのよ」

「その友だちは陰口をたたいてあの子を仲間はずれにするでしょうね。アイリーンは噂《うわさ》を耳にして、わたしを憎むようになるわ」

「アイリーンも大人になってきたのよ、ローズ。いまではそれほどわがままじゃなくなったわ。前の春に言ったことをヘイデンに謝りもしたのよ。今度の醜聞にもへこたれたりしないわ」

ロザリンはへこたれまいとする妹を想像して、いっそう胸を痛めた。「あの子に少しでも未来はあるかしら、アレクシア？」

「ヘイデンたち兄弟がアイリーンを家族として扱えば、最悪の事態は免《まぬか》れると思うわ。あなたのお兄さんが残した五千ポンドもあるし。いまとなっては、アイリーンのために信託財産に入れるよう、あなたがヘイデンに言わなければよかったのにと思うけど。あなたなら上手に使ってくれただろうから」

「あれは犯罪で得たお金だもの。わたしには使えないわ。だけどアイリーンがその出所を知ることはないから」

アレクシアがわが子を励ます母親のようにロザリンの手をたたいた。ロザリンは急に疲労感と没落感と悲しみが押し寄せてくるのを感じた。半年前より賢くなったけれど、なにも知らなかったころのほうがずっと幸せだった。

「アレクシア、もしかまわなければ、今夜はアイリーンと一緒に眠りたいの。夜が明けたらすぐに出発するけれど、その前にあの子に説明したいのよ。どうしてわたしのいる家に帰ってこられないのかを」――いまも、この先も。アイリーンに別れを告げることを思うと、胸が張り裂けそうだった。

アレクシアがそっとロザリンの肩に腕を回した。「あなたがそうしたいなら、そうしましょう」

ロザリンはアレクシアにもたれかかり、肩に頭を載せた。「少し抱いていて、アレクシア。じきにあなたたちにとって死んだも同然の存在になると思うと、耐えられないの」

3

ジョーダンは頭のなかで鳴り響くトランペットの音に合わせて歩を進め、一通の手紙を部屋の奥へと運んだ。細く尖《とが》った鼻はいつもより高く掲げられ、白髪交じりの古風なおさげは背中まで届いている。

「旦那《だんな》さま、こちらのお手紙が到着いたしました。たったいま。伝令が運んできたのです。お仕着せ姿の伝令が」

手紙に目を向けたカイルは、召使いの大仰なふるまいの理由を察した。用紙はひとつづり五ポンドはするだろう。そして印章は送り手の地位の高さを高らかに宣言している。

この紋章には見覚えがあった。イースターブルック侯爵だ。

これはこれは。

「教えてくれ、ジョーダン、すぐに封印を破いていいのかな、それとも先になんらかの儀式をしなくちゃいけないのかな?」

ジョーダンの眉間にしわが寄った。上流社会の周縁で生きる炭坑夫の息子を支えるにあたって、どんなことでも助言ができる世話係としての誇りを持っているのだ。

「儀式？　そういったものは存在しないと……ああ、からかっておられるのですね。たいそうおもしろうございますな。いえ、わたしが知るかぎりそのような儀式は存在いたしません」

「じゃあ、もしそういうものの存在を知ったときは、ぼくたちがやらなかったことは内緒にしておいてくれ」

カイルは封印を破いた。少しでものぞけないかと期待したのか、ジョーダンが首を伸ばす。

「イースターブルック侯爵の屋敷に招待されたよ」カイルは言った。「たぶん。むしろ召喚命令のようだけど」

「なんと書いてありますか？」

「イースターブルック侯爵は本日午後に喜んでぼくを迎えると」

「間違いなく招待でございます」

「そうか。じゃあ断わってもいいんだな。すぐに返事を書いて、残念だがほかに用事があると伝えよう」

「なりません！」ジョーダンが恐怖に息を殺した。「侯爵さまが喜んで迎えるとおっしゃったときは――お屋敷に招待してくださったときは――行かなくてはならないのです」

カイルもその仕組みは知っていた。幾度となく伯爵に〝招待〟されたことがあるから。やきもきするジョーダンをよそに、手紙に視線を落とした。

イースターブルック侯爵はめったに訪問客を迎えないと言われているし、それがカイル・ブラッドウェルのような男ならなおさらだ。とはいえ侯爵はヘイデン・ロスウェルの兄、クリスチャン・ロスウェルでもある。おそらくは、ロングワース嬢にまつわる四夜前のあの悲惨な一件を耳にしたのだろう。そして〝彼女の救出者〟がどこかのディナーパーティでその話題を持ちだしたり、悲劇につけ入るようなまねをしないよう、念を押したいのだ。

カイルは〝召喚命令〟に応じることにしたが、それにはカイルなりの理由があった。侯爵と会って話をすれば、ロングワース嬢がいまどうしているかわかるかもしれないと思ったのだ。カイルはここ数日、ずっとロングワース嬢のことを考えていた。夜には本当に夢を楽しみもした。が、いくつか気がかりなことも残っていた。

「よろしければ、ふさわしいお召し物をご用意いたしますが」ジョーダンが言った。

「頼むよ。だけどやりすぎないでくれ。会いに行く相手は王さまじゃないんだからね」

カイルは招待状を脇に置いた。イースターブルックとの面会はすぐに終わるに違いない。カイルを脅すのに、さほど時間はかからないはずだ。

カイルがグロヴナー・スクエアの屋敷に足を踏み入れるのは、これが初めてだ。おかげでイースターブルック侯爵を訪問するのは、いっそう興味深い体験になった。召使いの案内で客間に向かうあいだも、カイルは建物や家具をじっくり観察させてもらった。

天井が高く広々とした客間は、贅《ぜい》を尽くしたしつらえだった。装飾は少し時代遅れであるものの、抑制の利いた豪華さはやはりみごととしか言いようがない。絨毯《じゅうたん》から天井のモールディング、突きだし燭台からカーテンの房飾りにいたるまで、およそ金で買うことのできる最高のものばかりだ。

侯爵さまがありがたくも面会してくださるまで、ずいぶん待たされた。そこでカイルは壁を埋めるいくつもの絵画の前に立ち、画風から作者がわかるかどうか、眺めてみることにした。

「それを描いたのはギルランダーヨともヴェロッキオとも言われている。きみはどう思う？」

問いかけられて、カイルはくるりと振り向いた。三メートルほど離れたところに黒髪の男性が立っていた。侯爵だろう。そう推測できるのは、ヘイデンに似ているからだけではない。どんな召使いもこんな装いはしないからだ。チョッキもクラヴァットも着けず、長い髪を肩まで垂らすなど、ありえない。

「わかりません」カイルは答えた。

「わかるかのように眺めていたが」

カイルは肩をすくめた。「ラファエルよりも前の時代で、ボッティチェリじゃない。ぼくにわかるのはそこまでです」

「そこまでわかればじゅうぶんだ」侯爵が、椅子と長椅子がいくつか置かれているあたりを手で示した。「向こうに座ろう。いま召使いが持ってくる……なにかを。おそらくコーヒーだろうな」

カイルは椅子に、イースターブルック侯爵は長椅子に腰かけた。侯爵はしげしげと招待客を眺めた。カイルも同じように眺め返した。ふたりが互いを観察するあいだ、時間は音もなく流れていった。

「きみはなかなか興味深い男のようだな、ブラッドウェルくん」侯爵の目つきは依然として厳しかったが、口もとにはかすかな笑みが浮かんでいた。「まったく動じていない様子だ。コティントンの後援を受けるうちに、わたしのような階級の人間にも馴染《なじ》んだものと見える。と同時に軽蔑心も植えつけられたようだが」

どうやらイースターブルック侯爵はあの手紙を送る前に調査をしたらしい。「あなたのような階級の人たちに軽蔑心なんて持っていませんよ。持っていたら、ここには来ていません。ぼくはただ、なぜあなたがぼくに会いたいと思ったのか、その理由が聞けるのを待っているだけです」

「ずいぶん大胆にわたしを観察していたな。なにを考えていた？」

「どれほど金持ちになれば、クラヴァットで自分を窒息させなくてすむんだろうと」

「世間がどう思うかを気にしなくていいほど、だろうな」

世間体と富に関係がないことは、ふたりともわかっていた。「あなたこそ、ぼくを観察しながらなにを考えていたんですか？」

イースターブルック侯爵がもう一度、長々と慎重にカイルを眺めた。「いま、わたしは未来を見ているんだと」

そこへ何人かの召使いが手に手に盆を載せて現われた。コーヒーポット、紅茶ポット、デカンター、数々の焼き菓子。まるで台所の召使いたちは、イースターブルック侯爵に〝なにか〟を持ってこいと命じられたときは、ほとんどすべてを持っていったほうが無難と判断したかのようだ。

召使いがさまざまな飲み物を用意するあいだに、さらに十五分が過ぎた。ようやく侯爵が手を振って、全員を部屋の外にさがらせた。

「何日か前の晩、わたしの弟を紹介されたと思うが」侯爵が言った。

ついに本題に入ったらしい。「ヘイデン卿には前にお会いしたことがあります。ですが、たしかに何日か前の晩にもケントでお会いしました」

「弟はアレクシアを連れてロンドンに戻ってきた。アレクシアは従妹のことで悲嘆に暮れているらしい。わたしはこの新しい義妹《いもうと》のことがとても気に入っていてな。お腹には赤ん坊もいるし、嘆き悲しむままにはしておけない」

「レディ・アレクシアのことはお気の毒に思います。彼女の従妹のことは、なにか聞いておられませんか？　元気でしょうか？」

「ロングワース嬢の健康状態についてはなにも聞いていない」そう言いつつも侯爵はカイルの問いを興味深いと感じたようだ。理由はわからないが。

「弟がロンドンに戻ってきたのは、あることを世間に周知させるためだ。つまり、きみがロングワース嬢をケントにある弟の家に送り届けたのは、ノーベリーのハウスパーティから彼女を連れだした一時間以内のことだったと」

カイルには無駄な努力に思えた。醜聞は野火のように広まっており、カイルはいやというほどの注目を浴びている。ジョーダンなど、醜聞誌の記者らしき男に通りで声をかけられて、ロングワース嬢はいまブラッドウェル氏の家に住んでいるのかと尋ねられたという。

イースターブルック侯爵が立ちあがり、考えに耽った様子であてもなくぶらぶらと歩きだした。

いや、あてもなくではない。カイルの椅子の周りをまわっている。

「ヘイデンの努力によって、きみの評判は守られるだろう。あるいは道徳心が強すぎると思われて、二度と楽しみを持ちかけられないかもしれないが」イースターブルック侯爵が言う。「わたしが知りたいのは、どうにかしてロングワース嬢の評判も守ることはできないか、ということだ。これ以上、アレクシアを嘆き悲しませないために」

「ロングワース嬢とはごく短い時間しか一緒にいなかったので」

「詳しく話を聞かせてくれ。召使いは断片的なことしか情報をつかまえてこないし、弟のほうもロングワース嬢は死んだも同然なのだとしか言わない」

カイルはあの夜のことを見たままに語った。イースターブルック侯爵はそのあいだも歩きつづけた。話が終わると、侯爵は細かい点を確認するためにいくつか質問をして、さらに歩いた。

「きみの話を聞くかぎり、ロングワース嬢は愛されていると勘違いをしてある男と関係を持ち、男のほうは意図的に彼女を破滅させたようだな。はたしてその男には、そうする理由があったのか？　あったに違いない」考えに耽って、さらに三歩。「おそらくあの愚かな兄に関係があるんだろう」

カイルはその結論に異を唱えなかった。イースターブルック侯爵には人間の動機を推し量る能力があるらしい。

侯爵がふいに歩くのをやめた。ふたたび長椅子に戻り、今度はカイルのもっと近くに座る。続いてこれまで以上に長々とカイルを観察した。

「きみは競売でだれをも圧倒する値をつけた。じつに賢いやり方だが、金のかかる作戦だったな」

この屋敷に足を踏み入れて以来初めてカイルは居心地の悪さを覚えた。こちらを見つめる侯爵の鷹《たか》のような目が気に入らない。この男性がなにを企んでいるのか知らないが、それがなんであれ、本能はあけすけな脅しのほうがましだと言っていた。

「そんな額を一度に払って、懐にずいぶんこたえただろう」

「なんとかなりましたよ」かろうじて。二日前、思い出したくないほどたくさんの抵当証書に署名をした。

イースターブルック侯爵が長椅子の上でゆったりとくつろぐ。「ロングワース嬢はじつに美しい女性だと思わないか？」

「ええ、とても美しいと思います」たったいま、戦いにおいて有力な地歩を失ったような気がするのは、いったいどういうわけだろう？

「ロングワース嬢とわたしの義妹が永遠に引き離されるなど、あってはならないことだ。われわれのごくささやかな努力で、ロングワース嬢は最悪の事態を免れ、将来を失わずにすむのではないか？　噂話は消えないだろうが、ロングワース嬢が望みを捨てることもなくなる」

〝われわれ〟とは、いったいだれのことだ？「あなたはめったにこの屋敷から出ないとうかがっているので、こういうことがどんな結果に至るかをお忘れになっているかもしれませんね。ロングワース嬢の評判は、原形を留《とど》めないほどずたずたになるでしょう。それは弟さんもわかっておられるはずです。ロングワース嬢でさえわかっているはずだ」

「それは、わたしの弟もロングワース嬢もノーベリーの脚本どおりに芝居を見物しているからだ。別の監督に任せれば、どの場面も観客にまったく異なる印象を与える。ただ大団円を変えさえすればいいのだ」そうするのはいとも簡単だと言わんばかりに、侯爵がもの憂げに手を動かした。

カイルは苦笑を漏らさずにはいられなかった。イースターブルック侯爵は過去も運命も変えられると思っている。

「この物語の別な見方を教えてやろう、ブラッドウェルくん。わたしの脚本では、ある貞淑な女性が放蕩者《ほうとうもの》にたぶらかされて、ごく私的なハウスパーティに出席する。そこで彼女は男の目的が高潔なものではなかったことを知る。拒む彼女に激怒した男は、その女性が確実に破滅するようなやり方で公然と侮辱するという報復行為に出る。どうだ、もっともらしい筋書きだろう？」

カイルは肩をすくめた。もっともらしいし、ほぼ正確でもある。だが、いちばん重要な点で正しくない。あのハウスパーティに出席したときには、ロングワース嬢は貞操を失っていた。目的がどうあれ、ノーベリーの誘惑を拒まなかったのだ。

「観客のなかにことの真偽を正確に知る者はいない」イースターブルック侯爵がカイルの思考を読んだかのように言った。しゃくにさわる。「悪党の証言があるだけだ。さて、わたしの脚本では、ノーベリーは勇敢な騎士によって不意打ちを食らわされる。ディナーの席でもっとも思いがけない男が自らの立場を危険にさらし、哀れな乙女を死よりも悪い運命から救ったのだ」

「だんだん俗っぽくなってきましたね」

「観客は俗っぽさを好むものだし、醜聞よりロマンスを好む。そこでわたしの大団円だ。美しい乙女の感謝の気持ちにつけ入ろうと思えばできるのに、騎士はそうしない。それどころか乙女を守り、彼女の家族のもとへと無事に送り届ける」そこでふたたび、あのもの憂げな手振り。「そして騎士は乙女と結婚する」


結婚。

カイルはイースターブルック侯爵の目をじっと見つめた。なんてことだ、彼は本気で言っている。

「どうかしてます」

「完ぺきな解決法だろう」

「じゃあ、あなたが結婚すればいい」

「わたしはその騎士ではない。彼女もわたしの妻になる女ではないしな。あれだけの美貌だから、愛人にしようかと一瞬考えたこともあるが、まあ、弟の妻の従妹とあってはな」

いまいましい、この男もノーベリーと同類か。「前言を撤回します。おっしゃるとおり、あなたのような人たちに軽蔑心を抱くことはままあります」

「考えたこともあると言っただけで、実際にはなにもしていない」侯爵がけろりとして言う。

「だがいまのわたしの告白を聞いて、高潔なきみが腹を立てる理由はわからなくもない。気の毒なロングワース嬢は一家の破滅によって身をやつすことになり、貧しい生活を余儀なくされている。それをいいことに貴族のハゲタカどもが群がっても不思議は――」

「ええ、腹を立てていますよ、くそっ！」

カイルの悪態は空気に嚙みついてそこに留まった。カイルは歯を食いしばり、必死で怒りをこらえた。

「いまのままではロングワース嬢の未来はそういうハゲタカどものベッドのなかにしか見つからないだろうが、ふさわしい人物と結婚すれば、まっとうな人生を歩む機会が得られるかもしれない」イースターブルック侯爵が言う。「きみにその道を選ばせるにはいくらかかるだろうかと、今朝じっくり考えてみた。きみがいまどれほど腹を立てたかを踏まえると、思っていたほどかからないかもしれないな」

「あなたの仲間を買収すればいいでしょう。ロングワース嬢の身分にもっとふさわしい人物を。きっとどこかの男爵の五男が売りに出されてるはずだ」

「それではわたしの脚本に合わない。きみがロングワース嬢と結婚すれば、あの競売は忌まわしい結末ではなくロマンスの始まりになるんだ」

イースターブルック侯爵はあの腹の立つ尊大な目つきでカイルを眺めまわしていた。カイルはその独善的な顔を殴ってやりたかった。そうする代わりに席を立って向きを変え、ドアのほうに歩きだした。

イースターブルック侯爵の声が追ってきた。「彼女と結婚すればきみの地位は向上する。きみは富も学も持っているし、着こなしや話し方も習得している。だが自分の力だけでは門戸は開かないぞ。きみの妻がロザリン・ロングワースなら、わたしとわたしの家族全員がきみを受け入れる。そしてわれわれが受け入れれば、ほかの者も受け入れるだろう」

いまや湯気が立つほど激怒して、カイルは歩きつづけた。「門戸が開こうと開くまいと、かまうもんか」

「こうしてきみと会ってみたから、それが本心だとわかる。しかしきみの子どもたちはどうかな……？」

カイルはドアの寸前で足を止めた。イースターブルック侯爵は抜け目ない悪魔だ。恐ろしいほど勘がいい。運命に与えられたカードで自分がプレイするのと、わが子にもっといいカードが配られる可能性を捨てるのとでは、まるで話が違うことをわかっているのだ。

カイルが用意した環境に生まれてくる息子や娘は、その環境のせいで手に入れられないものを痛いほど意識するだろう。いまいましいのは、血がものを言う点だ。カイルの子に開かれない門戸は、ほかにもたくさんある。

上流階級出身の母親がすべてを解決してくれるわけではないが、それでも大きな違いはもたらされる。とりわけその母親が侯爵の姻戚《いんせき》で、侯爵に家族として認められており、レディ・アレクシアの社交の輪を出入りする女性なら。

「自分のためには社交界とのつながりもそれほど大事ではないかもしれないが、事業面でのつながりは大事だろう？　弟のヘイデンは家族の事業を担っていて、立てた計画はいつもみごとにこなしてくれる。きみも親戚のような存在として、そこに加えられるだろう」イースターブルック侯爵はいまもカイルの背中に向かって話していたが、その口調はもはや一方的な説得は終わり、交渉が始まったことを告げていた。

カイルは振り返った。「最近はあまり計画を立てておられないようですが」カイルはその理由を知っているが、侯爵が知っているかどうかはわからなかった。

「このところずっと、あいつは新妻に夢中だからな。断言しよう、きみは夢に見たこともないほど金持ちになる。組合《シンジケート》を組織してかなりの成功をおさめてきたと聞いているが、そうしたことで弟をしのぐ者はひとりもいない」

侯爵なら、本気を出しさえすれば弟をしのげるのではないだろうか。ヘイデン卿に関しては、いまは経済的な苦境に追いこまれているものの、かならず立ちなおるだろう。

「上流階級出身の美しい妻と、計り知れない富の可能性と――さて、ほかに思いついた賄賂《わいろ》はなんだったかな？　そうそう、薄くなった財布をまた分厚くするための五千ポンドだ」

「一万」

イースターブルック侯爵がゆっくりと笑みを浮かべた。「二万と言われるかと思っていた」

「二万払う用意があれば、最初にもっと多い額を提示しているはずです」

侯爵が愉快そうな顔になった。「合意に達したと思っていいのか？　アレクシアなら喜んでロングワース嬢に伝えてくれると思うが」

「ぼくはまだ売渡証に署名をしていませんよ」カイルはふたたびドアを目指して歩きだした。

「それに、やると決めたら、ぼくが自分でロングワース嬢に伝えます」

4

ロザリンは紙をたたんで封をした。前日に届いた手紙を取り、そこに記されている住所を書き写す。

ページのいちばん下にある兄の署名に目を留めた。筆跡の最後のほうは震えていた。かわいそうなティム。ロザリンは自分の涙でインクがにじんだ部分にそっと触れた。兄はいまではひとりきりで、文面は悲しみに満ちていた。当然の報いだと言う人もいれば、もっとひどい目に遭うべきだと言う人もいるけれど、ロザリンにとっては兄なのだ。弱いうえに過ちを犯しもしたけれど、それでも愛している。

兄の手紙を読んで、これまでにないほどの喪失感に襲われ、涙した。妹のアイリーンとの別れにはどうにか持ちこたえられたものの、ティムの手紙を読むと、いまや家族はばらばらになり、自分たちの過ちによって破滅したことを痛感させられた。旅の仲間が死んだというティムの知らせは、下降線をたどる一家の歴史に追い討ちをかけたようなものだった。

ロザリンは立ってボンネットの紐を結ぶと、かごを取ってそのなかに手紙を入れた。ティムはひとりではやっていけないだろう。いまでは途方に暮れているはずだ。見知らぬ国で、悲しみと喪失感と孤独に苛《さいな》まれている。手紙には家に帰りたいと書いてあったが、それはもちろん叶《かな》わない。

兄のことを考えながら、ロザリンは村までの道を歩いた。ティムの手紙に書かれていたことをアレクシアに知らせよう。アレクシアには知らせなくてはいけない。

村のはずれにある食品雑貨店に足を踏み入れた。ロザリンの姿を見るやいなや、ふたりの女性が出ていって、店主のプレストン氏は苦い顔になった。

それから店主はものも言わずにロザリンの買い物リストに応じ、小麦粉や塩やほかの品々を台の上に置いていった。一カ月前なら、ここで買い物をするときは会話をしていた。プレストン氏は叔父のように親切にほほえみかけてくれたものだ。その唇がいまでは一文字に結ばれて、あんたには品物を売りはするがそれだけだ、と告げている。

ロザリンはレティキュール（婦人用の小物入れ手提げ袋）から硬貨を数枚取りだした。この店ではもう掛け売りはしないとプレストン氏から言われたわけではない。三日前、プレストン夫人が店の外の小道まで追いかけてきて、そう説明したのだ。

醜聞がウォトリントンにたどり着いたのは一週間前。風に乗って運ばれてきたかに思えた。兄のティムが国外へ逃亡したあとに協力や同情を寄せてくれた人々も、古くからの友人も、いまではロザリンがこの世に存在していないかのようにふるまっていた。今後はこれまで以上に孤独な生活を送るのだろう。

プレストン氏にもう一枚硬貨を渡して、手紙を差しだした。「これを届けてもらえるよう、手配をお願いできるかしら？　郵便料金を渡しておくので」

ロザリンは品物をかごに詰めてから店を出た。今日もまたプレストン夫人がどこからともなく現われて、外の小道まで追ってきた。

「あなたを探してるって男の人が来たわよ」夫人が言った。

ロザリンは足を止めた。「だれかしら」

「名前は言わなかったんでね。見たところ紳士階級の人だったけど。三十分ほど前に店に来て、あなたの家はどこかって訊いていったの」プレストン夫人は非難と好奇心をその丸顔に表わすまいと懸命な努力をしていたが、あまりうまくいっていなかった。

ロザリンの胸は沈んだ。これこそ求めていたものだ――ロングワース嬢の家への道を尋ねる他人。訪ねてきた最後の紳士はノーベリー卿で、いまではだれもがその意味するところを知っている。

見ず知らずの男性が訪ねてくるなど耐えられない。あたかもロザリンが醜聞どおりの娼婦であるかのように、自己紹介をする紳士など。

「プレストンの奥さん、わたしにお客さまを迎える予定はないし、だれかを招きたいとも思っていないわ。通りすがりの見慣れない人に訊かれても、わたしの住んでいる場所を教えたりしないよう、お願いします」

「あら、教えたりするもんですか。悪魔の手助けなんてまっぴらだもの」プレストン夫人が首を伸ばして小道の先を見やった。「おや、噂をすればなんとやら。いま話した男の人が居酒屋から出てきたわ」

ロザリンが肩越しに振り返ると、ひとりの男性が軽やかに馬にまたがるところだった。肉屋へ行くのは明日にしよう。どうせそれほど買えるわけでもなし。ロザリンはプレストン夫人と別れて、小道を村のはずれへ、家のほうへと歩きだした。

なにか聞こえたわけではないが、問題の男性に見つかったことはわかった。その人物が追ってくるのを感じた。とうとう馬のひづめが地面をたたく音が背後に近づいてきた。

「ロングワース嬢？　きみだね？」

聞き覚えのある声に、ロザリンは振り返った。

「ブラッドウェルさん、驚いたわ」

ブラッドウェル氏が馬上から見おろした。目の覚めるような青い瞳は帽子のつばで陰になっている。最後に会ったときと同じように、服は非の打ち所がなく、特徴的なところもない。黒い乗馬用の上着から、淡い黄褐色の乗馬用ズボン、乗馬靴にいたるまで、だれの前に出ても恥ずかしくないものばかりだった。

「このあたりに来る用事があって、ふと、きみが元気かどうか見に行こうと思い立ったんだ」遠くなりつつある村を振り返ってから、道の前方を見やった。「一緒に歩いてもいいかな?」

断わるのは失礼だろうし、正直なところ、道連れがいるのは悪くなかった。「ええ、もちろん」

ブラッドウェル氏が馬をおりて手綱を握ると、ふたりは道を歩きだした。ロザリンのさげていたかごは、ブラッドウェル氏が持ってくれた。「ぼくはてっきり、きみの住んでいる場所を間違えて覚えてしまったかと思ったよ。村の人はだれもきみの家を知らないようだったから」

「あの人たちはあの人たちなりのやり方で、わたしを守ってくれているんだと思うわ。あなたはここでは知らない顔だから」

「そうだね。わかるよ」

この男性のこういうところが好きだった。彼はわかってくれる。あの夜もすべてを理解してくれた。ロザリンが、与えるべきではない男性に自分を与えてしまったこと。あの競売が十中八九、暴行につながっていただろうこと。その恐怖からは救えても、あの夜の結果からはロザリンを救えないこと。

歩きながらロザリンは、ときどきブラッドウェル氏のほうを見た。昼の光のなかで見るのは初めてだ。鋭い骨格を浮き彫りにするランプや月の明かりがないと、しっかりした顔立ちもそれほど荒削りな印象を与えない。どこを取っても男性的な顔で、その表情にみなぎる冷静な自信を見れば、彼が救出者を演じるにいたったのも当然に思えた。

あの夜に受けたそれ以外の印象は、まぶしい陽光のなかでもあまり変わらなかった。礼儀正しく穏やかな話し方をしていても、解き放たれたエネルギーを感じる。体の大きさと存在感は、いまも空気を左右に分かつかに思える。それだけでなく、あのときと同じ小さな警戒心をロザリンのなかに芽生えさせてもいた。

筋が通らない。この男性を恐れる理由はないのだから。心から信頼できるとても高潔な人物であることは、本人が証明してくれた。実際、隣りにいると守られているような安心感を覚える。それなのに、体は警戒していた。完全に不快というわけではないけれど、この男性の大きさに対する自分の反応を、ロザリンは過剰なまでに意識していた。

「ロンドンではご迷惑をかけているかしら？　例の醜聞が、という意味だけど」会話をしようと尋ねてみた。ブラッドウェル氏が会話を望んでいる気配はなかったけれど。それでも、ただ並んで歩いているのが少しばかり気詰まりになってきたのだ。少なくともロザリンにとっては。無言でいると、まるで赤の他人に思えてくる。

けれど完全な赤の他人とは言えない。ふたりのあいだには、あの忌まわしい夜の出来事から生まれた静かな親密さのようなものが、たしかに存在している。ロザリンが気まずさを覚えたのは、ほとんどなにも知らない人物とのあいだにそんなたしかな親密さを感じたせいだ。

「だいぶ下火になってきたし、ほかの男ならこういう注目を喜んだかもしれないね」ブラッドウェル氏が同情をたたえた小さな笑みを浮かべた。「世間というのは不平等なものだよ、ロングワース嬢」

「それを聞いてほっとしたわ。あなたは騎士のふるまいをなさったんだもの、懐だけでなく評判まで傷つけられていたら、たまらないわ。やり玉にあげられるのはわたしひとりでじゅうぶん。ねえ、教えて。わたしはいまもロンドンじゅうの話題になっているのかしら、それともいまではわたしの罪がささやかれるのは上流家庭の居間でだけ？」

ブラッドウェル氏の表情がまじめなものに変わった。「従姉さんと連絡は取っていないのか？　レディ・アレクシアなら話し相手としてうってつけだろう？」

「アレクシアからは二度手紙が来たわ。そんなことをしてはいけないのに。ヘイデン卿は、自分の妻がそんなつき合いを続けて評判を危険にさらしているのをご存じないか、妻を止められなかったかでしょうね。手紙は両方とも封を切らずに送り返したわ」

「きみが読んでも世間に知られることはないだろうに」

「まさかと思うようなことが知れわたるものなのよ。わたしのせいでアレクシアの名前に傷がつくなんて、絶対に許せないわ。でも……」ティムの手紙を思い出して、自分の決意がまた問題を生むだろうことを思った。「ブラッドウェルさん、ロンドンへはすぐに戻るの？　もしそうなら、従姉に伝言を頼めないかしら。わたしみたいな〝死んだも同然の人間〟にも、生きている人に伝えなくてはならないことがあるの」

「今日の午後には戻るつもりだ。喜んで引き受けるよ」

ロザリンは、ブラッドウェル氏のゆったりとした歩調に合わせてかすかに揺れるかごを見つめた。「アレクシアじゃなく、ヘイデン卿に伝えてもらったほうがいいかもしれないわ。そうすれば、ヘイデン卿からアレクシアに伝えてもらえるだろうし。そうよ、それがいちばんね」

「どうとでも、きみが望むとおりにするよ」

ロザリンはどうにか心を落ちつけて、感情を殺して話しはじめた。「ティモシーから手紙が届いた、と伝えてください。このあいだの夏にティムの旅の仲間が熱病でこの世を去ったと書かれていたと」

「ほかには？　どんな暮らしぶりをしているかとか、どこにいるかとかは？」

視線をあげたロザリンは、ブラッドウェル氏に見つめられていることに気づいた。青い瞳は帽子のつばの陰で黒く見える。黒く、興味津々で……険しく。

「ひとりぼっちで悲しそうだけど、なんとか元気でやっているようだわ」

「きみもひとりぼっちで悲しそうだ。お兄さんがきみより楽しく暮らしていることはないだろう。そんなのは不公平すぎる」

妙なことを言うものだとロザリンは思った。真実が多分に含まれているものの、この男性が理由を知るわけはない。

「わたしなら、ひとりも苦ではないわ。悲しそうに見えるとしたら、それは今日だけよ。兄から届いた手紙のせい。もしもあなたが訪ねてきたのが明日だったなら、もっといい話し相手になっていたはずよ」

ロザリンの家につながる小道にたどり着いた。ブラッドウェル氏が一緒にその道を進む。

「さっきはわたしの質問をはぐらかしたわね。それはつまり、わたしにまつわる醜聞の火はいまも燃え盛っていて、わたしが恐れていたくらい、ひどいということね」ロザリンは言った。

「こう言って慰めになるのなら、ノーベリー卿も無傷では済まされなかったよ」

「どんな批判を受けようと、ディナーへの招待状が二通は届くはずよ。奔放であることは、男性にとっては悪ではないもの」

家に近づくにつれて、小道の両脇に並ぶ木はまばらになっていった。ブラッドウェル氏が帽子を脱いで、ゆっくりと注意深く地所を見まわす。目に映ったものは彼の気に入ったようだった。

ロザリンもあらためて自分の家を見た。この男性の目を通して。中央の石と左右の翼《よく》は、実際には合っていないものの、ちぐはぐな印象を受けるというより魅力的に映る。二階までしかないので、そびえるというより広がっている感じだ。壮大な屋敷ではないがじゅうぶんに大きく、壁際まで広がる庭は、春と夏にはどの部屋にもすばらしい香りを運んでくれる。

「わたしの家族は五世代にわたってこの家に住んできたの。地所がもっと大きかったこともあるけれど、いまでも土地は残っているし、小さな農場も六つあるわ」

ブラッドウェル氏が目を凝らして、東の翼の向こうにかすかに見える離れを眺めた。「あそこはフリーホールド（土地と住宅の所有権が居住者にあるもの）かい？」

「限嗣《げんし》相続の不動産はないの。祖父は認めなかったし、父は亡くなる前に設定することをしなかったから」

「それは軽率だな」

ロザリンはドアを開けた。家の主《あるじ》の帰宅を受けてがらんとした空間が生気を帯び、たったひとつの足音を響かせようと待ち構えた。

ロザリンはブラッドウェル氏にお礼を言って、かごを受け取った。

驚いたことに、ブラッドウェル氏は少しさがって馬の手綱を杭《くい》に結わえた。

「ぼくは建物に興味があってね。よければ家のなかを見せてもらえないかな」

そう言うと、辛抱強くロザリンの返答を待った。長身の体で、堂々とした態度で。今日はほとんど風が吹いていないのに、ロザリンはまたしてもふたりのあいだの空気が波立つのを感じた。ばかばかしい、刺激的とも呼べる警戒心が、なお強く脈打ちながら全身をめぐる。

ロザリンは空っぽの庭を見まわして、だれもいないことをあらためて認めた。「いまさら形式張るのも滑稽《こっけい》よね。いまやわたしの名前についてまわる重大な不道徳な行為に比べれば、あなたを招き入れるのなんてささいなことだもの」

「だとしても気が進まないと言うなら、その気持ちはわかるよ」

もちろんこの人はわかってくれるだろう。けれどやはり滑稽だし、それすらこの人はわかっているのだ。きっとこの男性はだれに対しても無理強いしたりしないだろう。評判が地に落ちた女性にも。着ている服と同じで、そのふるまいも完全に非の打ち所がないのだ。

けれどロザリンにとって決め手になったのは、そこではなかった。残酷な真実を言ってしまえば、人の声に飢えていた。ブラッドウェル氏の予期せぬ訪問のおかげで、沈んでいた気分は上向き、ティムの手紙による悲しみは多少なりとも癒されていた。

「どうぞ入って、気の済むまでなかをご覧になって」


嘘はついていない。本当にこのあたりに来る用事があって、ロングワース嬢の様子を見に行こうと思い立ったのだ。が、かなり遠くまで足を伸ばしたことは否めない。ほかのことに没頭していないときはずっと、イースターブルック侯爵の提案で頭がいっぱいだった。

遠くからでもロングワース嬢がわかった。後ろ姿だったので、ボンネットと外套《がいとう》しか見えなかったものの、たちまち目を吸い寄せられた。足取りにみなぎる自尊心が、どんな肖像画よりもはっきりとロングワース嬢その人を特徴づけていた。

カイルは家の敷居をまたいだ。礼儀を重んじる女性ならひとりの住まいに男を招き入れたりしないものだが、形式張らないでくれてほっとした。ふたりのあいだに危うい空気があるにせよ、ロングワース嬢は分別のある女性だから、カイル相手に美徳や礼儀作法や安全性というカードを切るようなまねはしないだろう。

この家と持ち主に興味があった。前者を眺めれば、後者の暮らしぶりがわかった。いいとは言えない。部屋はどれもがらんとしている。かつてこの家を飾っていた家具はどれも売り払われてしまったのだろう。

召使いがいないことは訊くまでもなかった。前庭にはだれもいなかったし、厩舎《きゅうしゃ》や菜園から聞こえてくる音もない。家は静けさに軋《きし》み、ふたりの存在はその静けさを強調するばかりに思えた。

ロングワース嬢はカイルがそれらのことを理解したのに気づいたのだろう。外套を脱いで背を向け、ボンネットの紐をほどきはじめた。「兄のティモシーが財政面でつまずいたの。かなり派手に。前の春に、あなたも耳にしたかもしれないわね」

「ああ、小耳に挟んだよ」財政面でのつまずき、か。あの悪党は英国に戻ってこられないだろう。「この地所はどうして売却せずにすんだのかな?」

「妹とわたしが困らないように、ヘイデン卿が面倒を見てくださったの。わたしたちとこの土地を守ってくださった。あの夜、ヘイデン卿の寛大さについて言ったのは、そういう意味よ。彼は兄の借金をすべて肩代わりしてくれたわ。そしてもちろん、わたしは一生をかけてもお返しできないの」

じつは、ヘイデン卿が肩代わりしたのは全額ではない——そうしようと努力はしたが。少なくともひとりだけは、ティモシー・ロングワース本人以外からの返済を拒んだのだ。それに、ヘイデン卿からの金を受け取った全員が満足したわけでもない。

カイルはロングワース嬢の案内で居間に入った。木の椅子が三つと、小さなテーブルがひとつと、すり切れた絨毯が一枚、残されていた。窓にかかっていただろう絹のカーテンは消え去り、いまでは透けるほど薄い白い布がさがっているだけだ。

「どうぞ座って、ブラッドウェルさん。なにかつまむものを用意するわ」

カイルが断わる前にロングワース嬢は行ってしまった。カイルは腰かける代わりに部屋のなかを歩きまわり、足と目で測量した。窓枠と天井を観察し、それから食堂に移って同じことをした。

図書室も観察し終えたら、家の裏手にぶらぶらと歩いていった。かすかな物音を頼りに進むと、台所にたどり着いた。

ロングワース嬢が窓辺の調理台に向かっていた。午後の太陽が金髪をきらめかせ、まばゆい光で横顔を包んでいる。戸口からでも繊細な輪郭が見て取れ、磁器のような頬にかぶさる愛らしい金色のまつげは、一本一本を数えることさえできた。

〝おまえのような男には手の届かない女性だよ〟あの夜、劇場で見惚《みと》れたときに自分に告げた言葉だ。ここ数日、何度もくり返してきた警告でもある。イースターブルック侯爵の正気とは言えない計画が、カイルの心に誘惑の糸を垂らしてくるたびに。

ロングワース嬢は美しくて優雅で自尊心に満ちている。五代にわたるこの州屈指だった一家に生まれた。間違いなく、カイルのような男には手の届かない女性だ。

いま、そのロングワース嬢は慎重にパイを切り分けている。おそらくは、残り少ないパイのひとつを。窓の外にはりんごの木が見える。つまりロングワース嬢は自分でりんごの実をもぎ、自分であのパイを焼いたのだ。台所の棚に目をやると、買い置きの食材はほとんどなかった。きっとあのパイは、一週間はもたせるつもりで焼かれたに違いない。

テーブルの上にはシードルの入ったグラスがふたつ置かれていた。ロングワース嬢が二切れのパイをそれぞれ皿に載せる。

「手伝おう」カイルは言った。

その声に、ロングワース嬢が踊り子のようにくるりと振り返った。カイルは赤く染まった頬に気づかないふりをして、両方のグラスを取ると、居間の椅子のほうへと運んでいった。

「自分で焼いたんだね」パイを何口か食べてから、カイルは言った。お世辞にもおいしいとは言えなかった。砂糖も塩もほとんど入っていないような味だ。

「父が借金を残して他界したあとは、ここでつましい暮らしを送ってきたの。兄がロンドンの銀行の共同経営権を買ってようやく、生活が上向いたわ。しばらくのあいだ、だけど」

「そのお兄さんというのは、ベンジャミンのことだね。ギリシャで亡くなったという」

古い悲しみを呼び覚まされてロングワース嬢の表情が翳《かげ》り、カイルは話を持ちだしたことを悔やんだ。そのとおりだと無言で認めるかのように、ロングワース嬢がまつげを伏せた。

パイを一口かじってからロングワース嬢が言った。「かつての倹約生活のおかげで、召使いのいない暮らしには慣れているの。苦じゃないわ。やることがあって助かるくらいよ」

「ヘイデン卿なら、きみが召使いのいない家でひとり暮らしをしなくてもいいように、手を打ってくれそうだが」

「わたしが断わったの。だけど妹にも同じ生活を強いることはできなくて、いま、妹はヘイデン卿のところで暮らしているわ。アレクシアには自尊心が強すぎると言われるけれど、断わったのは自尊心からじゃないのよ。ヘイデン卿は、ご自分とは関係ないことのためにずいぶん骨を折ってくださったわ。本当に感謝しているけれど、もうじゅうぶん罪悪感を覚えていて、これ以上の支援は受け取れないの」

罪悪という言葉を口にした途端、ロングワース嬢の頬が染まった。このあいだの自身の罪のことを言ったのか、それとも兄のティモシーの罪のことを言ったのか。カイルにはわからないが、後者だとしたら、この女性が罪悪感を覚えるいわれはない。

彼女もまた、数多《あまた》いるティモシー・ロングワースの犠牲者のひとりにすぎないのだから。

あの悪党はヘイデン卿の支援をあてにして、せめて妹たちのつましい生活は守られるだろうと高をくくっていたに違いない。だとしたら、同じロングワース家の一員でも、兄は妹の公正さを見くびっていたということだ。

「すごくおいしいパイだった」カイルは最後の一口を食べ終えて言った。

「わたしを傷つけまいとして言っているだけでしょう？」そう言いつつも、うれしそうだ。

「まさか。アップルパイはよく食べるから、おいしいのを食べればそれとわかるんだよ。あんまり好きすぎて、ときどき朝食にするくらいだ。庭にりんごの木があるのかい？」

「ええ。ご覧になる？　散歩でもしましょうか。もしよければ、菜園と地所を案内するわ」

「うれしいな。ぜひ」

　それから菜園にたどり着くまでロングワース嬢は口をつぐんでいた。だいぶ歩いたので、カイルは家の裏側を端から端まで眺めることができた。

「建物や土地に関心があるとおっしゃっていたけど、ずいぶん熱心にご覧になるのね、ブラッドウェルさん」

「それは、ぼくの関心が熱心な専門家としてのものだからだろうな」

「不動産管理人なの？」

「ときにはそういう仕事もする。いろんな家を建てるから、きみの家からアイデアを盗んでいるんだ」

「じゃあ、建築技師なの？」

「そういうときもあるね」

ちょうどカイルが家から視線を移したとき、ロングワース嬢が答えを導きだした。唇をすぼめて、ほんの少し目を狭めている。

「地所を手に入れてばらばらに切り刻んでしまう人たちのひとりなのね？　ミドルセックスで頻繁に行なわれているような」

ロングワース嬢がそれを不快に思っていることはカイルにもわかった。たいていがそうだ。

「土地を所有している人の多くは開発したいと考える。何十年か前にぼくみたいな人間がいなければ、メイフェアは存在しなかったんだよ。ロンドンの広場も」どんな反論も予想がつく。いまロングワース嬢の頭のなかに浮かびつつあるだろうひとつに答えた。「分割した区画には、ずっと昔からそこにあったかのような、景観に馴染む家々を設計することにしてる。言ったとおり、きみの家からアイデアを盗んでいるのはそういう目的のためだよ」

「土地の所有者は希望を述べることができるの？　つまり、土地を貸したり売ったりする人は、新しい家々が田舎の景観を破壊しないよう求めることができるの？」

「すべての要望を満たすにはたいてい土地が足りないから、所有者は自分の希望を取捨選択することになる」

ロングワース嬢はそれ以上なにも言わず、菜園をゆっくりと歩いた。続いて小道を進んでいたカイルは、耕された形跡のある一画に気づいた。夏には野菜や花が育つのだろう。

「土地のことをどれくらいご存じなの、ブラッドウェルさん？　建物用の価値を査定するだけ？　それとも園芸についても詳しい？」

「園芸のことも少しはわかるよ」

「じゃあ、ひとつ助言をいただけるかしら」

ロングワース嬢はそう言うと、菜園の裏手の門を出て、芝草や雑草の茂る土地を横切った。かつては牧草地だったのだろう。ここで一家の馬が草を食《は》んでいたのだ。

ロングワース嬢の案内で緩やかな傾斜をのぼり、小高い丘のてっぺんにたどり着いた。みごとな景色が開け、なだらかに起伏した田園風景が望める。農家の屋根が点々と、いちばん近くの地所に散っていた。訊くまでもなく、ロングワース嬢の借地人の家々だ。カイルは瞬時に借地の品定めをした。遠くにはオックスフォードの建物も見える。二十マイルほどの距離だろう。

「売ろうかと思ったことは？」カイルは尋ねた。

「わたしが好きに売ったりしていい土地じゃないもの。だけどあなたみたいな人から問い合わせの手紙は来たわ。お知り合いかもしれないわね。ハリソンさんという人よ」

「ああ、知り合いだ。彼が興味を引かれたのは、ここがオックスフォードに近いからだろうな」

「かなりの額を提示されたけど、向こうをその気にさせても意味はないから。ここは一家の土地で、所有者はわたしじゃなく兄なの。わたしになにか言えるとしたら、売却されることは永遠にない、ということね」

ふたりは歩いて丘をくだり、五エーカーほどの土地に入った。黒々とした耕地に収穫の名残が散らばっていた。

「農地のひとつよ」ロングワース嬢が説明する。「借地人は越していくわ。二カ月ほど前にそう言われたの」

ということは、醜聞のせいではない。とはいえロングワース嬢が小作料に頼って生活しているなら、借地人を失うのは痛いだろう。

「次の借地人が見つかるさ」

「見つからないかもしれないわ」ロングワース嬢がハーフブーツのつま先で足もとの土をつついた。「出ていく借地人の話では、この土地は実りがよくなくて、年々悪くなってきたんですって。土が痩せてきたというの。それが本当なら、次の借地人は見つからないかもしれない。見つかったとしても、小作料はこれまでどおりとはいかないわ」

カイルはしゃがんで土をひとつかみ手に取った。「ここが休耕地にされたという記憶はあるかな?」

「覚えているかぎり、耕されていないときはなかったわ」カイルのしていることを見ようと、ロングワース嬢が肩越しにのぞきこんできた。実際にはカイルはとくになにもしていなかったので、接近した彼女の顔と体をただ意識した。激しく。

地面にもっと深く指をうずめて、土を掘り起こした。そのかなりの量を、裏返した帽子に移す。ジョーダンがさぞかし怒るだろう。「ロンドンの知り合いに、土が瘦《や》せているかどうかを調べてくれる男がいる。この土を持っていって、問題が土壌そのものにあるのか調査してもらおう。土壌に問題はないという結果が出たら、その借地人は耕作が下手ということだ」

カイルはそう言って立ちあがった。ロングワース嬢はかなりそばまで近づいていたので、彼が立ちあがるとふたりの距離はほんの十五センチほどに縮まった。ロングワース嬢がぱっと身を引く。まるでカイルがどこからともなく忽然《こつぜん》と現われたかのように。

ロングワース嬢の女性らしさが漂ってきてカイルを取り巻き、競売の夜のあの生々しい抱擁を思い出させた。愛らしい顔を見つめているうちに、土を入れた帽子ばかりか景色そのものさえどこかに消えた。何夜もカイルを悩ませた、うしろめたい夢の数々が鮮明に蘇《よみがえ》ってきた。

見つめ返すロングワース嬢は警戒心をにじませており、そのせいでひどく若々しく見えた。怯えているとか侮辱されたと思っているとかではなく、ただ好奇心を抱いているように見えた。期待しているようにも。まるでカイルが適切な距離までさがると思っているかのように。

カイルとしては、むしろもっと不適切な距離まで近づきたかった。ロングワース嬢の目は驚くほど感情豊かだ。どれほど思いがあらわになっているか、自分でわかっているのだろうか。そこには今日の悲しみと、この土地への不安と、いま耐えている孤独が浮かんでいた。それだけではなく、率直さも。あの夜、ふたりのあいだに生まれた親密さを、しっかり認識しているという証拠も。

ロングワース嬢が赤くなって顔を背け、からみ合った視線をほどこうとした。カイルは手を伸ばすと、信じがたいほどやわらかい頬を指二本で撫《な》でおろし、そっと顎を包んだ。背けた顔を向きなおらせた。

見つめ合ううちに、ロングワース嬢の自尊心が崩れていった。ふたりはふたたびノーベリーの屋敷からほど近い小道で月光に包まれていた。ただしいまは昼間で、まぶしい陽光がロングワース嬢の反応をもっとはっきりと暴いている。警戒心。驚き。当惑。それらは彼女の美しさにも負けない魔法でカイルを魅了し、脈拍をあげさせて、手を伸ばせば届くふたりの距離を縮めた。

ほとんど触れていないのに、それでもかすかな震えを感じた。

〝おまえのような男には手の届かない女性だよ〟

紛れもない真実だ。それでもカイルはキスをした。

ごく短いキスを。本当はもっと多くを求めていたが。われながら驚くほど多くを。唇のやわらかさや、しなやかで従順な温かさに、何年も前に体験した初めてのキスを思い出した。ロングワース嬢が頬を染め、ふたりのあいだに距離をもうけようと、ぎこちなく後ずさった。

それからまっすぐにカイルを見つめた。今度は少しの当惑もない、悲しそうとも呼べる目で。ああ、なんと知的な目だろう。

「そういう種類の期待はしていないと言わなかった？」

「あの夜を理由に都合のいい思い違いはしない、と言ったんだよ。きみは美しい女性だ。それに気づかないとしたら男じゃない」

ロングワース嬢の取り戻した落ちつきが、目に見えて揺らいだ。「いまのわたしにとっては、そういう目で見られることは少なからず迷惑なの。今後は慕ってくれる男性が現われたとしても、醜聞どおりの女なんだろうかと訝《いぶか》られているんじゃないかと、絶えず悩むことになるわ」

「ぼくは英国じゅうでただひとりの〝訝らない男〟だよ。なにしろすべてを知っているからね。だけどきみが悩んだり迷惑に思ったりしなくて済むように、今後は〝そういう目〟で見ないよう努力しよう。努力が実るとは思えないが」

一言一句を拾われて、ロングワース嬢が笑った。あるいは自分を笑ったのかもしれない。それから向きを変えると、カイルの帽子を手で示しながら歩きだした。「また助けてくれるなんて、やさしいのね。申し訳ないわ、その帽子は二度と使えないんじゃないかしら」

「どうってことない」

土を携《たずさ》えて、カイルはロングワース嬢の隣りを歩いた。ロングワース嬢はしっかりした足取りで家を目指している。なにを考えているにせよ、少しばかり困った顔で。

菜園にたどり着くと、ロングワース嬢がりんごの木の下で足を止めた。カイルをふたたび家に招き入れるのを躊躇《ちゅうちょ》しているのだろう。この女性はうぶではない。先ほど畑で、カイルの全身を熱くしたものを目にし、感じたのだ。

「お名前は、ブラッドウェルさん？　唇を奪われたんだもの、知っていて当然だと思うわ」

カイルはなにも奪っていない。ロングワース嬢もそれはわかっているはずだ。「カイルだ」

「カイル。すてきな名前ね。ノーベリー卿が、あなたはダラムの炭坑出だと言っていたけれど、あれはどういう意味なのかしら」

「ぼくが北部の炭坑村の、炭坑夫の家に生まれたという意味だよ」

「それがいまでは、建築技師の仕事をしたり、不動産管理人の仕事をしたり、建物と土地に専門家としての関心を持ったりしているのね。珍しい経歴だこと」

「後援者が見つかって、教育を受けさせてもらったんだ。フランスに留学して、土木技術と建築術を学ばせてもらった」

「フランス！　あなたの経歴は想像していた以上に珍しいわ。その後援者はあなたを支援して正解だったと思っているでしょうね。教育の成果が申し分なく表われているんだもの」

そう言ってカイルに視線を走らせ、努力に費やされた年月の成果を眺めた。その視線に称賛がこめられていることはカイルにもわかったので、素直に受け入れることにした。

「正解だったと思われていたら、ぼくとしてもうれしい。彼に認められることは、ぼくにとって重要だからね」

ロングワース嬢の笑みが変化した。いままでは励ますような雰囲気で、なんだか子ども扱いされているような気がする。それでもあまりに目が輝いているので、カイルは気にしないことにした。今日のロングワース嬢はずっと沈んでいたけれど、この笑顔で活気が戻ってきたから。

「じゃあ、そろそろ出発するよ。パイをごちそうさま。地所を案内してくれてありがとう」

カイルは帽子を掲げた。「畑の土の調査結果が出たら知らせるよ」

そう言うと、菜園の横手の門まで歩いていった。蝶番《ちょうつがい》のひとつが壊れていたので、蹴《け》って開けなくてはならなかった。馬をつないでおいた場所にたどり着いてから、どうやったら土でいっぱいの帽子を持ったまま鞍《くら》にまたがれるだろうかと思案した。

この土は手放したくなかった。もう一度ロングワース嬢に会う口実だから。

5

「待っていても無駄だぞ。いまはそっちにかまけてる時間はないんだ。週末になれば時間が取れるかもしれないが」

ジャン・ピエールが気もそぞろな声で言い、カイルに向かって追い払うような手振りをした。ジャン・ピエールの視線は、ふたりに挟まれた長い作業台の上でガラスの都市を形成している試験官やビーカーの列に据えられたままだ。

ジャン・ピエールがうずくまって、液体を蒸留する装置をじっと睨《にら》む。球根形のガラス容器のせいで、良識ある女性を何人ものにしてきたフランス人らしい愁《うれ》いをたたえた端整な顔が、ぐっと拡大して見えた。

ロングワース嬢の土は小さな木の箱に収められ、屋根裏にあるこの散らかった研究室の作業台に載せられている。若き化学者がありがたくも時間を割いて分析してくださるときを、じっと待っているのだ。

そのときが遅れる要因について、カイルにはいくつも心当たりがあった。ジャン・ピエール・ラクロワはフランスの偉大な化学者たちから技術を教わっており、ことあるごとに師の名前を口にする。だからロンドンでも数多く仕事が見つかって、研究や罪深いことを続けていられるというわけだ。

カイルは作業台を回って、ジャン・ピエールの邪魔になる場所に椅子で陣取った。

「週末まで待てない。そのころにはきれいさっぱり忘れられているだろうからな。おまえがいま心を注いでいる花は間違いなく一日か二日のうちに摘み取られるだろうし、そうなったら二週間はどんな実験もおあずけだ」

ジャン・ピエールがうんざりしたように舌打ちをした。カイルの脇から腕を伸ばして、緑色の金属の粒が載った皿をつかもうとする。カイルはわざとそちらに体を傾けた。

「まったく《モン・デュー》、困ったやつだな。あっちへ行け」

カイルは木の箱を指差した。「土を調べろ。いますぐ」

「土、土って——いったい土がどうしたっていうんだ。おまえは土を耕すんじゃなくて、建物を建てるためにどかせるんだろう？」

「友人のためだ。レディの」

「レディだと？　それはおまえたち英国人が気安く使う単語じゃないな。つまりこの土は、先週トランプをしたときにテーブルを囲んでいたあの女のものだっていうのか？　彼女は蒸留酒を飲んでいたぞ、友よ《モナミ》、あれは最高に不愉快だった。もしあの女が土ごときの悩みでおまえを煩わせているなら——」言葉を止めて肩をすくめた。

カイルはその仕草を知っていた。パリで学生時代にジャン・ピエールと知り合ったころから、その何気ない動きは〝言いたいことはたくさんあるが、言うだけ無駄だ〟ということを意味してきた。

「大胆で酒に強い賭《か》け事好きの彼女じゃなくて、別のレディだ」

ジャン・ピエールの目に楽しそうな光が宿った。蒸留液の下の火を調節してから、カイルに視線を向ける。

「別の？」

「ああ、別の」

「おまえはここ数週間の幸運をわかってないようだと思っていたが、よかった、それほどばかじゃなかったんだな。俺《おれ》は年老いた叔父貴のごとく心配していたんだぜ、おまえにはブルジョア根性が染みついていて、おまえたち英国人が大好きな醜聞騒ぎから生じた好機《セ・ボン》に乗じる気がないんじゃないかとな」にやりとして人差し指を振る。「どうやら見くびってたらしい。さすがのおまえも好機を逃すほどばかじゃ——」

「いったいなんの話だ？」

「土のレディのことだよ。それからほかのレディたちと、とにかくすべての女のこと。いまじゃあどの女もおまえを求めてる。みんな、大金を払って娼婦を救った男のことを知りたくてたまらないんだ。俺の女友達も口々に訊いてくるんだぞ、おまえはどんな男なんだって」

ジャン・ピエールがため息をついた。「じつに面倒くさい」

「ぼくは今度の醜聞を理由に饗応《きょうおう》を受けたことはないが、おまえはずいぶん腹を満たしたみたいだな」

「俺たちが旧友だと聞きつけた連中が、蝿《はえ》のようにたかってきたんだよ。たしかになかにはおまえをどうしようもない間抜けか独りよがりの田舎者だと思っているやつもいるが、たいていは言うまでもなく、おまえに首ったけさ」

ジャン・ピエールは騎士の従者の役を買って出たらしい。最近やけに忙しそうなのも納得だ。この実験台に向かったのさえ数日ぶりに違いない。

ジャン・ピエールがちらりとカイルを見た。「興味なしといった顔だな。いかにも……英国人的だ。まさか言うなよ、この醜聞を利用しなかったなんて。舞いこんできた誘いを受けなかったなんて。さもないとおまえを追いだして、二度と一緒にワインを飲んでやらないぞ」

ジャン・ピエールの説教はたいていこんな感じで、まだ若さと富と自由があるうちに手に入る女をものにしておけとカイルを焚《た》きつけるのだった。

カイルは友人の教えを無視した。人生のその部分は自分のやり方でいく。修道士さながらとは言わないが、放蕩者になる気もない――ジャン・ピエールはがっかりするだろうが。じつは最近、ディナーの誘いは数多く受けた。ただ、あの夜のせいで舞いこんできた誘いには純粋に興味が持てなかったのだ。誘われた先が、テーブルだろうとベッドだろうと。

もてなしてくれるのがロングワース嬢でないかぎり。

「土だ」カイルは言って箱を指差した。「ぼくのおかげでいい目を見たなら、いますぐ調べられるはずだろう？」

ジャン・ピエールが天を仰いだ。箱をつかんで、たたきつけるように目の前の台に置く。それから液体の入ったガラスの小瓶を集めはじめた。「間違っても、土地を買って耕そうとしてるなんて言うなよ。善良で退屈な英国人農夫になるつもりだなんて絶対に言うな」

「ぼくが言っちゃいけないことはずいぶんたくさんあるんだな。おかげで言うことがなくなった。じっと座って見物するとしよう」

「そうしろ」ジャン・ピエールが土を少量匙《さじ》ですくって、ずらりと並んだ細長い試験管に移していった。その上に、先ほど集めたガラスの小瓶から液体を落としていく。「断わっておくが、これはただの理論だからな。まあ、いい理論だし、正しいとも思うが。植物を育てるには土がどんな化学物質を含んでいなくてはならないか、すでに証明されてる。それがこの土に含まれてるかどうか、たしかめてみよう」

最後の液体が試験管にしたたり落ちた。ジャン・ピエールがすべての試験管にコルクで栓をして、軽く振ってから架台に戻した。

「しばし待つ」そう言って食器棚を開けると、ワインボトルとグラスふたつをつかんで、チープサイドを見おろす窓際のテーブルに運んだ。

十二月の空は低く灰色だ。テーブルのそばでは心地よい暖炉の火がぱちぱちと燃えている。錬鉄製の椅子はフランスのテラスやバルコニーで見かけられるものにそっくりだ。ジャン・ピエールはこの窓辺に故国の一部を再現していた。それを見るたびに、カイルは彼の地での日々を思い出した。

学校《エコール》での教育は厳しく刺激的なものだったが、パリではほかにもいろいろ学んだ。もちろん性教育も。それについてはジャン・ピエールが面倒を見てくれた。もっと興味深かったのは、変わりゆく社会を目の当たりにしたことだ。ナポレオンが死に、革命はとうに終わり、王がふたたび世を治めたものの、自由《エガリテ》を求める叫びがフランスの前途を変えた。

もちろん完全にではないが。フランスにおいてさえ、いざ結婚となると血がものを言う。違うのは、生活の全領域が血に支配されることを国じゅうが認めなかったという点だ。

だからコティントンはカイルをあの国へ行かせたのだろうか？　いや、伯爵は急進派ではない。むしろフランスを選んだ理由は息子のノーベリーにあるのだろう。当時、ノーベリーは父親が後援者の役割を演じつづけることに苛立ちはじめていた。

「結婚しようかと思ってるんだ」カイルはくつろごうと両脚を伸ばした。ジャン・ピエールよりずっと背が高いし、この錬鉄製の椅子は美しいけれどやや脚が短いのだ。「求婚する決心はまだついてないが、真剣に考えてるよ」

「土のレディか？」

「そうだ」

「本物のレディなんだろうな？」

「ああ。だがおまえが昔つき合っていたマドモアゼル・ジャネットと同じだ」

「ああ、なるほど《ウィ》。生まれがよくて、親戚は腐っていて、一文なしか」ジャン・ピエールがグラスを掲げる。「そして向こうの試験管から察するに、土地は不毛、と。ご愁傷さま」

「賛成してくれないんだな」

「そんな女性と結婚してみろ、今後一生、毎日思い出させられるんだぞ、自分は彼女にふさわしくないと。彼女を幸せにしようとして無駄に金を使い果たし、自分の子には見くだされるのがオチだ。いや、賛成できないね」

ジャン・ピエールはいつでも歯に衣《きぬ》着せぬ物言いをする。カイルもフランス語を学んだ経験から知っているが、新しい言語を学ぶにあたって、微妙な言い回しはいちばん覚えにくいものだし、最後まで習得できないことも多いのだ。

そういうわけで、いまジャン・ピエールが述べたことこそイースターブルック侯爵の壮大な計画を断わるもっともな理由だった。侯爵にとってはたいしたことではないだろうが、彼はお山のてっぺんで暮らしているから、それがどんなに大きな反対理由になるか、わからないのだ。

「で、そのレディというのはだれなんだ？」ジャン・ピエールが目を細めてカイルを見た。

「ロングワース嬢だ」

「そうじゃないかと思ったよ。いかにも英国人らしい選択だ」テーブルに両腕を載せて身を乗りだす。「騎士道精神から責任を感じてるんだろう。美人に感謝の言葉を浴びせられて、いい気分になったんだ。それで今度はほかのことからも救ってやらなきゃいけない気になったというわけか」

ジャン・ピエールはみごとに侯爵の脚本を補足しているばかりか、カイルが認めたくないほどに図星を突いていた。

「危機に瀕《ひん》した悩める乙女の実態を教えてやろう、友《モナミ》よ。俺の国にはいまも古い歌や物語《ロマン》が残っているから、真実を知ってるんだ。騎士は美しい乙女を助け、乙女は心からの感謝を捧《ささ》げる。そうしたら騎士は道ばたの草むらに乙女を引きずりこんで、服を脱がせてやりまくり、それからまた馬にまたがって去っていくのさ」

カイルも笑うしかなかった。「ゆうべ見た夢にそっくりだ」

「彼女に同情と欲情を感じてたって結婚する必要はないことを、夢は知ってるんだよ。いまなら向こうは喜んでなんでもするはずだ。なぜそんな女と結婚する？　国じゅうの噂になってる女と？」

本当になぜだろう。おもな理由はその女性を欲しているからで、自分はノーベリーのようなハゲタカどもとは違うと思いたいからだ。それと、運命の気まぐれによって、本当に彼女が求婚を受けるかもしれないという得がたい状況が用意されたからかもしれない。

　別の道を考えなかったとは言えない。ロングワース嬢は一度誘惑に落ちたことがあるし、このあいだ訪ねてみて、また誘惑されれば落ちるだろうという確信を得た。それが騎士からの誘惑なら、とくに。

「財産贈与の予定があるんだ」カイルは言った。

「だれから？　兄貴は借金にまみれて逃げたんだろう？　それもマイナスポイントだ」

「彼女の家族からじゃない。別の人間が申し出た」

「じゃあ、それほどの額じゃないな。親切な人間は財布の紐が固いんだ。たいした金は出さずに、祈りを捧《ささ》げて天国での報いを祈るだけさ」

「じつはかなりの額なんだ」

「本当か？　おまえから見てもかなりの《ヴレマン》？」

「ああ」

　ジャン・ピエールが感心した顔になって、さらにワインを注《つ》いだ。「なぜそれを早く言わない？　それですべてが変わるじゃないか」

ロザリンは家の裏手の野原を越えて丘をのぼった。どんよりと曇った空模様も、顔に吹きつける風も気にならない。足の周りで躍る枯葉も目に入らない。空想のなかでは、陽光と温《ぬく》もりに包まれて、けっして枯れることのない花が咲き乱れる世界を歩いていた。

外套をぎゅっと引き寄せて丘の上に腰をおろした。風に背を向けて遠くが見渡せるほうを向くと、外套の下から二通の手紙を取りだした。どちらも別々のやり方で、容赦ない孤独感を一時的に癒してくれた。

昨日、糸を買いに村へ行ったときに受け取った手紙だ。読んでみると、くすんだ世界にふたたび光が射してきた気がした。

一通はロンドンからで、差出人は会ったことのない女性だった。フェイドラ・ブレアはヘイデン卿の弟のエリオットと結婚したばかりで、考え方も行動も外見も常軌を逸しているともっぱらの評判だ。レディ・フェイドラが手紙を寄越《よこ》したのは、自己紹介をして、ロザリンが都会を追われて孤独な暮らしを送らされているのは野蛮で不公平だと嘆じるためだった。

けれどレディ・フェイドラは、文句を言うだけで行動しない女性ではないらしい。手紙には、自分はオールドゲート近くに小さな家を所有しているから、もしロザリンがロンドンに来たいなら使ってくれてかまわない、と書かれていた。自分もエリオット卿もロザリンを歓待する、ともはっきり記されていた。どうやらこの夫婦は偽善とは縁がないらしい。

しっかりした筆跡の、ちょっぴり勇ましい文面に、ロザリンはくすくすと笑ってしまった。

エリオット卿はさぞかし興味深い人生を送っていることだろう。

笑いがこぼれたことに、ロザリンは面食らった。とても奇妙に思えた。とても不慣れなものに。最後に笑ったのはいつだろう？　地平線を見つめて思い出そうとした。数週間前。もしかしたら数カ月前かもしれない。楽しい気分は久しぶりすぎて、なんだかめまいがしてきた。

この予期せぬ気分を運んできたもう一通の手紙を見おろした。

ティムがまた書いて寄越したのだ。兄の筆跡を目にしたときは驚いた。この一通が発送される前にロザリンの手紙が届いたわけはないから。封を切るやいなや、やはりこれは兄からの返事ではなく、さらなる知らせだとわかった。

ロザリンが送った手紙をティムが受け取ることはないだろう。それまで滞在していたフランスの町を発つと書いてある。けれどティムは妹の心を読んだのか、ロザリンが手紙で切りだした話を自ら提案していた。こっちに来ないか、イタリアに落ちついたらまた手紙を書く、と。

ロザリンには兄のすがるような思いが読み取れた。ティムは知らないのだ、妹を言いくるめる必要などないことを。このまま英国にいてもロザリンにはろくな人生が待っていないことを。

ティムは旅や冒険のことを書いていた。美しい山や海を約束し、フィレンツェやローマやさまざまな魅力あふれる土地のことを語っていた。想像するだけでロザリンの胸は躍り、昨夜はほとんど眠れなかった。長いあいだ絶望の暗闇をさまよっていたけれど、いまは希望の輝きに満たされている気がした。

草の上に仰向《あおむ》けになって空を見あげた。大陸は英国よりも太陽の光に恵まれていると聞く。すでにその温もりを感じていた。それは幸福感をもたらし、自由だという浮き立つような感覚を芽生えさせた。

うれしいのは、兄がこの手紙を書いたのはロザリンからの一通が届く前だったことだ。それはつまり、ティムは本当にロザリンが行くことを望んでいて、単なる親切心から書いたのではないということ。いまやふたりともひとりぼっちで、ふたりとも面目を失っている。外国になら自由があるだろうし、ふたりでもう一度〝家族〟を築けるはずだ。

起きあがって家のほうに歩きだした。今日の午後は衣類の点検をして過ごそう。一家が破滅してロンドンを去ったときに取っておいた衣類を。実際にティムのところへ行くのは少し先の話になるだろうが、それまでは少なくとも夢や計画を思いめぐらして日々を送ることができるというものだ。

裏手の門から菜園に入った。りんごの木のそばを通りかかったとき、ふとかすかな物音に空想を破られた。警戒心より好奇心を抱いたロザリンは、軽くたたくような音と擦《こす》るような音を追って、家の横手の門に回った。

曇天の下、門の手前に真っ白なシャツの背中が現われた。シャツはたくましい背中と広い肩を包み、裾《すそ》は淡い黄褐色のズボンにたくしこまれている。まくった袖《そで》からは色白とはほど遠い腕が伸びており、支柱から外した門の両端をつかんでいた。黒髪の頭が向きを変えて、凛《りん》とした横顔をあらわにした。

ブラッドウェル氏はロザリンに気づかないまま、門を掲げて慎重に蝶番にあてがった。蝶番の片方はぴかぴかの新品だった。

シャツのやわらかいリネンとズボンのぴったりした素材が、てきぱきと作業をする体の線を描きだす。風が黒髪を躍らせ、とても魅力的な感じに乱す。クラヴァットとカラーを着けていても、よこしまでロマンティックでとても有能そうに見えた。

ブラッドウェル氏が最後にもう一度強く押さえてしっかりたたくと、門は軽やかに開閉するようになった。ブラッドウェル氏は動きを試してから、袖を直しはじめた。

そのときようやくロザリンに気づいた。こんなふうに作業をしているところを見られても気まずく思った様子はない。服を直しながらロザリンに挨拶《あいさつ》をした。

ロザリンは歩いていって門を確かめた。何年も前から壊れたままだったのだ。

「このあいだ来たときに壊れているのに気づいてね」ブラッドウェル氏が言って、草の上に横たわっていたフロックコートに手を伸ばした。

「どうもありがとう」この男性には何度もこう言っている気がする。「またこのあたりに用事があったの、ブラッドウェルさん？　今日も偶然通りかかった？」

ブラッドウェル氏がフロックコートをはおって服を整えた。先ほどまでと違ってとてもきちんとして見える。この人にはむしろ、いきいきと動いて半分服を脱いでいてほしい。

「ロンドンから馬に乗ってやって来たのは純粋にきみに会うためだよ、ロングワース嬢。土の検査結果が出たのと、従姉さんから伝言を預かった」

両方とも手紙ですませられたはずだ。訪ねてきた本当の理由は、あのキスではないだろうか。この訪問が終わる前に、またキスしようとするのではないか。

ブラッドウェル氏がロザリンを求めていることは、もうはっきりしている。たしかに卑猥《ひわい》な目で盗み見たりじろじろ眺めたりはしない。ただ、じっと見つめる視線がいっそう熱を帯びたり、体から放たれるエネルギーがわずかに危険さを増すだけだ。この男性は欲望を抑えることはできるけれど、自分の関心が生みだす緊張感とそれが空気に及ぼす影響までは操れないらしい。ロザリンに及ぼす影響も。今日のロザリンは幸せすぎて、その点について嘘をつくことはできなかった。

恥ずかしいと思うべきなのだろうけど、今日はどうでもよかった。彼の関心も、自らの反応も、正直に認められた。

二度目のキスだって許すかもしれない。そのキスに乗じて特別な関係を申し出られたとしても、かまわない。そうなったらあの夜の思い出が汚されるだろうし、結局はブラッドウェル氏もそれほど騎士道精神にあふれてはいなかったと証明されることになる。けれどそれすらも、いまはどうでもよかった。

じきにこの地を去るのだから。数週間のうちに、ロザリン・ロングワースは完全に消滅する。

「どうぞ入って、その検査結果というのを聞かせてちょうだい」ロングワース嬢が先に立って家に入っていった。

今日の彼女はずいぶん楽しそうだ。そしてとても美しい――いつものことだが。

続いて家に入ろうとしたカイルは、ロングワース嬢の外套に草の葉がついていることに気づいた。きっとあの丘で、脱いで地面に置いたのだろう。今日は肌寒いから、着たまま横たわったのかもしれない。

孤独なロングワース嬢がぽつんと地面に寝転がって空を見あげている姿が目に浮かんだ。どこまでも広がる空を見あげてしまう理由はよくわかる。この家はすてきだが、それでも監獄には変わりない。

「申し訳ないけれど、今日はお出しできるパイがないの」ロングワース嬢が外套を脱いで草の葉を払った。「というか、お出しできるものはなにもないの」

「従姉さんからは荷物も預かったよ。かごは玄関の外に置いてある。もしよければ……」

居間の暖炉にたきぎを足しながらロングワース嬢がうなずいたので、カイルはかごを取ってきた。ロングワース嬢が木の椅子に腰かけてかごの中身を確認し、ひとつずつ手にしてはうれしそうにほほえんだ。

紅茶の箱とビスケットを小さなテーブルに載せる。続いてコーヒー一袋とワインボトル一本とはちみつ一瓶を並べた。

「底にあるのはなにかしら？」平たい包みをつつきながら言った。

「調理済みの鳥肉じゃないかな。鴨《かも》かガチョウだと思うよ」

ロングワース嬢が笑った。笑ったところは初めて見た。こんなふうに大らかに笑うのは。とてもすてきな笑い声だった。楽《がく》の音《ね》のような、天使の声のような。

〝しっかりしろ、カイル坊や。そんな調子じゃ、じきにお粗末な詩を書きはじめるぞ〟

「アレクシアらしいわ。贅沢だけど実用的で。ブラッドウェルさん、あなたにはぜひ一緒にお肉とワインを召しあがっていただかなくちゃ。ごちそうを分かち合いましょう」

「自分のために取っておいたほうがいいんじゃないかな」

「ばかばかしい」そう言うと、足もとの床にかごをおろした。「それで、土の検査結果はどうだったのかしら？」

カイルは小さなテーブルを挟んだもうひとつの椅子に座った。暖炉の火がふたりの背中を温める。「実験は理論にすぎない。だけど、この土は消耗しているという結果が出た。お兄さんたちが借地人に作物を周期的に変えるよう指示したことは一度もなかったのかな？　いまではとても有益とみなされているやり方だ。さもなければ、三年ごとに畑を休ませるという古くからのやり方が採用されるべきだった」

「父は小作料を集めるだけで、それ以上のことはなにも。父の興味はここより都会に向いていたの。父が亡くなってからは、実質、地所を管理していた人間はいないわ。間違っていたみたいだけど、畑を耕す人たちは耕し方を知っていて、土地の実りが悪くなるようなやり方はしないものと思いこんでいたわ」

「耕作地が余分にあるというのは魅力的だからね。土地を痩せ果てさせたあげく、次に移る連中はいるものだ」

ロングワース嬢が肩をすくめた。「そのようね」

反応はそれだけだった。乏しい収入に追い打ちをかける悪い知らせが届いたというのに、まるで気にならないらしい。

それどころか目を輝かせて、ほっそりとした繊細な指で紅茶の箱の縁を撫でおろしている。うわのそらの愛撫《あいぶ》を目の当たりにしたカイルは、その指が彼を撫でているところを想像してしまった。ゆっくりとこの体を撫でおろすところを。カイルは歯を食いしばって、ささやかな妄想が引き起こした反応を抑えようとした。

ロングワース嬢が悲しそうではないのは喜ばしいことだが、これほど機嫌がいいとは、いったいどういうことだろう。大きな笑みと瞳の輝きをもたらしたのは自分の訪問だと思うほど、カイルもうぬぼれてはいない。

「嘘が下手ね、ブラッドウェルさん。このかごはアレクシアに託されたものじゃないでしょう。いろいろ買って用意してくれたのは、あなたじゃない？」

「どうしてそう思う？」

「アレクシアが寄越すなら、紅茶は別の会社のものだし、ビスケットも違う種類だからよ。それに、石けんとかヘアピンとか、食べられないけれど実用的な、女性が喜ぶ贅沢品を一緒に詰めていたはずだから」

そう言って、いたずらっぽい笑みを浮かべた。間違いない、今日は上機嫌だ。陽気で、わざと男心をくすぐっているかにも思える。

「ばれてしまったか、ロングワース嬢。従姉さんからだと言えば、気まずくならないんじゃないかと思ったんだ」

「こんな贈り物をしたのは、あのキスのせい？　これだけ買うには十シリングはかかったはずよ。あのキスには一シリングほどの値打ちしかないのに。だけどもしかしたら、あと九回のキスを期待しているのかもしれないわね」

いよいよ向こう見ずになってきた。「このかごとあのキスに関係はないよ。きみの健康が心配だったのと、少しは慰めになるんじゃないかと思っただけだ。それと、土の検査結果を聞いたらがっかりするだろうから、せめてもの元気づけにと思って」

「そうよね。妙な勘ぐりをしてごめんなさい」神妙に謝りつつも、目には茶目っ気のある光が宿っていた。かごのなかにあれこれを戻しながら続ける。「ちゃんとした食事をしましょう。一緒に食べてもらえるなら、かごを届けてくれた理由は重要じゃないわ。といっても、重要なことなんてもうなにもないんだけど」

カイルは立ちあがったロングワース嬢の腕からかごを取ると、彼女に続いて台所に入った。ロングワース嬢の態度にうれしくなっていた。刺激されていた。カイルの欲望は、火に油を注いだかのごとく、燃えあがっていた。

しかし同時に、彼女の態度に胸騒ぎも覚えていた。会話が率直すぎるし、いつもの落ちつきがない。今日のロングワース嬢は、なにかを決心した人を思わせる。どんな礼儀作法も無意味にしてしまうような決心を。

草の上に横たわって灰色の空を見あげていたときに、いったいなにを考えていたのだろう？

ロザリンが食料品の包みを手に取ったり広げたりするあいだ、ブラッドウェル氏は作業台のそばでじっとこちらを見つめていた。本当にハンサムな人。最初に感じた〝個性的な〟というただし書きは薄れて、いまでは純粋に魅力的に思えていた。目にはとりわけ視線を吸い寄せられる。知的で、ときどき熱を帯びる目。ロザリンの動きを追っているいまもそうだ。ロザリンはそんなにじっくり観察されるようなことなど、なにひとつしていないのだから、情熱的すぎる気がした。

服装はいつもどおり完ぺきだけど、いまはもう適切とは思えなかった。ブラッドウェル氏が醸しだそうとしている〝落ちついた裕福な男性〟という印象は、こういう完ぺきな服装をしていないときの彼を知る人には通用しない。

ロザリンは、上着を脱いだ彼の姿を見てしまった。シャツの袖をまくってあらわにされた前腕も、白いリネンに包まれたたくましい体も、門を掲げるときに固く盛りあがった両腕の筋肉も。あの上着に閉じこめられているのは抑圧された精神で、それは上着が取り去られたときにだけ、手で触れられるほど生々しいものになるのだ。種馬にクラヴァットとチョッキを着させたようなものかもしれない。

ブラッドウェル氏に見つめられると、興奮が陽気に歌いはじめた。ロザリンはそのいきいきとした刺激を喜ばしくさえ思った。いつもなら感じる警戒心も、今日は無用に思える。幸せすぎて、恐怖や屈辱や不安を覚えることができなかった。

紅茶をいれようと湯を沸かした。肉は結局ガチョウで、まだ温かかった。ブラッドウェル氏は近くの町か村で買ってきてくれたのだろう。

「土の検査結果を聞いてもずいぶん落ちついてるんだね」ブラッドウェル氏が言った。「がっかりしていないようで安心したよ」

ロザリンは台所の作業台を片づけて即席のテーブルにすると、ガチョウと一緒にチーズとパンを並べた。「もうじきあの土地も小作料も、どうでもよくなるのよ。もう必要なくなるの。それでも調べてもらえたことには感謝しているわ」

ブラッドウェル氏がかすかに眉をひそめ、ふたりとも食卓に着くのを待ってから口を開いた。「従姉さんからの伝言についても尋ねないね」

「いやだ、そのとおりね。わたしったら、なんてうっかりしてるのかしら。教えて、アレクシアはなんと言っていたの?」

「きみのお兄さんの手紙の件では胸が張り裂けそうだ、きみのそばにいられなくてとてもつらい、と。それから、エリオット卿の奥さんのレディ・フェイドラから手紙が届くはずだから、彼女の申し出を受けてロンドンの家を使ってほしい、とも」

「その手紙なら受け取ったわ。アレクシアは、わたしがその家を使ったらこっそり会いに来ようと思っているのね。そんなのはいけないことだけど、最後にもう一度くらい……。そうね、そうしようかしら」

食事のあいだ、ブラッドウェル氏は別のことに没頭しているようだった。お客さまだから、ロザリンは彼を無視できない。どのみちこの男性を無視するなど不可能だけれど。それでもこうして黙っていてくれるおかげで、この先に待っている陽光のなかの冒険に思いを馳《は》せることができた。

「今日はずいぶん楽しそうだね、ロングワース嬢」

「見ていて気持ちのいいものでしょう？」

「もちろん。だけど自分の将来に無関心だったり、土地の問題をどうでもいいことと片づけたり、従姉さんからの伝言に興味を示さなかったり——口出しできる立場じゃないが、今日のきみの様子には、このあいだ訪ねてきたときの悲しそうな姿より不安をかき立てられる」

「不安になる必要なんてないのよ。今日のわたしがちょっと浮かれていたり、日常の細かなことに無関心だったりするのは、この人生にも醜聞にも孤独にも、もうすぐさよならできるからなの。わたし、心を決めたのよ、ブラッドウェルさん。永遠に遠くへ行くことにしたの」

　ブラッドウェル氏の表情が険しくなった。さっとロザリンのほうを向いてから、意を決したような顔になる。胸を張って腕組みをすると、揺るぎない視線でロザリンを射すくめた。

「だめだ、そんなことはさせない。ぼくが阻止する」

「阻止なんてさせないわ。これはわたしの決断なのよ」

「悪魔の決断だ」閉じこめられていた力がブラッドウェル氏の体からほとばしり出て、疾風のようにロザリンの周りで吹き荒れた。「きみのふさぎがいかほどか、理解しておくべきだった。従姉さんとヘイデン卿にはぼくが話をつけるから、この村ともいまいましい醜聞とも離れた場所で、ゆっくり休むといい。二週間もすればきっと――」

「ブラッドウェルさん、待って」ロザリンは片手を掲げて言葉を遮った。この人は誤解している。とんでもない誤解を。

「ブラッドウェルさん、あなたの解釈はとても陰気だし、まったく的外れだわ。わたしはふさぎの病《やまい》になんか冒されていません。そんなふうに聞こえたのかもしれないけれど、自分の命を絶ったりしないわ。わたしは純粋に遠くへ行くの。大陸へ。いまはただ、あるお友だちからの手紙を待っているだけ」

ブラッドウェル氏が押し黙った。テーブルのそばの窓から外を見つめて、ロザリンには見当もつかないなにごとかを考えている。

「大陸へ、と言ったね」

「ええ。イタリアへ」

「その友だちというのは？」

「あなたには関係のないことよ」

その返事はブラッドウェル氏の気に入らなかったようだ。「妹さんを置いていくのか？従姉さんも？」

「ふたりとも、わたしにとってはもういないと思わなくてはいけない存在だし、わたしもふたりにとっては死んだも同然なのよ」

「どうやって生きていくんだ？」

「わたしなら大丈夫。ああ、どうか喜んでちょうだい。わたしは人生をやりなおす機会をつかんだの。この家で死んだように生きているよりはるかにましなの。正しい決断なのよ。未来を約束してくれる唯一の選択肢なの」

ブラッドウェル氏が視線をロザリンに戻した。その目は不思議な親密さで満たされている。友人としての親密さ、だけではない。ふたりは男と女で、この男性にはとても多くのことを知られている。

突然、あの興奮がロザリンのなかに芽生えた。血が熱くなる。畑でブラッドウェル氏にキスをされる直前に感じたのと同じ感覚が生じた——期待と不安と心もとなさが。

「女性ふたりで旅をするって？　イタリアに？　危険だし、賢明とも言えない。いったいだれがきみたちふたりを守るんだ？　その友だちにはせめて召使いがいるんだろうね？」

ロザリンは答えなかった。あの夜、助けてもらったからといって、こんなふうに尋問される筋合いはない。

「友だちというのは女性じゃないんだな？」ブラッドウェル氏はかろうじて不満を抑えており、心配と非難を前面に押しだしていた。「その男がだれにせよ、結局はきみのもとを去るだろう。外国でそんなことになったらどうするんだ？　その男の意図がよくないものだったらどうする？　大陸では従姉に頼ることもできないんだぞ」

「彼は恋人じゃないわ。そういう種類のお友だちじゃないの」

「いまはの時点でそいつもそう言ってるだろう」

「わたしはその人のことをよく知っているの。危険がないこともわかってる。あなたが思っているのとは違うのよ」

　ブラッドウェル氏に長々と見つめられて、ロザリンは居心地が悪くなってきた。認めないぞと言わんばかりの空気に押しつぶされそうだ。

「選択肢はそのひとつだけじゃない」ブラッドウェル氏が口を開いた。「旅する先が安全な家や安全な未来じゃないのなら、正しい選択とも言えない」

「これよりましよ」ロザリンの喉から出たのは悲鳴に近い声だった。しつこく反対されて苛立っていた。今日はここまで本当に幸せだったのに、現実を並べ立てられてぶち壊しにされた。

「これ以外にも選択肢はある」

「あらそう？　ほかにも知らせを持ってきてくださったのかしら？　カンタベリー大主教さまと女王さまとオールマックスの常連からのお許しとか？　それともアレクシアからの言付けで、会ったこともない裕福な親戚がわたしに財産を遺《のこ》してくれたとか？」

「ぼくが魔法使いならすべて叶えてあげられただろう。だけど魔法なしでも半分は叶えられるよ。安全と安心。妹さんと従姉さんがいる人生。そして時間はかかるだろうが、上流社会への復帰も」

競売の夜、この男性は安易な気休めを口にしなかった。いま、そうされてロザリンは失望した。「あなたが挙げたことを叶えるには間違いなく魔法が必要だわ。わたしに計画を断念させたいからって、夢みたいな景色を描いたりしないで。見くだされているような気がするし、残酷だわ」

「ぼくは夢みたいな景色を描いたりしないよ、ロングワース嬢。実際に荷馬車が走る道路を地図に記し、生身の人間が暮らす家を設計するのがぼくという人間だ。そのぼくがさっき挙げたものを、きみはすべて手に入れられる。尊敬すべき立派な男と結婚しさえすれば」にやりとして続けた。「たとえば、ぼくのような男と」

6

ロザリンは彼を見つめた。この男性は驚くほど冷静に、どこまでもさりげなく、結婚を口にした。まるで余談であるかのように。自分の考えには利点があると証明するための、単なるつけ足しであるかのように。

しばし呆然《ぼうぜん》としたあとで、ロザリンはようやく彼が本気なのだとわかった。たったいま、ブラッドウェル氏に求婚された。

「向こう見ずな性格なのね、ブラッドウェルさん。わたしのせいで性急なことを口にするのはこれで二度目よ。前回だけで、じゅうぶん懲りたと思っていたけれど」

「今回は、じっくり考えてから口にしたよ」

最初の衝撃が過ぎると、今度は動揺が押し寄せてきた。このままじっと見つめられていては不利だと思い、立ちあがった。けれどブラッドウェル氏も立ちあがったので、なんの役にも立たなかった。

「親切心で言っているのね」

ブラッドウェル氏が首も振らずに答える。「ぼくはそこまで善良な人間じゃない」

「世間に嘲笑《あざわら》われるわよ。わたしは醜聞の種だもの」

「ぼくらが結婚すれば、世間は考えを改めるさ。きみが上流社会のなかで一年前と同じ地位を取り戻すには少し時間がかかるだろうが、従姉さん夫妻とその家族は、すぐにきみを受け入れるはずだ」

ロザリンだけでなく、ブラッドウェル氏のことも。ブラッドウェル氏はその点を計算したに違いない。なにを危険にさらし、なにを得るかを天秤《てんびん》にかけて。

「ブラッドウェルさん、わたしは結婚適齢期をとうに過ぎているわ。どうしてわたしがいまも独《ひと》り身なのか、考えたことはないの？」

「ふさわしい男性に出会わなかったからだろうと思っていた。あるいは結婚を望んでいなくて、ひとり暮らしを続けるだけの余裕があるんだと」

そんな余裕はもうないとブラッドウェル氏が思っているのなら、間違いだ。じきにロザリンのもとには兄ティモシーからの手紙が届く。そうしたら、遠くへ行くことができる。

「まだ若かったころには求婚されなかった。わたしたちはここに住んでいて、たいした財産もなかったの。そのあと、銀行に投資を始めて兄たちが裕福になってからは、山ほど求婚が舞いこんできたわ。あらゆる種類の男性から。だけどいつも、いつだって、その人たちの関心はわたしよりお金に向けられていたの。わたしは男性のお財布を分厚くするだけのために結婚したくなかった」

「なるほど。つまりきみは、先に貧しくならないと、求婚の理由が強欲ではなく愛情だと信じられなかった、ということだね。わからなくはないよ。そういうことなら、立派な求婚を退けたあとにノーベリー卿を受け入れたことにも説明がつく」

ロザリンの顔は熱くなった。穏やかで揺るぎないブラッドウェル氏の視線は、ロザリンが望む以上のことを理解していると物語っていた。

「ロングワース嬢、いまのきみは裕福な銀行家の妹じゃない」

「そのとおりよ。いまのわたしはだれでもない。そんなに性急な求婚をあなたがためらう理由なら掃いて捨てるほどあるのに、どうして？　同情からではないことを祈るわ」

動かなくては。胸のなかで駆けまわっている動揺を鎮めるために。ロザリンは食事の残りを包んで片づけはじめ、台所の反対側にある流しに皿を運んだ。

ブラッドウェル氏はテーブルと窓のそばに立ったままだったが、その存在感は部屋の隅々にまで届いていた。

「同情からじゃない」やがてブラッドウェル氏が口を開いた。「心配はしているが、同情はしていない」

ロザリンは皿を流しに置いた。このままではいけない。正直に話して誤解を解こう。ブラッドウェル氏には、それくらいして当然だ。

ロザリンは彼のほうを向いた。瞬時に間違いだったと気づいた。

ブラッドウェル氏の視線はまるで家畜をつなぐ縄のようにロザリンをとらえ、部屋の向こう側へ引き戻そうとした。目とあいまいな笑みには、温もりとほのかな愉快さが宿っている。それはつまり、挑戦を予期していて、しかも不快に思っていないということだ。

「ヘイデン卿が仕組んだのね？　アレクシアに頼まれて、ヘイデン卿はあなたに提案を持ちかけたんだわ。いったいヘイデン卿はどれほどのものを約束したの？」

「ヘイデン卿はこの件についてなにも知らない。約束など、なにもされてないよ」

その口調に、ロザリンはもう少しで信じそうになった。もしもブラッドウェル氏が嘘をついていないとしたら——怪しいものだが——彼はただの愚か者だ。「つまり世間の物笑いになっている女性に求婚したのは、その女性がちょっと心配で、結婚すれば彼女の従姉の家族に受け入れられるから、ということ？　成功を収めた男性にしては、ひどい取引を持ちかけるのね」

ブラッドウェル氏の表情がほんの少し固くなって、皮肉っぽい不快感を表した。「きみはぼくの計算を見抜いたと確信してるんだな。だけどいちばん重要な点を見落としてる。きみが挙げたささやかな利点のほかに、ぼくはあるものを手に入れる」

「それがなんなのか、見当もつかないわ」

「きみだよ、ロングワース嬢。ぼくはきみを手に入れる。ぼくの子の母親として、ベッドのなかの妻として」

ブラッドウェル氏がロザリンに歩み寄ってきた。彼の体を包んでいる上着にも、もはやそのみなぎる力をごまかせはしない。これではまるで、上着を脱いで黒髪とゆるいシャツを風になびかせているも同然だ。その表情にロザリンは胸を撃ちぬかれた。抜け目なく、自信に満ちて、圧倒的。

彼が一歩進むごとに、つなぎ縄をたぐる力は強くなっていった。ロザリンは背後の台の端をつかんだ。ブラッドウェル氏が迫ってきたので身を引くと、背中が流しの縁にぶつかった。どうにか声を取り戻した。落ちつきのほうはそれほどうまくいかなかった。「たいていの男性は、わたしを自分の子の母親にはふさわしくないと思うはずよ」

「たいていの男はぼくと違って、本当のきみを知らない」

「たいていの男性は、あれほど不名誉な形で貞操を失った女性を妻に求めないはずよ。だれにも触れられていない花嫁を望むはずだわ」

「ぼくが望むのはただひとつ、今日から先、花嫁に触れるのはぼくだけだということだ」

いまやふたりの距離はあまりにも縮まって、ロザリンが姿勢を正せば、まさに触れられてしまいそうだ。この男性の存在感には、物理的な面以外でも圧倒される。青い目の深みに吸いこまれそうだ。思考が乱れる。

〝ぼくはきみを手に入れる……ベッドのなかの妻として〟彼の欲望なら感じ取っていた。なんらかの申し出を予期してもいた。ただ、これは予想だにしなかった。

「それでもひどい取引だわ」ロザリンは口ごもりながら言った。「あの晩、彼に忠告されたでしょう、わたしは男性が喜ぶような感度の女ではないって。それが嘘だとあなたに信じこませるわけにはいかないわ」

「なんて正直な女《ひと》だ。だけどぼくはそういうことについて、ほかの男の言葉を聞き入れない質《たち》でね。ぼくはぼくなりの結論を導きだすと思うよ。とりわけ、彼が大きな誤解をしてると信じるに足る根拠をすでに手に入れているとあっては」

そう言うと、ロザリンの首に手を添えた。その感触にロザリンは跳びあがった。大きな手がやさしく首を撫で、あの頼もしくやさしい手つきでうなじを包みこむ。

ロザリンは口が利けなかった。異を唱えられなかった。大きな手に導かれるまま前に出た。彼のほうに。

このキスは、畑でのキスとまるで違っていた。このキスも甘く慎重ではあるけれど、反論を封じこめられるよう計算されていた。ロザリンの体の芯《しん》に火を点《つ》けて、心にため息をつくよう誘った。ああ、なんて心地いいの。まるで生き返ったみたい。そうね、ほんの少しなら。少しだけなら――。

数えきれない興奮のざわめきが体じゅうを這《は》いまわり、キスされたところからずっと遠い場所に熱を生じさせた。そうよ、もう少しだけ……。

ロザリンはとろけた。この静かな攻撃には、なすすべもなかった。この長い口づけにためらいはみじんもなかったが、彼女を喜ばせようという配慮と念入りな意図は感じられた。ああ、少なくともこれに関しては悪くなさそうだわ。むしろ、すごくすてき……。

彼の唇はロザリンの驚きを巧みに操っていた。やさしくうなじを抱く手は〝ぼくを受け入れろ〟と命令していた。唇を開けとそそのかしていた。

ついに唇を開くと、ごく自然に舌が滑りこんできた。ロザリンは抵抗しようかと思ったものの、結局は降参した。感覚は、とうにもろくなっていた防壁をうち崩した。このキスが官能的な親密さをいや増すことに、衝撃ではなく純粋な驚きを覚えた。

〝わたしがわれを忘れていることを、この人は知っている。この人が望めば、いまわたしを奪えることも知っている。落ちていくうちに、わたしが抵抗するための武器と理由を失ってしまったことも〟

理性の忠告など、どうでもよかった。この甘美な時間を終わらせたくなかった。いまではなじみ深いものになってしまった悲しい世界から、このキスがはるか遠くに連れていってくれた。

それでもついに終わりが来た。ロザリンが目を開けると、真剣な顔が見つめていた。彼女が抵抗しなかったことはなにを意味しているのだろうかと推し量るような面持ちで。やがて彼が目を閉じて首を屈め、ロザリンのおでこに自分のひたいをあずけた。手はいまもロザリンのうなじを抱いたまま、彼女を逃がすまいとしていた。彼の欲望から生まれた主張が、ロザリンには聞こえる気がした。

「ぼくにとって、きみは感度抜群の女性だよ」ブラッドウェル氏が指先でロザリンの唇をなぞり、小さな笑みを浮かべた。「訓練を必要としてるという点については、うなずけるところがあるけれど」

あの晩のことを——ノーベリー卿のことを——ほのめかされて、ロザリンは驚いた。ほかのだれが忘れようとも、この男性の記憶からロザリンの恥辱が消える日は来ないだろう。

「どうしてそんなに穏やかに話せるの？　あなたは知っているのに、わたしがもう……。知っ、て、い、るのに」

「ああ、知ってるよ。あの醜聞が大事《おおごと》じゃないと言う気はない。気にならないとも言わない。ただ、それほどの障害でもないんだ」

それでも気になるし、障害なのだ。あたりまえのこと。この男性はずっと立派なふるまいをしてきてくれたけれど、聖人ではない。そんな人はいない。

今日ここへ来たのは、求婚するためではなかったのだろう。ロザリンをベッドに連れこむために別の手段を取っただけなのではないだろうか。この手段に切り替えたのは、ロザリンがほかのだれかのものになろうとしていると思って焦ったからにすぎないのでは。

そんな思いが胸をよぎったものの、ほかのどんな思いとも同じで、いまはつなぎとめることができなかった。この男性に触れられているあいだは、分別など保てない。あのキスにまだ激しくかきたてられているあいだは。

「いますぐ返事を、とは言わない。いろいろ考えなくてはならないことがあるのはわかってる。まだ若かったころはぼくのような男との結婚なんて想像もしなかっただろうが、いまではさまざまなことが変わったんだ」そう言うと、指でそっとロザリンの顔を撫でた。畑でのときと同じように、用心深く、思いやりをこめて。「考えると言ってくれ」

懇願するような声だった。ロザリンにはいやだという気力もなかった。

ブラッドウェル氏がフロックコートから紙を取りだした。「ロンドンでのぼくの住所だ。心が決まったら、使いを出してくれ。もちろん手紙をくれてもいい。十日以内に連絡がなければ、また訪ねてくる」

流しの横に紙を置くと、うつろな家のなかにブーツの音を響かせながら、歩み去っていった。

ロザリンが皿を洗っていると、水が数滴飛んで、紙に書かれた住所がにじんだ。ロザリンはぎこちなく腰を屈めて、濡《ぬ》れていない肘で紙を押しのけた。

ブラッドウェル氏が出ていってかなりの時間が経《た》ってから、ようやく動けるようになった。

いつもの落ちつきを取り戻したころには、一時間が過ぎていた。今日起きたことを冷静に考えられるようになるには、数日かかるだろう。

自分があれほどあっさり陥落したことが信じられなかった。いまごろブラッドウェル氏がロザリンの品格を考えなおしていても責められはしない。けれど、自分があんなに官能的なキスを楽しむとも思っていなかった。ブラッドウェル氏の技巧はあまりにも思いがけなくて、だから不利な立場に立たされた。

純潔を失っていることも原因のひとつなのだろう。一度落ちた女性はいとも簡単に落ちると年上の女性から忠告されたことがある。

〝ぼくにとって、きみは感度抜群の女性だよ〟ブラッドウェル氏はわかっていない。結婚生活には、台所でのキス以上のものが含まれる。

ノーベリー卿の恋人だったころは、そこのところが好きではなかった。キスは楽しめなくもないけれど、それ以外は——。気恥ずかしさと不快感とばつの悪さを思い出して、ロザリンは顔をしかめた。世の中にはあまり喜びを与えてもらえない女性がいることは知っていたけれど、恋人が慎みをかなぐり捨てるあいだじっとしているのがどれほど厭《いと》わしいことなのかについては、だれも忠告してくれなかった。

皿を洗い終えると、タオルで手を拭《ぬぐ》った。西に傾いた太陽の光が、その手肌のかさつきをあらわにする。もっと若かったころはこの手にクリームを塗っていたし、まだ余裕があったころは化粧水を擦《す》りこんでいた。けれど家事に追われるいまでは、レディの手ではなくなってしまった。

〝いまではさまざまなことが変わったんだ〟ああ、まさにそのとおり。こんな求婚など断わりたかった。こうした結婚がたどる悲惨な末路なら、いくらでも思いつく。

ブラッドウェル氏はお金をもらったのだろうけど、そんなお金はすぐになくなってしまうか、忘れられるに決まっている。そうなっても、ふたりは永遠に結びつけられたままなのだ。どうひいき目に見ても、またロザリンを助けたい一心で衝動的にしたことに違いない。ロザリンが別のろくでなしと外国へ行こうとしているのだと思いこんで、わが身を犠牲にしなくてはと考えたのだ。

とはいえ求婚は求婚だ。たしかに、もうひとつの選択肢だ。にべもなく断わるのは愚かというものだろう。それでも、胸のなかでもやもやしている恨みや不安や偏見を、きちんと整理できるとは思えない。

アレクシアがここにいてくれたら。アレクシアはとても分別があって賢い女性だ。アレクシアなら、この予期せぬ展開を冷静に受け止める手助けをしてくれただろうに。

7

ノーベリー卿から呼びだしがあったのは、カイルがロングワース嬢を訪ねた四日後のことだった。ノーベリーの短い手紙には呼びだしの目的が記されていなかったので、どこかから求婚のことが子爵の耳に入ったのだろうかとカイルは訝った。

ピカデリーの自室から、馬でメイフェアに向かった。競売の夜以来ノーベリーには会っていないし、あのパーティでの出来事だけでも、ふたりのあいだに緊張感を生むにはじゅうぶんだ。加えてロングワース嬢に結婚を申しこんだとなれば、痛烈な言葉のひとつやふたつ、浴びせられずにはすまないだろう。

もちろんロングワース嬢は承諾しなかった。まだ手紙さえ寄越さない。もしかしたら永遠に返事をしないつもりかもしれない。

彼女主演の脚本に用意されたこの新たな結末に、ロングワース嬢はあまり乗り気ではなかった。選択肢を吟味しているうちに乗り気になるとも思えない。身分が低いうえによく知りもしない男との結婚など、例の〝別の男〟が餌《えさ》にしている冒険に比べれば、さぞかし色あせて見えることだろう。

女性があんなふうに公の場で評判を傷つけられてしまったら、その後は愛人として男性のもとを渡り歩くくらいが関の山だ。その点についてイースターブルック侯爵が断言したことに腹が立ったのは、根拠がしっかりしているからだ。ロングワース嬢の暮らしぶりを見て、わびしい未来と深い孤独を痛感したいまでは、彼女がどれほど誘惑に魅力を感じているか、心の底から理解できた。

イタリアか。忌々しい。

ロングワース嬢はカイルの求婚を向こう見ずな衝動の産物とみなした。実際は、考えることに時間をかけすぎたらしい。おかげでロングワース嬢は別のハゲタカに見つかって、甘い言葉でその気にさせられてしまった。

時間をかけすぎて、ジャン・ピエールの研究室を訪ねた翌朝に、お仕着せ姿の召使いが侯爵からの手紙をもう一通持ってきたくらいだ。今度の高級な用紙に文字はなかった。ただ優雅な筆致で大きなクエスチョンマークがひとつ記されていた。

ノーベリーの屋敷の前の通りには、馬丁がちらほらと見かけられた。ひとりは馬を引いていくところだ。どうやら今日の呼びだしの目的は、ロングワース嬢をめぐる個人的な対決ではないらしい。

それでも図書室に入るや、ノーベリーに呼びだされた男たちはロングワース嬢に関係がある者ばかりだとわかった。彼女の兄のティモシーに騙された男たちだ。

そう悟った途端、長々とあの求婚について考えたにもかかわらず、解決すべき最大の問題――カイルも彼女の兄の被害者であるという厄介な件――に答えを見つけられなかったことを思い出させられた。たしかにロングワース嬢の兄は盗人で犯罪者だが、ノーベリーの屋敷にこうして被害者が集まったことを知れば、彼女は腹を立てるだろう。

一方でこの集会は、近い将来、目下の醜聞が色あせて見えるほどの大騒ぎにロングワース嬢が巻きこまれることを指し示してもいる。寄る辺のない彼女の現状を思うと、わずかに残っている自尊心も威厳も、跡形もなく踏みにじられてしまうだろう。

ノーベリーはカイルのほうをほとんど見向きもしなかった。カイルが椅子を見つけて召使いからコーヒーを受け取るあいだも、別の男と話しこんでいた。

ノーベリーが話し相手から離れて、部屋全体に向かって呼びかけた。「諸君、われわれには決定すべきことがある。こうして集まってもらったほうが、迅速に片をつけられると考えたしだいだ」

会話がやんで、全員の目が屋敷の主人に向けられた。

「昨日、ロイズから手紙が届いた。フランスのディジョンからだ」

「ロイズはあの悪党をつかまえたのか?」ロバート・リリングストン卿の深い声が尋ねた。

「なぜこれほど手間取っているのか、わたしには解せん」

その見解を支持するように、そうだそうだという低いざわめきが広がった。

「残念ながら、まだだ。しかし――」

ざわめきが大きくなる。

「諸君、最後まで聞いてくれ。ロイズの手紙によると、なぜ獲物の追跡がこれほど難しいのか、理由がわかったそうだ。われわれがロイズに伝えておいたとおり、ロングワースはひとりではなかった。道中ずっと、同行者がいた。それでもロイズは足跡をたどってディジョンにたどり着いた。その地でロングワースはゴダードという偽名を使って暮らしていたらしい。同行者はペニロットという男だが、そこで熱病にかかって命を落とし、ロングワースのほうはその病気のために足止めされることを余儀なくされたそうだ」

「それで、やつはいまどこにいる？」リリングストン卿が言った。「話の流れからして、ディジョンではなさそうだが」

「ディジョンではない」ノーベリーが言う。「ロイズはあと少しというところでやつを逃した。が、ロングワースが南へ向かっていると信じるに足る理由があるそうだ。イタリアへ向かっていると」

あと少しで逃したと聞いて、全員が不服の声を漏らした。

カイルはなにも言わなかった。いまの話の最後の部分に意識が集中していた。イタリア。ロングワース嬢が友だちと旅すると言っていた場所だ。いや、詳しく会話を思い出してみると、ロングワース嬢はその男と一緒に大陸へ行くとは言わなかった。向こうで落ち合う計画なのだ。

　カイルは自らの愚鈍さを呪った。彼のことはよく知っていて、危険はないと言ったとき、ロングワース嬢はカイルを騙そうとしたのでも純真だったのでもなかった。新しい人生を愛人として過ごすことなど考えていなかった。そうではなく、ろくでなしの兄のところへ行って一緒に暮らすつもりだったのだ。

　それが意味することを思うと――ロングワース嬢にとって、カイルにとって、カイルの申し出とロングワース嬢の選択にとって意味することを思うと、頭がいっぱいになった。意識のほんの一部だけが、図書室での話し合いを追いつづけた。

「ロイズは追跡を続けているが、イタリアまで赴くとなると、かなりの出費が予想される」ノーベリーが説明を続けた。「半島にある小さな独立国の国々では、多大な賄賂が求められるからだ。ミラノのロイズの住所に宛《あ》てて、われわれが払うから出費は惜しむなと手紙を書くつもりだ」

「何年もイタリアをかけずりまわることになるかもしれないぞ」裕福な貿易商のバーストン氏が語気荒く言った。「こんなことは終わりにするべきだと思うね。ヘイデン・ロスウェル卿のおかげでそれほどの大損はしなかったんだ。わしだってあの悪党本人につけを払わせたいと思ってはいるが、いまの話を聞くかぎりでは、この〝狩り〟は永遠に続きそうじゃないか。有り金をはたいてまで、完ぺきな正義は望まんよ」

ノーベリーの顔が真っ赤になった。「やつは愚弄《ぐろう》したんだぞ。われわれ全員を。われわれの輪にじわじわと入りこんで、やつの銀行を利用するようそそのかした。われわれをもてあそび、挙げ句、略奪者と一緒に逃亡した。まったく、自尊心というものを持て」

「しかしロイズはやつの行き先を具体的には知らないみたいじゃないか」

「コイズはやつをつかまえる。ディジョンの居場所を突き止めたのと同じやり方を用いてな」

「ディジョンにいるとわかるまで何カ月もかかったんだぞ。ロイズだろうとだれだろうと、いまロングワースがどこにいるかを探り当てるまで、また何カ月もかかるかもしれない」

そんなことはない、とカイルは思った。英国にいるある人物は、じきにティモシー・ロングワースの新しい居場所を知るだろう。ロングワース嬢は手紙が届くのを待ってから新しい人生に漕ぎだすはずだ。

カイルは周囲の男たちを見まわした。貴族もいれば、バーストン氏のような商人もいる。ひとりは有名な金融業者だ。その全員を結びつけるのが、復讐への渇望だった。

大損をしたからではない。だれもがヘイデン卿から返済を受けたのだ。この返済は、犠牲者の怒りを和らげて告訴を思いとどまらせるために行なわれたものだった。ロングワースがいかにして名義や書類を偽造し、銀行の有価証券を勝手に売却していたかが明るみに出たものの、損失をすべて補われれば人は簡単に忘れるものだ。

犠牲者のほとんどに対して、ヘイデン卿の計画は成功した。だが、ここに集った男たちは納得しなかった。彼らには、返済だけでは足りなかったのだ。

満足できなかった男たちは徐々に仲間を見つけていった。ロングワースを探しだして連れ戻そうという目的のもとに団結した。しかし、以来数カ月にわたって、情報はほとんどつかめなかった。

ノーベリーが、ほかに反論はないかと室内を見まわした。「やつはじきに見つかると断言しよう。いくらロイズがイタリアじゅうの町を探しまわることになろうとも、それは有益な金だ。ロングワースが高級店で食事をしていることも、そうしながら騙した人間を嘲笑っていることも、間違いない。その光景を思い描きながら生きていける者もいるかもしれないが、名誉を重んじる男なら断じて許せないはずだ」

その言葉で話は終わり、略式の投票が行なわれた。その結果、ノーベリーがロイズに手紙を書いて、必要な経費は支払うと約束することになった。

ひとりまたひとりと立ちあがり、別れの言葉が交わされた。ほかの者が去っていくなか、カイルはその場に留まっていた。そろそろ、ノーベリーという名の浅い池に探りを入れるときだ。

ノーベリーはしばらくカイルに気づかないふりをして書類をまとめていた。数分後にようやくやく黄褐色の頭をあげ、淡い色の目でカイルを見た。

「今日はずいぶん静かだったな、カイル。賢明なことだ」

「言うべきことがありませんでしたから」

「以前は違ったがな。おまえのご大層な演説を覚えているぞ、いまなにをすべきか、しないべきか、貧しい連中がたいした理由もなく毎週のように絞首刑に処されているのは、命を救ってくれる裕福な友だちがいないからだという演説をな。道徳心について説教をするおまえは、司祭かいまいましい哲学者のようだった。とはいえ、おまえはどちらでもないし、おまえの意見など重要ではないが」まぶたをおろして、目に冷たい炎を燃やした。「本や指導教官から盗んだ高尚な教えを模しているつもりだろうが、忘れたか？　おまえのような人間が目上の者に講釈を垂れるなど、生意気なことなんだぞ」

「ぼくはだれにも講釈を垂れたりしませんよ」

「寝ぼけたことを。わたしのディナーパーティで見せたふるまいが多くを語っているじゃないか」ノーベリーの顔が不機嫌そうに引きつった。「ヘイデン卿は、おまえがあの晩、手に入れた獲物を味わわなかったことを、わざわざ世間に知らしめた。つまりおまえがあんなことをしたのは、単に——」

「ぼくがなぜあんなことをしたか、どうしてあなたが気にするんです？　おかげであなたは本来の十倍もの金を手に入れられたし、彼女を厄介払いすることもできた。自分で言われたとおり、ぼくのような人間の意見など、あなたのような人間にとっては重要ではないでしょう」

ノーベリーが視線を逸らした。多少なりとも冷静さを取り戻したらしい。カイルはその場を去ることにした。ドアの前まで来たとき、ノーベリーがふたたび口を開いた。

「おまえの生意気な態度にはうんざりだ、カイル。その単純な考え方は、おまえの村の無学な鉱山労働者のために取っておくがいい」そして、うなるように言い放った。「二度とわたしに逆らうな」

「あたしはここに十年近く住んでたの。この通りはたしかに寂《さび》れてるけど、見た目の印象より安全なのよ」

レディ・フェイドラはそう言いながら、問題の家の玄関にさっそうと歩み寄った。真っ黒なドレスとケープが風をはらんでひるがえる。ちらりと見えたケープの裏地は、意外にも金色だった。レディ・フェイドラは炎のカーテンのような波打つ赤い髪をかきあげて顔の片側に垂らし、鍵《かぎ》を錠に挿しこんだ。

ロザリンは旅行かばんを手に、待った。レディ・フェイドラの最後の一言を聞いて、ほんの少し安心していた。オールドゲートからそう遠くないこの通りは、とりわけ安全そうには見えない。エリオット卿の御者も同感なのだろう、鞭《むち》を握って周囲に目を配っていた。

家々は古く、通りは狭い。レディ・フェイドラの家の玄関から五メートルと離れていないところには物乞《ものご》いの女性が座っている。通りの向かいの開いた窓辺には別の女性がいて、通りすがりの男性に不自然なほど馴《な》れ馴れしく声をかけていた。

周囲を見まわしているロザリンに気づいて、レディ・フェイドラが笑った。「あなたがぎょっとするだろうってエリオットに言われたわ。もっといい場所に部屋を借りて、それをあたしの家だと言ったって、あなたにはわからないのにって。だけどアレクシアからは、あなたはとても自尊心が高いからそんな施しは受けないだろうって言われたの。それに、あたしは嘘が下手だしね」

「そんなことをしないでくれて、よかったわ。あなたがここに十年近く住んでいたなら、わたしも喜んで数日過ごさせてもらうわ」

レディ・フェイドラが大きく玄関を開け放った。「空気の入れ替えをしなくちゃね。一カ月以上、閉めきっていたから」

家のなかは持ち主の女性と同じくらい個性的だった。居間は図書室としての役目も果たしているらしく、背の高い本棚が壁の一面を占めており、残りの壁は奇妙な絵画や版画に埋め尽くされている。窓の前には古い布張りのソファが置かれ、色とりどりのショールで覆われているものの、すり切れた部分を完全には隠せていない。

「快適に過ごせるよう、住みこみの召使いをひとり来させるわね」レディ・フェイドラが言う。

「そんな、気にしないで。もうじゅうぶん親切にしてもらったもの。それに、わたしがいきなり訪ねていっても驚かないでいてくれたわ。わたしを知りもしないのに」

「あなたのことならよく知ってるのよ。アレクシアがあなたを心から愛してることも知ってるわ。それにね、噂話や物笑いの種になるのがどういうことかも、よく知ってるの。だけどね、ロザリン、それが障害になるかどうかは自分しだいなのよ。社会の決まりごとに従わない人は大勢いるし、偏見なくあなたを受け入れる人も大勢いるわ」

レディ・フェイドラの言いたいことはロザリンにもよくわかった。社会の常識とは異なるルールに沿って生きる人々がいるのは知っている。フェイドラ・ブレアはそのひとりで、アレクシアによると、エリオット卿と結婚する前は波瀾万丈《はらんばんじょう》で興味深い人生を送っていたそうだ。どうやら今日出会ったのは、上流階級にけっして迎合《げいごう》しないことを自ら選んだ女性らしい。

とはいえ、ロザリンは自分がフェイドラ・ブレアのようになれないこともよくわかっていた。育った環境は急進的でも芸術的でもなかったし、いまになってそうした輪に加わろうとしたら愚かに思えるだろう。レディ・フェイドラは、ロザリンの未来にはさらにもうひとつの選択肢があることを示そうとしてくれたけれど、それはロザリンにとってあまりに非現実的な道だった。

「次の通りに出ればすぐに貸し馬車が見つかるわ」レディ・フェイドラが台所と食堂を案内しながら言う。「その通りにはお店もあるの」

二階にあがると、ロザリンは旅行かばんを小さな寝室ふたつの片方に置いた。窓から見おろすと、家の裏に手入れが必要そうなこぢんまりした庭があった。

「あたしはそろそろ失礼するから、ゆっくりしてね」階下におりると、レディ・フェイドラが言った。「長いこと馬車に揺られてきたんだもの、きっと疲れてるでしょ？　明日また様子を見に来るわね」

ロザリンは黒い布がひるがえりながら馬車のなかに消えていくのを見送った。馬車はレディ・フェイドラをメイフェアの家まで送り返すのだろう。いまはエリオット卿と一緒に住んでいる、あのすてきな家に。そこからアレクシアが暮らすヒル・ストリートの家までは、そう遠くない。

あの家のなかを歩くアレクシアの姿を思い描いた。どの部屋にいる従姉もたやすく描きだせる。アレクシアもロザリンも、ほんの一年前にはそこに住んでいた。当時はロングワース家の屋敷だった。みんなが家族として集まる場所だった。

〝いまではさまざまなことが変わったんだ〟

いまではすべてが変わってしまった。

翌朝、家の前で馬車が止まる音を耳にしたロザリンは、正面の窓から外を見て、飛びあがった。

見覚えのある馬車だった。期待していたとおり、アレクシアがレディ・フェイドラから話を聞いて、訪ねてきてくれたのだ。

馬車の扉が開くと、ロザリンの心はほんの少し沈んだ。暗い馬車のなかからおりてきたのは、長身で厳しい印象の男性だったのだ。彼はそこで向きを変え、ロザリンの従姉がおりるのに手を貸した。ヘイデン・ロスウェル卿は妻に付き添ってきたらしい。

だけど、それでよかったのかもしれない。ロザリンはヘイデン卿に訊きたいことがあったし、直接訊けるならそれに越したことはない。

ふたりが近づいてきたので玄関を開けた。アレクシアがうれしそうな笑みを浮かべる。ヘイデン卿は物乞いの女性と娼婦を睨みつけるのに忙しくて、ほほえむ余裕がないようだ。

「フェイドラがここに住んでいたときに訪ねてきたことがあるのか？」ヘイデン卿が妻に尋ねる声は、ロザリンにも聞こえた。「ひとりで？　結婚する前に？　結婚したあとも？」

「ときどきね」アレクシアは狼狽する夫にそ知らぬ顔で答えた。それから家の敷居をまたいで、ロザリンを抱きしめた。「怒らないでね、ローズ。送った手紙が未開封のまま返ってきたのを見たときに、あなたはわたしにどんな危険も冒させない覚悟なんだとわかったけれど、ヘイデンも同意してくれたの、今日こうして会いに来たことが噂好きのあいだに広まることはありえないだろうって。このあたりに住む人たちはわたしたちを知らないし、上流家庭の居間で噂話にふけることもないでしょうから」

ロザリンはふたりを例の個性的な居間に通した。ヘイデン卿は壁にかけられた一風変わった版画に見入った。

「来てくれて本当にうれしいわ、アレクシア。あなたも、ヘイデン卿。来てくれますようにと祈っていたの。ロンドンに長居はしないつもりだから、こうしてすぐに来てくれて、本当に助かったわ」

アレクシアの表情が曇った。「急いでオックスフォードシアに帰る必要はないのよ。クリスマスまでロンドンにいればいいわ。クリスマスディナーを一緒に囲みましょうよ。もちろんんその前でも大歓迎だけど」

「やめておいたほうが賢明だと思うわ。あなたのためだけでなく、わたしの妹のためにも、わたしは罰を受けるべきだと思うの」ロザリンは従姉の手を取ってぎゅっと握った。「どうぞ座って、アレクシア。あなたの助言が必要なの」

アレクシアがソファに腰かけた。ヘイデン卿の観察対象は、レディ・フェイドラの芸術作品から本棚へと移った。

ロザリンはヘイデン卿の横顔が見える位置に座った。ヘイデン卿がどれほど熱心に本の背表紙を観察していようと、ロザリンが切りだす話題を聞き逃すはずはない。

「アレクシア、じつは四日前に思いがけないことが起きたの。ブラッドウェルさんに求婚されたのよ」

アレクシアの驚きは純粋なものだった。ヘイデン卿はごくわずかに目を狭めただけだった。

「受けたの？」アレクシアが問う。

「あんまり驚いたから、すぐには決められないと答えたわ。その場で断ってしまいたかったけど。思うにブラッドウェルさんは、そんな結婚がどういう結果を迎えるか、わかっていないんじゃないかしら。正直なところ、どうしてこんなに向こう見ずな求婚をなさったのか、想像もつかないの。ただし……」

「ただし、なに？」

「ただし、だれかに財産贈与を約束されてその気にさせられたのなら話は別だけど」ロザリンはそう言ってちらりとヘイデン卿を見たものの、反応はいっさい読み取れなかった。

アレクシアも夫のほうを見て言った。「ヘイデン、あなたが関わっているの？」

ヘイデン卿がふたりのほうを向いた。「ブラッドウェルに賄賂を渡したことはない」

「そうでしょうとも」ロザリンは言った。「だけどふつう、財産贈与は賄賂とはみなされないわ」

「なぜ、求婚されたのはわたしが余計な世話を焼いたからだと思うんだ？　ブラッドウェルは結果をじゅうぶん理解しているという可能性もあるだろう。あるいはきみよりもはっきりと。そういう結婚は双方に利点がある。ロングワース嬢、きみにとっては、今度の醜聞がはるかに色あせるというものだ」

ヘイデン卿が聡明《そうめい》なことは認めるけれど、いまの言葉は完全に正直なものとは思えなかった。この場で思いついたのではなく、事前にじっくり考えた台詞のように聞こえた。それに、財産贈与は申し出ていないとはっきり否定もしていない。

夫妻が視線を合わせ、目で会話をした。ヘイデン卿が一礼して、玄関のほうに歩きだした。

「ロングワース嬢、ロンドンにやって来たのがそういう理由なら、女性同士でゆっくり話がしたいだろうし、男に聞かせたくない打ち明け話もあるだろう。わたしはここで失礼して、先に馬車に戻っている」

ロザリンはドアが閉じるまで待ってから口を開いた。「彼を信じていいものかしら」

「あの様子なら、信じて大丈夫。すごく抜け目ないときもあるけれど、ずるいことはめったにできない人よ」アレクシアが短い外套のピン留めを外して、肩から取り去った。「この求婚を受けたくなくて、断わる理由を探しているのね？」

「どうしてそう思うの？」

「お金目当ての求婚を忌み嫌っていたこと、覚えているもの。つまり、ブラッドウェルさんをお断わりするのにうってつけの理由を見つけたというわけね。だけど財産贈与のことはあなたの勘違いだった。今度はどんな理由を持ちだすつもり？」

アレクシアが答えを待った。ロザリンが答えを持っているかのように。

「この縁組の利点をひとつひとつ挙げていかなくてはだめ?」アレクシアが尋ねる。「ヘイデンの言ったとおりだし、わたしもすぐに同じことを思ったわ。ブラッドウェルさんと結婚すれば、この醜聞が持つ意味合いはがらりと変わる。ブラッドウェルさんは紳士階級の生まれではないけれど、あなたへの高潔なふるまいのおかげで、ノーベリーがいっそう愚かで卑劣に見えてくるはずよ。世間の見る目も変わるでしょうし、いずれあの忌まわしい夜以前にもノーベリーとあなたのあいだに関係なんてなかったんだと、だれもが信じるようになるわ」

数々の変化がロザリンの頭のなかに描きだされた。ブラッドウェル氏も同じようなことを言っていたけれど、アレクシアのまっすぐな瞳のおかげで、ようやく信じる気になってきた。

「本当にすばらしい思いつきよ」アレクシアが言った。自分で数えているうちに従姉の頭のなかにも変化が具体的に描きだされたのだろう。

「だけど、代わりにブラッドウェルさんはなにを手に入れるというの?」

「あなたの家柄とのつながりよ、ロザリン。あなたは紳士の娘だもの。侯爵と姻戚関係にある従姉もいるわ。そして言うまでもなく、ブラッドウェルさんは最高に美しい妻を手に入れるのよ」

「美しさなんてすぐに褪せるし、わたしの家名はひどく汚れているわ。それに、あの人が上流社会とのつながりを喜ぶとも思えない。ねえ、どうしてわたしがあなたのご主人の言葉を疑うのか、わからない？　ヘイデン卿は、本当のことを話したらわたしがにべもなく断わるのを知っているのよ。だってこれを受け入れたら、わたしは絶対に返すことのできない借りをまたひとつ作ることになるんですもの」

「もしもあなたの言うとおりなら、これはわたしの借りだし、ヘイデンとわたしのあいだに貸し借りはないのよ。わたしたちはそんな子どもっぽい駆け引きをしないの」アレクシアが立ちあがって腕組みをした。考えこんでうろうろと歩きだすうちに、表情が険しくなっていく。「ブラッドウェルさんのことが嫌いなの、ローズ？」

「いいえ。というより、よく知らないの」

「いちばん大事なことは知っているんじゃないかしら。彼に嫌悪感を覚える？」アレクシアの頬がぽっとピンク色に染まった。「わたしの言う意味はわかるわよね？」

「ええ。嫌悪感は覚えないわ」知っているかぎりでは。けれど、結婚生活の夜の面を想像しただけでぞっとするということは、アレクシアには打ち明けられない。アレクシアはとても情熱的に夫を愛しているから、そんな悩みはわかってもらえないだろう。

「もっといい人を求めているの？　同じくらい高潔で、あなたの生まれにふさわしい男性を？」

「とんでもない！」

「じゃあ、理解できないわ。現実的すぎると言われるかもしれないけれど、選ぶべき道が、〝貧しさと破滅〟か〝安心と上流社会への復帰〟かと言われれば――」

「別の申し出があったの」

アレクシアが足を止めた。驚きに目を丸くする。「別の申し出？　だけど別の白馬の騎士ではないのね？　お願いだから、第二のノーベリーに求愛されているなんて言わないで。どこかの紳士の愛人にならないかという誘いを受け入れただなんて」

「そういう申し出じゃないわ。ティモシーからまた手紙が届いたの。向こうで一緒に暮らさないかと誘われたわ」

アレクシアの表情が悲しみに曇った。目を閉じて、内なる痛みをこらえる。ロザリンはなにも言わなかったが、心はアレクシアとともに、兄の名前を聞くだけで引き起こされる痛切な痛みを味わっていた。

「向こうへ行くことを考えているの？」アレクシアが尋ねた。

「ええ。ブラッドウェルさんに求婚される前から決めていたの」

アレクシアがふたたびソファに腰かけた。菫色の瞳が潤んでいる。「ティモシーが心配なのね。当然だわ。いままでは異国にひとりきりなんですもの。ティモシーは昔から家族でいちばん弱かったし、それに――。どうか誤解しないでね、わたしにもちゃんとわかっているのよ。旅と新しい人生を目の前にぶらさげられたら、どんなに心惹《ひ》かれるかもわかっているわ。

だけど――」

「ええ、心惹かれるわ。ものすごく。わたしは新しい名前を名乗るのよ。わたしのことも、ノーベリーのことも、ティモシーのことも知る人のいない世界で。だれも、なにも知らない世界で」

自分の耳にも必死さと苦々しさが聞こえた。アレクシアがうなだれて、その悲痛な叫びを全身で受け止めた。

「だけどあなたはすべてを知っているわ、ローズ」穏やかな声で言った。「あなたはあの五千ポンドを使わなかった。ヘイデンからの支援も受けなかった。そのあなたが、あの犯罪から得たお金で生きていくというの？」

「そうする必要はないわ。わたしは仕事を見つければいいのよ。ティムも秘書になれば、ふたりの生活を支えられるわ。あのお金を返すようにティムを説得して――」

「ティモシーは絶対に返さないわ。たぶんもうほとんどがお酒と賭け事に消えているんじゃないかしら。ティモシーが破滅してからというもの、あなたはいつも悲しみに暮れて、本来のあなたではなかったわ。逃げだしたい気持ちはわかるけど、いまのあなたは冷静に考えるということができていないのよ」

「あなたがわたしの気持ちをわかっているかどうか、疑わしいわ」

「好きなだけ疑うといいわ。だけどわたしの愛は疑わないで、ローズ。逃げだしたいと思っているあなたに同情していることも。ノーベリーのことでは自分に嘘をついていたことを認めたわね。お願いだから、これについては自分に嘘をつかないで」

アレクシアが口にする一言一言が、ロザリンの周りに石を積みあげて、彼女を閉じこめる高い壁を築いていった。そんな仕打ちをする従姉に、あなたは間違っているし尊大だと叫んでやりたかった。ロザリンの心のなかの醜い部分は、アレクシアは幸せでいい気になるあまり、口でなんと言おうと、結局なにもわかっていないのだと叫びたがっていた。

周囲に壁がそびえ立つのを感じたロザリンは、いますぐ家に駆け戻ってあの丘にのぼりたくなった。地面に仰向けになって空を見あげ、あの日心を満たしてくれた幸せな喜びをもう一度感じたかった。

かすかな音が、怒りにまみれた妄想を破った。小さな声が、怒りと恨みを押しのけた。

「馬車のなかは寒いし、ヘイデンがそろそろ入っていいだろうって言ったの。アレクシア、もうちょっと待ってたほうがいい？」

ロザリンの胸に感情の波が押し寄せてきた。あふれる涙越しに戸口を見やった。

妹のアイリーンがいた。流行の服を着た姿はとても元気そうだ。長い金髪が愛らしいボンネットの下からのぞき、青りんご色のアンサンブルのせいではつらつと美しく見える。アンサンブルはどれも新しい。アレクシアからの贈り物だ。

「そんなに怒った顔をしないで、ローズ」アイリーンがすがるように言った。「姉さんがいなくなってからずっと悲しくて悲しくて、二度とお話しできないことを嘆いてたの。今日は姉さんに会えるってアレクシアが言ったし、だれにもばれないだろうってヘイデンも請け合ってくれたの」

「怒ってなんかいないわ、アイリーン。驚きと感謝と感激で、言葉にならないのよ」ロザリンは立ちあがり、腕を大きく広げた。アイリーンが胸のなかに飛びこんできた。

姉妹は固く抱き合った。ロザリンは妹の肩越しにアレクシアを見やった。アレクシアの表情は、議論は終わりねと告げていた。

8

彼女を見つけるのは簡単だった。青い外套を着て水路のそばに立っている。彼女からの手紙には、リージェント・パークのどこで落ち合うか、詳しく指示がしてあった。まだ朝早いこの時間では、公園には五人ほどしか見当たらない。

いつか連絡が来たときにどうなると思っていたのかは自分でもわからないが、ここロンドンで会いたいという短いメッセージが来るとは思っていなかった。ほんの数行の文面に、励みになるようなところはひとつもなかった。

歩み寄りながら、もっと説得するべきだろうかと考えた。したとしても、結果は変わらないだろう。ロングワース嬢が求婚を断わると決めていたら、その理由はカイルにはどうしようもないはずだ。

ロングワース嬢がこちらに気づいた。青いボンネットの下からのぞいた金髪が太陽を受けてきらめく。浮かんだ笑みはうわべだけのものに思えたが、それでもカイルの脳みその半分を機能停止させた。

このとんでもない求婚騒ぎは、さっさと片をつけてもらったほうがカイルの身のためかもしれない。

「来てくださってありがとう、ブラッドウェルさん。それも、こんな朝早くに」

「公園にはいつも朝九時に行くんだよ、ロングワース嬢。つまりぼくたちにも共通点はあるということだね」

ロングワース嬢がこれほど早い時間にロンドンの公園を訪れたのは、おそらくこれが初めてだろう。けれど公共の場でふたりきりになるには、ほかに場所も時間もなかったというわけだ。

人気《ひとけ》のない小道を見やったカイルは、自分が乗ってきた一台以外に馬車が見当たらないことに気づいた。「どうやってここまで？」

「歩いてきたの。アレクシアのお友だちがロンドンの使っていないお家《うち》を貸してくれるというので、こちらに来て数日になるわ」

「じゃあ、今日はもうじゅうぶん歩いたかな？　それとも水路沿いに散歩でもしようか」

ロングワース嬢は散歩に同意した。カイルはひとつふたつ軽い冗談を飛ばしながら、本題が切りだされるときを待った。

「ブラッドウェルさん、じつはあなたの寛大な申し出について、もう一度お話しできないかと思ったの。ふたりの人間がこれほど大きな一歩を踏みだすことを考えるなら、完全な正直

「ぼくに言わせれば、完全な正直さなんて、あってよかったためしがないな。きっと世間はそんなものに耐えられないんだと思う」

ロングワース嬢がこちらを見た。唖然《あぜん》とした顔で。

カイルは笑った。「ぎょっとさせてしまったかな。どうだろう、〝慎重な正直さ〟で手を打たないか？　しょせん真実も変わることはあるし、知られてすらいないものだってある」

「わたしはただ、もしも本当に結婚するのなら、ふたりとも正しく理解できるだけの正直さが必要だと言いたいだけよ」

ロングワース嬢はたったいま、重大なことを明かした。〝もしも本当に結婚するのなら〟

――つまりこの数日、彼女がなにを考えていたにせよ、天秤はカイルにとって有利なほうに傾いたということだ。

〝あとはおまえがしくじりさえしなければ勝てるぞ、カイル坊や〟

「率直に話すといい、ロングワース嬢。ぼくもそれにならってみるよ」

「あなたがなにを申し出ているかは、わかっているわ。その価値を理解していることもわかってほしいの。安心と庇護《ひご》はありがたいけれど、上流社会への復帰の可能性は――。その重みがようやくわかってきたところよ。わたしが疑っているように見えたなら、どうか許して。心から感謝していることを知っていてほしいの。それでも、この結婚で自分たちがなにを得るのか、ふたりともきちんと知っておくべきだと思うわ。はっきりと、言葉にして」

「賢明なことだ」

ロングワース嬢が赤くなった。「血も通っていない商人みたいに思われるでしょうね。そんなつもりじゃないの。ただ、ロマンティックな幻想は抱けないだけ。そういう子どもっぽい考えはもう捨てたわ」

完全な正直さを求めながら、ときには慎重な物言いを好むらしい。それでもカイルは厳しい本音を聞きとった。〝もしも本当に結婚するとしても、わたしは愛を期待しない。あなたも期待しないで〟

「ブラッドウェルさん、わかっておいてほしいのだけど、わたしがどんなふうに上流社会への復帰をなし得ようとも、それは完ぺきとは言えないわ。ノーベリーに貶められた女という汚名を完全にそそぐことはできないの。そんなわたしと結婚したら、あなたがいつか年老いて、髪に白いものが交じりはじめてもまだ、通りを歩けば噂話をする人がいるはずよ。あなたは貴族ではないから、面と向かってそれを口にする人もいるかもしれないわ」

「ぼくは炭坑夫の息子だ。噂話にも、面と向かって失礼なことを言われるのにも慣れてるよ」

「わたしがまた愛人を作ったと、意地悪な人が言いだすこともあるかもしれないわ。そうなったとして、どうかしら、あなたはそれを信じる？」

「きみはあらゆる可能性を検討したんだね。だけど自分が将来、なにを信じるかはわからないな。それでも約束しよう、その男を殺す前にきみに真実かどうかを尋ねると」

ロングワース嬢が木のそばで足を止めた。太陽のまぶしい光が木の葉のあいだから水路に降りそそぐ。「こんなにしつこくあなたの申し出を検討するなんて、さぞかし心の狭い意地悪な女だと思われているでしょうね」

「賢い女性なら、結婚の申し出をじっくり検討すべきだと思うよ。どんなふうに検討したかを細かく聞かされるのは異例のことだと思うけどね」

ロングワース嬢がこちらを見あげた。その視線はカイルがたじろぎそうになるほどひたむきだった。眉間《みけん》にしわが寄っているのは、カイルの魂を見透かしたいけれどそれができない悔しさのせいにも思えた。

「あの日、あなたがノーベリーの屋敷を訪ねてきたのは理由があってのことでしょう？　あの人のお友だちなの？」

「数年来の知り合いだ。ぼくらの関係はずっと昔にさかのぼる。いまは同じ事業に関わっていてね」

「じゃあ、またあの人に会うのね。あなたは忘れないでしょうし、向こうも忘れないでしょうし——」

「結婚の申し出をじっくり検討するのは女性だけじゃないよ、ロングワース嬢。彼と顔を合わせるのがどんなに気詰まりか、ぼくもちゃんと考えた。だけど約束しよう、彼がその件をぼくの前で口にすることはない。仮に口にしたとしても、一度で懲りるはずだ。だれだろうと、妻を侮辱する男はぼくが許さない」カイルは両手でロングワース嬢の手を取った。拒絶されなかったので、ふたりとも手袋をはめていることを残念に思った。「ぼくがきみの前で口にすることも絶対にない。きみは卑劣な男にそそのかされて過ちを犯したかもしれないが、それはもう過去の話なんだ」

本気かどうか、たしかめるかのように、ロングワース嬢がカイルの目を探った。カイルは好きなだけ探らせた。

「きみがどんなにがんばっても、ぼくがまだ検討していない反対理由は思いつけないと思うよ、ロングワース嬢」

「じつはひとつあるの。それを黙っておくのは間違いだと思うわ」ロングワース嬢が姿勢を正した。あの晩と同じように。「ブラッドウェルさん、もしもだれかがある噂話を始めたら、わたしはいまの醜聞が子どもの遊びに思えるほどの醜聞に巻きこまれてしまうの」

ロングワース嬢は愛らしいほど真剣で勇敢な面持ちをしていた。古代ローマの円形闘技場に入る前の殉教者も、きっとこんなふうに見えたに違いない。「その醜聞というのは？」

「兄のことを知っていると言ったわね。だけどすべてはご存じないわ。兄は、兄の銀行に信託を預けている人たちからお金を奪ったの。奪われた人たちも、やったのは兄だと知っているわ。兄は、かならずお金を返すから話を広めないでくれと約束しておきながら国外へ脱出して、負債は結局へイデン卿が返済してくださったの」言葉は奔流のようにほとばしりでた。打ち明けるのがつらいことは訊くまでもない。「犠牲者の数は何十人にものぼるけれど、噂が広まるにはそのひとりが口を開くだけでじゅうぶんだわ。それだけで兄がやったことは世間に知られてしまうし、血を分けた妹のわたしも恥辱を免れないの。もしわたしが結婚すれば、夫となる男性も」

カイルはロングワース嬢の手を掲げてうつむくと、そっと手の甲にキスをした。「お兄さんのことは知っていたよ」

「知っていた？　どうして――ああ、そんな、もしやあなたも――」

「ぼくの知り合いが被害を受けた」

「それなのに、わたしに求婚を？」

「罪を犯したのはお兄さんで、きみは無実だ。むしろ犠牲者のひとりだ。きみも妹さんも、お兄さんのせいでひどく苦しんだだろう？」

妹の話が出ると、ロングワース嬢の目が潤んだ。カイルはこの好機に乗じないほど善人ではなかった。

「その噂話も、ぼくと結婚すべき理由のひとつだ。ぼくと結婚すれば、きみとお兄さんはもはや無関係だという証明になる。このままオックスフォードシアでひとり寂しく暮らしていたら、お兄さんの罪に自分の罪を重ねたと思われても仕方ないが、ぼくとの結婚で両方を捨て去ることができるんだ」

「無関係だと思う人なんていないわ。わたしたちは兄妹《きょうだい》なのよ」

「世間の目には、彼の妹である前にぼくの妻として映るようになる。その醜聞に関しては、この結婚はきみを守る盾になるよ」

ロングワース嬢の抵抗は手に取るようにわかった。と同時に、もろさも。「ヘイデン卿から財産贈与は受けていないと言ったわね。つまり、お金は別の形で入るということね」

「得るものがないとは言わなかった」

「わたしの想像以上の額なんでしょうね。こんな不名誉なことと積極的に関わろうとするなんて」

「きみはきみの得失を考えればいい。ぼくのはぼくが考えるから。きみが欲しいと思っていなければ、きみの財産や家族や純潔がどうあろうと、結婚する気にはならないよ」

ロングワース嬢が歩くのをやめてカイルと向き合い、しげしげと眺めた。まるで、きみが欲しいと言ったカイルの気持ちに応えられるだろうか、耐えられるだろうかと煩悶するかのように。その点については、カイルがいくら言葉を重ねても説得することはできない。けれど彼女の決断は、天秤をいずれかのほうへ大きく傾かせることになるのだろう。

「もしかしたらまだ決断するときじゃないのかもしれないね、ロングワース嬢。急ぐ必要はないし、こういうことは、女性ならじっくり考えるべきだ」

ロングワース嬢の表情が見るからに和らいだ。「どうもありがとう、ブラッドウェルさん。これで未来が決まると思うと、たじろいでしまうの。あなたは本当にやさしくて思いやりがあるのね」

とんでもない。

カイルの馬車はふたりを追って小道をついていきていた。カイルは御者に止まれと合図をした。「家まで送らせてもらえないか。今日はもうじゅうぶん歩いただろう？」

求婚への返事が先延ばしされたことに安堵《あんど》したのだろう、ロングワース嬢は喜んで受け入れた。馬車まで歩く途中、ほほえみさえした。

カイルはロングワース嬢に手を貸して馬車に乗りこませた。そろそろ交渉を締めくくるときだ。

思いやりのあるブラッドウェル氏が決断を迫らないことくらい、わかっていたはずだ。彼はそういう男性ではない。今日もいつもどおり、理解を示してくれた。こんなに重大な問題に軽々しく結論をくだしてはいけないとわかっているのだ。

ロザリンが馬車の座席に身を落ちつけると、ブラッドウェル氏も向かいに腰かけた。馬車は公園の出口に向かってがらがらと進みはじめた。

背が高く堂々としたブラッドウェル氏といると、馬車のなかが窮屈に感じられた。あの忌まわしい夜と同じように。いまもまた、ロザリンは危険な香りと安心感が同居する奇妙な感覚に包まれていた。

「急《せ》かしはしないが、できれば早く答えを聞かせてほしい」ブラッドウェル氏が言った。

「もちろんよ。明日にはかならず。本来は、求婚の申し出をほったらかしにするようなひどい女ではないの。こんなに待たせて、恥ずかしいわ」

「気にすることはないよ。理由はわかるから」

本当に？　ロザリンはこのとき初めてブラッドウェル氏が理解しているかどうかを疑った。求婚された女性が感じる恐怖を真に理解できる男性などいるだろうか。結婚が人生にもたらすものには、いいことと悪いことの両方がある。

「きみがきちんと状況を判断できるよう、いくつか説明したほうがいいかもしれないね」ブラッドウェル氏の目が鋭くなった。ごくわずかに、だけどロザリンのなかに小さな――ほとんどぞくぞくするような――警戒心を呼び覚ますほどに。

「どうぞ話して」

「ぼくの家族はいまも北部にいる。家族の存在を否定したり隠したり、自分以外のだれかになったふりをすることは、ぼくにはできない。だれに対しても。もちろんきみに対しても」

「そんなことを望むほど冷酷な女だと思うの？」

「きみがなにを望むかわからないから、先のことをはっきりさせてるんだ。それから、きみが上流社会の輪に戻ろうとしたとき、きみのことは受け入れたくてもぼくはどうかと思う人も現われるだろう。そんなときは、周囲にはっきり示してもらいたい。きみは招待を受けるが、ぼくは必要に応じて断わると。そういう状況が持ちあがったときは、判断はきみにゆだねるよ」

そんなときなど来ないと言えたらいいのにとロザリンは思った。妻だけを送りだすことも辞さないなんて、どこまで気高い男性なのだろう。上流社会への復帰を約束した以上、できるだけ後押ししようと考えているのだ。

「ぼくが受け取る財産に興味を示したね」ブラッドウェル氏が続ける。「だけど、きみは自分が受け取るものについて訊くのを忘れてるよ。もし求婚に応じてもらえたら、きみの寡婦給与財産（夫の死後、妻の所有に帰するよう定められた土地や財産のこと）についてヘイデン卿に話をつけよう。きみが喜ぶならの話だけど」

「ええ、うれしいわ」たしかに忘れていた。なによりそれが、この求婚に対するロザリンの相反する思いを表わしていた。この人にもそれはわかってしまっただろうか。

「それから、きみのお兄さんの問題もある」

「それは問題にならないと公園で言わなかった？」

「お兄さんの罪はきみを貶めはしないと言ったんだ。だけどとても重要なことだよ、きみにとっても、きみが取り戻す家族にとっても、きみがお兄さんを死んだものとして受け止めることは」

死んだものとして。突然、〝思いやりのあるブラッドウェル氏〟は厳しくて恐ろしい存在に変わった。まだ結婚するかどうかもわからない相手にそんなことを求めるような、少し図々《ずうずう》しい存在に。

いまの言葉でロザリンのなかに強い反発心が芽生え、この男性との結婚という選択肢を拒みたい気にさせられた。

「ティモシーはわたしの兄よ。そんなことを頼むなんてずるいわ」

「頼んでるんじゃない、命じてるんだ」

今度は命令？　「家族の半分を取り戻させてやると言いながら、もう半分は捨てろと言うの？」

「そういう見方しかできないなら、そうだと言うしかない。ほかの女性には要求できなくても、きみになら容易にできる。あの競売の夜にきみの言葉を聞いたからね――レディ・アレクシアに向かって、彼女と妹にとって自分は死んだも同然の存在にならなくてはいけないんだと説明する言葉を。レディ・アレクシアから手紙が届いたら、自分の不名誉が彼女を汚してはならないからと、封も切らずに送り返した。こうしなくてはいけないんだときみは言った。その現実が見えるなら、この現実も見えるはずだ」

ロザリンは顔がほてるのを感じた。こんなふうにロザリン自身の言動を利用して追い詰めたブラッドウェル氏を恨めしく思った。

「兄を死んだものと思ったりしないわ。そんなことできない。むしろ、もしも兄に会える機会が訪れたら会うことを許すと、いまの時点で約束するよう要求するわ」

最後通牒《つうちょう》は突きつけられたまま宙に浮いていた。夫になるかもしれない男性はそれをほったらかして、ロザリンをじっと見つめていた。ロザリンは、この場で求婚を取りさげられるのではないかと半ば思った。

安堵の代わりに動揺が押し寄せてきた。

これこそ、必死で探していた突破口だというのに。こうして目の前にしてみると、その突破口を抜けてしまえばまずまずの生活は望めなくなるのだとあらためて思い知らされた。

自分の言葉を撤回したくなった。心細くて混乱した小さな声が、屈服しろと叫ぶ。〝ええ、なんでもあなたの言うとおりにするわ。食べ物を与えてくれて、うれしいことを言ってくれて、大切に思っているふりをしてくれるなら、なんでもします。本来の自分を忘れて、夢は全部捨てて、従順になるわ。寒くないよう、炉にくべるたきぎを買ってくれるなら〟

声に出してしまわないよう、歯を食いしばった。前回、このみじめな声に耳を貸したときは、ろくでなしの慰み者にさせられた。

それでもブラッドウェル氏の返事を待つあいだ、絶望は募っていった。厭わしかった。そんな自分の反応こそが、この結婚以外に選択肢がないことをありありと証明していたから。ティムさえ厭わしかった。また兄のせいで、完全な破滅と屈辱的な依存という究極の選択を強いられることになったから。

「お兄さんが英国に戻ってきたら、会ってもいい」ようやくブラッドウェル氏が口を開いた。「だが、いま彼が潜んでいるところへ行ってはならない。ぼくと結婚しようがしまいが、それはだめだ。だからその点は、いまきみの頭にある計画から除外すること。ぼくに止められないとは思うな。止められるし、かならず止める」

ロザリンの顔はかっと熱くなった。ブラッドウェル氏はロザリンの計画も〝友人〟の正体も見透かしていたのだ。

提示された妥協案も寛大なものとはいえない。ティムが英国に戻ってくるなどありえないのだから。絶対に。ブラッドウェル氏は譲歩すると見せかけて勝利した。

馬車はひどくゆっくりと町のなかを進んでいるように思えた。急いでくれたらいいのに。ロザリンはこの会話に苛立っていた。ブラッドウェル氏の返事を待っていたときに心のなかで暴れていた絶望感を見破られたのではと不安だった。だとしたら、このまま〝説明〟を続けられて、最後には従順な子どもみたいな存在になりさがってしまうのではないだろうか。

苛立ちに負けて口走った。「最後になってこれほどたくさん条件をつきつけられるなんて、心を決めるまでに一日では足りない気がしてきたわ。教えてちょうだい、ほかにもあるのかしら？」

「あとひとつだけ」

「なんなの？」

「上流社会では当然のように受け入れられている緩い道徳観念に、ぼくは従わない。あるていどのものなら他人と共有するのもかまわないが、きみを他人と共有することだけはお断わりだ」

「それでも、噂話を理由に男性を殺す前に、真実かどうかをわたしに尋ねるの？　いまの言葉に嘘はないんでしょうね？」

ブラッドウェル氏がほほえんだ。「嘘はないよ」

「ほかには？　ないといいけれど。というのも、次から次へと出される条件に困惑させられて、このままではいくつか忘れてしまいそうなの。今日は紙と鉛筆を持ってきて書き留めればよかったわ」

ブラッドウェル氏が身を乗りだして、両手でロザリンの手を包んだ。その仕草はロザリンを慰めるだけでなく、わがものとする権利も有しているとほのめかしていた。

ブラッドウェル氏の親指がやさしく手のひらを擦った。手袋をはめていても、はっきりと感じた。触れられて腕にぞくぞくした感覚が走り、肩まで到達した。

「ぼくの挙げた条件がきみを困惑させたとは思えない」ブラッドウェル氏が言った。「心を決めるまでにもっと時間がほしいというのなら、その理由は今日ぼくらが話したようなことじゃないはずだ。きみが言うところの〝正しい理解〟を望むなら、お互い正直に、本当の理由を話すべきじゃないかな」

ふたりは重要なことをすべて話し合った。ロザリンが予期していなかったことまでも。

「今日のあなたはなんでもお見通しなのね。それに要求が多いわ」

「なんでもお見通しというわけじゃない。ぼくが求婚したときに、ある不安を口にしただろう？」そう言ってロザリンの目を見つめた。「きみは妻としての役目に耐えられるかどうか、見極めようとしている。結婚生活における性的な側面を受け入れられるかどうかを」

ロザリンは顔が赤くなるのを感じた。「ロマンティックな幻想はもう抱けないと言ったはずよ。正直なところ、いまさら不安なんてないわ。わたしはただ、それがどんなものになるかについて、嘘偽りのない忠告をしただけ」

「その言葉を信じていたら、きみに求婚を断わらせる方法を考えていただろうな。妻としての義務を受け入れやすくするために、ロマンティックな感情や幻想は必要ないんだよ、ロングワース嬢。必要だと思いこんでしまったら、事態を悪化させることもある。どうだろう、おとぎ話のような永遠の愛を表明する代わりに、この務めは、飢えを満たすおいしい食事だと思ってみるというのは」

こんな話題をあけすけにするなんて、ロザリンには信じられなかった。家柄のいい紳士なら絶対にしない。だけどブラッドウェル氏はそういう家柄ではない。しかも、この上品とはいえない話の流れに対して、狼狽以上の反応をロザリンに期待している。

飢えを満たす食事。上品ではないけれど目新しいとらえ方だ。ロマンティックな幻想をかき消しながら、少なくともロザリンが知っているものより満足できるなにかをにおわせている。

「その食事だけれど――お粥《かゆ》になるのかしら、それともキジ肉？」ロザリンは思わず口走った。

ブラッドウェル氏が静かに笑い、今度は彼がわずかに狼狽を見せた。

「じつはお粥はあまり好きではないの。もうじゅうぶんいただいたから」ロザリンは言った。

「いろんなコースがあるよ。選べるメニューも盛りだくさんだ。きみの好みに合うものを見つけられるんじゃないかな。だけどそれを見つけるには、まずテーブルに着いてもらわなくちゃならない」

遠回りで別の条件にたどり着いた。つまりブラッドウェル氏は、こういう形で受け入れられることを期待しているのだ。大騒ぎすることも言い訳もなしに。

ロザリンは想像してみた。ベッドに横たわる自分のそばに、この男性が入ってくるところを。ノーベリーのときと同じ、不快なあきらめがこみあげてくるものと身構えた。

ところが、こみあげてきたのは興奮だった。ベッドのなかで待つという行為には魅惑的な期待が含まれていて、それがロザリンの体に影響を及ぼした。どんな恐怖にも甘美なところはあるものだ。

ブラッドウェル氏がこちらを見つめる。その表情は危険な魅力に満ちていた。まるでこの男性にもベッドに横たわるロザリンが見えていて、待つことがどれほど彼女に興奮をもたらすかを知っているかのように。

まだ手を握られたままだった。いま、ブラッドウェル氏の手にほんの少しだけ力がこもった。支配力を行使できるほどに。そしてやさしく引っ張った。窓の外の景色が流れていくなか、ロザリンは体ごと向かいの席にふわりと引き寄せられ、ブラッドウェル氏の膝の上に着地した。

驚きに続いて警戒心が芽生えた。ふたりを取り囲む光が薄れる。体をひねってみると、ブラッドウェル氏が窓のカーテンを引いていた。

「なにをしているの?」ドレス越しにもたくましい太腿を感じる。ロザリンは逃れようとして、危うく床に落ちそうになった。

体に腕を回されていたおかげで、床に落ちることはなかった。けれど逃げることもできなかった。ロザリンは背筋を伸ばして、多少なりとも自分で自分を支えようとした。

「いったいなにをしているの?」問いをくり返した。

ブラッドウェル氏が自分の指を目で追いながら、ロザリンの顔を撫でた。ただし今回は撫でたら指を離すのではなく、そのまま顎をつかんでキスをした。やさしいキス。畑での、あの初めてのキスのような。けれどロザリンの唇は震え、わななきが胸を駆けおりた。

「きみがぼくの申し出を公平に、先入観なく判断できるようにしてる」もう一度キス。「きみの最後の不安に対して、唯一の有効な説得を試みている」

「最後の不安——？」言葉の意味に衝撃を受けた。ロザリンはたくましい肩に両手を押し当てて体を離した。

ブラッドウェル氏が無言でほほえみながら、ロザリンを引き戻した。荒々しくも激しくもない、慎重な争いが続く。ロザリンは本当には抗っていなかったし、ブラッドウェル氏も本当には押さえこもうとしていなかった。ロザリンはただ、親密な抱擁ができない位置に体を遠ざけておこうとするだけで、ブラッドウェル氏は無理強いしないまでも彼女を逃がそうとはしなかった。

気がつけばロザリンは、完全に太刀打ちできない姿勢にされていた。ブラッドウェル氏が彼女をものにしようと思っているなら、とんでもない考えだ。ロザリンはもう一度彼の肩を押した。「なんてこと。まさかそんな——ここで、馬車のなかで？」

「それはない。もちろんきみが懇願するなら話は別だが」

懇願？　ロザリンはこみあげてきた笑いをかろうじて抑えた。

それでもブラッドウェル氏はロザリンが嘲笑しかけたことに気づいた。「まったくだ。それはまた今度に取っておいたほうがいい」

今度があると確信しているその言葉を笑っていたことだろう――唇を奪われていなければ。たちまち、ブラッドウェル氏のほのめかしは冗談ではなくなった。

畑でのキスには驚かされた。台所でのキスには圧倒された。このキスには怖くなった。今回、興奮はしずくのように全身を伝うのではなく、奔流のようにロザリンを押し流した。むさぼるようなくちづけに、理性を守るどんな壁も突き崩された。体はまたたく間に反応した。まるでこの先に待ち受ける幸せな快楽を知っていて、それをもう一度味わいたいと切望しているかのように。

温かいキスに導かれて、思考も呼吸もできない場所に連れていかれた。唇と首筋にキスをされると、情熱をかきたてられる。耳をそっと噛まれると、体をめぐる血まで震えた。もしも結婚がこれを意味するのなら、これだけを意味するのなら、この男性の求婚を受け入れるだろう。

けれど実際はそうではないし、いくらロザリンの情熱に火がついたとしても、ブラッドウェル氏の情熱は暗い影を帯びている。彼が自らの欲望に抑制をかけたのをロザリンは感じ取ったが、それでも、その欲望が行き着くところを思わずにはいられなかった。だからといって小さな快楽を手放しはしなかったけれど、ロザリンは未経験ではない。この快楽がどれほど突然終わってしまうかを知っている。

今回は口を開くよう誘われる必要はなかった。不快ではないと知っていたから、舌の侵略を受け入れた。ブラッドウェル氏はロザリンの口をむさぼった。慎重に、念入りに。どうすればロザリンの体にぞくぞくするような感覚を引き起こせるか、熟知しているかのように。ほどなくロザリンはその感覚が駆け抜ける部分と、それをもっと味わいたいという欲求しか意識できなくなった。

ブラッドウェル氏の手に愛撫されて、春のそよ風のようだった快楽は夏の熱風に変わった。外套の下にもぐりこんできた大きな手を、ドレスとコルセット越しに感じた。温かくて頼もしい、自信に満ちた手を。わがもの顔に触れられてロザリンは驚いたものの、体は自然とその手のなかに自らを差しだしていた。手の温もりをじかに感じさせてくれない衣服を恨めしく思いはじめるまで、そう時間はかからなかった。頭のなかでは熱狂の嵐がいまにも吹き荒れそうだった。

激しくキスをされて乳房に触れられた瞬間、稲光が走った。体はそんなふうに触れられることを待ちわびていたかのように反応した。

彼の手によって沈められた快楽の海はあまりにも官能的で、耐えがたいほどだった。尖った先端を探り当てられて、すすり泣きが漏れるまでいたぶられた。ロザリンの脳裏に、ほかの親密な行為や触れ合いの光景が浮かんだ。

この男性に燃えあがらされていた。われを忘れさせられていた。いまでは飢えという言葉の意味がよくわかった。懇願をほのめかされたことも理解できた。なぜならいま、懇願の言葉が頭のなかでくり返し響いていたから。

ロザリンはたくましい腕をつかんで、必死で現実にしがみついた。それでも彼の手に圧倒された。歯を食いしばり、悲鳴やうめき声を懸命にこらえた。解き放たれることを望んでいた。これ以上を望んでいた。

快感がいっそう募って、苦しいほどの切迫感と心地よい恍惚感《こうこつかん》がない交ぜになった。そのとき――悲鳴が漏れて自制心が粉々に砕け、いっそ服を破り捨てて脚のあいだで疼《うず》いている部分を埋められたいと切望した瞬間――ブラッドウェル氏の手が止まった。

ロザリンは息ができなかった。考えることもできなかった。情熱の終わりを示す甘いくちづけは、残酷な冗談に思えた。まばたきをして現実に戻ってきたロザリンの目に、馬車の壁と天井とブラッドウェル氏が映った。

見おろす彼の表情は、ロザリンと同様満たされていないことを物語っていた。あるいは彼が予言したとおり、ロザリンが懇願するのを待っているのかもしれない。

実際、もう少しで懇願してしまいそうだった。けれど彼の手が唇に触れて、その衝動を押しとどめた。

「結婚すると言ってくれ、ロザリン」

いまも欲望は息づいていた。甘美な拷問は終わっていなかった。けれど美しく自由な静けさがおりてくると、嵐は徐々に静まっていった。ロザリンは彼のキスと愛撫に満たされた、鮮やかで屈託のない夢のなかを漂っていた。

あの日、丘の上に寝転がって果てしない空を見あげたときの気持ちに似ていた。

「ええ。あなたと結婚するわ」

9

カイルが事務員に通されたのはシティーにある簡素な居間で、独身弁護士が使いそうな続き部屋だった。上が半円形のパラディオ式の窓に面したドアの向こうには、寝室があるのだろう。

カイルがこの部屋に招かれたのは、ヘイデン卿に手紙を送ったからだ。どうやら部屋の主《あるじ》はこの部屋を仕事やなにかのために使っているらしい。おそらく結婚前は女性のために。それから個人的な研究のためにも。窓辺のスタンディングデスクの上に積み重ねられた書類に記されているのも、そういった研究の成果なのだろう。

ヘイデン卿が挨拶をした。ふたりは暖炉のそばの、緋色《ひいろ》の布張り椅子に腰かけた。

前回の私的な面会の記憶が、この面会に影を落としていた。あのときはヘイデン・ロスウエル卿がカイルの部屋を訪ねてきた。今日のような招待をカイルに断わられたあとに。

「ロングワース嬢に頼まれて、代理を務めることになった」ヘイデン卿が言う。「聞いたところでは、きみが提案したそうだが」

「ぼくの申し出を検討するにあたって、彼女は経済的な側面をあまり重く見ていないようだったので」

ヘイデン卿が椅子の上で姿勢を崩した。まるで友好的なおしゃべりがこうした話し合いの一部であるかのように。「兄のほうが破滅するまで彼女のことは知らなかった。その後しばらくのあいだ、わたしは破滅をもたらした張本人として恨まれていたし、いまでは彼女も真実を知っているとはいえ、わたしとのあいだにはまだぎこちなさが残っている。上の兄のことはよく知っていたが、妹たちのことはまるで知らなかった」

「上の兄というのはベンジャミンのことですね。数年前に亡くなったという」

ヘイデン卿の顔が険しくなって、いつも世間に見せている仮面をつけた。「妻が言うには、ロングワース嬢はこの一年、本来の彼女ではなかったそうだ。ノーベリーと関係を結ぶに至ったのも、深いふさぎの病《やまい》に憑《つ》かれて間違った判断をくだしたからだと言っている。きみの申し出の経済的な側面をあまり重要視していなかったというのも、きっとそういう精神状態を反映してのことだろう」

「では、やはり代理を務めていただいたほうがよさそうですね。しかし、たしかに彼女は精神的な打撃を受けていますが、ふさぎの病に憑かれてはいませんよ。ぼくは、冷静な判断をくだせない女性の弱みにつけこむようなまねはしません」

「きみがそんな男だとほのめかすつもりはなかった。仮にそんな男だったとしても、これで彼女が手に入れる大きな可能性を思えば――。妻が従妹との結びつきを取り戻しても、残念には思わない」

この結婚を残念だと思っていない男にしては、ヘイデン卿は詳細を詰めるのにずいぶん時間をかけていた。

「結婚の話し合いにおいて花嫁の父の役を演じることになるとは予期していなかったし、少々ありがたくないことでもある、ブラッドウェル。あいにくわたしは知りたいと思う以上のことを知っているから、はした金を提示するわけにはいかない」

「ぼくの動機は高潔なものだとご存じですよね？」

「わたしが考えていたのはそういうことではないし、それはきみもわかっているだろう」

もちろんわかっている。わからないのは、ヘイデン卿がどんな方針を採るかだ。

「彼女はティモシーの犯罪のことをきみに話したか？　話さなかったとしても責められないが」ヘイデン卿が言う。

「じつに正直に話してくれました。ぼくにはすべてを知らせなくてはならないと言って」

「勇敢だな」

「すべてを知ったらぼくが求婚の申し出を取りさげるのではないかと思っていたようですから、とても勇敢だと思いますね」じつはロングワース嬢は、申し出が取りさげられることを期待していたのではないだろうか。自分で決断しなくてすむように。自分の心を知ってはいても、もはや信じられなくなっているのだ。

「きみも同様に正直だったのか？」

「お兄さんのしたことは前から知っていたと言いました。犠牲者のひとりと知り合いだと」

「なんだと？　きみが犠牲者のひとりじゃないか。受託者なんだから、あの損失はきみのものでもあった」

「ぼくが自分のものにしただけです。ほかにも選択肢はあった」ひとつだけ。つまり、いま話をしている相手に頼るという道だ。問題の信託を自分の金で埋め合わさなければ、信託を空っぽで無益なままにしておくことになる。それはできなかった。

「きみが返済を断わったことを彼女は知っているのか？」

「いいえ。話すべきだと思いますか？」

「自分でもどう思っているのか、わからない」ヘイデン卿がさっと立ちあがった。口もとをこわばらせて顔をしかめ、この数週間カイルを悩ませてきた難問に挑みながら、部屋の向こうに歩いていく。

「彼女は兄のところへ行くことを考えていました」カイルは言った。「また手紙が届いて、向こうへ来ないかと誘われたそうです」

「くそっ」ヘイデン卿が首を振った。「それでも、きみは彼女を騙していないとはいえ、完全に正直とはいえない」

またしても完全な正直さを求められるとは。そんなものが可能であるばかりか、一般的でさえあるかのように。

しかし、先々この男性と取引をすることもあるだろう。ヘイデン卿に嘘つきだとか悪党だと思われていては困る。説明してみよう。これまでほとんどだれにも試みたことはないけれど。

カイルも立ちあがって部屋をぶらぶらと横切りながら、なにを話してなにを省こうかと思案した。歩くうちに、スタンディングデスクのそばに来た。走り書きされた紙をちらりとのぞくと、数字や記号が紙面を埋めていた。つまりここはヘイデン卿が情熱を傾けているとして知られる、数学の研究に没頭するための場所なのだ。

「教えてください、ヘイデン卿。ティモシー・ロングワースの犯罪が表沙汰《おもてざた》になって、その妹が兄を追って国外へ出たら、世間はなんと思うでしょうか？」

「あの犯罪は表沙汰になっていない」

「なりますよ。いつかは。避けられないことです。隠しとおすには、火の粉をかぶった人間が多すぎる」

確信した口ぶりに、ヘイデン卿がはっとした。「全員が損失を取り戻したはずだぞ」睨みつけた視線が告げていた――〝おまえ以外は〟と。

「ええ、経済的な損失は。だけど自尊心はまた別の話です。あなたは計算違いをしたかもしれない」

ヘイデン卿が不快そうな顔になった。もどかしげなため息が、ロングワースをめぐるこの話が彼にとってどれほど億劫《おっくう》かを物語っている。「話が表沙汰になったときに彼女が兄と一緒にいれば、共犯者とみなされるだろうな」

「同感です。そのうえで、ぼくはすべてを彼女に話すべきでしょうか？　もしも彼女がすべてを知ったら、ぼくも被害を受けたと知ったら、彼女はこの結婚について考えを変えてしまうかもしれません。兄のところへ行ってしまうかもしれない。兄を救うため、助けるため、自分が恥辱を逃れるために。あなたはそう思っていなくても、彼女はこの犯罪が明るみに出る日は遠くないと考えています」

ヘイデン卿が目を狭め、あの日のイースターブルック侯爵とそっくりなやり方で、カイルを吟味した。

「だから金を断わったのか？　自尊心のために？」

「あれはあなたが犯した罪ではありません。どうしてあなたが払うんです？　それに、あなたはもうたっぷり払っている。犯してもいない罪に対して、目の飛びでるような額を。もしあなたの金を受け取ってしまったら、別の犠牲者を生むことにしかならない。そういうことです」

「自分が進んで犠牲者になるのだから、話は違うだろう。結局、自尊心のためか」

ヘイデン卿の尊大さに苛立ったカイルは、室内を手振りで示した。「最近、ここでは財務計画がひとつも立てられていないし、組合《シンジケート》もひとつも結成されていません。あなたはあの家にこもりきりだ。メイフェアの基準からすると質素なあの家に。あれだけの額を出して、あなたも痛手をこうむったんでしょう？　さらにぼくが二万ポンドを払わせて、もっと血を流させなくてはいけませんか？　恐喝行為に加担しなくてはいけませんか？」

「恐喝だと？　それできみはあいつの犯罪による打撃を免れられるというのに」

「あなたはみんなの損失を埋め合わせただけじゃない。あの詐欺行為を忘れるよう要求もした。金による沈黙――それが取引の一部だった。あらゆる罪人にあなたのような天使がついていて、守ってくれるといいですね」

口論になると思っていた。怒りを買うかもしれないと。ところがヘイデン卿は眉間を擦って、あきらめたような声で言った。「きみが言うように〝その日〟が来たらどうなる、ブラッドウェル？　正義が行なわれるには、ロングワースは命をもって償うしかない。その日が来たら、彼女になんと言う？」

「ぼくと結婚しようがしまいが、彼女はその痛みを避けられません。その日が来たら、精一杯のことをして彼女を守り、慰めるつもりです」

ヘイデン卿はしばらくのあいだ考えこんでいた。やがて机に歩み寄り、こっちへ来いとカイルに合図をした。

「弁護士を呼ぶ前に準備をしよう。きみが恐喝行為に加担してくれたほうが、わたしとしてはこの結婚を受け入れやすくなるんだが。とはいえ、あの悲しい一件はロングワース姉妹の人生に大きな影を落としてきた。この結婚のあとは、ロザリンの未来にも光が射すだろう」

「なんと、すっかり大人になられて、アイリーンお嬢さま」食料雑貨店の店主、プレストン氏がにっこりして言った。「村の女たちはこれから何日もそのボンネットの話で持ちきりでしょうよ」

アイリーンはにっこりし、プレストン氏はロザリンのお金を数えて品物を包んだ。

ロザリンは妹を眺めて、本当に大きくなったと感慨深く思った。アレクシアも、次の社交シーズンにアイリーンをデビューさせたいと言っている。アイリーンの年齢を考えれば絶妙のタイミングだけれど、ほかの要素を考えると、まだ早すぎるように思えた。今度の結婚をもってしても、妹が次の社交シーズンに受け入れられるほどすぐにはあの醜聞は薄れないだろう。

それでもアイリーンの未来が明るくなるかもしれないと思うだけで、差し迫った結婚に抱いている不安は和らいだ。この一週間、カイルが不在だということも、この絶え間ない不安を鎮める役には立たなかった。彼はクリスマスで北部に帰っていた。育ててくれた叔父と叔母のもとへ。

彼がいないおかげでロザリンは準備に集中できたものの、結婚する相手の男性をちゃんと知っているという確信は、日ごとに薄れつつあった。

「式当日を楽しみにしてますよ」プレストン氏が大きな笑みを浮かべてロザリンに言った。

「先月ブラッドウェルさんが村にいらしたときにお会いした連中はみんな、洗練された物腰と打解けやすさを誉《ほ》めそやしてますよ」

「どうもありがとう。奥さまと一緒に来てもらえるわね？」

「女房が欠席するわけありませんよ。あいつは最初から言ってたんです、世の中にはなんでも悪いほうにばかり考える連中がいるって。そりゃもう悲しんでましたよ、口さがない連中の——」不意に言葉を切って、意味深な目でアイリーンを見た。その目は、妹さんの前であの醜聞をにおわせてしまって申し訳ないと語っていた。

「奥さまの気づかい、うれしいわ。それじゃあ、また。さようなら」

ロザリンはアイリーンと一緒に店の外に出た。妹のみごとなボンネット——〝エジプトの大地〟と称される赤茶色の、イタリアで作られた絹製——が、ぐっと近づいてきた。「村じゅうの人がプレストンの奥さんみたいな人だと思う？」

「村のほとんどがそうでなければ、ご主人があれほどわたしたちに親しげにふるまうのを奥さんが許すはずないわ」

「じゃあ、アレクシアが願ってたとおりに運んでるのね」

「ここでは、ね。だけどウォトリントンとロンドンは別よ」

「ロンドンでもそんなにひどいことにはならないんじゃないかしら。イースターブルック侯爵も結婚式には来るのよ。そうと知ったら噂好きな人たちだって、ころっと変わるわ」

「侯爵もそういう人たちお気に入りの噂の種だから、変化が期待できるかどうか」

結婚式をこの田舎で行なうというのは、アレクシアではなくカイルの発案だった。ヘイデン卿は、それなら近くにある兄の地所、アイルズベリー・アビーを使えばいいと勧めてくれたが、カイルはロングワース邸のほうが望ましいと言ったのだ。たとえ特別許可証を手に入れていても、ふたりはロザリンが少女のころに通っていた教区教会で、幼いころからロザリンを知る人たちに囲まれて、結婚したほうがいいと。

ロザリンには、いまようやく彼の意図がわかった。侯爵の弟がどれほど努力してもかなわないほど、カイルは村人の心理を理解していたのだ。準備のために一家が村で使う金や、村人全員に開かれた結婚式は、十年間のまじめな暮らしぶりよりも効果的に、あの醜聞の見方を好意的な方向へと変えるだろう。

ロザリンとアイリーンは村の小道をぶらぶらと歩き、近所の人と挨拶を交わしたり、少女たちにアイリーンのすてきなボンネットを見せてあげたりした。そのあとリボンや布を買ってから、家に戻った。

なにやらにぎやかな騒ぎが待っていた。二頭立ての大きな馬車が三台、家具やらなにやらを山積みにして私道をふさいでいる。そこから何人もの召使いが荷物を荷車に移して、長い紙を片手に正面玄関のそばで見張っているアレクシアの前を運んでいく。

「それは図書室へ」丸めた大きな絨毯を運ぶふたりの男にアレクシアが言った。

「なにをしているの？」ロザリンはちょうど通りかかった巨大な衣装だんすをよけながら尋ねた。

「それは南の寝室へ」アレクシアが、衣装だんすの重みに全身をこわばらせている三人の男に命じてから、ちらりとロザリンを見た。「椅子のない家で結婚式は開けないでしょう？」

「いまのは椅子じゃなかったわ」

「生意気を言わないの。きっとあなたはそういう態度を取るだろうとヘイデンは言っていたけれど、彼が正しかったなんてことにはさせませんからね。あの人に説き伏せられて、いままでこうするのを待たされたっていうだけでも、じゅうぶん頭に来ているの。もし天気が崩れていたら、来週は空っぽの家で式を挙げることになっていたのよ」整理だんすを背負った男がよろよろと通りすぎていった。アレクシアはその肩を紙でたたいた。「次からはだれかの手を借りて。それじゃあ前も見えないでしょう」

「俺は強いんです、奥さま。こんなのどうってことありゃしませんよ」

「でしょうね。だけどひとつ角を曲がりそこねたら、壁に穴が空いてしまうわ。漆喰《しっくい》を塗りなおしている余裕はないのよ。話を戻すと、ローズ、アイルズベリー・アビーの屋根裏部屋には、一度も使われていない家具が山のように置かれているの。そんなもったいないことは許されないわ。それに、これはヘイデンからの贈り物ですらないのよ。あの家もその中身も、ヘイデンのものじゃないんですもの」

アイリーンもうなずいた。「本当よ、ローズ。全部イースターブルック侯爵のものなの」

椅子の列がロザリンの前を行進していった。「アレクシア、侯爵はあなたにアイルズベリーを襲う許可を与えたの？」

アレクシアは椅子を数えてから紙を確認した。「今回のぞいてみるまで、あそこにどれだけのお宝が眠っているか、実際には知らなかったわ。だけど最後にイースターブルックと会ったとき、あなたの結婚式の話が出たの。準備を手伝うつもりだと言ったら、もし必要ならアイルズベリーの召使いやなにかを自由に使っていいと言われたわ」にっこりして続けた。

「これは〝なにか〟の部分よ」

ロザリンはこの家を訪ねてきたイースターブルック侯爵を想像してみた。冷ややかな笑みを浮かべて、なんとも見覚えのある家具を眺めている姿を。侯爵には、アレクシアが結婚してからまだ二度しか会っていないものの、謎《なぞ》めいた皮肉っぽい男性という印象を受けていた。もしも侯爵がここに来たら、本人が望む以上に、田舎の空気がいい影響を与えるのではないだろうか。

「だけどまあ、気が変わって欠席するかもしれないし」ロザリンは半ばそうなることを願いつつ、つぶやいた。侯爵が出席すれば汚名をそそぐのに役立つだろうけど、そうなると結婚式当日の村人たちは、媚《こ》びへつらったりなんだりで、ちっとも楽しめないはずだ。

「あら、かならず出席するわ」アレクシアが言う。「ヘンリエッタおばさまが出席しないようなことを言っていたら、彼は自分に付き添うよう命じたの。おばさまを苛立たせるだけのために、ロンドンから抜けだすつもりなんでしょうね」

アイリーンが顔をしかめた。「彼女も来るの?」

ロザリンは荷物を運ぶ人の列を巧みにかわした。「彼女は、その屋根裏部屋の中身をたしかめたことがあるのかしら」

「ヘンおばさまなら、イースターブルックの所有物を枕《まくら》のひとつまで把握しているわ。この前の春に彼と一緒に住むようになってからね」アレクシアが言った。

「そういうことなら、結婚式での姿が目に浮かぶわ。椅子やテーブルを見るたびに眉がつりあがっていって、最後には髪の生え際に溶けこんでしまうのよ」

アレクシアとアイリーンも急ぎ足でそばにやって来た。三人並んで、家具が次々と家のなかに運ばれていくのを見送る。

どの家具をどの部屋に運びこむかは、アレクシアが用意しておいた表に従ってくれるよう、男たちに託した。ロザリンは妹と従姉を連れて、上階の自分の寝室という聖域に向かった。

屋根裏部屋のドアが開いたままだった。のぞきこむと、この家の古い家具が積みあげられていた。

自室へ行く代わりに、南の寝室に入った。いちばん大きな寝室だ。そこにあった古い家具はどれも、アレクシアが持ってこさせたものに取って代わられていた。大きな寝台はベッドカーテンがつるされるのを待つばかり。先ほど運びあげられた衣装だんすが壁の前で輝きを放っている。そして男性用の鏡台が、ブラシと個人的な品々が置かれるのを待ち受けていた。

ロザリンはアレクシアを見た。従姉の顔は静かな堅実さを映していた。

「そろそろいいころだわ、ローズ。ベンが逝って何年も経つんだもの」アレクシアが言う。「じきにこの家にも新しい主《あるじ》と新しい生活が訪れる。この部屋はその人のものになるべきよ」

ロザリンは部屋のなかを見まわした。いまでは見覚えのないものが並び、じきによく知らない人物に所有される空間を。アレクシアの決然とした行動に、胸がよじれた。

アイリーンが下唇を噛んだ。「アレクシアの言うとおりよ、ローズ。きっと二、三日もすれば気にならなくなると思うわ」

ロザリンは片腕で妹の肩を抱いた。「大丈夫、いまも気にしていないわ。アレクシアの言うとおりね。そろそろ前に進むときよ」

アイリーンを連れて部屋の外に出た。通りすぎるときにアレクシアと目が合った。このときふたりが交わした視線は、レディ・フェイドラの家で交わしたそれによく似ていた。

ときにはほとんど選択肢がないこともある。心の安らぎを求めるのなら、やるべきことはただひとつ、決めるべきことはただひとつというときもあるのだ。

10

結婚式の朝、ジョーダンは主人の支度をすると言い張った。ウォトリントンの宿屋〈騎士の白百合《しらゆり》〉の従業員を徴集して、陸軍元帥のごとく命令をくだした。朝食とコーヒーを運ばせ、風呂とタオルを用意させて、もっと湯を持ってこい、そこにひとり立って助手を務めろと命じて、自分は器用に剃刀《かみそり》を操った。

カイルはおとなしく従った。宿屋の従業員もこき使われることを嫌がっていないらしい。村全体が楽しみにしている結婚式に、積極的に関われるからだろう。

準備をするあいだもジョーダンは、ロンドンの家を未来のブラッドウェル夫人のためにどう整えたか、詳細に報告してくれた。

ついにすべてが終わった。ジョーダンがカイルの襟を引っ張り、袖を撫でつけてから、一歩さがって全体を眺めた。

「完成いたしましたよ。一時間も早く。チョッキは抜群の選択ですね、旦那さま。灰色にほんのりと差している緋色が、最高級の青色のフロックコートに絶妙にマッチしております」

「このチョッキを選んだのはおまえだから、そう言って褒めてもらえてほっとしたよ。ぼく自身は、もっと地味なもののほうがよかったんじゃないかと思うけどね」

「ご自分の結婚式ですよ、旦那さま。華やかな装いは——と申しましても非常に控えめなものでございますが——ふさわしいばかりか期待されてもいるのです」ジョーダンは残りの武器一式を片づけてから、部屋を去るべく一礼した。「申しあげますと旦那さま、これまでにお目にかかったどんな紳士にも劣らぬご立派なお姿ですよ。このもっとも輝かしい日にお仕えできて、光栄でした」

カイルは鏡に映った自分をちらりと見た。時間と訓練とジョーダンの尽力によって作りあげられた姿を。コティントン伯爵の呼びだしを受けて、初めてカートンロウ・ホールへと送りだされる前に、叔母にごしごし体を擦られたときのことを思い出す。あの日も一時間前に準備が終わって、服を汚さないよう緊張しながら、ひとりで冷や汗をかいていた。

窓の外に目を向けて、村の小道を見おろした。ちらほらと行き交う人は、みんなカイルと同じようにめかしこんでいる。ここ数年で最大の催し——結婚式とパーティのために。

あの日カイルが予期していたのは、よくて伯爵からのお説教、最悪の場合は鞭打ちだった。ところがコティントン伯爵は、カイルの人生を変えた。

もちろんよいほうに。それを認めないのは愚か者か恩知らずだけだ。いま、窓からウォトリントンを眺めたカイルは、不意に郷愁を覚えた。生まれ育った村、ティーズロウへの郷愁を。

結婚式で懐かしい顔を見られたら、どんなによかったか。けれどみんな遠すぎる。時間においても、距離においても。コティントンの寛大な計らいでカイルは生まれ育った世界から引き抜かれたものの、代わりに着地できる世界はどこにもなかったのだ。

新たに友人や仕事仲間はできたが、同じとはいえない。いまではどこにも本当の意味で属していないし、しばらくのあいだそうだった。カイルの人生はつる植物のように遠くへ遠くへと伸びていき、生を与えてくれた根っこからは遥《はる》かに離れてしまった。

この結婚でもなにも変わらない。カイルが立つ場所はロザリンの世界のなかではなく、端っこだ。それをじゅうじゅう承知したうえで、妻を選んだ。自分がなにを手に入れて、なには絶対に手に入らないのか、たとえロザリンにはわからなくても、カイルにはよくわかっていた。

旅行かばんに目を落とした。なかにはジョーダンがロンドンから持ってきた手紙が収められている。コティントン伯爵は体調がすぐれず、カイルが北部へ戻ったときは会えなかったのだが、どうにか気力を振りしぼってこの結婚への助言と祝福をしたため、弁護士に贈り物の手配をするよう指示をしてくれたらしい。

伯爵は来ない。プルーデンス叔母とハロルド叔父も。クリスマスに叔父夫婦を訪ねて、どんな女性を妻に選んだかを知らせたら、ふたりとも驚きを隠せなかった。ハロルド叔父は体調が悪くて旅行ができないのだが、そうでなくても一月に旅行など絶対に承諾しなかっただろう。若かりし日の仲間もここで祝ってはくれないが、カイルがいまいる世界の唯一の友人はウォトリントンにいる。

カイルはその人物を探しに行った。

ジャン・ピエールの部屋に入ると、友人は鏡の前でクラヴァットを結んでいた。数回おしゃれにひねって、満足そうにうなずいてから、向きを変えてカイルの顔を見た。

「まったく《モン・デュー》、どうして挙式の日の男というのはどいつもこいつも絞首台に向かうような顔をしてるんだ？」鏡台の上から瓶を取って、カイルのほうに放った。「一口だけだぞ。酔っ払うのは無作法だからな。まあ、そのほうが苦しみは減るだろうが」

カイルは笑ったが、それでも一口あおった。

ジャン・ピエールがまだクラヴァットをいじりながら言った。「イースターブルック侯爵とやらにおじけづいてるわけじゃないが、そうとも《ウィ》、どうせ俺は愚か者さ。こうやって服に気をつかうのは、人物そのものじゃなく肩書きのためだと自分に言い聞かせてるんだ。召使いの話では、花嫁はまたずいぶんと美人らしいから、侯爵より花嫁に印象づけたいね」

「なんでまた？　ぼくの花嫁だぞ」

笑いとため息。「おまえが結婚するのはいいことだ。昔から戯れの恋を楽しんだためしはなかったものな。いくつかの方面では、おまえの考え方は……単純だ」

「じつに単純だとも」カイルの声は意図したよりも恐ろしげに響いた。愚かしいほどに。

「妻を褒められて腹を立てるような、つまらん男になるなよ。男は香りを嗅《か》いだ花すべてを摘みとるわけじゃない」

「好きなように褒めればいいが、おまえがどんなふうに花に接するかを知っているからな。まあ、ぼくの庭で遊ぶほど愚かじゃないと思いたいが」

「まじめな話、友《モナミ》よ、彼女の世界には戯れの恋があることを受け入れて、固いことは――」

「おまえに講義してもらう必要はない。全部わかってる。ぼくはおまえに言ってるんだ。今日はどの花も摘んだり香りを嗅いだりしたら許さないし、どの生け垣のそばもぶらつくんじゃないぞ」

「大事な日を迎えた緊張感で頭がおかしくなったんだな。俺がここにいてよかった。さっきの酒をもう一口すすれ。そのあとは式までトランプでもしていよう。そうすればおまえも落ちついて、ばかみたいなことも言わないだろう」

「ぼくは心から落ちついてる。緊張なんかしていない。まったく《ヘル》、これほど穏やかな気分は初めてだ」

「そうだろうとも。さあ、もう一口。そう、いいぞ《ボン》」

「アイルズベリーからの馬車が通過しました」

道の先で見張りに立っていたお仕着せ姿の召使いが報告した。アレクシアが立ちあがり、期待の笑顔でロザリンを見た。「じゃあ行きましょうか」

ロザリンは自分のドレスを見おろした。完全な新品ではない。このドレスは一年前、ティムが目につくものをすべて売り払っていたときに、ロザリンがこっそりしまいこんだ一着だ。自分勝手と知りつつも、腹立ちまぎれに上等なドレスの何着かを隠した。ふたたび着られるときが来ることを願って。今回はアレクシアに協力してもらって、新品ではないことがはっきり見て取れないよう、ドレスを手直しした。

今日、自分の服を着られることがうれしかった。いまではこの家にある大半がロザリンのものではない。台所でアイルズベリーから来た召使いに調理されている食材でさえロザリンのものではないし、エールとワインを届けさせたのはカイルだ。もしもアレクシアのドレスを着せられていたら、いっそう違和感を覚えていただろう。

ロザリンは待ち受けていた馬車に乗りこんだ。レディ・フェイドラとエリオット卿はイースターブルック侯爵の行列に加わるのではなく、こちらに交じっていた。ヘイデン卿の家族全員が出席してくれることに、ロザリンの胸は熱くなった。彼らはアレクシアへの愛ゆえに、ロザリンを守ることを行動で示しているのだ。

アレクシアとヘイデン卿夫妻、そして妹のアイリーンは、幌《ほろ》をあげた二頭立ての四輪馬車にロザリンと一緒に乗った。村に着くと、小道には人っ子ひとりいなかった。だれもが教会で待っていた。古風な石造りの教会には全員が入りきらなかったので、かなりの人数が外をうろうろしていた。

教会に足を踏み入れたロザリンは、光と温度の差に一瞬めまいを覚えた。目の前の光景は非現実的で、夢のなかのことのように思えた。

こめかみで血管が脈打ち、それにあわせて景色が瞬《また》く。笑顔やささやき声——レディの洗練された衣装を指差す女性たち、見物しようと首を伸ばす、幼いころから知る人々——司祭の前まで進む、長く暗い歩み。

カイルが待っている。今日も変わらずハンサムだ。安心させるようなかすかな笑みのおかげでほんの少し落ちついたものの、完全にではない。ロザリンは言葉を口にしたが、自分の声がひどく遠くに聞こえた。重要な言葉。誓いと約束。取り返しのつかない絆《きずな》。

式が終わったと悟った瞬間、思いがけない高揚感に満たされた。天高く舞いあがり、自分の勇気に驚いていたが、天使が現われてつかまえてくれないと眼下の谷に墜落するのではないかという恐怖も覚えていた。

気がつけばまた四輪馬車に乗っていた。今度はカイルと隣り合って。村人たちは徒歩で、あるいは馬車に乗って、家までの道をついてきた。

カイルにそっと手を取られた。ロザリンはその感触にはっとわれに返った。起きたことの意味が絶対的な現実感とともに迫ってきて、受け止めきれないくらいだった。

いまや夫であり主人となった男性の横顔を見つめた。この男性のなかで知っている顔はふたつだけ——救出者と求愛者だ。残りは、つまりほぼすべては、謎のままだった。

カイルはロザリンの家に押し寄せた陽気な人々を眺めた。賓客は結婚式の朝食の席に着いたものの、村人たちは居間や図書室を自由に歩きまわり、庭や地所にまであふれだしていた。いまはだれもが新郎新婦のもとに詰めかけて、カイルの三メートル先に座っているロザリンに祝福を述べている。

カイルはあまり頻繁にロザリンのほうを見ないようにしていた。あえて。見ればあちこちが目に入ってきて、体が固くなってしまうから。会話をしようと優雅に屈められたうなじには、絹のようなほつれ毛がかかっている。ビロードを思わせる唇は、弧を描いて穏やかな笑みを浮かべている。

ドレスはやわらかな象牙色《ぞうげいろ》で、体にぴったり張りついているから、カイルとしてはどうしても自分が愛撫した乳房の感触を思い出してしまう。このドレスもじきに取り去られるのだ。それ以外のものも。そして完ぺきな肌をじかに堪能《たんのう》するのだ。

ロザリンがカイルの視線に気づいた。細部まではわからなかったとしても、カイルがどんなことを想像しているか、大まかに感じ取ったのだろう。頰を染めて、目の前の来客に向きなおった。

カイルはどうにか視線を会場に向けて、気を逸らそうとした。イースターブルック侯爵が暖炉の前で客に取り囲まれている。村人たちが畏敬《いけい》の念を持って近づいていくのは、侯爵という肩書きのせいだけではないだろう。

イーストブルックの態度には、いかにも堂々とした雰囲気があった。いつもの奇抜な装いは、今日は見る影もない。衣服は驚くほど控えめで、長い髪は一本に結わえられている。とはいえ集まりからは一歩引いた態度で、自分の気まぐれなお節介がもたらした結果を高みから見物して楽しんでいるようだった。

ふと、女性のくすくす笑いが聞こえて、カイルは視線を移した。ジャン・ピエールが居間の一隅で、イーストブルックの年若い従妹、キャロラインに甘い言葉をかけていた。愛らしい少女は関心を向けられて赤くなっている。

母親のヘンリエッタ・ウォリンフォード——家族からはヘンおばと呼ばれている——が、もっといちゃつくようにとジャン・ピエールをそそのかした。娘と同じく色白で、極端に大きな羽飾りつきの帽子をかぶったレディ・ウォリンフォードは、ずる賢さのかけらもない優雅な表情で、どこか頭が空っぽのような印象をかもしだしていた。ロザリンによればそのあどけない顔は、鋭敏で計算高い頭脳を隠す仮面なのだそうだ。そしてそれは、昨年ついに入ることができたイーストブルック侯爵の家に、永遠に留まろうという決意をも隠している。噂では、自室にこもるのが大好きな侯爵は、おばと従妹の絶え間ない干渉に、日増しに苛立ちを募らせているという。

ジャン・ピエールがしばしふたりの女性のそばを離れ、ごった返す人のあいだを縫って、カイルのところにやって来た。

「ジャン・ピエール、例の花の話だが――たったいまおまえが嗅いだ花の保護者はヘイデン卿だ。見ろ。あの男を敵にしたいか？」

ジャン・ピエールがヘイデン卿を見つけて言った。「彼は気にしないだろう」

「気にするに決まってる。彼女は無垢《むく》だぞ」

「俺は無垢な花の香りは嗅がない」ジャン・ピエールがヘンリエッタとキャロライン母娘《おやこ》に視線を移した。「娘のほうに興味はない。レディ・ウォリンフォードはまだ三十代半ばだ。おまえの目には、みっともない帽子をかぶった既婚女性にしか見えないだろうが、俺の目には、夢のような美しさを隠し持った女性に見える。しかも俺の嗅覚《きゅうかく》によれば、ちょっとした誘惑なら歓迎してくれそうだ」

ジャン・ピエールを止めても無駄だ。ヘイデン卿がおばの貞操を理由に決闘を申しこむこともないだろう。

そのとき不意に会場の空気が変わった。静まり返り、人々が移動して中央に道を空ける。そこを侯爵がゆったりと歩いてきた。曖昧《あいまい》な笑みで左右に威厳を振りまきながら。

「ついに、だな」ジャン・ピエールがささやいた。「あとはエールとワインを隠してしまえば、ほかの連中も帰っていく」

ああ、ついに。

イースターブルック侯爵が暇《いとま》を告げると、ロザリンが膝を曲げてお辞儀をした。カイルも一礼して、この紳士の退出を妨げるようなことがなにひとつ起きないよう祈った。イースターブルックが帰らなければ、ほかのだれも帰らない。

侯爵のおばも一緒に帰ることになり、弟たちもほどなく去っていった。いよいよ祝祭が終わるのだ。

カイルは心のなかで、みんな早く帰れと念じていた。村人も召使いも、早く。自制心を総動員していらいらを抑えていた。

過去にロザリンを求めていたときと今日のこれとでは大違いだった。彼女を手に入れられると知っているいまでは、これは大いなる拷問だった。

召使いのいる生活など久しぶりだったので、いま、ひとりの侍女を目の前にしたロザリンは、どうしたらいいのかと戸惑った。けれどありがたいことにアレクシアが手配してくれた侍女には、指示を出す必要がなかった。目を伏せたままてきぱきと立ち働いて、初夜の準備を整えてくれた。

いまや家のなかはほぼ空っぽだ。残っているのは新婚夫婦と、それぞれの侍女と近侍だけ。侍女と近侍はじきにさがって、おのおの選んだ上の部屋に消えるだろう。

これまでの数時間は苦痛だった。片時もなくこの瞬間を意識していた。ロザリンもカイルも口に出して言わなかったし、アイルズベリーの召使いたちがビールの樽《たる》や皿を片づけるあいだに長い散歩に出たときも話題にならなかった。それでも来《きた》る夜は見えない外套のようにあらゆる瞬間を包みこんで、あらゆる視線と触れ合いを異質なものに変えていた。

ロザリンは侍女をさがらせて心を鎮めた。恐怖心はない。ちっとも。緊張と不安と好奇心はあるけれど、本当の恐怖は。

丹念にブラシをかけた髪に手をやった。長袖にひだのついた襟という、慎み深いと呼べそうなナイトガウンを確認する。それからベッドを見やった。上掛けがめくられて、ふたりを待ち受けている寝台を。このベッドはロザリンが生まれてからずっと同じ場所にあった。

このベッドでいいのだろうか。この部屋で、いいのだろうか。

ロザリンはここで幸せな子ども時代と夢多き少女時代を過ごした。両親の死を、次いでベンジャミンの死を嘆き、兄の破滅とわが身の破滅を耐えしのいだ。この部屋にはロザリンの全歴史が、いいことも悪いことも詰まっている。けっして叶うことのない少女時代の夢が、いまもこだましている。

もしも今夜カイルがここに来たら、今後この部屋に入るときは、どの思い出も彼の存在に影響を及ぼされるのではないだろうか。

どの思い出も変えられてしまうのではないだろうか。あるいは消されてしまうかもしれない。いまではさまざまな面で人生が変わった。せめてかつての世界のこの片隅だけは、そのままにしておきたい。

ロザリンは肩にショールを羽織った。ろうそくを手に取って、そっと部屋から抜けだす。南の寝室からの物音に耳をすまして、まだジョーダンが主人の世話をしているか、たしかめようとした。

声も動きも感じられない。ロザリンはほんの少しドアを開けてなかをのぞいた。

そこにジョーダンはいなかった。カイルだけだった。暖炉のそばに立ち、険しい顔で考えに耽っている。そのせいで着替えが途中になったらしい。シャツは取り去っているものの、ズボンは穿《は》いたままだ。

そんな姿を目にして、ロザリンは衝撃を受けた。あのみごとな上着に隠されていたものが、いま完全にあらわにされている。肉体だけではない。どんな紳士が数カ月にわたって拳闘《けんとう》やフェンシングの訓練に勤《いそ》しんだとしても、いまこの男性からにじみでる抑制された強さを手に入れることはできないだろう。肝心なのは体の大きさや形ではない——もちろん固く引き締まった男らしい肉体は立派だけれども。そうではなくて、内側からあふれだす、説明不要のものだった。

ロザリンがいま目にしているのは、カイルが世間から隠しているものだ。カイルはそれを、教養を感じさせる話し方と礼儀正しい作法の下に隠しているものの、どんなときもその威力が薄れることはないのだろう。けれどロザリンは最初からその存在を感じ取っていた。ときにかすかに、ときに強烈に。その力に興奮させられた。安心感と不安の両方を引き起こされた。

ロザリンは呼吸すらしていなかったものの、まるで戸口から物音が聞こえたかのように、カイルがこちらを向いた。ロザリンの全身を眺める——ショールとナイトガウン、手にしたろうそくと、おろした髪を。

「きみの部屋へ行こうと思っていた」カイルが言う。

「代わりにわたしが来てみたの。いけなかった？」

「まさか」

ロザリンは部屋の奥に入って、ろうそくを鏡台に置いた。「考え事をしていたのね。なにか気にかかることでもあるの？」

「遠い昔のことを思い出したんだ。あんまり昔すぎて、いままで忘れていたようなことを」

「楽しくない思い出？」

「ああ」

「じゃあ、邪魔をしてよかったわ」

カイルにじっと見つめられて、ロザリンはだんだん居心地が悪くなってきた。部屋に来られるのを待つのではなく自分から訪ねてきた以上、なにかしなくてはと、気ばかりが焦る。

「彼に傷つけられたのか？」

あまりにもさりげない口調だったので、一瞬、意味がわからなかった。ノーベリーのことだと気づいて悲しくなった。いまその話をするなんて。よりによって今夜。

「その話は絶対にしないんだと思っていたけれど——」

「答えてくれ。ぼくがこれを訊くのは今夜のため、もうすぐふたりで分かち合うもののためなんだ。ついさっき思いついた、きみは傷つけられたのかもしれないと。世間が思うほど彼がろくな人間じゃないのは知っているが、それでもぼくは彼を買いかぶっていたかもしれないと」

どういう意味なのかロザリンにはよくわからなかった。ロザリンが体験したよりもっと暗いなにかをほのめかされたとしか。けれどいま考えてみると、あの最後の夜にノーベリーが求めてきたものは、おぞましいだけでなくたしかに痛そうだった。

ロザリンは、きみを守ると誓った男性を見つめた。そのひたむきな思いには危険がひそんでいて、それが目にも表われている。たったいまロザリンの頭に浮かんだ考えを、好意的に解釈してくれるとは思えない。たとえロザリンが、実際には起こらなかったと請け合おうとも。

「いいえ、傷つけられたことはないわ。あなたが訊いているような意味では」

「よかった」本当にそう思っているような顔だった。安堵したような。

カイルがかすかな笑みを浮かべると、雰囲気が明るくなって、昔の思い出とやらと向き合っているうちに募ったらしい怒りも消えた。ノーベリーの亡霊も、だれにせよこの部屋に侵入していた過去からの人物も、薄い煙が窓から流れだすかのごとく消えてしまった。

いま、カイルの心はロザリンだけに向けられていた。視線も。じっと見つめられたままその場に立っていると、緊張と戸惑いがこみあげてくる。ロザリンも見つめ返した。暖炉の温かな光を受けて輝く、たくましい肩と胸を。大気中に満ちる予感に体は反応した。

「おいで、ロザリン」

もちろん従った。これは今日ロザリンが誓ったことの一部なのだ。ロザリンは無垢な乙女ではないし、いまの自分がどんなに乙女の心境でうち震えているかを明かすつもりもない。

カイルの正面に立った。むきだしの胸は鼻から十センチと離れていない。魅惑的な胸。近いというだけで、かきたてられる。心をとらえて離さないこの肉体にキスしたいという衝動が芽生えた。

先にキスをしたのはカイルだった。両手でロザリンの顔を包んで、これまでよりさらに慎重にくちづける。まるでロザリンを安心させようとしているみたいに。なんてやさしいのだろう。けれど安心なら、もうさせてもらっていた。公園で落ち合った日に、馬車のなかで。この〝妻の務め〟の核となる部分はやはり不快かもしれないけれど、ほかのいくつかはとてもすてきなものになると知っている。

体も同意して、カイルの慎重なくちづけに強く反応した。緊張が薄れて興奮が募った。ベッドに引き寄せられた。ロザリンを見おろす格好にならないよう、カイルがベッドの端に腰かける。これでもっと簡単にキスできるようになった。もっと親密に。もっと大胆に。くちづけながら、カイルがロザリンの乳房に手を載せる。愛撫されてまたたく間に熱くなる自分に、ロザリンは驚いていた。渇望を解き放つと、それは体の奥深くに集まって、恥ずかしくもそこで脈打ちはじめた。

カイルが自分の手を見つめながらロザリンのナイトガウンを乳房に押しつけて、形をくっきりと浮かびあがらせた。乳首を擦られるたび、その感覚の鋭さにロザリンは息を吸いこんだ。

「すごくきれいだよ、ロザリン」

これまで美しさが役に立ったことはあまりなかった。ロザリン自身が愚かだったせいで。それでも褒められて心は震えた。

あまりにもじっと目を見つめられるので、彼がいま見出したものに失望されるのではないかと不安になった。「きみは何度もそう言われてきたんだろうね。たぶん子どものころから」

「今夜のわたしをきれいだと思ってもらえたなら、うれしいわ」

「ずっと前から思ってたよ。何年も前にきみを見かけたことがあるんだ。劇場で。そのときはきみがだれだか知らなくて、ただ、こんなに美しい人は見たことがないとだけ思った。そのあと、ボックス席にお兄さんがいるのに気づいて、なるほど、あれがみんなの憧《あこが》れ、麗しきロングワース嬢かとわかったんだ」

ゆっくりとした触れ方にこのうえない喜びと快感をもたらされるあまり、思わず、わたしの正体を知っていたなら探しだしてくれたらよかったのに、とたしなめそうになった。しかし、ぎりぎりのところで自分を押しとどめた。探しだしてもらえなかった理由はわかっている。

だからカイルは求婚したのだろうか？　その問いについて考えようにも、脳がとろけすぎて、本気で取り組むことができなかった。カイルは、本来だったら炭坑夫の息子には望めないはずのものを前にして、それをつかむ機会を拒めなかっただけなのだろうか？

そう考えると悲しくなった。またキスしたい衝動がこみあげてきた。今回は実行した。たくましい肩の盛りあがった筋肉に。

たいまつに火をつけたも同然だった。カイルはすぐさま自分の欲望にくびきをかけたものの、ロザリンのキスが及ぼした効果は明らかだった。目が色濃くなって、まるで見つめすぎたら溺《おぼ》れてしまいそうだ。

カイルの指がナイトガウンの襟もとを留めているリボンを引っ張った。ロザリンがその手とリボンを見おろしていると、つややかな布がするりとほどけていった。永遠とも思えるほどの時間がかかったような気がした。呼応するように体の奥深くの一点が疼いて張り詰めた。

見えない舌に肌を舐《な》められたかのように。

服を脱がされようとしている。ここで、丸見えの場所で、あのろうそくがかたわらの鏡台の上で光を放っているなかで。紳士と淑女はこんなふうにはしないはずだ。けれどカイルはそれを知らないのかもしれない。それでも――。

驚きうろたえているうちに、ナイトガウンが肩から滑りおりた。カイルの表情はロザリンの驚きに気づいていると物語っていたが、手を止めはしなかった。ガウンをさらに押しさげて、いままでは重みを増した乳房と尖ったバラ色の乳首をあらわにする。もっと押しさげて腰を越え、脚を過ぎて、ついにロザリンは白い布の池の真ん中に生まれたままの姿で立ち尽くした。

羞恥心《しゅうちしん》に襲われた。こんな姿になるのなら、暗くなくてはならないはずだ。せめてほの暗く。暗くて、ふたりともシーツの下にもぐって、来るべき行為においてはほとんど名のない存在にならなくてはいけないはずだ。ロザリンは体を隠そうと腕を動かした。

「だめだ」カイルに腕をつかまえられた。そして引き寄せられる。わからないくらいかすかに、片方の乳首の先端を舌で触れられた。

快感の稲妻に貫かれた。恐ろしく強烈で、意思を持っているかのような稲妻に。もう一度、さらにもう一度。ロザリンの羞恥心は徐々に薄れていき、得も言われぬ快感が途切れぬよう、永遠にこれを続けてほしいという願いが満ちてきた。

舌と口で天国にのぼらされた。体のいたるところを愛撫されて、いまではナイトガウンを取り去られてよかったとすら思える。体に感じるカイルの手は——腰やお尻、太腿や背中を撫でられる感覚は——正しくて必要で完ぺきに思えた。ロザリンはますます激しくなっていく官能と欲望の海でもがいた。快感がさらなる快感に火をつけて、炎はどこまでも大きくなっていく。

われを忘れるあまり、手を剝がされるまでカイルの肩をぎゅっとつかんでいたことに気づかなかった。カイルが立ちあがってこちらを見おろすのを、おぼろげに感じた。どうにかわずかな理性を取り戻して見やると、カイルがまだ燃えているろうそくの明かりのなかで服を脱いでいた。

ロザリンは手を伸ばしてろうそくを消した。自分の体を見られたときのように完全に相手の体を見てしまう前に。するとカイルの体は暖炉のほのかな火明かりを後ろから浴びて、ぼんやりとした影法師になった。脱ぎ終えた彼がベッドに戻ってきた。

とても深くて親密なキスをされた。こんなキスはきっと一生忘れられないだろう。続いて自信と所有欲に満ちた手で肌を愛撫される。ロザリンはその圧倒的な力に屈することしかできなかった。彼の触れ方は大胆で、及ぼす効果を熟知していた。それが生みだすあまりの快感に、ロザリンの全身が悲鳴をあげた。

カイルは攻撃を止めなかった。ロザリンは切望と欲求だけを訴える、声にならない悲鳴をあげつづけていた。なにもかもが混乱しているなかで、ただひとつはっきりしている小さな意識だけに集中していた。それはもっと多くを求めていた。どんなものでも、なにもかもを。穏やかで深いカイルの声がささやいた。「身をゆだねろ。そうすればわかるから。流れに任せて。つかみとるんだ」

ほとんど聞こえなかった。理解できなかった。けれど体はわずかにほぐれた。体の奥で震えが始まるにはそれでじゅうぶんだった。そこから震えは強さを増して快楽の波に乗り、波はどんどん高くなっていった。そしてついにはロザリンの体を突き破り、神々しい畏怖《いふ》の念で心をいっぱいに満たした。

気がつくとカイルが腕のなかに、体の上にいた。彼が慎重に挿し入れようとしているのを感じる。過剰なほど慎重に。ロザリンは彼の体につかまって腰をずらし、位置を整えた。このすばらしい感覚が過ぎ去ってしまう前に満たしてもらえるように。

それがカイルの自制心にひびを入れた。抑えていた力があふれだす。ロザリンは気にしなかった。恐ろしくもなければ不快でもなかった。解放に身をゆだねたときと同じように、カイルに身をゆだねた。突かれるたびに高まる完ぺきな感覚のなかを漂いながら。

夜明け近くに目を覚ましたカイルは、ロザリンがいないことに気づいた。夜のあいだに、おそらくはカイルが眠りに落ちてほどなく、自分の部屋のベッドに戻ったのだろう。

もしカイルがロザリンの部屋を訪ねていたら、やはりそそくさと立ち去ることを期待されていたに違いない。なにしろロザリンの住む世界ではそういう作法が当たり前とされている。上流社会の人間が暮らすのは、夫婦が毎晩、朝まで同じベッドを分かち合う、部屋数の限られた小さな家ではないのだ。

記憶がよみがえってきた。少年時代に自室の下の部屋から聞こえてきた、くぐもったささやきと親密そうな笑い声の記憶が。あの秘めやかな声が家全体に命を与えていた。会話のなかにカイルの居場所はなかったけれど、あのささやきが夜を穏やかにしてくれた。

いまその記憶がよみがえってきたのは不思議だった。目を閉じればまた少年時代のベッドに横たわっているかに思えるほど鮮やかに。この結婚で、心のなかの過去への扉が次々と開かれたことも不思議だった。ただしいまは大人の男として扉の向こうをのぞいていて、少年の目にはけっして見えなかったものを見ている。

ひとつの扉だけは容易に閉じられないだろう。昨夜ロザリンが現われなかったら、その敷居の向こうに垣間《かいま》見たもののことを何時間も考えていたかもしれない。

垣間見た光景が頭のなかを独占したがっていたものの、当座は追い払うことにした。もしかしたら永遠に。完全な真実というのは完全な正直さと同じで、常にいいとは限らないのだ。

うつらうつらして、今度ははっと目を覚ました。太陽はすでに高くのぼっている。すっかり寝過ごしてしまった。

身支度用の水が待ち受けていた。服も用意されている。ジョーダンが来て、新郎は寝かせておくことにしたらしい。カイルは近侍を呼ばずに自分で朝の身支度をした。

階段をおりて、聞こえてきた声を頼りに進むと、家の裏手の台所にたどり着いた。ジョーダンと一緒にロザリンがいた。着ているのは田舎のおかみさんにふさわしいような飾り気のない灰色のワンピースだが、それでも美しかった。

ロザリンを見て、ろうそくに照らされた裸体を思い出さないわけにはいかなかった。あの恥じらいと興奮の震えも。一晩じゅう眺めていたかったのは事実だが、ろうそくを消したのは賢明だったのかもしれない。暗くなったことで、ロザリンはいくばくかの自由を見出したし、カイルも花嫁をむさぼらないだけの自制心を見出せたのだから。

カイルに気づいたロザリンの目は、昨夜のことをつぶさに覚えていると物語っていた。ロザリンが目を伏せた。

ジョーダンが朝食をテーブルに並べる。「ここは質素ですが、庭の眺めと光の加減がたいへん気持ちようございます。ですがもしそのほうがよろしければ、食堂にお運びいたしますよ」

「ここでじゅうぶんだ」カイルはそう言って、求婚した日にロザリンと食事をしたテーブルに着いた。ジョーダンが無駄のない動きで、かなり遅めの朝食の用意をしてくれた。

用意が終わると、ロザリンがやって来て最後の一皿をテーブルに置いた。

「アップルパイよ」と言う。「大好きで、ときには朝食にすることもあると言っていたでしょう?」

「うれしいね、ジョーダン」

「彼が焼いたんじゃないの。わたしよ」

向こうでジョーダンが手早く鍋《なべ》を拭《ふ》き終えて、上着に手を伸ばした。「奥さま、庭を拝見してもよろしゅうございますか? お許しいただけるなら、いくつか改良点を進言できると思いますが」

「もちろんよ、ジョーダン」

ロザリンがパイを大きく切り分けて皿に載せた。一歩さがって、夫が味わうのを待つ。

カイルはがぶりと食いついた。

このあいだのパイは、ただおいしくなかった。今回のこれはひどかった。ちらりと戸棚を見ると、食材はたっぷりある。このあいだのパイがおいしくないのは砂糖と塩が足りないからだと思っていたが、どうやら問題はそこではなかったらしい。ロザリンは純粋にパイ作りが下手なのだ。

いまロザリンはうれしそうに、パイを食べるカイルを見ている。カイルは満足そうな声と表情を絞りだした。

「おいしいよ」どうにか最後の一口を呑《の》みくだした。

「気に入ってもらえてよかったわ。作っているあいだずっとジョーダンが舌打ちをしていたから、心配で。だけどきっと、あれはわたしが邪魔だっただけなのね」

カイルは手を伸ばしてロザリンを引き寄せた。「もう料理をしなくていいんだよ。きみはもう自分でパイを焼かなくていいんだ」

「わかっているわ。だけど今朝、あなたが初めて訪ねてきたときにパイを出したことと、それをおいしそうに食べてくれたことを思い出して。もうひとつこしらえたいと思ったの」

カイルはたったいま、昨夜の営みに賛辞を贈られたのだと気づいた。

美しい妻にキスをして手を離した。もう飢えてはいなかった――少なくとも食事には。言うまでもなくこのパイには。

それでも、大きくもう一切れ自分で切り分けた。

11

カイルは丸めた図面を大きな帆布の袋に入れた。

これ以上、この件を遅らせることはできない。すでに多すぎるほどのものが投資されている。かねてから決まっていたとおり、ノーベリーと打ち合わせをするしかないのだ。

ロザリンの部屋から物音は聞こえないかと耳をすました。ふだんは早い時間に起きだしている。ロザリンはどこかのレディのように、正午過ぎまでベッドにいるような女性ではない。とはいえ今日は、家のなかのこの階は静まり返っている。夜更かしをさせたのはカイルだから、驚きはしない。

ロザリンのほうも、夜更かしをさせられて嫌がっている様子はなかった。お粥を食べているようにも見えなかった。妻としての務めから逃げたりしないと証明しようとでもいうのか、いつもロザリンのほうから部屋を訪ねてきていたオックスフォードシアでの日々と違って、ここロンドンではカイルが彼女の部屋を訪ねていた。それはつまり、行為が終わったらすぐに別々の部屋、ではないときもあるということだ。たとえば昨夜のように。

ロザリンは嫌がらなかったが、それとなく夜ごとの儀式を定めて、自分が恥ずかしい思いをしなくてすむようにした。あの最初の夜以降は、明かりはいつも先に消されていた。暗くても、カイルはロザリンが思う以上に彼女の体を知っていた。触れればすべてがわかるし、月明かりも協力してくれた。ロザリンは薄暗いほうを好み、自分を奪っている男の顔を忘れてさえいるかもしれないが、カイルは愛撫している女性がロザリンだということを一瞬たりとも忘れたことがなかった。

ひとりほほえみながら、夜ごとこの身に強いられる小さな戦争のことを思った。ロザリンが引き起こす欲望はあまりにも激しく破壊的なので、しばしば獰猛《どうもう》さが呼び覚まされる。けれど相手がロザリンなので――いまだ裸体を前にすると恥じらったり驚いたりする女性なので――自制心を捨てるなど問題外だった。

かまわない。最後はいつもすばらしかったから。ロザリンの愛らしい恍惚と自分のすさまじい絶頂に、カイルは驚いていた。そのあと、ロザリンの腕に抱かれるという至福の時間を手放すときは、残念でたまらなかった。ときには何時間もロザリンのそばを離れられない夜もあって――たとえば昨夜とか――そんな夜にはおのずと二回戦を求めることになった。

カイルは階段をおりていった。この家はまだ新鮮で奇異に感じられる。ここへ連れてきたときのロザリンは、とてもうれしそうだった。いまは自分の好みに合わせてあれこれ整えなおしたり、上流社会に復帰する準備を慎重に進めたりして忙しくしている。

カイルはというと、自分の時間は仕事のためにあてていた。今日の打ち合わせもそのひとつだ。馬にまたがり、帆布のかばんの紐を鞍に引っかけて、ノーベリーの家に向かった。空はカイルの気持ちとは裏腹によく晴れていた。ロザリンにノーベリーの話をすることはないが、昨夜、妻への〝飢え〟が何度もこみあげてきたのは、今日の対面にいやな予感を抱いていたせいだろう。

じつをいうと、このごろひんぱんにあの男のことが頭をよぎるようになっていた。理由はロザリンだけではない——もちろんふたりのみだらな光景を追い払うにはかなりの努力を要していたが。そうした光景を想像すると怒りばかりがかきたてられて、あのならず者をこっぴどく痛めつけたいという、乱暴な欲求が募った。

けれど結婚式の夜によみがえってきた記憶もあれ以来頭を離れることがなく、もう一度検証してはどうだとくり返し訴えていた。カイルの脳裏には、ある女性の顔が焼きついていた。殴られ、あざになった顔が。その女性の目が忘れられない。そこに浮かぶ屈辱は、あの競売の夜にロザリンの顔に浮かんでいたものとそっくりだった。

あの日、叔母が青年数人にからかわれているのを偶然見つけたカイルは、われを忘れて立ち向かっていった。三対一の戦いで、カイルはまだほんの十二歳だったが、敵と違って四年間も炭坑の立て坑から石炭かごを運びだすという経験をしていた。

カイルは叔母を救ったと思っていた。けれどいま、容赦なくよみがえってくる記憶をあらためて確認してみると、本当だろうかと思えてくる。カイルが出くわしたのは、凌辱の前ではなくあとだったのではないかと。

結婚式の夜にロザリンのことを考えていたら、その記憶がよみがえってきた。妻をどう扱うべきか、カイルが与えるのは味気ないお粥でも恐ろしい体験でもないとわからせるにはどうしたらいいのか考えていたら、あの男の影がのしかかってきた。そして記憶がよみがえった。と同時に、ロザリンが親密な行為を嫌悪しているのは、それがお粥だからではなくて、もっとほかに理由があるのではないかという予期せぬ疑念が生じたのだ。

カイルはノーベリーの家の前で馬を止めた。家全体に優雅な印象をもたらす、完ぺきな装飾が施されたパラディオ式の正面を見あげる。古典由来の建造物が氾濫するなかで、たいていの人は気づかない美を備えた、ロンドンでも指折りの家だろう。それがノーベリーのものだとは、なんともったいない。あの男にはそういうもののよさがわからないのに。

美しい建築物を目にしても、いつものように気が紛れはしなかった。遠い昔の喧嘩《けんか》にまつわる新しい疑問が心をざわめかせていた。おかげで自分が望む以上に、ロザリンとノーベリーの関係について考えることになり、今日の訪問にまで影響を及ぼしていた。なぜならノーベリーはカイルが立ち向かっていった青年三人のうちのひとりだったから。

よくぞ間違いが起きる前に来てくれたと叔母は言っていたし、カイルもそれを信じていた。けれどその日からしばらくのあいだ、あの階下からのくぐもったささやき声はぴたりと聞こえなくなったし、叔父はけっしてコティントン伯爵の援助を好意的に見ようとしなかった。

〝金は受け取っても、あいつの取り巻きにはなるなよ、カイル坊主。あいつらが他人を利用するみたいに、おまえもあいつらを利用するんだ。だが絶対にあいつらの仲間にはなるんじゃないぞ〟

従僕がにこやかにカイルの名刺を受け取った。そんな親しげな態度を取るのは敬意を欠いているからではない。この家の召使いは、ロンドンの上流家庭の多くで働く召使いたちと同じで、立身出世した貧しい少年にすぐさま好意を寄せるようになったのだ。彼らが知るふたつの世界をまたにかける男に。

「旦那さまはただいま手がふさがっておりまして、一時間以内にお会いできるとおおせです」戻ってきた従僕が告げた。カイルは従僕の案内で図書室へと向かいながら、一時間以内ということは、最短でも五十九分は待たされるということだなと判断した。

図書室のドアが閉じられるやいなや、カイルはふたたびドアを開けた。下におりて台所へ向かう。おそらくノーベリーの手はちっともふさがっていないに違いない。こうして待たせるのは、自分が重要人物であることを相手に知らしめるための、面倒くさい子爵のやり方だ。とはいえ、ノーベリーが与えてくれたこの時間は、今日のカイルには好都合だった。

階段にカイルの足音を聞きつけて、パン担当の料理人が驚いて振り向いた。「ブラッドウェルさま！　まあ、なんてうれしいんでしょう。それにこんなにお元気そうで。ご結婚されたのがよかったんでしょうね」

「やあ、リジー。きみも元気そうだね。ちょっと粉っぽいけど」

リジーが白髪交じりの髪をはたくと、ふわりと粉が立ちのぼった。リジーはこの家の召使い数人と同じで、いまもティーズロウに家族がいる。少女のころにコティントン伯爵のところで働きはじめて、ノーベリーがここに居を構えたときにロンドンへ移ってきたのだ。

むっつりとした料理長がカイルに会釈をして、結婚への祝福をつぶやいた。調理台にあった大きな鍋をどかせると、スツールを足で引き寄せてから、食器室の女中を叱りに戻っていった。カイルはスツールに腰かけた。

「旦那さまに会いにいらしたんで?」リジーが大きなパン生地をふたつに分けて、さらに二等分にした。「いつもやってらっしゃる、お金がどうしたこうしたっていう、あたしたちにはさっぱりの話をしに?」

「そうだよ」

「賭け事みたいなものだって言う人もいます」

「ちょっと似てるかもしれないが、トランプの札の大半がどこに行くかを決めるのは、たいていぼくだからね」

「それでも、いっぺん間違えれば――」

「ありうるな」

「そんなことないでしょう。昔からだれよりも賢くてらしたんだもの、きっとだれよりも上手に札を操りなさるんだわ」

いつもは。ふつうは。けれど危険は常につきまとう。賭け事で大事なのは、勝つか負けるかを気にしすぎてはいけないという点だ。緊張していたり必死すぎたりすると、かならず手を間違える。

カイルの成功を支えてきたのは、たとえ大失敗をしてもかならず取り戻せるし、数年の遅れなど自分の人生においてはたいしたことではない、という固い信念だった。

だが、結婚でそれが変わった。誓いの言葉を口にした瞬間、そう悟った。ロザリンに対して責任があるということは、二度と無謀なまねはできないかもしれないということで、カイルがどんなにそれを隠そうとしても、周囲に悟られてしまう可能性はある。

二日前、新妻のために信託を設立したのはそれが理由だった。

ロンドンに戻ると、銀行為替手形が二通待っていた。ひとつはコティントン伯爵からで、結婚祝いだった。

もうひとつはもっと大きな額だった。イースターブルック侯爵からの一万ポンドには、手紙もメッセージも添えられていなかった。

もしロザリンがこの金のことを知ったら、カイルは買収されて結婚したのだと思うだろう。ある意味では、当たらずとも遠からずなのだが。けれど手形を目にしたカイルは、自分が妻にそう思われたくないと考えていることに気づいた。ロザリンはかねてからの言葉どおり、この結婚にロマンティックな幻想をいっさい抱いていないものの、幻想をまったく抱かないというのも、あまりよくないことだろう。

カイルの財政危機を救うにはコティントン伯爵からの贈り物だけでじゅうぶんだったので、イースターブルックからもらったほとんどをロザリンの寡婦年金用に割り当ててから、残りはロザリンの信託に入れた。これでこの先、カイルが手を誤ることがあったとしても、ロザリンには備えがあるというわけだ。

「最近、ティーズロウから手紙は届いたかい？」

リジーは噂話が嫌いではない。それもカイルがここへ来るのが好きな理由のひとつだ。リジーはティーズロウで起きるすべてを家族からの手紙で知る。カイル宛《あて》に叔母から届くどんな手紙よりも詳細に。

「そうですねえ、ハズレットの娘には赤ん坊ができたんですが、父親はだれだかわかりません。ピーター・ジェンキンスは亡くなりましたよ。だけど神さまの思《おぼ》し召しでしょう、重い病気を患ってたんで。それから鉱山のあの坑道が再開するって話があります。ご存じでしょう？」

知っていた。十二月に帰ったときにそんな噂を聞いたのだ。どうやら噂は本当だったらしい。「コティントン伯爵は元気かな？」

「残念ながら、あまりお元気じゃないようです。伯爵さまが亡くなられたら屋敷じゅうが悲しむでしょうね。いろんなことが変わるでしょうよ」

「悲しむのは屋敷のなかだけじゃない。息子が跡を継げばだれもが嘆くはずだ」

リジーは料理長が遠くにいるのをたしかめてから、跡継ぎの件にはまったく同感だという表情を浮かべた。力をこめてパン生地をこねはじめる。「子爵さまは結婚式に出席なさらなかったんでしょう?」

「もちろん」

リジーの目は多くを物語っていた。たとえ招待されたとしても、ノーベリーがわざわざ出かけていくわけがない。いずれにしても、かつての恋人が結婚式に出席することをカイルの花嫁が喜ぶわけがなかった。

「だけどブラッドウェルさん、いいことをなさったわ。あの気の毒な女性を助けて、こんなふうに夫婦になられて。みんなそう言ってますよ」

「どんなにそうしたいと思っても、今回は彼を殴れないのが残念だよ」

カイルは相手の反応をうかがった。リジーは当時、コティントンのところで働いていた。あのような屋敷では、召使いはたいていなにもかも知っている。

いま、リジーは驚いたようだった。さっとカイルの目を見て、すぐにパン生地に視線を落とし、それからせっせとこねはじめた。

リジーの反応が物語るのは、あの一件はとにかく衝撃的で、その詳細は暗黙の了解で隠し通されている、ということだった。

カイルの記憶にあるとおりの〝単なる若者の悪ふざけ〟なら、そのどちらでもないはずだ。

「やはり召使い部屋の数が足りないな」十分間、図面をじっくり眺めたあとで、ノーベリーが不満を口にした。

ここまでは順調に進んでいた。ノーベリーの挨拶はよそよそしく無関心で、ふたりとも仕事に意識を集中させていた。ノーベリーは紳士らしくふるまうべく努力しているようだったが、カイルは子爵が何度も悪態を呑みこんでいるのに気づいていた。

「ここを買うのは年収が数千ポンドの家族ばかりです。召使い部屋が五つに、馬丁と御者の部屋が厩舎の前庭にふたつあれば、じゅうぶんすぎるほどでしょう」

「数千ポンドか。いったいどうやって生活しているのやら」

愚かな男の愚かな言葉だ。自分は千ポンドそこらではびくともしない男だと強調するための。ノーベリーがさらに図面を眺めようと黄褐色の頭を屈めた。

「事務弁護士の話では、父は土地の書類に署名するつもりだそうだ」ノーベリーの下唇が引きつった。「もうろくしているばかりか図面も見ていないくせに、口だけは挟んでくるのだからな」

〝しょうがない、このまま進めよう。だがそう決めたのは父で、わたしではない。しっかり儲《もう》けさせてもらうが、気に入ったわけではないからな〞

どのようなやり方だろうと、カイルにはどうでもよかった。いまではこの計画も、ノーベリーと過ごさなくてはならないことも、恨めしく思っていた。もしも伯爵が回復してふたたび手綱を握ってくれなければ、これがこの家族との最後の共同事業になるだろう。

「明日、あなたの事務弁護士を訪ねます」カイルは図面を集めはじめた。「すぐに道路工事が始まって、材木と必要な道具の発注も済むでしょう。最初の屋敷は夏至までに完成すると思いますよ」

ノーベリーは帰り支度をするカイルを眺めていた。その目に冷たい光が宿った。「祝いの言葉を述べなくてはならないな」

「ありがとうございます」

「わたしに招待状は届かなかったが」

「ロンドンではなく、村で式を挙げたので」

「イースターブルックは出席したと新聞に書いてあったぞ」不機嫌そうな口調だ。機嫌を損ねたのはその貴族が招かれたからなのか、それともイースターブルックが出席したことでノーベリーの欠席が世間の目に不適切に映ったからなのか、カイルにはわからなかった。

「それはイースターブルック侯爵の田舎の邸宅が近くにあって、妻と彼とは姻戚関係にあるから、それだけですよ」

ノーベリーの目が狭まった。「うまいことやったじゃないか、わたしの娼婦と結婚して」

カイルはどうにか図面を片づける作業を続けたが、ノーベリーを絞め殺したいという衝動はほとんど抑えきれないほどだった。こうして決闘になるのだ。自尊心を傷つけられてかっとなった愚かな男が、愚かなことを口にして。

「ぼくの前だろうとだれの前だろうと、あと一度でも彼女をそう呼んだら、ぶちのめしますよ。彼女への下劣な行ないをほのめかしでもしたら、二週間は身動きできない体にしてあげます」

ノーベリーが真っ赤になったので、カイルは拳が飛んでくるものと思った。飛んでこいと心から願った。

「ぶちのめす、だと？　ふざけるな、わたしは週に二度、拳闘の稽古をしているんだぞ」

「それが通用するのは、相手がクイーンズベリー・ルール（近代ボクシングの基本ルール）に従う場合だけでしょう。ここにいるのは炭坑夫の息子で、やわな拳には倒せない男です」

カイルはドアに向かって歩きだした。ノーベリーのうなり声が追ってきた。「弁護士が言っていたぞ、父が結婚祝いを贈ったと」

「たしかに。お父上はとても寛大な方だ」

「どれくらいだ？　額はいくらだった？」ノーベリーが敵意をむきだしにする。まるで本当に重要なのはこれだったかのように。

そうなのかもしれない。もしかしたらノーベリーは父親の後援をどうしても許せなかったのかもしれない。罰として鞭で打たれただけでもじゅうぶん悪かっただろうが、鞭で打たれたということは、あの日の恥ずべき行ないが父親の耳に入ったということでもあるのだ。

「いくらか？　驚くべき額ですよ。あと五十ポンドで千という」

ノーベリーの表情に満足感を覚えながら、カイルは部屋をあとにした。子爵は賢くはないものの、そこまでばかでもない。コティントン伯爵の贈り物の出どころが、じきに跡継ぎのものになる地所だということに、数分で気づくだろう。

それはつまり、ノーベリーは間接的にあの競売の落札額を返したということであり、競売の一件が子爵の父親の耳に入ったということでもあるのだ。


今日のヘンリエッタはいつもと違って見えた。グロヴナー・スクエアの客間に座ったロザリンは、その理由を突き止めようとした。

帽子の効果はあなどれない。レースのコルネットに重ねた素朴なボンネットは、ふだんの帽子よりはるかに控えめで品がいい。それにいま気づいたが、金髪の結いあげ方もいつもと違っていて、繊細な顔立ちによく似合っている。

けれどなにより違うのは表情だ。軽やかな今日の顔は、頭が空っぽというより若々しい印象を与える。軽蔑にしかめられることもなく、午後の光のなかでは少女のようにすら見えた。

一同は流行や社交界について話し、次の社交シーズンに思いをめぐらした。アレクシアもその場にいた。ほかに三人のレディも。みんな上流社会の住人で、心の広い女性ばかりだ。ロザリンは先週、アレクシアに引きずられるようにして三人の家を訪ねた。おそらくアレクシアは事前に先方の許可を得ていたのだろう。そして今日はその三人がヘンリエッタを訪ねてきて、その場にロザリンも同席するよう、アレクシアが手配してくれたというわけだ。

すべてはささやかな〝軍事作戦〟の一部で、驚くべきことにヘンリエッタは進んで参加してくれた。もしもヘンリエッタがこれほど乗り気で役を演じていなかったら——寛大さと協力の姿勢を示していなかったら——もしやアレクシアはおばを脅迫するネタを見つけたのではないだろうかと訝っていたところだ。

訪問客は長居こそしなかったが、じゅうぶんゆっくりしていった。彼女たちがロザリンを訪ねることはないかもしれないが、三人を見送るころには、また一歩、復帰への道を進んだような気がしていた。

その道は曲がりくねっているだろうし、ロザリンが選んだ夫のせいで、回り道をさせられたり行き止まりにぶつかったりするかもしれない。ロザリン自身の醜聞も別の障害になるだろう。それでもアレクシアの〝軍事作戦〟は、期待以上の速さで成功しているように思えた。

「うまくいったわね」ふたたび三人だけになると、ヘンリエッタが言った。「ヴォーン夫人は近々一緒に劇場へ行かないかとお誘いになると思うわよ、ロザリン。あなたとお気に入りのお芝居やなにかの話をしている感じが、そんなふうに聞こえたもの。彼女のおばさまも貿易商と結婚なさっているくらいだから、商売をしている男性にとやかくおっしゃることはないでしょうし、あなたの夫だって歓迎なさるかもしれないわ」

ロザリンはぐっとこらえた。ヘンリエッタは怒らせようとして言ったのではないし、真実を恨んでも意味はない。

それでも恨めしかった。思っていた以上に。当のカイルはそういうものだと受け入れていたが、ロザリンは日増しに反発を覚えるようになっていた。

カイルという人間を知ってもなお自宅の居間に招くことを嫌がる人がいるということが、理解できなかった。彼が手がけている事業にしても、世俗的なものというより、財務と芸術と投資を組み合わせたようなものだ。ロザリンの兄ふたりが銀行家になったとき、閉ざされたドアもあったけれど、ほとんどは開かれたままだった。

結局、ものをいうのは血なのだ。家族と先祖なのだ。カイルは絶対に自分の家族を否定しないだろう。最初にそう宣言した。

三人一緒に図書室へと歩きながら、アレクシアが次の戦局について説明を始めた。彼女の家でのディナーパーティだ。今日のレディ三人が招待されて、その友だちのふたりも招かれる。アレクシアは今日の三人が友だちを説得してくれるだろうと見越していた。五人とも、夫は柔軟な考えの持ち主として知られている。ひとたび何人かの紳士がロザリンとの交際を妻に許せば、ほかの夫たちも同様の姿勢を示すに違いない。

三人が戦略を練っていると、イースターブルック侯爵が図書室に入ってきた。邪魔をして申し訳ないと断わってから、本棚の前に歩み寄って、背表紙を眺めはじめる。ヘンリエッタは侯爵が気になってならない様子で、ついに好奇心に負けた。

「外国へ行くつもりなの、イースターブルック？　その棚に入っているのは旅行記とかそういったものでしょう？」

イースターブルックは一冊を抜き取ってぱらぱらとめくった。「わたしはどこへも行かない。若い従妹のために調べ物をしているだけだ」

「あらまあ、キャロラインを大旅行《グランドツアー》に送りだしてくれるの？　なんてうれしいんでしょう――まずはもちろんパリへ行かせなくてはね。それから――」

「いや、グランドツアーではない」侯爵が遮る。「若い娘がときどき訪ねるある場所についての情報を探しているんだが、どうやらここにある本の著者どもは、だれも細かなことを書き記していないらしい」

ヘンリエッタが眉をひそめた。「どういう場所のことを言っているの？」

侯爵が本を棚に戻して、別の一冊を取りだした。「女子修道院だ」

「修道院！」

ヘンリエッタには気つけ薬が必要なのではないかとロザリンは思った。アレクシアがおばをなだめ、それから侯爵に言った。「もちろん冗談でしょう？　またからかっただけだとおばさまに言ってさしあげて」

「そう言えたらいいのだが。正直なところ、ヘイデンが保護者としての役割をまた引き受けて、関心も経験もないことで右往左往しているわたしを救ってくれればいいと思っている」

「やっぱり！　前の夏にあの子がサットンリーに熱をあげたことをまだ許していないのね」ヘンリエッタが叫んだ。「その件に関して、キャロラインはあなたの言うとおりにすると約束したわ、イースターブルック。もう何週間も彼の名前を口にしていないのよ」

「ヘンリエッタ、前の夏もじゅうぶんひどかったが、残念ながらまたしても決闘沙汰になりそうだ。年に一度、決闘があると思うだけで気が滅入《めい》ったが、それが二度となると、わたしの忍耐力にも限度がある」本の背表紙を睨んで、また別の一冊を抜き取った。「この厄介な任務にはさっさと片をつけることにした。決闘をして、傷を負わせて、キャロラインを修道院に送りこんで、少なくとも数年はひとり静かに過ごすんだ」

ヘンリエッタがすすり泣きを始めた。イースターブルック侯爵は素知らぬ顔で本のページに目を走らせている。アレクシアが駆け引きを試みた。「おばさまもわたしも、いまはキャロラインへの求婚者をひとりも知らないわ。あなたの勘違いじゃないかしら」

侯爵がぱたんと本を閉じた。「問題の男はまっとうな求婚者ではない。誘惑者だ。勘違いではないぞ、アレクシア。言いにくいが、キャロラインの貞操はすでに失われていると思う」

室内に驚きが走った。ヘンリエッタは衝撃で息もできなくなり、口をぱくぱくさせた。それからおいおいと泣きだした。

「教えてちょうだい、その男はだれなの？」アレクシアが問う。

「例のフランス人化学者だ。ブラッドウェルの友人の」

ヘンリエッタが泣きやんで目を丸くした。ちらりと脇を見て、背後で本棚と向き合っている侯爵をたしかめた。

「勘違いに決まっているわ」アレクシアが言い張る。

「今朝、あの男を見たのだ。夜明けに部屋の窓から外を見たら、庭にあの男がいた。この家から出ていくところだった」苛立たしげな目でヘンリエッタを睨む。「今後わたしは子守の役も引き受けなくてはならないのか？　まったく、ヘンリエッタ、自分の娘にこれほど不注意だとは。そういうことをさして気にしないわたしでさえ、ぎょっとしたぞ」

ヘンリエッタはひどく静かになっていた。イースターブルック侯爵はその背後に立っているので、ロザリンとアレクシアが見ているものは見えていない。ヘンリエッタの顔は見る見るうちに赤くなっていた。

ロザリンがアレクシアを見ると同時に従姉もこちらを見た。ふたりは視線をヘンリエッタに戻した。

「イースターブルック、やっぱりあなたの勘違いだと思うわ」アレクシアが言った。「夜明けだったなら、なにを見たのか、だれを見たのか、断言できないでしょう？　庭師のひとりが作業をしていたのかもしれないわ」

「いや、アレクシア。間違いない」侯爵が本探しをあきらめて向きを変えた。「女子修道院について書かれた本はないようだ。事務弁護士に頼んで、内々に調べさせよう。フランスの修道院がいいだろうな。それなら年に一度はヘンおばさんも訪ねられる」

イースターブルック侯爵がドアに向かって歩きだそうとしたとき、アレクシアが道をふさいだ。「仮にあなたが正しくて、庭にいたのはその男性だったとしても、彼が家に足を踏み入れた証拠にはならないわ。キャロラインを誘惑しに来た証拠にも。お目当ては召使いのひとりだったかもしれないでしょう？」

侯爵がいつものようにやさしい目でアレクシアを見た。「きみの従妹の結婚式で、あの男がキャロラインにちょっかいを出しているところを見たんだ。たしかにわたしはその場で忠告しなかったが、ヘンリエッタがふたりのそばにいたから――」

全員の動きが活人画のように止まり、イースターブルック侯爵の記憶の糸がたぐり寄せられた。あのときを振り返る侯爵の心の声が、ロザリンには聞こえる気がした。もしかして、いやまさか……本当に？

イースターブルック侯爵が向きを変えておばを見た。首を傾けてしげしげと眺める。甥《おい》に新しい帽子と新しい髪形と若々しい輝きを観察されるあいだ、ヘンリエッタはもじもじとしていた。

「アレクシア、きみのすばらしい良識のおかげで助かった。キャロラインの件では結論を急ぎすぎたかもしれない。おそらく庭にいた男はムッシュー・ラクロワではなかったんだろう」

そしてその場をあとにした。けれどドアを閉じる直前に再び口を開いた。「とはいえ、やはり——。ヘンリエッタ、悪いが召使いたちに言っておいてくれ。だれかが男をもてなすときは、大いに楽しんでくれることを願っている。が、だれの誤解も招かないよう、その男にはまだ暗いうちに去ってもらいたいと」

ロザリンは化粧室を横切って、カイルの部屋に通じるドアへと向かった。今夜、カイルは妻の部屋へは来ない。ロザリンが月経を迎えたのだ。遠まわしにそれを伝えるには、かなりの創意工夫を要した。ロザリンの婉曲《えんきょく》表現にカイルは愉快そうな顔をしていたが、察してくれたようだった。

ドアの向こうから服を脱ぐ音とジョーダンの低い声が聞こえてきた。やがてなにも聞こえなくなったので、ロザリンはドアを開けた。化粧室は精巧でも広くもなく、カイルの寝室への戸口まではほんの二・五メートルほどだ。寝室のなかのランプはまだ灯《とも》っていて、鏡台とブラシと鏡の形がぼんやりと見て取れた。

夫の化粧室を横切って寝室をのぞくと、ベッドカーテンは引かれていなかった。カイルはベッドに横たわり、ナイトシャツの襟を開いてたくましい胸をあらわにしていた。

ロザリンは目を奪われた。結婚式の夜以来、カイルの裸体をはっきり見ていなかった。オックスフォードシアでロザリンが夫の部屋を訪ねていたときも、ろうそくとランプはかならず消していた。闇はベッドを神秘的な別世界にしてくれるばかりか、気まずさのほとんどを呑みこんでくれた。おかげでロザリンは行為に没頭することができた。

カイルは腕を曲げて、頭の後ろで手を組んでいた。ひどく真剣な顔をしている。まるで天《てん》蓋《がい》のどこかに分析を要する模様を見つけたかのような。とはいえ身動きひとつしないので、もしかしたら起きてすらいないのかもしれない。

「カイル、眠っているの？」ロザリンはささやいた。

カイルが上体を起こした。ロザリンの全身に視線を走らせて、ナイトキャップとナイトガウンを眺める。どちらもとくに新しくもきれいでもない。

「起こしてしまった？」ロザリンは尋ねた。

「いや。今日やった仕事のことを考えていたんだ」

「土地とか組合とかのこと？」

「ああ」

ロザリンは勇気を出して寝室に踏みこんだ。「じつは今日、アレクシアの計らいで、レディ三人がわたしを訪ねてきたの。その、正確にはわたしではなく、ヘンリエッタを。だけど三人ともわたしがその場にいることを事前に知っていて、それでも訪ねてきてくれたのよ」

「こっちに来て、詳しく聞かせてくれ」

ロザリンはベッドにのぼり、この日の小さな勝利を語って聞かせた。

カイルは大いに関心を示した。「レディ・アレクシアは行動派だな」

「たぶんアレクシアは、わたしの妹を今度の社交シーズンにデビューさせる夢をまだあきらめていないのよ」妹のアイリーンはいまもヒル・ストリートの家にいる。アイリーンにとって希望が開ける唯一の道は、アレクシアが社交界デビューさせることだと全員が同意していた。

「レディ・アレクシアのディナーパーティに備えて、きみには新しいドレスが必要だな」カイルが言う。「流行の最先端をいく女性としてそのテーブルに送りだそう」

「もしかしたら送りだすんじゃなくて、エスコートすることになるんじゃないかしら」

「それはありえない。レディ・アレクシアは賢い女性だから、一度にふたつの戦線で戦うようなことはしないよ」

「じゃあ、わたしは出席しても楽しめないかもしれないわ」

カイルの表情がわずかに変化して、読み取りにくくなった。

「ねえ、噂話を聞きたい？」ロザリンは話を変えた。「あなたも知っている人のことよ」

「だれだって噂話は好きさ。それが自分の知っているだれかのことなら、なおさらね」

「すごく楽しい話なの。なんとある証拠によると、あなたのお友だちのラクロワさんは逢瀬《おうせ》を楽しんでいるみたいなの……ヘンリエッタと！」

「証拠って？」

「イースターブルック侯爵その人が、ラクロワさんが家からこっそり出ていくところを見たんですって。信じられる？」

「ジャン・ピエールめ、なんて軽率なやつだ。ぼくから注意しようか？」

「ラクロワさんがキャロラインを誘惑しないかぎり、あの家にいる女性全員を口説き落としたって、イースターブルック侯爵は気にしないと思うわ。ヘンリエッタに関しては、侯爵は興味をそそられたみたいで、今後数年はからかうネタができたと喜んでいるみたいだったわ」

ふたりは笑った。夜にこうして一緒に座って、とりとめのない話をするのは、じつに楽しいものだった。けれど噂話が終わってしまうと、カイルの意識はまたどこかにさまよいだしたようだ。目が変化する。ロザリンがこの部屋に入ってきたときと同じような、深い目に。

「じゃあ、おやすみなさい」ロザリンはベッドから滑りおりようとした。

カイルに手をつかまれた。「いてくれ」

やはりロザリンの婉曲表現は曖昧すぎたのかもしれない。「わたし……その、今日は……そういうときだから……」

「それでもいてくれ」

とても奇妙な感覚が胸にこみあげてきて、ロザリンはぎこちなくシーツの下にもぐりこんだ。カイルがランプを消すと、闇がふたりの清い夜を包みこむ。カイルがロザリンを腕のなかに引き寄せた。

ロザリンはすぐには眠らなかった。このいままでにない温もりに心を奪われていた。

「また北部へ行かなくてはならない」突然のカイルの声にも驚きはしなかった。夜にささやくやさしい声だったから。「二週間ほど先に。一週間以内で戻ってくる」

「一緒に行ってはだめ？　春になったら連れていってくれると言っていたけれど、いまあなたが向こうへ行くなら、わたしも一緒に行きたいわ」

「道中は寒いぞ。それにディナーパーティもあるじゃないか」

「アレクシアなら旅の前かあとに日にちを設定してくれるはずよ。それにわたしも少しくらいの寒さに負けたりしないわ」

二週間前なら行くと言い張ったりしなかっただろう。数日前でも同じだったかもしれない。けれどいまは、カイルのかつての生活を見たいという思いに圧倒されていた。今夜の抱擁には心を動かされたものの、それと同時に、どれほど快楽を分かち合おうともふたりのあいだには説明できないすき間があるということを、いやというほど意識させられた。

そのすき間が埋まるときが来るのかどうか、ロザリンにはわからない。もしかしたら永遠にカイルの一部は他人なのかもしれない。カイルにとってはそのほうがいいのかもしれない。すき間を埋めるものがあるとして、それが気に入るかどうかさえ、ロザリンにはわからない。わかるのは、今夜はその空っぽの部分が重たくのしかかっているということだけだ。あるいは新しい感情に刺激されたのかもしれない。ロザリンの心は、遠すぎて届かないなにかに必死で手を伸ばしており、その痛みにほとんど泣いていた。

「考えてみよう」カイルが言った。「明日から二、三日ケントへ行ってくる。向こうでは新しい地所の建設が始まるし、いるのはぼくと労働者と大量の冬のぬかるみだけだから、きみを連れてはいけない」

新しい地所。ケント。あの競売の夜にノーベリーを訪ねたのは、その事業に関係してのことだったのだろう。

今夜この部屋をのぞいたときにカイルが考えこんでいた理由が不意にわかった。最近ノーベリーに会ったのだ。おそらくは今日。

ノーベリーが無礼だったかどうか、カイルがロザリンに教えることはけっしてないだろう。ノーベリーとロザリンの関係について考えたかどうかを明かすこともないだろう。けれどロザリンにはわかる――カイルは考えたと。もしかしたらいまも考えているかもしれない。夜に思いを馳せながら。

もっとこの男性のことを知って、すき間を埋めていこう。こんな夜をいくつも迎えるかもしれない。恋人同士というより友だち同士のように語り合う夜を。

けれどなにが起きようと、結婚生活が何年続こうと、ノーベリーはふたりのあいだに醜い影として存在しつづけ、すべてに――よいことにさえ――影響を及ぼしつづけるのだ。ふたりがあの男の名前を口にしなくても。

そう思うと、この心地よい夜が壊れそうになった。ノーベリーの姿が脳裏に浮かび、声まで聞こえてくる気がした。ノーベリーの存在感があまりにも重苦しくて、ロザリンはこのベッドから逃げだしたくなった。

カイルは眠りに落ちたときに横向きになっていた。片腕をロザリンの体に載せて、さりげない抱擁の形をとっていた。手のひらはちょうど乳房を覆っていて、ロザリンを守り、所有していた。一晩じゅう、手はそこにあって、ロザリンが逃げだすのを防いでいた。

12

カイルがケントに出発してから二日後、ロザリンのもとに一通の手紙が届いた。ウォトリントンから転送されたものだ。筆跡ですぐに兄のティモシーからだとわかったが、差出人の名前はゴダードになっていた。

今回兄が手紙を書いたのはディジョンではなく、イタリアのプラトという町だった。

ついにアルプス山脈を越えて、いまはここに住んでいる。なにしろフィレンツェほど物価が高くないんだ。それに正体を見破られる可能性も低い。旅は厳しくて、天候は最悪だった。死ぬんじゃないかと思ったし、道中のほとんどは体調が悪かった。いまぼくは、知らない言葉を話す見知らぬ人のあいだを歩いて、耐えがたいほどのふさぎの病に苦しんでいる。

おまえが来るまでここにいるつもりだ。頼むからいますぐ手紙を書いて、こっちに来ると言ってくれ。おまえが来てくれないかぎり、この窓の外に陽光は見えないよ。

手紙を書いて計画を聞かせてくれ。楽しみに待てるものがあるように。

ローズ、じつはディジョンに長くいたせいで、懐が寂しくなっているんだ。それと、役立たずのくせに金ばかりかかる医者どものせいで。そこでだ。オックスフォードシアの家と土地を売って、金を持ってこっちへ来てほしい。この手紙があれば、ぼくの代わりにそれができるはずだ。うちの事務弁護士だったヤードリーのところへ行け。彼はぼくの筆跡を知っているから、おまえに助言してくれるだろう。もしも売却にあたって女の代理人が認められない場合は、ヤードリーにぼくの代理人として行動する権利を与える。ほかにもぼくがやらなくてはいけないことが出てきたら、すぐに手紙で知らせてくれ。そうすれば一刻も早くこの件を進められるからね。

まだ何カ月か先になるだろうが、指折り数えてその日を待っているよ。おまえがこれまでどおり、忠実な妹でいてくれると信じてる。その強さとやさしさを、情けないことにぼくはいつも頼ってきた。また一緒にいられるようになれば、すべてがよくなると約束するよ。

ティモシー

あいかわらず途方に暮れて寂しそうだ。病気らしいのも気にかかる。単なる飲みすぎであることを願うべきか――お酒はティムの大きな弱点だ――それとも別の病気なのか、この手紙だけではわからない。

ティムがどれほど病気でも、いまは兄のところへ行くことはできない。つかの間ロザリンが行く気になっていたことを、兄が知る日は来ないだろう。丘の上で向こう見ずな幸福感に包まれていた数時間のことを。

自分が選んだ道の意味する、苦い真実も否定できない。カイルの求婚を受けることで、ロザリンは英国で妹と自分の人生を立てなおす道を選び、兄の要求を拒んだのだ。

もしかしたら必死の要求を。いまは違っても、将来的にはそうなるだろう。

ティムは懐が寂しくなっていると書いている。それを読んで、小さな怒りが芽生えた。ロザリンはほとんど蓄えのない状態で何カ月も切り詰めた生活を送ってきた。盗んだ金をすべて使うくらいなら、もっと倹約すればよかったものを。

ため息が出た。体がしぼんでしまうほど深いため息が。ティモシーはどこまでいってもティモシーだ。ロザリンがいなければ今後も変わることはないだろう。そしてロザリンには兄を救えない。いまは。行ってはならないとカイルに釘《くぎ》を刺されたあとでは。それでも、カイルが望むようには兄を見捨てられない。

侍女を呼んで、部屋着から馬車用の服に着替えた。今日はアレクシアと一緒に婦人服の仕立屋を訪ねて、いくつか新しいものを注文する予定だった。けれど先にシティーへ行こう。まだ兄を救う道があるのかどうか、探らなくてはならない。

技師が穿孔機《せんこうき》を固い地面にねじこんで、基礎を作る前に地盤を再調査するのを、カイルは見守った。

百八十メートル先では別の男が、新しい道路を通すにあたって、どの木を切り倒してどの木を残すか、しるしをつけている。その木立の隣りにやがて建つ家を、カイルは思い描いた。すべてが計画どおりに進めば二年のうちに、この土地には家族が暮らし、新しい道には馬車が走るようになるだろう。コティントンの地所は豊かになって、組合《シンジケート》のメンバーに利益を得るのだ。

カイル自身も。いまはまだ綱渡りをしている。平衡感覚については経験を積んでいるし、自信もある。不安で夜眠れないということもない。それでも――だれだって同じだろうが――できれば早く綱渡りを終えて〝支払い能力がある側〟にしっかり着地したい。

木のそばにいた男がカイルに呼びかけて、南のほうを指差した。カイルはそちらを走る道に目を向けた。一台の馬車が、今日使う道具を山と積んだ荷馬車の後ろに、ちょうど止まるところだった。

カイルはやって来た馬車に見覚えがあった。そちらへ歩いていく。馬車のそばまで来たとき、ノーベリーがおりてきた。

「進捗《しんちょく》状況を見るだけのために、わざわざロンドンから来たんじゃないでしょうね」カイルは言った。「まだ見るべきものはそうありませんよ」

ノーベリーが山高帽のつばの下から土地の隆起を眺めた。「屋敷でハウスパーティを開くんだ。招待客が現われる前に、こちらの様子を見てみようと思ってな」

そう言うと、ちらりとカイルの反応をうかがった。カイルは好きなように見させておいた。前のハウスパーティのことを思い出すのに、ノーベリーの言葉は必要ない。だれの手を借りなくても、ロザリンの屈辱の場面はしばしば心をよぎる。

その場面はカイルのなかの悪魔を刺激して、子爵をめった打ちにしたいという卑しく冷たい衝動を引き起こした。このあいだ顔を合わせたときはその衝動を抑えたものの、いまふたたび胸のなかで目覚めはじめていた。

「今度のパーティは前回よりまともなものになるんでしょうね。乱痴気騒《らんちき》ぎが近くで行なわれているという噂が広まったら、この地所はひとつも売れなくなりますよ」

「むしろあっという間に売れるだろう」ノーベリーが一緒に歩くよう手振りで示した。「ここへ来たのは、この土地以外にお互い関心を持っていることについて、おまえと話したかったからだ。カートンロウ・ホールから伝言が届いた。父がまた軽い卒中を起こしたそうだ。医者はもう長くないと言っている」

「お父上はたいていの人より強くていらっしゃる。きっと医者が思うより長生きなさるでしょう」

ノーベリーが願うより。父と息子はあまりにも異なるので、ふたりのあいだに温かな感情はほとんどなかった。伯爵はさまざまなやり方で、おまえには失望したと跡継ぎに知らしめてきた。

ノーベリーに欠けているのは父親のような深い知性だけではない。本質的なものが足りないのだ。人間なら他者に自然と抱く同情が、見当たらないというより、歪《ゆが》んでいた。人間がなにかに向きあうとき指針とするような道徳的基準を、ノーベリーは持ち合わせていなかった。

「永遠に生きてくれることを祈るが、どんな人間も不死身ではない」ノーベリーが芝居がかったまじめな口調で言った。「さて、もうひとつの件は、生きている者がどうにかできる問題だ。おまえの結婚について考えていた」

カイルは歩きつづけ、相手を道の先へと向かわせた。ちらりと振り返り、作業員たちとの距離を目で測る。この拳がノーベリーの顎を砕いたら、彼らに見えるだろうか?

「リングにのぼった拳闘家のような顔をするな」ノーベリーが言った。「あんな女と結婚するなど愚行だが、それはおまえの勝手だ。わたしの興味の対象はあの女の兄と、やつのためにわれわれが用意した計画にこの結婚がどんな変化をもたらすかだ。おまえがあの女と永遠の絆を結んだという衝撃からひとたび立ちなおってみれば、希望のきざしが見えてきた」

「すばらしい女性を妻に選んだというぼくの幸福を除けば、希望のきざしなんてありませんよ。ティモシー・ロングワースは行ってしまったんです。妻もぼくも、彼とは関係ありません」

「彼女に手紙は来ないか？　おおいにありえそうだが」

「来る理由がありません」

「あのふたりは兄妹だぞ。あいつの手紙が交じっていないか、彼女宛ての郵便物を調べろ。本名か、あるいはゴダードという偽名で書かれているはずだ。いや、とにかく大陸からの手紙がないかを探せ。とくにイタリアからの手紙を」

「いやです」

「それでうんと時間が短縮できるんだぞ。もしあの男から手紙が来れば、われわれは――」

「断わります。ぼくはもう、その計画から足を洗ったんです。関わりたくありませんし、協力もできません」

腕をつかまれた。止まれという命令だ。カイルが見おろすと、ノーベリーの表情には上品さのかけらも残っていなかった。

「おやおやカイル、汚れなき白馬の騎士はまたたく間に篭絡《ろうらく》されたようだな。あれだけご託を並べていたのに、正義についての立派な意見も忘れてしまったようじゃないか」

「妻を探ったりはしません」

「じゃあ探るな。本人に吐かせろ」

「自分の兄の首を差しだす人間がいると思うんですか？　ぼくもそうしろと命じるつもりはありません」

「なにを言う！　ちっとも不名誉なことではないんだぞ。むしろ妻を守ることになるんだ」口走った瞬間、ノーベリーになにかがひらめいた。目がずる賢く光る。「実際、もしもおまえがそうしなければ、妻を危険にさらすことになる」

ノーベリーは鈍い男かもしれないが、必要なときにはその脳みそはすばやく回転した。いま、新たな考えがひらめいて、子爵の顔に独善的な表情が浮かんだ。

「最初から共犯者だったのかもしれないな」ノーベリーが言った。

「ありえません」

「くそっ、もっと前に気づくべきだった。ロスウェルの返済にもそれで説明がつく。つまりロスウェルが助けていたのは、逃げてしまってもう手の届かない男ではなく、あとに残された共犯者だったんだ。ひょっとすると金の大半も彼女が持っていて、ここ英国にあるのかもしれない。つましい倹約生活も、疑惑を払うための巧妙な罠《わな》だ。そうとも、ロングワースは知恵の働く男ではなかった。そもそも思いついたのさえ妹のほうだったのかも——」

「なにをくだらないことを」

「わたしとのことだってそうだ。わたしは自分が誘惑していると思っていたが、実際は彼女のほうが被害者たちの動向を探るためにわたしに近づいてきたのかもしれない。皮肉だと思わないか？　その間ずっと――」

「それ以上言ったら、殺しますよ」

「すべてを危険にさらすほど、妻の美貌に酔ってしまったのか？　それは怪しいな。数カ月もすれば酔いも覚めるに決まっている。そうしたら、めっきの下に隠されているものが見えてくるはずだ。なにしろあの女の兄は盗人で、彼女自身も意志が弱くて道徳観念が薄いことは証明済みだからな」

カイルはノーベリーの上着の襟をつかみ、ぐいと引き寄せて爪先立ちにさせた。「警告したはずです」

ノーベリーが目を剝いてのけ反った。「一発でも殴ってみろ、こっちも黙っていないぞ。わたしに非があるという結論を出す前に、判事はじっくり話を聞いて真剣に考えるだろうな。こちらがほんのちょっと影響力を発揮すれば、証拠さえ出てくるに違いない」

脅しは聞き違えようがなかった。歪んだ正義は果たされなかった正義よりもなお悪く、貴族はたいてい後者より前者を選ぶ。

カイルはどうにか怒りをこらえて手を離した。ノーベリーが姿勢を正して服を整え、クラヴァットを直す。それから胸を張ると、まるでトランプゲームの最中にふと自分の手に切り札を見つけた男のごとく、静かな喜びをたたえてカイルを見た。

「あの悪党を見つけだせ、カイル」そう言うと、ぶらぶらと馬車に戻りはじめた。「おまえの大好きな名誉さえあれば、ささやかな犠牲などなんともないはずだ」

ケントから戻ってきたカイルを見た途端、ロザリンは夫がまたノーベリーと会ったのだと悟った。カイルは暗い影を連れて帰ってきた。影は表情に影響を及ぼし、ふだんより険しく見せていた。

それでもその夜、ディナーの席に着いたカイルは、いつもどおりの態度でロザリンに接した。離れていたあいだになにをしていたか、ロザリンが細かに話すのにも、やさしく耳を傾けてくれた。けれどノーベリーが一緒にテーブルを囲んでいるも同然で、ロザリンにはカイルの頭のなかに彼が居座っているのを感じた。

カイルが従僕をさがらせたとき、ロザリンは心の準備をした。夫の心に影を落としているのがなんであれ、はっきりさせたほうがいいだろう。だからといって、ロザリンが嵐の訪れを歓迎しているわけではないが。

「ローズ、オックスフォードシアにいたときにお兄さんから手紙が届いたことはあるかい？ぼくが初めて訪ねていったときの一通以外に」

その質問と話題は予想していなかった。カイルの気迫がこれほどでなければ、真実を打ち明けたかもしれない。けれどロザリンは口をつぐんで、なぜ尋ねるのだろうか、自分の答えはなにかしらの意味を持つのだろうかと考えた。

「届いたはずだよ。少なくともあと一通は」カイルがつけ足した。

「ええ、一通だけ」事実だ。完全な事実ではないけれど。オックスフォードシアにいたときには、もう一通しか受け取っていない。

「じゃあぼくは正しかったわけだ。きみが永遠に遠くへ行くと言っていたのは、お兄さんのところへ行くという意味だったんだね」

ロザリンはうなずいた。

自分が正しかったとわかっても、カイルの表情は変わらなかった。「ローズ、今後お兄さんとはいっさい接触しないでほしい。また手紙が届いたら、読まずに燃やすんだ。取っておいてはいけない。書かれた場所をたしかめるのもだめだ」

衝撃のあまり、一瞬頭が空っぽになった。すぐに怒りが取って代わった。「結婚する前にあなたが言ったのは、兄のところへ行ってはならない、訪ねてもいけないということだったわ。手紙を書いたり受け取ったりしてはいけないとは言わなかったはずよ」

「言ったとも。だけどきみが誤解していたのなら、もう一度言おう」

「わたしは兄を死んだものとは思わないと言ったのに、そういうふうに扱えと強要するのね」

「そうだ」カイルの目は声以上に厳しく命じていた。

ロザリンは席を立って食堂をあとにし、ひとりきりになろうと図書室に向かった。驚いたことにカイルが追ってきた。

「要求を呑んでほしいなら、わたしをひとりにしたほうがいいわよ」

「きみが要求を呑んだことを確認したい。きみの言葉で聞きたい」

「わたしの言葉？　あなたの言葉はどうなるの？　わたしの言葉もあなたのと同じくらいころころ変わっていいのなら、喜んで口にするわ。兄のことではもう要求はしないと、あの日、わたしに信じさせたじゃない」

罪悪感でカイルが折れると思っていた。ところが彼は怒りをあらわにした。

「これを要求するのには理由があるんだ。ぼくを信じて言うとおりにしてほしいが、たとえきみが信じなくても、なにも変わらない。お兄さんがどんな人間か知っているだろう。お兄さんのせいでさらされている危険について、口にしたのはきみ自身だ。どんな形でも、彼と接触してはいけない」

「ティムはわたしの兄よ」

「あの男は臆病《おくびょう》な盗人だ。犯罪者だ」

カイルの反応の激しさにロザリンはすくんだ。じっとカイルを見つめたまま、彼の体から放たれるすさまじい力に驚いていた。完全に解き放たれたエネルギーを目と肌で感じていた。

カイルはやがて心の嵐を鎮めたものの、気配はまだ漂っていた。

「ローズ、お兄さんがしたことをすべて知っているのか？　全部で何人の金を奪ったかを？」

「ヘイデン卿が――」

「ヘイデン卿は数えきれない悲劇が被害者に振りかかるのを防いだ。そのために彼がいくら出したと思う？」

ロザリンはなぞなぞの答えを探っている気がした。「かなりの額を。少なくとも二万は」

カイルの低く短い笑い声さえ怒りにまみれていた。「二万くらいでは、ヘイデン・ロスウエルは怯《ひる》みもしないよ。きみの従姉がいまも住んでいる家を考えてごらん。どんな新しい宝石を見せてくれた？　それに新しいドレス――それらを思い出して、素材や石の種類を考えてみるんだ」

胃がきゅっとよじれた。いままでそういう計算をしたことはなかった。最終的な額が気に入らないだろうと思うほどには、気づいていたから。

「いくらなの？」ささやくように尋ねた。

「すべて合計すると、十万はくだらないだろう。おそらくはもっとだ」

ロザリンは息を呑んだ。そんなに！

カイルが近づいてきた。目に浮かぶいくつもの熱い感情のなかに、小さな同情の光が宿っていた。「お兄さんは、一ポンドでもロスウェルが返済するとは思っていなかった。被害者はただ苦しむものと思っていた。銀行が破綻《はたん》したら、預金者も。彼は裕福な人からだけでなく、年老いた女性や身寄りのない子どもや、預金に頼って生活している人々からも金を奪ったんだ」

「きっとティムはちゃんとわかっていなかったのよ――わざとそんなことをするわけが――」

「もちろんわかっていたさ。ちゃんと。間違いなくわざとやったんだ」カイルの怒りがまた解き放たれた。どうにか心を落ちつけるのが、ロザリンには手に取るようにわかった。「そんな悪党と縁を切れと命じるのが不思議か？」

目に映るカイルの姿がぼやけた。ロザリンは向きを変えて、どうしようもなくこみあげてくるすすり泣きをこらえようとした。十万ポンド。なんてこと。そしてアレクシアとヘイデンは――。

目を拭って息を吸いこんだ。「カイル、あなたは知り合いがあの事件でお金を失ったと言っていたわね。知り合いというのはだれのことなの？」

一瞬、答えてもらえないかと思った。

「叔父夫婦だ」

またしても衝撃に平手打ちを食らわされた。単なる知り合いではなく家族。「だけど全額返済されたんでしょう？」

「ああ、全額返済された。きみは自分にそう言い聞かせつづけてるのか？　お兄さんのことを考えるときに？　少なくともみんな失ったぶんは取り戻したと？　何十人がすべてを失うのではなく、ひとりだけが多大な犠牲を払うだけですんだと？」

「兄のために言い訳を用意したりしていないわ」

「いや、しているると思うね。彼はきみのお兄さんで、きみは兄の罪を軽くする口実を探してるんだ。だけどローズ、彼はぼくの兄じゃない」

　そのとおりだ。そしてカイルはティモシーのために言い訳を用意したりしないだろう。同情もしなければ助けたいとも思わないだろう。もしティムがつかまって絞首台に送られても、当然の報いと考えるはずだ。

　それには返す言葉もなかった。ただ兄を愛しているとしか。大人になってこんなふうになってしまったけれど、幼いころはずっとましな人間だった兄を。

　認めるのが無理でも、カイルならせめて理解してくれると思っていた。けれどいま目の前にいる男性は、冷酷で無情な仮面をつけたまま、ほかのみんなと同じようにおまえもティモシー・ロングワースを非難しろと要求している。

「いっさいの接触を断つんだ」カイルがもう一度言った。「手紙を持ってるなら燃やせ。また届いたらすぐに破棄しろ」

　そう言うと大股で図書室から出ていった。今度はロザリンに約束の言葉を求めなかった。カイルはただ命令し、ロザリンに従うことを強いた。

その夜、ロザリンは化粧室のドアに鍵をかけようかと考えた。この短い結婚生活で、鍵をかけたことは一度もない。毎晩カイルが訪ねてきてもかまわなかったから。ロザリンは彼の妻で、妻の部屋を訪ねるのは夫の当然の権利だ。それにカイルは部屋を去る前に、かならず快楽や恍惚へと導いてくれた。

けれど今夜は話が違う。夫に触れられて自分が反応するかどうかわからない。口論のあと、家全体にとげとげしい静寂がおりた。いまもそれは漂って、ロザリンを包んでいる。

ずっと隠されていたカイルの一部が、今夜、暴かれた。その意志の力は圧倒的だった。前から気配を感じてはいたものの、それがまっすぐこちらに向けられたのを目と肌で感じたときには、少し怖くなった。

カイルがどれほどの自信を持っているか、察しているべきだった。カイル本人のなかに、くだされる決断のなかに。それがなくては彼が歩んできた道など、とうてい乗り越えられなかっただろう。炭坑村からロンドンの上流家庭の居間へ、十年足らずで旅し終える人物は、そういない。

そういう村に生まれながらロザリン・ロングワースに求婚する人物も、そういない――彼女の家族や財産や評判がどんな状態であれ。

ロザリンはドアの前に立って掛け金を見つめた。この男性相手では初めてのことではないけれど、気まぐれなふるまいをするべきではないと感じた。鍵をかけたらカイルがドアを蹴破ると思っているわけではない。怒るとも思えない。

ただ、次のふたつのどちらかが起きるという気がする。ひとつ――また今夜のような口論になって、ロザリンになにが許されてなにが許されないか、カイルに説教される。ふたつ――次にカイルが部屋を訪ねてきたときにはベッドのなかに冷ややかな堅苦しさが生じて、しばらくふたりのあいだに居座る。もしかしたら永遠に。

結局ロザリンはドアに背を向けて、ベッドに戻った。いつものようにランプを消して、闇に包まれた。

もしかしたらカイルは来ないかもしれない。ロザリンの月のものがあったり彼がケントに行っていたりで、しばらくあいだが開いたにせよ。カイルのほうも、まだ家じゅうにこだましているふたりの口論を感じているはずだ。あのあとカイルは仕事のために書斎にこもってしまったが、ロザリンと同じようにふたりの言葉をくり返し思い出しているかもしれない。

ティムの罪を並べ立てられたときのことを思い出すと、いまも動悸《どうき》がした。十万ポンド。アレクシアとヘイデンに返済することを何度も夢見てきたけれど、そんな額はとうてい払えない。一生かかっても。イタリアでティムと暮らすという計画を、アレクシアが容赦なくあきらめさせたのも当然だ。

ロザリンが嫁いだ男性は、喜んでティムを絞首台に送りこむだろう。もはや兄を守ることはできない。カイルは間違っていると言うこともできない。けれど正しいとか間違っているとか正義だとかは、妹が兄を測るときの基準にはならないのだ。

十万ポンド。どうやったらそんな額がすべてなくなってしまうのだろう？　ティムの手紙にはもっと必要だと書いてあり、ロザリンはそれを信じていた。

かすかな気配に物思いを遮られた。闇のなかで目を開くと、カイルがベッドのそばに立っていた。明かりのない部屋のなかでは暗い影にしかすぎなかった。

結局、彼は来たのだ。そのことにロザリンは驚いた。自分の反応にも。気がつけば、心は安堵に浮かれていた。

カイルはなにかを待っているのか、あるいはなんらかの決断をくだそうとしているように見える。それがなにかはわからない。ロザリンがシーツの下で体を横にずらすと、ベッドが軋んだ。

おぼろげにしか見えないが、カイルも動きだしたようだ。ローブが床に落ちて、シーツの温もりが消え、肌と肌が触れた。ロザリンが息を呑んだときには、彼の全身がベッドのなかに滑りこんでいた。夜を一変させる肉体が。

カイルの指がロザリンのナイトガウンの紐をほどき、肩から押しさげて肌をあらわにした。

「ドアに鍵をかけないでいてくれて、ありがとう」

ロザリンの考えが聞こえていたのだろうか？　それを口にするとは、いかにもこの男性らしい。暗黙のうちに流させないとは。そもそもなぜロザリンがその選択肢について吟味したかについては、話題にされないことを祈った。

カイルの愛撫とキスが、しないと物語っていた。

「もしも鍵をかけていたら？」答えなど、どうでもよくなりかけていた。興奮の甘美な震えに気を取られはじめていた。

「わからない。掛け金を試したときは、まだ心を決めていなかった」

ロザリンはその答えについてじっくり考えはしなかった。ただ、曖昧さにはいくばくかの危険が含まれていると感じた。すでに快感に気を逸らされていた。魅惑されていた。それも危険だった。快感は冷静な思考を鈍らせて、すべてにまばゆい光を投げかけろと誘う。

カイルは確実にロザリンを悦《よろこ》ばせていった。自信に満ちた巧みな愛撫とキスで、いままではあまりにもなじみ深いものになった〝われを忘れる〟という感覚に、ロザリンを陥らせていく。快楽はある種の降伏を強いる。意思と自我を失うことが求められる。いままでは、それがわかっていなかった。

じきになにもわからなくなる。あの口論さえ。高ぶった感覚がすべてを曖昧にして、彼への欲求だけを際立たせる。乳房を舐めてお腹にキスをして、満たされたくて疼いている部分に触れてほしいという欲求を。

抱きあげてカイルの腰にまたがらされた。腰を前に引き寄せられたと思うや深くうずめられて、ロザリンは待ちわびていた完ぺきな感覚にうめいた。

手のひらで乳首を擦られると、彼とつながっている部分がいきいきと目を覚ます。興奮が体を貫いて、太く長い彼のものを締めあげた。

「おいで」

闇のなかで引き寄せられたロザリンは、両腕を支えにして体を前に倒した。乳房がカイルの上で揺れる。すると手に代わって口に攻められはじめた。快感が強烈に高まって、思わず喘《あえ》ぎ声が漏れる。この男性が呼び覚ます興奮ときたら、あまりにもすばらしくて抗しがたくて圧倒的で、自制心のかけらすら保てなくなる。

ロザリンはとろけながら悲鳴とうめき声をあげ、もっと強く、もっとはっきりとカイルを感じられるように腰を動かした。カイルがロザリンの腰をつかみ、絶頂に向かって深く激しく突きあげる。そんなふうに征服されて、ロザリンのすべてが服従した。

カイルが達したときもロザリンはまだ高ぶっていた。快感と解放の波をいくども味わったにもかかわらず、体はいまも飢えていた。カイルはそれに気づいたのだろう、ロザリンを仰向けに寝かせてふたたび愛撫しはじめた。今度は敏感で脈打っている秘密のひだを。

ロザリンは死にそうだった。苦痛とも呼べる快感から逃れたくて、カイルに爪を立てる。最初の夜と同じ声が聞こえた——降伏しろ、身をゆだねろと命じるカイルの声が。

今回は、最高に甘美な恍惚感が待っていた。それはまず荒々しくロザリンの体をつんざいてから、やがて波紋のように全身をわななかせながら静まっていった。驚嘆したロザリンは、この感覚を永遠に続かせようとして息を詰めた。

もちろん永遠に続かせることはできない。わななく体がその事実を受け入れるのに、どんなに長い時間をかけようとも。

時間と場所の感覚が戻ってくるにつれて、今夜の早い時間に起きた出来事もよみがえってきた。カイルも行為に没頭していたようだから、あの口論のことは忘れていたのではないだろうか。

ロザリンが感覚を取り戻してからほどなく、カイルは部屋を出ていった。それまでつかの間の穏やかな余韻に包まれていたとき、ロザリンは彼のなかに影を感じていた。

もしかして今夜の口論をずっと忘れられなかったのではないだろうか。解き放たれた瞬間でさえ。カイルが今夜訪ねてきたのは、ひとつにはあの口論が理由だったのかもしれない。結婚生活のなかの、このもっとも基本的な面において、そうした揉め事が障害になることはないと、彼ははっきりさせたのだ。と同時に、ロザリンがそれを嫌がらないことも、はっきりさせた。

けれどそんな冷静な計算をしていても、ロザリンの扱い方はいつもと同じだった。もしもこのベッドのなかに少しでも怒りを持ちこんでいたとしても、まったくそれを見せなかった。いつもどおり思いやりにあふれていて、ロザリンに求めたのは、彼女自身が快楽を得ることだけだった。

ロザリンの頭にあることがひらめいた。ロザリンの出自、カイルの出自、ふたりの出会い方、あの醜聞と上流社会への復帰計画——それらがすべてに影響を及ぼしている。とりわけ、夜にこのベッドのなかで起きることに。

13

カイルの言葉は嘘ではなかった。一月下旬の北への旅は寒かった。ダラム州に入ると、空は低く垂れこめて、一面に湿った雲が広がった。

さらに北へ進むと土地の様子も険しくなり、しだいに荒涼としてきた。大小の村々を通りすぎるうち、ロザリンには炭坑村が見分けられるようになってきた。炭坑夫の服や体にくっついて出てきた煤《すす》や炭のかけらが、ところどころに跡を残していた。

ティーズロウに近づくにつれて、ロザリンはそわそわしてきた。カイルには一緒に来ないほうがいいと言われたが、ロザリンがどうしても行きたいと言い張ったのだ。カイルの故郷を見たかった。叔父と叔母に会いたかった。けれど歓迎されない可能性もある。

「ふたり以外に親戚や家族はいるの？」ロザリンは尋ねた。

「生きている者はひとりも。叔父夫婦にはぼくより年下の娘がふたりいた。ふたりとも、ぼくがパリにいたときにコレラで死んだよ」

「あなたはずっと叔父さんたちと一緒に住んでいたの？」

カイルは会話を拒みはしなかったが、歓迎もしなかった。「父はぼくが九歳のときに炭坑の事故で死んだ。母はその数年前に亡くなっていた。だからぼくは母の弟に引き取られた」ほどなくふたりの乗った馬車は目的の村に入った。ロザリンは数少ない通りや店、寄り添うように建つ家々をじっくりと眺めた。石炭の粉が建物の基礎や脇柱だけでなく、村人の顔や衣服にもちらほらとついていた。

馬車は村では止まらず、そのまま進んで北へ向かう別の道に出た。道の行き止まりには感じのいい石造りの家が建っていた。二階建てで、南の地所でよく見かける小さな家に似ている。召使いや借地人が住んでいるような家に。

「思っていたのと違ったわ」ロザリンは言った。

「掘っ立て小屋かと思っていた？　ここは五年前にぼくが建てたんだ」

そう言ってカイルが馬車をおりた。「ちょっと顔を出してくるからここで待っていてくれ。ぼくが来ることも言ってないし、きみは完全な〝びっくりゲスト〟だから」

カイルは玄関に歩み寄ってドアを開け、なかに消えた。ロザリンが見ていると、窓に一瞬、女性の顔がのぞいた。カイルの叔母が〝びっくりゲスト〟をのぞこうとしたに違いない。

カイルは慎重に慎重を期している。ロザリンと対面したら、叔父夫婦は感情を顔に出さないだろう。カイルがしばしばそうするように。もしロザリンを気に入らなかったり、甥の妻にはふさわしくないと思ったりしても、驚きの陰に隠してしまうに決まっている。

カイルが戻ってきてロザリンを馬車からおろした。玄関口に女性が現われて、歓迎の笑みを浮かべた。

「ローズ、こちらは叔母のプルーデンス・ミラー」

案の定、プルーデンスはすでに親切な言葉と気さくな表情を用意していた。「来てくれて本当にうれしいわ」

黒髪に黒い瞳のすらりとした女性で、五十前後だろうが、その美しさはほとんど衰えていない。ロザリンは二十代のプルーデンスを想像してみた。瑞々しい肌に輝く瞳のはつらつとした女性を。

出迎えたのがプルーデンスひとりだったので、カイルの叔父は炭坑に行っているのだと思ったが、居間に入ってすぐに間違いだったとわかった。

叔父のハロルドは暖炉近くの椅子に腰かけていた。妻と同じ黒髪で、同じくらい痩せている。顔はやつれているものの、あざやかな青い瞳と強そうな骨格は、カイルによく似ていた。

紹介されるあいだ、ハロルドはじっとロザリンを観察していた。ロザリンのほうは、ハロルドの顔色の悪さと、膝と脚を覆っている毛布に気づいた。右脚のそばの低い台の上には痰《たん》壺《つぼ》も置かれている。ハロルドは重い病気を患っているらしい。

ロザリンに歓迎の言葉をかけようとした途端、ハロルドが咳《せ》きこんだ。脇を向いて、痰壺にたんを吐く。「パイを焼かなくちゃいかんようだぞ、プルー。カイルが帰ってきたんだ、パイを食べさせないわけにはいかんだろ」

「夕飯に出そうね」プルーデンスが言う。「しばらくいてくれるってことだから、ちょっと上に行って部屋に風を通してくるわ」

どうやらここに泊まるらしい。カイルがいったん外に出て、御者と一緒に荷物を持って戻ってきた。この家には御者が寝起きするための小屋がついていて、カイルは御者をそちらへ向かわせた。

階段をのぼっていった叔母に続いて、荷物はカイルが自分で二階へ運んでいった。ロザリンは、いまもこちらをじろじろ見ているハロルドからそう遠くない椅子に腰かけた。

「ずいぶんなべっぴんさんだな、ブラッドウェル夫人。俺にもこの結婚のことが、ちっとはわかってきたよ」

「わたしのことはローズと呼んでください」

ハロルドがくっくと笑った。「こいつは大事件だ。あんたのようなレディにそんな馴れ馴れしい態度を取るなんざ、めったにあることじゃない」

いまの口調に不満を聞き取ったと思うのは妄想だろうか？　この結婚を取り巻く状況を思えば、〝あんたのようなレディ〟という言い方には数通りの意味がある。

あの醜聞がティーズロウまで届いているとは思っていなかったけれど、もしかしたら読みが甘かったのかもしれない。あるいは、カイルが十二月にここを訪ねたときに自ら説明したのかもしれない。

〝ひょんなことから、あるレディと結婚したんだ。その女性はわが身の破滅を招くようなことをして、貴族との結婚は今後一生望めなくてね。ぼくもその不名誉から逃れることはできないが、子どもの代になれば、きっとみんな忘れているさ〟

ロザリンは気さくな会話の種を探した。けれどハロルドがまた咳きこみはじめたので、その必要はなくなった。咳《せき》がハロルドの体を激しく揺するのを見て、ロザリンはどうしたらいいのかわからないまま、それでも力になろうと立ちあがった。ハロルドが片手を掲げて押し止めた。やがて咳は治まり、ハロルドはふたたび痰壺を使った。

「ご覧のとおり、健康体じゃなくてな。炭坑夫の病気さ。こんなふうになっちまうには、あとたっぷり十年はあると思ってたんだが」

「お気の毒に」

ハロルドが肩をすくめた。「粉塵《ふんじん》を舞いあがらせずに石炭を運びだすことはできねえ」

そのときカイルが戻ってきたので、ロザリンは返事を探さなくてすんだ。「ちょっとロザリンを借りるよ、叔父さん。部屋の用意ができたから、旅の疲れと寒さを癒させたいんだ」

カイルが部屋に案内すると、ロザリンはマントを脱いで暖炉のそばに歩み寄った。「叔父さんはひどくお加減が悪いのね」

「もう長くない」

ロザリンがうなずいた。そんなことはわかりきっていると言わんばかりに。「炭坑夫の病気だと言っていたわ。粉塵のせいだと」

「ほとんどの炭坑夫は肺を悪くするんだ。それはみんなわかっていて、だから節約を心がける。報酬はあとに残される家族のために取っておかなくちゃならないから」

「悲しいこと。なのにあなたは淡々と話すのね」

「人生とはそういうものだよ、ローズ。貴族にとっての痛風と同じくらい、炭坑夫にとって肺病は身近なものなんだ。溺れ死ぬかもしれないと知りつつ船乗りが海に出るように、炭坑夫も先を知りつつ鉱山《やま》に入る」

カイルは荷物をほどきはじめた。ここにジョーダンを連れてきたことはない——ロザリンを連れてくるのをためらったのと同じ理由から。この家にまずいところはひとつもないが、叔父夫婦は召使いをどうしたらいいか、見当もつかないだろう。

ロザリンが自分で自分の面倒を見られる女性で助かった。そうでなければ宿屋に泊まることになっていただろうし、いちばん近くの宿屋でも彼の目的には不都合だ。それに叔母も、今度の結婚でこれまでの習慣が一変してしまったら傷つくだろう。

それでも……。

「ここで大丈夫かな？　大丈夫でなければ言ってくれ」

ロザリンが室内を見まわして、天蓋のないベッドやプルーデンス叔母自慢のカーテンを眺めた。「宿屋よりずっといいわ。ここをふたりで使うのね?」

「ああ」

ロザリンはいやがる様子も見せず、ベッドに腰かけて、ごろりと寝転がった。「少し休むわ。何日か馬車に揺られるのがこんなに疲れるものだなんて知らなかった」

ロザリンが目覚めたときにはカイルはいなくなっていた。夫を探して階下におりた。ハロルドが居間の暖炉のそばの椅子でうたた寝をしている。家の裏手から聞こえる物音を頼りに進んでいくと、台所に行き着いた。

プルーデンスがいて、パイ生地を伸ばしていた。ロザリンに気づいてほほえみ、炉のほうを頭で示した。

「鍋のなかに温かいサイダーがあるよ。カップはテーブルの上。よかったらおあがり」

ロザリンはありがたくちょうだいして、裏手の窓から外を見た。りんごの若木が何本か、冬の寒さのなかで枝を震わせている。その西側には広い菜園があって、春の種まきを待っていた。

「とてもすてきなお家ね」ロザリンは言った。「どの窓からもきれいな景色が見えるわ」

「カイルが建ててくれてねえ。フランスから帰ってきて、運試しにロンドンへ打ってでて、それからここを建ててくれたの。ハロルドは新しい家なんかいらないと言ったけどね、あの人が病気になりかけてるって、あたしにはわかってたから、甥の厚意に甘えたというわけ。それよりいまに見ててごらん、ハロルドはカイルのきれいな服や貴族みたいな作法のことをちくちく言いだすよ。だけどね、あの人は姉さんの息子の成長を、心から自慢に思ってるの」

ロザリンはプルーデンスのほうに歩み寄って、作業の様子をうかがった。「わたしもパイを焼くの」

「ほんとに？　レディはそんなことしないと思ってた」

「たいていのレディは。だけどわたしは好きで。だからもし迷惑じゃなかったら、お手伝いするわ」

プルーデンスがりんご数個とボウルをひとつ、かたわらに用意した。「じゃあ、りんごを剝いて薄切りにしたのを、これに入れてもらおうかね」

ロザリンはすぐに取りかかった。「カイルは？」

「村まで歩いていったわよ。司祭さまを訪ねて、パブで一杯やるんじゃないかしらね。馬車でハロルドと一緒に行くつもりだったんだろうけど、ハロルドは寝てしまったもんだから。それは明日のお楽しみ。ハロルドもずいぶん長いこと若い人たちと飲んでないからね」

ロザリンは、半マイルかそこらの距離を歩いてティーズロウに戻っていくカイルを思い描いた。かつての暮らしに戻っていく姿を。カイルはその途中で上着を脱ぐだろうか？　教育という鎧を外し、ロンドンで成功するために取り入れた変化を捨て去るだろうか？　ハロルドの喋《しゃべ》り方を特徴づける訛《なま》りに戻っていくだろうか？

パブにいるカイルはロザリンの知る彼ではないだろう。ロザリンにとってはまるで他人の男性だ。

「司祭さまとはいいお友だちなの？」

プルーデンスが笑った。「そうねえ、友だちっていうのとは違うだろうね。伯爵さまの命令で、司祭さまはカイルに読み書き計算とラテン語とフランス語を教えてくださったの。厳しい先生だったよ。ときには生徒のお尻を鞭でぶってね。カイルも鞭打ちは大嫌いだったけど、勉強すれば違う人生が開けるかもしれないってわかってたから、毎回戻っていったというわけ」

「伯爵？　それはコティントン伯爵のこと？　あの方がカイルの後援者なの？」

「まさにその方よ」

カイルからは一度も聞かされていない。はっきりとは。ロザリンは勝手に、カイルは後援を受けたのだと思っていた——だれかから。まさかそれが伯爵だったとは。コティントンだったとは。ノーベリーの父親だったとは。

これで多くのことに説明がついた。カイルがケントでの土地開発に関わっていることも、あのディナーパーティに現われたことも。

「どうして伯爵はそんなことを？」

プルーデンスが砂糖の塊をこそげ落とすことに意識を集中させた。「伯爵さまは偶然カイルのことをお知りになってね。あの子のなかに眠っているものを一目で見抜かれたの。これはふつうの少年じゃない、賢くて勇敢な子だって。そのころにはカイルは大人の男と変わらない仕事ができてたんだけど、炭坑で働かせるなんてもったいないっておっしゃってね。それで司祭さまに、カイルが大きくなったら学校へ行けるよう勉強を教えなさいとお命じになったの」砂糖をカップのなかに集める。「いい方よ、伯爵さまは。昔からね」

このちょっとした話を聞いて、ロザリンの頭のなかにいくつもの疑問が生じた。多すぎて、プルーデンスに訊けば被告人を尋問しているみたいになってしまう。

夫の人生を、ロザリンはほとんどなにも知らない。とても興味はあるけれど、直接カイルに尋ねたことはなかった。いちばん答えを知っている人物なのに。

ロザリンは尋ねなかったし、カイルも説明しなかった。その理由は、カイルが過去を恥じていたからでも、自分のことを話すのが苦手だからでもない。

ふたりがその話題を避けてきたのは、カイルの過去を話せばノーベリーのことを話さずにはいられないからだ。

あの一件は、お互いを知ることにさえ影響を及ぼしていた。

とあおった。

「面倒なことになるぜ。間違いない」ジョナサンが言って、強調するようにエールをがぶり
カイルも同意を示してジョッキを傾けた。ジョナサンはカイルと同年代の鉱山労働者だ。少年時代の同じ時期に炭坑で働きはじめ、一緒にはしごを使ってかごを運びあげたものだ。いまやジョナサンは急進派で、かつては仲間だった立派な服装の男に、大人気ない態度をとっていた。

ほかの鉱山労働者たちは友好的で、陽気でさえあった。カイルがパブに入っていくと挨拶代わりにジョッキを掲げ、ロンドンでの暮らしはどうかと質問を投げかけた。けれどこの町で実際に起きていることは話題にしたがらなかった。ひとつ間違ったことを言えば、生活に影響が出るかもしれないからだ。

「委員会はもう三遍《さんべん》も鉱山所有者のところへ行って、あの坑道を再開するのは危険すぎるから、絶対に賛成できないってことを説明してきたんだ」ジョナサンが言う。「だけども向こうにとっては、やるべきことをきちんとやるより労働者数人を失うほうが安いのさ。前にも似たようなことを見てきたし、それがまた起きようとしてるって話だ」

カイルもたしかに似たようなことを見てきた。父はいまもあの封鎖された坑道のなかで眠っている。あまりに危険を伴うため、土を掘り起こして父たちを助けだすことはできなかっ

たのだ。最初に救出を試みたときは、さらなる落盤事故を招いただけだった。

「コティントン伯爵のところへは行ってみたか？」カイルは尋ねた。「伯爵はずいぶん前にほとんどの権利を売却してしまったが、いまも影響力は持ってるし、周りの土地はまだコティントンのものだ」

「俺たちのなかのふたりが当たってみたよ。だが伯爵さまはえらく体調がお悪いとかで、近寄らせてももらえねえ。おまえだって、こないだこっちに帰ってきたときは会ってもらえなかったんだろ？　しかも跡継ぎときたら……」ジョナサンの表情を見れば、この件と問題の跡継ぎにどんな意見を持っているかがよくわかった。

ジョナサンがちらりと肩越しに振り返った。金色の巻き毛を手でかきあげてから、内緒話をするかのようにテーブルに身を乗りだした。「一致団結して行動を起こすための準備をしてるんだ。この村だけじゃねえ。よその連中とも話し合った。別の所有者の下で働いてる人間だ。全員が肩組み合って立ちあがり、まとまった声をあげれば、きっと聞き入れられる」

「気をつけろ、ジョナサン」

「なにがだ。団結禁止法はもう撤廃されたんだ、やっとな。だから俺たちには団結する権利がある。あいつらになにができるってんだ？　俺を殺すって？　だが俺たち全員は殺せねえ。全員の心をへし折ることはできねえ。何年か前におまえが言ってたんじゃねえか、おまえがここを――」ジョナサンがそっぽを向いて、またエールをあおった。

〝おまえがここを出ていって、あいつらのひとりになる前に〟

「肩組み合うときは、全員の心がひとつになっていなくちゃならない。全員が飢えることを覚悟していなくちゃならない。くじける人間はかならず出てくる」

「ストライキとなったら、二度とだれも鉱山《やま》には戻らねえよ。その点は間違いない」

「仕事が必要な人間もいるんだぞ」

「俺たちが炭坑の前に立ちはだかってりゃ、問題にならねえよ」

「義勇農騎兵が呼ばれるぞ。ピータールーの虐殺（一八一九年に選挙法改正などを求めてマンチェスター郊外のセント・ピーター教会前広場に集まった約六万人の群衆が騎馬警官隊により弾圧された事件。十一人の死者と多くの負傷者が出た）の再来だ」

ジョナサンが拳をテーブルにたたきつけた。「女房みたいな口ぶりはやめろ。鉱山《やま》でのことを忘れたのか？　ハロルドのために建ててやったあの立派な家に帰って、ブーツと服を借りてこい。俺たちがそんな危険をものともしねえ理由を忘れちまったってんなら、明日、俺と一緒に鉱山《やま》へ来い」

ジョナサンの言う〝俺たち〟にカイルは含まれていない。カイルは彼らのうちのひとりでありながら、もはや彼らのひとりではないのだ。ここはカイルの故郷だが、いろいろな意味であまりにも遠くまで旅してしまったから、帰ってくるたびにますますこの世界とのつながりを失っていく。

カイルはそれを感じていた。だが止めることはできなかった。ここでのつながりは、どんなに強く握りしめていても指のあいだからこぼれ落ちていく砂のようだった。

あとどれくらいで、ティーズロウの通りを歩いてもだれにも気づいてもらえなくなるだろう？　いつの日かこのパブに足を踏み入れたら、みんなのおしゃべりがやんで、出しゃばりなこの紳士は何者かとじろじろ見られるときが来るのだ。

「こっちにいるあいだにカートンロウへ行くつもりだ」カイルは言った。「コティントンにその坑道の話をしてみるよ」

そんなことをしても意味はないと言いたげにジョナサンが肩をすくめた。それから大声でエールのお代わりを注文し、その話題は空《から》のジョッキと一緒に脇に片づけた。

カイルが家に戻ると、ちょうど夕飯の支度ができていた。ロザリンがプルーデンス叔母に手を貸して、料理をテーブルに並べていた。夕飯のときの会話は、親しくない者同士にありがちな、差し障りのないものばかりだった。ついにハロルド叔父がしびれを切らして、パブでどんな話をしてきたのか教えろと甥を急かした。

「みんな、ここへはあまり来んのだ。一日働いたあとじゃ、歩いてくるには遠すぎると言ってな」

建ててもらった家に感謝していないかのような言い草に、プルーデンス叔母が申し訳なさそうにほほえんだ。カイルは聞き流した。たとえ叔父夫婦がまだ村に住んでいたとしても、みんながあまり訪ねてこなかっただろうことは、ハロルド叔父も承知している。具合が悪くてパブに行けない男は、孤独なのだ。

「坑道を再開するという話を聞いたよ」カイルは言った。「十二月にも聞いたけど、今回は噂じゃなくてたしかな話という印象を受けた」

「ばかどもめ。業つくばりの愚か者どもが」カイルの話に苛立ちが募ったのだろう、咳の発作が始まった。

「だけど少なくともおまえの父さんとほかのみんなに、キリスト教式の埋葬がしてやれるわ」プルーデンス叔母が静かに言った。

ロザリンが驚いたように顔をあげた。この夜、何度も妻の目に浮かんだ表情が、いままたその目をよぎる。好奇心を抱いたような、意外だと感じたような。妻はなにかを考えていて、坑道の話がそれを刺激したのだ。

プルーデンス叔母がパイを運んできた。おいしそうな香りに、みんなの気分が明るくなる。叔母はパイ作りの名人として有名なのだ。たとえ材料にする果物が冬のあいだじゅう地下貯蔵室に収められていたものでも、すばらしい味わいに焼きあげてくれる。

カイルは少年に戻ったような気がした。砂糖がいくらか買える給料日にしかありつけないごちそうを心待ちにしている少年に。

プルーデンスが切り分けはじめた。「ローズが手伝ってくれたのよ」

「へえ、本当に？」

「女同士が仲良くなるには、一緒に料理をするのがいちばんだ」ハロルドが言う。「おまえの女房はパイ作りが好きだと聞いて安心したぞ、カイル。ロンドンでも手作りパイを食べられるなら安心だ」

「ローズはパイを焼くのが上手なんだよ」カイルは言った。お世辞を聞いてロザリンが照れたようにほほえむ。カイルは目の前のパイを凝視した。「それで、このパイもきみが焼いてくれたのかな？」

「わたしはほとんどなにもしていないの。りんごを剝いて切っただけよ」

カイルは一口頰張った。たしかに、ロザリンはほとんど手を貸さなかったらしい。極上の味だ。

カイルがひとかけらも残さず食べるあいだ、ロザリンはじっとこちらを見ていた。その目をふたたびあの表情がよぎる。なにかがまた彼女を刺激したのだ。

14

ロザリンは夫と少し話がしたかった。だからカイルが一緒に寝室にさがるのではなくロザリンをひとりで先に行かせたときにはもどかしさを覚えた。

けれど寝室に戻るやいなや、ロザリンはなぜカイルが一緒に来なかったのかを悟った。この部屋を共有するということは、プライバシーがないということだ。ふだんは別々に寝る支度をするけれど、ここでは相手がいる前でしなくてはならない。

それについて考えながら、ロザリンはドレスとコルセットとシュミーズとストッキングを脱いでいった。ナイトガウンを頭からかぶってベッドに腰かけ、髪をほどきはじめた。カイルがここにいて、同じように服を脱いでいくところを想像しながら。

ベッドを振り返った。プルーデンスとハロルドは何年も、毎晩、朝までベッドをともにしている。夫婦の務めが終わっても、別々に眠りはしないのだ。いったいどんな感じだろう? 自分の人生がそれほど深くだれかの人生とからみ合うというのは。

愛があれば、すばらしいだろう。憎しみがあれば、悲惨だ。無関心なら、邪魔でしかない。

ほどなく階段をのぼるカイルのブーツの音が聞こえてきた。この絶妙な時間差を考えると、カイルが遅れて部屋にさがったのはやはりロザリンへの気づかいだったのだとわかる。この結婚にはそれがあふれている。

ロザリンはランプの火を灯したままシーツの下にもぐりこんだ。それほど大きなベッドではない。ここに滞在するあいだは、あらゆる面でふたりの距離は縮まりそうだ。

カイルがドアをノックしてから入ってきた。ハロルドならノックをしてプルーデンスの許可を得るようなことはしないだろう。

ロザリンのなかに、横を向いてカイルにもプライバシーを与えたい衝動がこみあげてきた。けれどカイルは扱いに注意が必要な〝こわれもの〟ではないし、ロザリンも彼に話したいことがある。

カイルが上着を脱いで衣装だんすにつるした。

「パイはおいしかった?」ロザリンは尋ねた。

カイルが椅子に腰かけてブーツを脱ぎはじめた。「ああ、すごくおいしかったよ。きみのと同じくらいにね」

ロザリンは言葉が喉につかえ、甘く切ない感情で胸がいっぱいになるのを感じた。

本当は、ロザリンの焼くパイはおいしくない。だれも作り方を教えてくれなかったからだ。まだ若いころに必要に駆られて試行錯誤した結果、兄たちから〝食べられなくはない〟と言っ

てもらえるだけのものをどうにか作れるようになった。プルーデンスが焼く、魔法のように
おいしいパイとは比べものにならない代物を。
今日、プルーデンスが作るのを見ていて、自分のやり方のなにがいけなかったのかを悟っ
た。味の違いもよくわかった。
それなのにカイルはこうして嘘をついている。ロザリンの気持ちを傷つけないために。ロ
ザリンのパイを引き合いに出さないこともできたのに。結婚式の翌朝だって、ほんの一切れ
に留めておくこともできたのに。
あの朝、カイルは一口ごとに喉をつまらせていたに違いない。
「プルーデンスが言っていたわ、今日あなたは司祭さまを訪ねるんだろうって。昔、読み書
きや計算を教わったんですってね」ロザリンは先を続けるべきかどうか迷った。今日頭に浮
かんだ疑問を口にしないまま、一生を終えることもできる。そうするのがいちばんなのかも
しれない。
けれど口にしなくては眠れそうもなかった。返ってくる答えは、ロザリンがまだ知らない
カイルだけでなく、すでに知っているカイルにも影響を及ぼすだろうけど。
「プルーデンスの話では、あなたに勉強を教えるよう司祭さまに命じたのはコティントン伯
爵なんですってね。あの方があなたの後援者だったなんて。あなたからは一度も聞いたこと
がなかったわ」

カイルがクラヴァットをほどいた。「きみも一度も尋ねなかった」

「そのとおりよ。わたしは訊かなかった。だけどいま訊いているわ。そのことについて知りたいの」

「きみは間違った理由から知りたがってる」

それはどういう意味だろう？　「わたしが知りたいと思うのは、あなたが夫だからよ。その大きな出来事があなたの人生を変えて、あなたという人間をわたしが結婚した男性にしたからよ」

カイルが椅子の背にもたれてロザリンを見た。「いいだろう。ぼくは十二のときに伯爵の目に留まった。伯爵は、ぼくには育むべき能力があると判断した。司祭に命じてぼくに学問の初歩をたたきこませ、二年間ダラムの技師のもとで修業をするための費用を払ってくれた。それからパリの美術学校《エコール・ド・ボザール》の入学試験を受けられるよう手配してくれて、ぼくはそこで建築を学んだ。英国に戻ると伯爵はぼくに百ポンドを渡して、そこで金銭的な援助は終わったが、友人として、ときには共同事業者としての関係は続いた」

その百ポンドは千ポンドになり、その後もどんどん増えていったのだろう。「驚くような話ね。あなたがすばらしいのはもちろんだけど、伯爵もすばらしい方だと思うわ。どうしてあなたを援助なさったの？　お父さまが炭坑の事故で亡くなったから？」

「伯爵は、ぼくがあの事故で死んだひとりの息子だとは知らなかった。事故から三年経っていたしね」次はカフスに取りかかる。「なぜ援助を思い立ったのかはわからない。もしかしたらぼくが彼の息子を殴ったからかもしれない。ぼくの大胆不敵さを気に入ったのか。自分の息子には殴ってやる必要があると思っていて、よその子どもが代わりにやってくれたことをうれしく思ったのかもしれない」

「ノーベリーを殴ったの？　すごく愉快だわ。だけどこの話があの人につながってしまったのは残念ね」

「残念でも避けられないよ、ローズ。それに、この話がどこへ転がっていくかは、最初に質問をしたときからわかっていたはずだ」

カイルがシャツを取り去った。洗面器に水を注いで顔を洗う。

結婚式の夜を最後に、ロザリンはここまであらわな夫の体を見ていなかった。あれ以来、カイルは闇のなかの影法師にすぎなかった。たくましい肩を感じたり肌と肌を合わせたりはしたけれど、見てはいなかった。

淡い光はたしかに肉体を引き立てるものの、照りつける夏の太陽の下でも彼のたくましさは圧倒的だろう。やわらかいところはひとつも見当たらない。安楽な暮らしと運動不足による肥満のきざしは皆無だ。筋肉はつきすぎることなく、この背丈に必要なだけの厚さと締まり具合をしている。顔と同じく肉体も荒削りな印象で、どういうわけか、噴出されるときを待つ秘めたエネルギーの存在をほのめかしていた。この緊張感が消えるときはあるのだろうか。もしかしたら彼が眠っているあいだは休んでいるかもしれない。

意識を奪われるあまり、ロザリンは会話のことを忘れかけていた。黙りこんだ妻が気になったのか、カイルがこちらを向いたので、見つめていたロザリンと視線がぶつかった。カイルが向きなおり、洗顔に戻った。

「話がどこへ転がっていくか、たしかにわかっていたと思うわ」ロザリンは言った。「あなたがノーベリーのことをよく知っているのには、ずっと驚かされてきたもの。いまもあの人と仕事をしていることや、あの人の家族の土地を使って――」

「ぼくが一緒に仕事をしているのは父親のコティントンだ。昔からずっとそうだった。ノーベリーがいま関わっているのは、コティントンの具合が芳しくないから、それだけだよ」

この会話は危険な領域に差しかかっている。ロザリンには、ふたりのあいだの空間が不意に深い溝と穴だらけになったように思えた。カイルの口調は、そこを歩こうとするのは賢明ではないと物語っていた。

「伯爵がそんなにお悪いのなら、ノーベリーは今後もかなり長いあいだ、あなたの人生に顔を出すかもしれないわね」ロザリンは言った。「話を聞いたかぎりでは、いままでもそうだったみたいだけれど。つまりあの人はわたしたちふたりともの人生に関わっているのね、カイル」

カイルがタオルを脇に放った。「彼に会わなくてはいけない用事があるときは会う。用事が終われば、彼はぼくの頭のなかから消える。ぼくらの人生にあの男は関係ない」

「どうしてそんなことが言えるの？　わたしたちはあんな出会い方をしたのに。ふつうに生活していても、あの人の気配を感じるのよ。まるで幽霊みたいに。わたしに言わせれば、あの人があなたの頭のなかから消えることはないと思うわ。わたしとあの人との関係を忘れようと懸命に努力しているでしょうけれど――」

「ああ、そうとも、懸命に努力しているさ。そうでもしなければあの男を殺したいと願ってしまう。あのディナーパーティできみに下劣な扱いをしたことで。それ以前にもひどい扱いをしていたんじゃないかと心配で。きみがあいつと一緒にいるところを想像すると――」カイルが両手を固く握りしめ、緩めた。全身をこわばらせたまま、どうにか冷静さを取り戻した。「だけどきみと一緒にいるときは、そのことは頭から消える。きみには影響を及ぼさないんだ」

「どうしてそんなことがありえるの？　あの人はすべてに影響を及ぼすのよ。あの夜の出来事はすべてに影響を及ぼすの。あなたがわたしを妻としてどう扱うかについてまで」

「お兄さんの件でぼくがくだした命令のことを言ってるのなら――」

「兄？　なにを言うの、兄はわたしたちが共有しているなかで唯一ノーベリーに関係のないものよ。あの口論はいやだったけれど、少なくともあのときだけは、自分が結婚した男性と話せたわ。どんな仮面もつけていない、ありのままの男性と。慎重で礼儀正しくて、完ぺきな装いに完ぺきな話し方をする、わたしに適切な快楽を、完ぺきな敬意とともに与えてくれる存在ではなくて」

　これほど驚いたカイルを目にすることは、今後一生ないのではないかと思えた。だがその驚きもほんの数秒で消えた。カイルにじっと視線を注がれて、ロザリンの心臓は喉もとまでせりあがった。

「ぼくは敬意をもってきみに接し、レディとして扱っている。きみはそれに不満を唱えるのか？」

「不満を唱えているんじゃないわ。こんなに思いやりのある男性とめぐりあえて幸せだと思ってる。そうじゃなくて、あなたをそこまで慎重にさせる理由が悲しいの」

　批判されて、カイルがむっとした。だれだってそうだ。「まるでぼく本人よりもぼくの考えや理由を知ってるみたいな口ぶりだね、ローズ」

　引きさがるべきだ。謝るべきだ。黙って感謝を示すべきだ。けれどそうしてしまったら、カイルの記憶に残るのは、ロザリンが与えるつもりのなかった侮辱だけになってしまう。

「もしかしたら知っているのかもしれないわ、カイル。それか、あなたの考えのごく一部しか知らないせいで勘違いをしているのかも。これだけは教えて。もしもあの忌まわしい夜がなかったら、わたしがあの人の愛人じゃなかったら、敬意を払うことにこれほど気を配っている？　結婚したのがこの村で生まれた無垢な娘だったなら、それとも娼婦と呼ばれたことのない女性だったなら、そんな気配りをしようだなんて、一瞬でも頭をよぎった？　あなたが生まれたのがこの村ではなく荘園《しょうえん》領主の邸宅で、わたしに結婚を申しこんだのが別の状況下だったなら、わたしをレディとして扱うことがそんなに大事だと思った？」

少なくとも、ロザリンにたたみかけられてカイルの怒りが増したようには見えなかった。いっそう真剣な顔にはなったけれど、激怒してはいない。それでも時間がひどくゆっくりと静かに流れるので、ロザリンは自分の言葉を悔やんだ。

「ごめんなさい。こんなことを言うべきじゃ――」ロザリンはシーツのほつれた糸をいじくった。「わたしはただ、あなたと一緒にいると、ほとんどいつも、ある印象を受けてしまうの――あなたが完ぺきな仕立ての上着を着ているような印象を。実際にはなにひとつ身につけていないベッドのなかでさえ」

ますます状況を悪化させてしまった。ロザリンはベッドに仰向けに倒れてシーツを頭の上まで引きあげ、この無惨な結果から隠れようとした。自分の不用意な言葉で招いてしまった結果から。

自分が作家か詩人で、気持ちを上手に伝えられたらよかったのにとロザリンは思った。どう感じているかを説明する言葉を持っていたらよかったのに。カイルの生まれとロザリンの生まれ、カイルの救出とロザリンの醜聞、ロザリンとノーベリーの関係をカイルが知っていることと、娼婦のように扱われたくないというロザリンの願い――それらすべてがこの見えない気配りの壁を築いていることについて、どう思っているかを伝えられたらよかったのに。だけど説明することはできない。状況を変えることもできない。ロザリンはありのままを受け入れるしかないのだ。未知のものをつかもうと懸命に手を伸ばす自分の心を叱るしかないのだ。そして――。

「ここにいると、その上着は妙に体に合わないんだ、ローズ。仕立屋の腕をもってしても、故郷に帰ると窮屈になるらしい」

穏やかな声が緊迫した静けさの向こうから届いた。

「さぞかし居心地が悪いでしょうね」

「それはもう」

「だけど本当はいつも窮屈で、故郷に帰らないと気づかないだけかもしれないわ」

「そうかもしれない」

ロザリンはふたたび起きあがった。カイルはほのかな明かりを見つめて、自らの心と向き合っているようだった。片腕をマントルピースの上に載せて立ち、躍る炎を見つめている。火明かりを受けた姿は美しかった。

その光景にロザリンは魅了された。部屋全体が暖炉の明かりで満たされ、温もりが体の芯まで届く気がした。

「じつはわたしもここへ来てから服が窮屈になったように感じていたの。空気のせいかもしれないわね。それか、パイのせい」

カイルがほほえんだ。「それなら服を脱げばいい」

「この服の脱ぎ方は知らないの。生まれたその日からこのコルセットに締めあげられてきたから」

カイルにじっと見つめられた。心臓が跳ねて鼓動が速くなる。求婚された日でさえも、これほどあからさまに欲望を見せつけられはしなかった。

カイルがゆったりと歩いてきた。「いまのは誘いの言葉と取らせてもらうよ、ローズ」

強く胸に抱き寄せられて、ロザリンの膝はマットレスから浮いた。所有欲もあらわな激しいくちづけは、なにも求めないと同時にすべてを求めていた。今度ばかりはカイルも欲望にいっさいのくびきをかけなかった。その荒々しい力の嵐のなかにロザリンを引きずりこんだ。キスで所有され、支配され、かきたてられた。仮にそうしたいと思っても、抵抗するなどできなかっただろう。これを望んだのはロザリンで、いま彼女は自らのすさまじい反応に身をゆだねていた。最初の不安と驚きもすぐにかき消された。

熱いキス。激しく深く、歯と舌を使ってむさぼるような。鋼のような腕に抱きすくめられて、首と口に焼けるほど熱い情熱を注がれる。得も言われぬ衝撃が、炎の矢のようにくり返し体を貫く。この男性に女としての本能を呼び覚まされ、ロザリンはすばらしい攻撃にうめき声をあげて自制心を手放した。

体をおろされて、ふたたびベッドの端に膝をついた。ナイトガウンの下に大きな手が滑りこんできて、太腿を撫であげ、腰とお尻を愛撫する。ロザリンの体を知りつくした指が、みだらに割れ目を撫でおろす。手と指の通った道を、細かな震えが追いかけていく。

ロザリンは片方の膝をずらして、この甘美な拷問を続けてと訴えた。訴えは聞き届けられたものの、長いキスは終わった。カイルが空いているほうの手でナイトガウンをたくしあげ、ロザリンの頭から抜き取る。やわらかな布は彼の足もとの床にふわりと落ちた。

欲望で険しくなった表情でじっと裸体を見つめられた。大きな手の片方は乳房を這いまわり、もう片方は下半身をいたぶり、焦らす。二重の攻撃にロザリンは震え、快感に思わずふらついた。カイルの体に寄りかかって、頼もしい胸にそっと顔をあずけた。

うなじに片手を添えられて、引き締まった肌に頬をぴったりと押しつけられた。「ナイトガウンは脱がせてやれるが、残りは自分で脱ぐんだ、ローズ」

彼の言う意味がわかった。励まされて勇気が湧いた。ロザリンは両手のひらをカイルの胸に当て、見ると同時に感じた――こうして触れただけでカイルの欲望がいっそう高まり、彼の体に新たな緊張感が走るのを。

ロザリンはもっと意図的に愛撫しはじめた。自分の両手が彼の胸を這いまわり、筋肉と肋《ろっ》骨《こつ》を撫でおろすところをじっと見つめながら。カイルも彼の手を見つめていた。ロザリンの手つきにならって愛撫し、彼女に触れる自分の手を。熱い息が出会って溶け合い、ふたりは熱に浮かされたくちづけを交わしながら、忘我の境地へと突き進んでいった。

カイルの手が太腿を離れてズボンのボタンを外しにかかると、ロザリンの喉から思わずもどかしいうめき声が漏れた。彼の両手を押しのけて、代わりにボタンを外しはじめる。カイルの手が肌に戻ってくると、ロザリンはあまりの快感に卒倒しそうになった。

不器用な指で彼の服を脱がせていくうちに、カイルの手つきがゆっくりになってきた。ロザリンの首筋に顔を寄せ、指を慎重に動かしながら、耳もとでささやいた。「これが好きかい、ローズ？」

答えられなかった。しゃべれなかった。まっすぐ体を起こしているのがやっとだった。乳房を撫でられ、太腿のあいだを軽やかにいたぶられながら、ぎこちない指でカイルの服を闇雲につかみ、必死で腰の下まで押しさげた。

「それともこうかな？」カイルの手がロザリンの腰を伝って体の正面に回った。ふくらんだつぼみをじっくり丹念に擦られると、快感の震えが全身を揺るがした。

こんなに無力にさせられていることを、彼にも知られている。ロザリンは支えを求めてカイルの肩にしがみついた。

すると片手を剝がされてそっとくちづけられ、おもむろに下のほうへ運ばれた。理性のかけらが戻ってきて、カイルがなにをしているのか、なにを望んでいるのかがわかった。もはや不安も恥じらいも感じるどころではなかったから、ロザリンは導かれるまま太く長いものに指を巻きつけた。

カイルのもう片方の手でまたみだらに擦られたせいで、ロザリンは大胆になった。さざ波のように体を駆けあがってきた快感に応《こた》えて、カイルのものを愛撫した。

その瞬間、まだ残っていたカイルの自制心がはじけて、激しさも新たにロザリンの唇を奪った。ロザリンはカイルのいたるところに緊張感を読み取った。姿勢にもくちづけにも、ロザリンに触れる手つきにさえ。いまではすべて計算されている。ロザリンを完全降伏させるために。

自尊心は意味を失った。ロザリンは膝立ちになってふらつき、支配者のキスを求めてうめき声を漏らした。

姿勢を変えさせられたものの、思っていたのとは違っていた。カイルが好きなだけ乳房を愛撫できるように、後ろ向きにさせられたのだ。ロザリンは体を弓なりにして、たくましい胸に背中をあずけた。乳首はつんと尖り、もっと多くを、いや、すべてを欲していた。

また姿勢を変えさせられた。今度はベッドの端に膝をついて、腰を屈めた体勢に。めまいがしそうな官能の震えが太腿のあいだに走った。

腰を掲げられる。ロザリンは息を呑んで待った。耐えがたいほど興奮していた。体は脈打ち、期待に震えている。彼が見ているものを想像した。高く突きだしたお尻と、あらわになった秘密のひだを。そんな恥ずべき光景も、いっそう興奮をかきたてるだけだった。

すぐには奪われなかった。しばし待たされ、焦らされた。カイルの両手がしっかりとお尻のふくらみを愛撫する。間違いなく、ロザリンのすべてを見つめながら。わたしはいま、従順な降伏と必死の要求を見せつけている。

もう一度触れられて思わず大きな声が漏れた。今度は違った。いまはすべてをさらけだしていて、それをカイルに見られている。ロザリンはさらに背中を低くして、もっと高くお尻を突きだした。

このままではじきに懇願してしまう。懇願してうめいて、悲鳴をシーツで押し殺さなくてはならなくなる。これ以上待てないと思ったとき、とうとう長くゆっくりとした一突きで挿入された。安堵のうめきを漏らしたロザリンは、同じようなカイルの声を聞いた気がした。

そのあとは無我夢中だった。感じるのはただ、苦しいほどの切望と荒々しいまでの絶頂だけだった。

「ここへ来たのは、コティントン伯爵が亡くなる前に会っておきたかったからなの?」ロザリンはシーツの下でカイルの腕に包まれていた。疲れ果てた体を抱き起こされ、ヘッドボードにもたれかかったカイルの体にぴったりと寄り添わされてから、しばらく経つ。ろうそくはいまも、満ち足りたふたりに明かりを投げかけていた。

「それも理由のひとつだ。明日、ためしに行ってみようと思う」

「ためしに？　いまでは会ってくれないの？」

「ぼくが訪ねていっても伯爵本人にはなかなか伝わらないんだ。コティントンの秘書と医者が番犬を務めていて、自分たちが認めた訪問客のことしか主人に知らせないからね。いまの伯爵邸はそういうやり方なんだ」

おそらくこれまでもずっとそういうやり方だったのだろう。伯爵というのは、自分が望まないときは邪魔が入らないよう処理してくれる人間を揃《そろ》えているものだ。コティントンが病気のいまは、いつなら邪魔が入ってもいいか、伯爵以外のだれかが決めているのだろう。変わったのはそこだけだ。

「今回は会えなくても、春にはきっと会えるわ」

「コティントンが春まで生きているとは思えない」

伯爵が長くないという噂を耳にしたのだろう。だからこの時期に北へ向かったのだ。

「これだけお世話になったのに、お別れを言えなかったら本当に悲しいわね。秘書にもそれはわかっているはずよ」

「秘書にとって、ぼくはティーズロウの小僧にすぎないよ」カイルがうわのそらでロザリンの髪にキスをした。「別れを言いたいだけじゃない。コティントンの意識がまだはっきりしているかどうか、たしかめなくてはならないんだ。最後のお願いがあってね。炭坑夫のための」

「例の坑道を再開することに関係があるの？」

「ああ。阻止しようと考えてる連中がいるんだが、彼らのやり方では怪我《けが》をするだけだ」

「うまくいくかもしれないわ、もしも全員が――」

「全員じゃないんだ。例の落盤事故で男手を失った家族は、問題の坑道が再開することを望むだろう。死者をきちんと埋葬できるように」

「お父さまも事故で亡くなったと言っていたわね。その落盤事故なんでしょう？」

カイルがうなずいた。「ぼくだって父を埋葬したい。だけどこれまでとは別のやり方をしないかぎり、あの坑道は安全にはなりえない。壁が動くんだ」

「頑丈な岩でしょう？　岩は動かないわ」

「地球は生き物なんだよ、ローズ。ぼくが家を建てるときは、かならず事前に地盤が頑丈かどうかをたしかめるようにしてる。あの鉱山があるあたりは地盤が頑丈じゃなくて、なかでもあの坑道は最悪だ。ぼくは子どものころからそれを知っていた。わかっ、、、たんだ」

ロザリンは起きあがってカイルに面と向き合った。こうして見つめると、今夜感じた震えが体の奥によみがえってくる。女性がひとたび男性にあんなことを許したら、その後はあるていど不利な立場に立たされるものだ。ほかの面でもこの男性に支配権を与えてしまったような気がする。いま、ロザリンの体の震えをあおっているのもそのひとつだ。

「どれくらいのあいだ鉱山で働いていたの、カイル？」

「最初に坑道におりたのは八歳のときだ。子どもは石炭を積んだかごを運びだす。ふつう働きはじめるのは九歳か十歳になってからだけど、ぼくは年の割に体が大きくてね。だけど大人ほどではなかった。だから頭を屈めている大人には見えないものが見えたんだ。天井と壁のてっぺん近くに入っている亀裂《きれつ》が。その亀裂は数カ月かけてずれていった。ぼくは父に知らせた。だけど父もほかの大人も亀裂の存在を知らなかったし変化を見ていなかったから、危険はないと判断した。そしてある日——すべてが落ちてきた。新しい壁の向こう側に十人が生き埋めにされた」

「みんなそのまま放置されたの？」

「助けようがあれば放置したりしなかったさ。生き残った男たちが掘り返そうとしたけれど、もっと岩が落ちてきて、またひとり命を落としただけだった。それ以降はだれも掘り返そうとしなかった。葬儀が行なわれて、祈りが捧げられた。二日後には男たちは鉱山《やま》に戻ったよ。家族を失った者以外は。遺族は一週間待った。そのころには確実に息絶えているだろうから。空気と水を断たれて」

ロザリンは当時のカイルを想像してみた。叔父夫婦と寝ずの番をしているところを。その少年は、石の壁の向こうでまだ生きているかもしれないのに助けることができない父親を思い描いていた。

「ぼくはみんなに上から掘るべきだと言った。ひとまず空気が届くように穴を通して、それから救いだす方法を考えるべきだと。だけど、だれも子どもの言うことに耳を貸さなかった。鉱山の所有者に代わって監督してる連中はとくに。いまならうまくいっただろうとわかる。技師にならできたはずだ。いまのぼくにならできる。万が一、水平坑道でそんな落盤事故が起きても」

たとえ地盤がそれを許さなくても、カイルにならできるだろう。必要とあらば素手でもやってみせるはずだ。この男性が本気になったら、岩も大地も阻むことはできない。

カイルは話をして質問に答えてくれた。いま、彼の思いが別のことに移ったのをロザリンは感じた。ろうそくを灯したままにしておいたのには理由があるのだ。

カイルがロザリンの腕を取って引き寄せた。ヘッドボードから身を起こして彼女と向き合い、ロザリンの脚を彼の腰に巻きつかせる。

カイルが自分の手を見つめながらロザリンの乳房を撫でて、くすんだピンク色の乳首を親指で擦った。「暗いなかでもちゃんときみが見えてるよ。少なくとも心の目には映ってる。だけどこのほうが好きだ」

言い換えれば、今後は夜に淑女らしくランプやろうそくを消してほしくないということ。ロザリンに異論はなかった。これならロザリンにも彼が見えるから。とはいえ、こんなふうに裸身を見つめられることに恥じらいを感じなくなるには、少し時間がかかるだろう。

そっと体を掲げられて、カイルの脚の上に座らされた。舌と歯がゆっくりとみだらな攻撃を乳房にしかけて、ロザリンを熱くさせていく。

体勢のおかげでロザリンも自由にカイルを愛撫することができた。肩を撫でまわしながら言った。「コテイントン伯爵に会いにカートンロウへ行くとき、わたしを連れていったほうがいいと思うわ」

カイルの指が口と交代して、後者に返事をさせた。「だめだ」

面会を拒まれるところを見られたくないのだろうか。

「わたしが一緒に行けば、秘書もむげには追い返せないはずよ」

「いや、それはないだろうし、きみが侮辱されるのは許せない」

「レディを追い返すのはなかなかできないことよ、カイル。秘書にわからせましょう、そんなことをしてはいけない、伯爵がお怒りになるって」

「だめだ」

夫の心を開かせるべく、ロザリンは片手をふたりのあいだにおろしていった。固くそそり立ったものに指を巻きつけて、親指で先端をそっとくすぐった。「ねえカイル、わたしと結婚したのは家柄のためでしょう？　お願いだから協力させて」

カイルの顔に、ロザリンの愛撫が引き起こした官能の嵐を隠しきれない笑みが浮かんだ。

「ローズ、女の技でぼくにうんと言わせようとしてるのか？」

ロザリンは視線を落とし、自分の手がしていることを見つめた。「固い意志を解きほぐそうとしているんだけど、狙《ねら》いとは正反対の結果が出ているみたいだわ。いまのあなたはどこもかしこもかちかちだもの。だけどそうね、ちょっぴり柔らかいかしら、ここだけは」言いながら亀頭をそっと握った。

カイルの両手がロザリンのお尻を包んでほんの少し掲げた。言われなくてもどうしたらいいか、ロザリンにはわかった。ごく自然で必要なことに思えた。体をずらして、カイルを導き入れられる位置に移動した。

先端を挿入されただけで、めくるめく快感が全身に広がった。その感覚に魅了されて息もできなくなる。さらに咥《くわ》えこむのではなく、わずかに交わっただけの状態を保った。甘美な震えがやまないように。

カイルは欲望に全身をこわばらせ、歯を食いしばりながらもそれを許してくれた。ロザリンはもう少し彼を感じられるよう、ほんのちょっと腰を沈めた。

「ぼくを殺す気か、ローズ」カイルの手がその腰をつかんだ。「別の夜なら何時間でも拷問していいが、今夜は――」手に力をこめて、ふたりの体が密着するまで腰を沈めさせた。

そこから先はカイルが導いてくれた。力強い手に教えられるまま夢のようなリズムを刻んで、絶頂へと向かっていく。微妙な腰使いと力加減を用いられると、新たな快感に出会った。目を閉じて、何度もカイルのものを締めあげた。

そのとき、もっと深く完全に貫かれて、ロザリンは息を呑んだ。目を開けてカイルの目を見た瞬間、視線を逸らせなくなった。カイルの動きは見えなくても、満たされて突かれて所有されていくのがわかった。そうしながら、深い瞳に魅せられてサファイアの海に沈んでいった。最後には、動けないように腰をしっかり押さえこまれた。自由を奪われたロザリンは、心も体も明け渡した。

やがて訪れた絶頂はあまりにも激しく、痛いほどだった。ロザリンはどさりとカイルの上に倒れこんだ。たくましい胸に顔を押し当てて、強い腕に守られたまま、このうえない震えがゆっくりとおさまっていく感覚に酔いしれた。

「明日は何時にカートンロウ・ホールへ向けて出発するの？」ふたりの呼吸と鼓動が落ちついたころ、ロザリンは尋ねた。

カイルが腕を伸ばしてシーツをふわりと引き寄せた。ぴったりとロザリンをくるんでから答えた。「正午ごろかな」

「一緒に行きたいの。正午までに準備をするから」

だめだという答えが返ってくると思っていたが、来なかった。代わりに腕を回されて、しっかりと抱きしめられた。こめかみに温かい息が触れて、やさしいキスがおりてきた。

15

荒涼とした丘はカートンロウ・ホールの五マイル手前で消えて、そこから先は緑豊かな景色が広がりはじめた。屋敷は縦にも横にも大きくて、広い池が銀色の水面にその灰色の建物を映していた。

ふたりの乗った馬車が私道に沿って曲がったとき、ロザリンはカイルと自分の姿を点検しなおした。カイルのクラヴァットは完ぺきに結ばれているし、上着は完ぺきに肩を包んでいる。懐中時計の鎖さえ完ぺきな弧を描いている。流行最先端を描いた絵にも、ここまでの完ぺきさは成し遂げられないだろう。

ロザリンは持ってきたなかでいちばん上等の服を着た。新調したラベンダー色の馬車用アンサンブルに、裏地と縁に灰色のりすの毛皮をあしらった短い外套だ。これらを旅の荷物に加えたのはきわめて実用的な理由からだったものの、流行を取り入れた形と上品な華やかさが、今日は別の目的にかなってくれそうだ。この毛皮が、もとは完全に流行遅れになったロザリンの昔の服についていたことを、噂の横柄な秘書が知る日は来ないだろう。

カイルの名刺が運ばれて、しばらくしてから足音が聞こえてきた。今度はふたり分の足音だ。召使いに続いて、背の低いはげ頭の男が階段をおりてきた。

「これはこれは。少なくとも今回は秘書のコンウェイ自身がぼくを追い返すらしい」カイルが低い声で言った。「きみの言ったとおりだな。説明なしにレディを追い返すようなまねはしないようだ」

コンウェイ氏が愛想笑いを浮かべて近づいてきた。「ブラッドウェルさん、ブラッドウェル夫人。あいにく伯爵は具合が悪くて人に会うどころではないんです。悲しいかな、前回ブラッドウェルさんが訪ねてこられたときより容態が悪化してましてね。伝言があればもちろんお伝えしますよ。とはいえ、言われたことを伯爵が理解できているかどうか、よくわからないのですが」

「どんな状態であれ、伝言は伯爵ご自身にしか聞かせられない」カイルが言った。「衰弱しているのなら、なんとしても会わせてもらいたい」

コンウェイ氏の笑みが薄れた。

「わたくしからも直接お伝えしたいことがありますの」ロザリンが言った。「コティントン伯爵にじかにお伝えするよう、イースターブルック侯爵から言付かってまいりました」

「イースターブルック侯爵！」

「彼とは姻戚関係にあるんですの。わたくしは定期的にロンドンのお宅を訪問しておりましてね、あの方は夫にもわたくしにもそれは親しく接してくださいますのよ」

　これを聞いて、コンウェイ氏が不機嫌そうに顔をしかめた。

「ロンドンに戻って言伝《ことづて》を届けられなかったとお知らせしたら、侯爵はお怒りになるでしょうね。コンウェイさん、あなたは忠実な方とお見受けしますし、お仕えしている方の安寧《あんねい》を第一に考えていらっしゃるのはわかりますわ。けれどわたくしがこの残念なお話を侯爵にお知らせするときに、あなたのお名前を伏せておくことはできないでしょうね。ご存じのとおり、イースターブルック侯爵は少々風変わりな方なんですの。だれかのしたことがお気に召さなかったら、いったいなにをなさるか、だれにもわかりませんわ」

　それとない脅しに、コンウェイ氏が目をぱちくりさせた。ロザリンは精一杯の甘い笑みを浮かべた。カイルは隣りで無言を保っていたが、目の奥でまたたいた光はロザリンに喝采《かっさい》を送っていた。

　コンウェイ氏が唇を嚙みながら考えをめぐらせた。「失礼しました。侯爵とご関係がおありだとは存じませんで。しかしノーベリー卿に強く言われているのです、お客さまをお通ししてお父上を動揺させてはならないと」

「動揺？　あなたがいらっしゃると伯爵は動揺なさるのかしら？」

「とんでもない。わたしのことはよくご存じですし――」

「それならわたくしの夫がいても動揺なさらないはずよ。伯爵は夫のことをあなたと同じくらいよくご存じですもの。もっとよくご存じだと言ってもいいでしょうね。わたくしはイースターブルック侯爵からの言葉をお伝えしたらすぐに席を外しますから、伯爵が動揺なさることはありませんわ。ノーベリー卿に関しては、ここに住んでいらっしゃらないなら、あなたが知らせないかぎりこの訪問のことをお知りになることはないわけですから、わたくしたちが〝伯爵を動揺させる訪問客〟かどうかを判断することに、わざわざ時間を費やしていただく必要もありませんわ」

ロザリンの表情と姿勢は、これ以上なにを論じる必要があるのかと問いかけていた。おかげで口実ができたコンウェイ氏は、ほっとした顔になった。

「そういうことでしたら――ええ、お通ししましょう。おふたりのようなお客さまの場合は、あれこれ気を揉む必要はありますまい。どうぞこちらへ」

ふたりはコンウェイ氏に続いて広々とした階段をのぼっていった。カイルがロザリンの腕を取って、そっと耳もとでささやいた。

「イースターブルックから伝言を預かっていたとは知らなかったよ。言ってくれればよかったのに」

「同じ貴族だもの、よろしく言って、快復を祈っていると伝えてほしいはずよ」

「イースターブルックがぼくらに〝それは親しく〟してくれてるって？」

「家族以外に親しくしてる人がいるかどうか、はっきりしていないわ。わたしはヘンリエッタを訪問しているし、侯爵はアレクシアにとても好意を持っている。嘘は言っていないでしょう？」

「たしかに嘘は言ってない。おまけにお見事だった」

「あなたはこの結婚からなにかしら利益を得るべきよ。わたしの〝持参金〟はこの姻戚関係くらいなんだから」

カイルがぎゅっと手を握ってきた。「きみの有益な姻戚関係のことは、今朝はちっとも頭になかったよ」

そのほのめかしにロザリンの胸は温もった。昨夜の深遠な震えが体の奥によみがえってくる。コンウェイ氏の背中に集中して落ちつきを保とうとしたが、隣りにいる謎めいた男性のことしか考えられなかった。すばらしい、衝撃的な光景が目に浮かぶ。この男性に誘《いざな》われて訪れた、ふたりだけの官能の世界が。

足もとがおぼつかなくなったとき、伯爵の部屋にたどり着いた。気がつけばコンウェイ氏の顔が目の前にあった。

「ここでお待ちください。おふたりがいらしたことを報告して、伯爵がお迎えできる状態かどうか確認してきます。無理ならまた明日ということで」

そう言ってコンウェイ氏はひとりで部屋に入ったものの、すぐに戻ってきた。白い鏡板のドアを大きく開けて、脇にどいた。

伯爵はごうごうと燃える暖炉のそばで、緑色の模様の大きな椅子に腰かけていた。膝に毛布をかけて、両足は足置きに載せている。息子に似ているところがあるのかもしれないが、年齢と病気のせいでほとんどわからない。ただひとつ、虚栄心をのぞいて。

伯爵の白髪は完ぺきに整えられて、顔はきれいに剃《そ》ってある。主人が病気でも近侍が役目を果たしていることは、見事に結われたクラヴァットと色鮮やかな絹のチョッキが物語っていた。きっと毛布で隠された部分も立派に整えられているのだろう。伯爵があの椅子を離れることはないとわかっている日でも。

ノーベリーよりはるかに鋭い目がふたりを見つめた。青白い顔に笑みが浮かぶ。ただし弧を描いたのは唇の半分だけだ。もう半分は脳卒中の影響だろう、だらんとしたままだった。

「さあ、こっちへ来い、ブラッドウェル。美しいと評判の妻を、わしによく見せてくれ」肉体は衰えていても、発音がいくぶん不明瞭《ふめいりよう》なだけで、命令する口調は威力を失っていなかった。

カイルがロザリンを連れて前に進み、紹介した。伯爵がロザリンの頭のてっぺんからつま先まで眺めまわした。

「あそこにいるコンウェイが言うには、わしに伝言があるそうだな、ブラッドウェル夫人。イースターブルック侯爵からの」

「ええ、そうなんです。一刻も早い快復を祈っている、くれぐれもよろしくとのことでした」

「ほう。イースターブルックとはもう何年も会っておらんが。あの男がどことも知れん場所から帰ってきてすぐが最後だ。しかも、わしはめったにロンドンへは行かん。そのわしを覚えていて親切な伝言を託すとは、なんとも寛大な男よ」

声には皮肉がこもっていて、目には訳知りの表情が浮かんでいた。たちどころに策略を見透かされたようだが、ロザリンは赤面しないようこらえた。

「それではわしからの伝言も預かってもらえるかな、ブラッドウェル夫人。死にかけた老いぼれのために、頼まれてくれるか？」

「もちろんです」

「こう伝えてくれ――おまえは不届きにも自分の義務から逃げまわっておる。そろそろ奇行に耽るのはやめて世間に踏みだせ。結婚して跡継ぎをもうけて政治に参入しろ。一家の知性を無駄にするな。おまえの人生はおまえだけのものではないのだから、好き勝手に生きるのは終わりにしろ。よく頭にたたきこんでおけ」

「お心はかならず伝えます」

「お心、とな。一言一句、そのままに伝えるんだぞ。よく女がやるように、美辞麗句で飾りたてるな」押し殺した笑いが漏れた。「だがわしが死んでからにしてくれ。そうすればイースターブルックが腹を立てたとしても、標的になるのはわしの息子だ」

「あなたが旅立たれてからとなると、わたしがこのお役目を果たす日は、ずいぶん先のことになりますね。それではわたしはこのへんで。どうぞ夫とふたりでお話しください」

　コティントンはロザリンが部屋を出ていくのを見送ってから秘書に合図をした。「行け。必要になったらブラッドウェルが呼びに行く」

　コンウェイが出ていくと、伯爵はすぐに次の命令をくだした。「あそこの戸棚にブランデーがある。ちょっと注いでくれ、カイル。おまえもほしければ飲むがいい。あいつらは飲ませてくれんのだ。あいつらの言うとおりにしていたら、素面で死と向き合うことになる」

　カイルはブランデーとグラスふたつを見つけて、それぞれに指幅一本分ほど注いだ。伯爵はそれが天上の飲み物であるかのごとく、うまそうにすすった。「まったくうんざりだ。子どものように扱われて。二週間前よりはましになったがな。一週間ほど、洗顔や排泄といったことまで召使いに面倒を見てもらわねばならんかったのだ」

「じゃあ、具合はよくなっているんですね」

「いや、遅くとも夏までには死ぬだろう。それくらい医者に言われんでもわかる。感じるのだ。妙なものだな、ただわかるというのは」グラスを置き、口の不自由なほうから垂れたしずくをハンカチで拭った。「美しい妻だな。ほかのことがどうでもよくなるほどの美しさだ。彼女の兄のことも、なんやかやも」

「なんやかやに関しては、結婚祝いをありがとうございました」

伯爵がうれしそうに笑った。「息子が激怒するだろうな。今回、渦中にいたのがおまえで残念だ。それについては運が悪かった。あいつに二度も自らの恥ずべき行ないを直視させたのがおまえでなければ、もっとよかったのだが」

笑っていても、伯爵の目には深い悲しみが浮かんでいた。老人がまばたきをして悲しみを振り払う。息子のノーベリーは、失望だらけの人生におけるもうひとつの失望なのだろう。

「それで、さよならを言うためにわざわざここまで来たのか？　だとしたらうれしいが」

「それもありますが、じつはひとつお願いがありまして。ティーズロウに帰ってみて、ぜひお話しせねばと気づいたんです」

「だれのためだろうと、いまのわしにできることはほとんどないぞ」

カイルは鉱山の件を説明した。伯爵はまじめな顔で耳を傾けた。

「あれは豊かな山だった」伯爵が言う。「また採掘を始めたいという要望が数年前に持ちあがったが、わしがだめだと言った。鉱山の大半はもう売ってしまったが、それでもわしの意見にはまだ影響力がある。伯爵であるというのも、ときには役立つものだ。だが息子はわしのように止めはせんだろうな。今回はわしがほかの所有者に手紙を書いて、影響力を行使するが、わしが死んでしまえば……」

伯爵が死んでしまえば、人の命より利益が優先されるだろう。

「たとえ数カ月でも、全員が頭を冷やす時間を稼げるかもしれません」カイルは言った。「いま、村の炭坑夫の多くは頭に血がのぼっています。力強い声がひとつあがれば、指導者がひとり現われれば、騒ぎにつながるでしょう」

伯爵がため息をついて目を閉じた。あまりにも長いあいだまぶたをおろしているので、そのままうたた寝を始めてしまったかに思えた。カイルがそっと部屋を抜けだそうかと思ったそのとき、伯爵がふたたび口を開いた。

「おまえと会うのはこれが最後だろう、ブラッドウェル。訊きたいことがあるのなら、いま訊いてしまえ」まぶたが開いて、射るような目がカイルを見た。「訊きたいことがあるんだろう？」

いくつかある。けれど、いちばん新しい疑問は口にできない。たとえそれが頭の片隅に居座っていても。この死にかけている老人に、あなたのひとり息子は成長したいまと同じく少年のころも恥知らずでしたかと訊くような仕打ちはできない。

「たしかに質問があります」

「言ってしまえ」

「なぜです？」

「なぜ？　なにがだ？」

「ぼくにしてくださったこと、すべてです。なぜだったんですか？」

「ああ、その〝なぜ〟か」伯爵がしばし考えた。「ひとつには衝動から。ひとつには本能から」顔の半分だけの笑みを浮かべる。「それと、おまえがティーズロウに留まれば、おまえが成長する数年後には、炭坑夫たちのもとに、おまえの言うひとつの声、ひとりの指導者が生まれていただろうから、だな」

まじめに言っているのだろうかと訝りながら、カイルは伯爵を見つめた。知り合ってからずっと寛大な計らいに感謝を返してきたものの、伯爵に裏の動機があるのではないかと疑ったことは一度もなかった。というのも、こんな気前のいい支援をしても伯爵の利益になることなどありはしないと思っていたからだ。

「まあ、それだけではない。おまえはあそこにはもったいない存在だった。わしには一目でわかった。おまえの目と決意を見ればな。あの日ここに来たおまえは、ぴかぴかに磨きあげられていて、わしには未来のおまえが想像できたものだ。おまえの噂は聞いていた。あの坑道で落盤事故が起こったときに上から穴を通すべきだと言った子どもの話は」

「うまくいったはずです」

「うまくいくとわしが思ったかどうかはどうでもいい。子どもがそれを思いついて大人に提案したということが——。おまえがわしの息子を殴ったあの日、おまえはわしの前へ連れてこられた。そのとき、どこからともなく記憶がよみがえってきた、鉱山の監督者が笑いながら聞かせてくれた、ある大胆な子どもの話が。その子どもはおまえだったんだと、わしにはぴんと来た。たしかめるまでもなかったが、それでも確認はした」

話すうちに口もとにたまったよだれを拭って、さらに続けた。「それから、わしの息子との一件だ。またしてもおまえは、たいていの大人が尻込みすることをやってのけた。そういうわけで、ひとつにはおまえの才能を無駄にさせないためであり、ひとつにはおまえを指導者にさせないためだった」間をおいて続けた。「そして、白状すれば、わしの息子を殴った少年をかわいがることであいつを罰したかったというのも理由のひとつだ。さして役には立たなかったがな。おまえがだれより知っているとおり、女性に対するあいつの恥ずべきふるまいは今日《こんにち》まで続いている」

これで明らかになった。ほとんどはカイルがすでに知っていることだった。伯爵の寛大な支援の理由は慈悲の心だけではなかったわけだが、人間の行ないや決断のほとんどがそういうものなのだ。

急に伯爵の顔全体がたるんだ。病気の影響が、症状の重い側からまだ病に冒されていない側へ侵入してきたように見えた。

「お疲れでしょうから休んでください。ぼくはそろそろ帰ります。会ってくださってありがとうございました」

カイルが歩きだす前に伯爵が片手を差し延べた。カイルはその手を取り、初めてこの男性と友として握手を交わした。

うが」

「どんな〝なぜ〟があろうとも、おまえは立派な男に成長した」ひどくろれつの回らない舌で伯爵が言った。「まあ、おまえがわしのいらぬお節介を恨めしく思ったときもあっただろうが」

「損得を考えると、得ばかりが目につきますよ。あなたの動機がなんであれ、心から感謝しています。あなたのことはけっして忘れません。ぼくの子どもたちも、そのまた子どもたちも」

握った手に力がこもり、老人の目が潤んだ。伯爵がまぶたを閉じて手を離し、ゆっくりと掲げた。祝福と別れを告げる王のように。


コティントン伯爵の部屋から出てきたカイルは深刻な顔をしていた。ロザリンは考え事の邪魔をしないよう、無言のまま一緒に階段をおりて外の寒さのなかに出た。

カイルはすぐには馬車に乗らず、少し歩いて池を眺めた。ロザリンもそばにたたずみ、一緒に眺めた。カイルが今日さよならを告げるのは伯爵だけではない。伯爵の死とともに人生の一時代が幕を閉じるのだ。

「ここへはよく来ていたの？」ロザリンは尋ねた。

「いや、それほどは。だけど学校に通っていたころは、学期のあいだになると迎えが来たものだ。初めて使いの者が寄越されたときは、いったいなにごとかと村の半分が叔父の家までついてきたよ」

「そのころは定期的に面会していたのね」

「ああ。いま考えると、それも教育の一環だったんじゃないかな」

「というより、あなたの勉強の進み具合を本人の口から聞きたかったんじゃないかしら。それにダラムの近況も。その後はパリやロンドンの話も。あなたとの会話は伯爵がこの州で耳にするほとんどの話より興味深かったに違いないわ」

「かもしれない」カイルは馬車を待たせたまま、私道に沿ってぶらぶらと歩きだした。

ロザリンもついていった。「炭坑のことは話せたの?」

カイルがうなずく。「できるだけのことはしてくれるそうだが、時間稼ぎにしかならないだろう。だけどそのあいだに安全性をよりたしかなものにできるかもしれない。そのための方法はあるんだ」

その方法が採用されるとは思っていない口ぶりだった。

「あなたにできることはすべてしたんじゃないかしら」

「そうかな」

ふたりは向きを変えて馬車に戻りはじめた。「ずいぶん静かなのね、カイル。あまりいい時間を過ごせなかったの? 好きなように話せなかった?」

「とてもいい時間だったよ。好きなように質問させてくれて、遠慮なく訊けた質問には答えてもらえた」

「訊けなかったことがあるの？」

「ひとつだけ。訊くつもりではいたんだ。正直に答えてくれるのは伯爵だけだろうから。だが実際に会ってみて――その話題は伯爵に悲しみをもたらすだけだし、返ってくる答えはぼくの好奇心を満たすだけだと思いなおしたんだ」

「あなたたちのあいだに残ったのが疑問ひとつだけなら、とても充実した時間だったんだと思うわ。だれかとのあいだに答えの出ていない疑問がひとつしかないなんて、そうあることではないもの」

カイルがロザリンに目を向けた。不意に、ふたりが話しているのはコティントンのことではなく、彼ら自身のことになっていた。

「伯爵は死を目前にしてる、ローズ。質問に答えても失うものはなにもない。先を思い煩うことも、自尊心を失うことも。質問をした人物も、答えた人物もなにも失うことはないんだ」

ふたりは馬車に乗りこんだ。ティーズロウへ戻りはじめると、カイルも徐々に考え事を離れて現実に戻ってきた。

「きみも考え事をしてるみたいだね、ローズ。自分の疑問について思いめぐらしてるのかい？」

「疑問はあれこれあるけれど、いまわたしの眉間にしわが寄っているのはそのせいじゃないわ。コティントン伯爵のお叱りの言葉をイースターブルックに伝えて、わたしは無事でいられるかしらと考えていたの」

ティーズロウを通り抜ける間際になって初めて、カイルは静けさに気づいた。考え事に耽るあまり、しばらくは不自然な静けさにも気づかなかったのだ。

御者に止まるよう呼びかけて、窓の外を眺めた。

ロザリンも左右を見まわした。「どうしたの？　どこも静かなようだけど」

「静かすぎる。この時間なら通りはにぎわってるはずだ。女たちが行き交ってるはずなんだ」

カイルは耳をそばだてて、建物や家々の屋根を見まわした。みんなどこにいる？　鉱山か？　そんな行動を起こすには早すぎる。となると、パブか教会だ。

カイルは馬車の扉を開けておりたった。ロザリンがスカートを片手でまとめ、もう片方の手を差し延べた。

「だめだ、ローズ。馬車でプルーデンス叔母のところに帰れ。ぼくもすぐに戻る」

「揉《も》め事が起きていると思うの？　危ないと？」

「いや、だが——」

「危なくないなら、わたしを帰らせる理由はないでしょう？　この村のことが知りたいの。あなたが行くならわたしも一緒に行くわ」

カイルは馬車の戸枠をつかんで、おりようとするロザリンを阻んだ。「このごろ、やけにいろいろ知りたがるようになったじゃないか」

「それが女というものよ。それに、好奇心を満たすのは不快なことじゃないと悟ったの」

昨夜のことをほのめかされて、カイルの股間はたちまち固くなった。頭のなかが記憶でいっぱいになる——ロザリンの悲鳴や、恥じらいと大胆さがない交ぜになった触れ方や、低く伏せてお尻を高く突きあげた姿。腰にからみつく華奢な脚、きつく締めあげる温かい部分、体と視線を交わらせながらふたりで生みだしたリズム——。

そんなことを思い出したら、いますぐこの道端でキスをして奪いたくなってきた。ロザリンを帰らせなくてはいけない理由もひとつ残らず消し飛んだ。

大胆な言葉ひとつで、間抜けにされてしまった。

「わたしに帰れと命じるつもり、カイル？　だとしたら教えておくけれど、夫が妻に命令できる回数には限りがあるのよ。だから、つまらないことで使ってしまうのは、ばかげているわ」

やさしくて従順な妻はどこへ行った？　昨夜の営みが変えたのは、ふたりの情熱の温度と濃度だけではない。この結婚にまとわりついていた微妙な堅苦しさは急速に消えつつあった。

ロザリンの目にあからさまな挑戦が浮かんだ。

「ああ、来ていいよ、ローズ。ただし、ぼくが帰れと言ったらすぐに従うんだぞ。厄介なことにはならないと思うが、思い違いかもしれない。本当はこのまま帰ってくれたほうが――」

ロザリンの目が狭まった。

くそっ。

カイルは御者に待機場所を指示すると、手を伸ばして妻をおろした。

村じゅうの人間が教会に集まっていた。正面に簡素な塔がそびえる古い石造りの建物に近づくにつれて、だんだん声が大きくなってくる。数世紀前には小修道院だった建物の一部で、コティントンの遠い先祖が譲り受けた土地にあったものだ。近くで石炭が見つかるまで、ティーズロウは単なる農村だった。

「男の人は鉱山にいる時間じゃないの？」ロザリンが尋ねた。

「男だけでなく、年長の子どもと女性のうちの何人かも」古い木のドアを開けると、ごうごうたる議論の声があふれだしてきた。

ふたりはそっとなかに入り、身廊の後ろの壁際に立った。ふたりに気づいた者はほとんどいなかった。全員の意識が祭壇の前に立つ人物に注がれていた。金色の巻き毛を振り乱し、一同を説得しようとしている男に。

説得は難航しているようだ。あちこちから声があがって邪魔をする。だれもが熱くなっていて、口調は鋭い。歓声があがれば嘲笑《ちょうしょう》が起きる。

「なにを話し合っているのかさえ、わたしにはわからないわ」ロザリンがささやいた。

「今日、例の落盤事故の岩を撤去しろという命令が出たんだ。だがだれも従わなかった。いまは、明日どうするかを話し合ってる」

「撤去しようとしたらますます岩が落ちてきたと言わなかった?」

「鉱山《やま》の所有者たちが送りこんだ土木技師は、今度はそうならないと言ってる」

ジョナサンはストライキの賛同者を集めることに成功しつつあった。だがじゅうぶんではないし、つまりはなにも解決しない。

カイルはみんなの声を全身で感じていた。ほとんどの顔に見覚えがある。知っている男ばかりで、子どものころは一緒に通りで遊んだ仲だ。

男たちの家族に視線をめぐらすと、子どもふたりと手をつないだ、色白で赤毛のきれいな女性に目が留まった。十四のとき、初めてキスをした相手だ。

いま、カイルの隣りにいる女性は、彼女よりはるかに美しい。その存在に気づいた者はまだいないが、時間の問題だろう。コンウェイ氏に一目置かせた馬車用のアンサンブルは、毛皮と高価な刺繍《ししゅう》も相まって、ここではますます豪華に見える。ボンネットは、ほかの女性がかぶっているネッカチーフとは対照的だ。古く薄暗い建物のなかのすべての光がロザリンに集まって、美しい金色の輝きを放たせているように思えた。

「帰ろう」カイルは言った。

「わたしがいなくても帰った？」

わからない。ここはもうカイルの世界ではないのだ。カイルの戦いでは。

「わたしがいるせいであなたの意見が届きにくくなるのなら——わたしは村の人たちにとって、あなたがどんなに遠い存在になってしまったかを象徴するものでしかないのなら——帰るわ」ロザリンが言う。「だけど逆に、わたしがいることであなたが村の人たちとの距離を意識してしまうというのなら、生意気なことを言うようだけど、それはあなたの悲観的な思いこみじゃないかしら」そう言ってカイルのほうを向いた。「あなたはこの人たちにとって、まだ他人になってはいないのよ。たとえあなたが、この人たちとの距離が広がっているように感じていても」

ロザリンが理解してくれていることに、カイルは心を動かされた。理解しようとしてくれたことが、なにより琴線に触れた。

ロザリンのそばを離れてジョナサンのほうに歩きだした。身廊にいるほかの者より頭ひとつ大きいので、カイルの声はよく届いた。「ジョナサン、こんな行動を起こす準備が整ってないことは、おまえもわかってるはずだ。肩組み合って、と言ってたな。だが聞いてたかぎりでは、おまえと肩を組み合うことをためらってる人間もいるようじゃないか」

騒ぎが静まった。ジョナサンがカイルを見つける。「おやおや、紳士が助言においでなすった。美人の奥方を連れて。ご意見たまわれるとは、俺たちも運のいいこった」

カイルは振り返らなかったが、抑えたささやきや感嘆の声を聞けば、みんながロザリンを見つけたのがわかった。「妻を連れてきたのは古い友だちに会わせたかったからだ、ジョナサン。この教会で政治集会が行なわれてると知ったときのぼくの驚きがわかるか？　ストライキなんかして得るものがあるか？　女や子どもがひもじい思いをするだけじゃないか」

「埋葬する遺体が減る」

「今日、コティントンと会って話してきた。共同事業者に手紙を書いてくれるそうだ。これでコティントンが生きてるあいだは、あの坑道は再開されない」

「おまえが稼いだのはほんの数日か、長くても数週間だろ」

「それだけあれば、再開する前に安全性をたしかめられる」

ジョナサンが大声で笑った。「安全性だと！　俺たちは今日あの岩をどけるよう命じられたんだぞ。連中は、いまの段階で安全だと言ってくれる技師を見つけてきたんだ」

「じゃあおまえは、安全じゃないと証明できる技師を見つけなくちゃならないな。鉱山所有者に借りのないだれかを。調査結果を裏打ちできる教育を受けてきた人物を」カイルは身廊の最前列にたどり着いた。「たとえばぼくだ」

ジョナサンが周囲にいた四人の男とひそひそと話し合った。その間、教会にいる全員が固《かた》唾《ず》を呑んで見守っていた。

「おまえが坑道におりるんだな?」最年長のひとりがかすかな冷笑とともに言った。ピーター・マクランという男で、ジョナサンの前に急進派のリーダーを務めていた男だ。「きれいな上着が汚れちまうぞ。それに数日かかるかもしれねえ。ロンドンのディナーパーティが恋しくなるんじゃねえか?」

ピーターの皮肉に、ちらほらと忍び笑いがあがった。

「いまから行こう。あの立て坑におりるのはこれが最初じゃない。上着はここに置いていく。だれかブーツを貸してくれ。それから、ぼくと一緒に来てくれる、いちばん有能な五人を選んでほしい。そうしたら今日にでも始められる。知るべきことを突き止めないうちは、ぼくはティーズロウを離れない。あの坑道が安全じゃないなら、報告書を作ってその理由を説明する。安全を確保できるなら、その方法を書き記す。それでも上が無理やり進めてまた落盤事故が起きたときは、その報告書が彼らを絞首台送りにしてくれるはずだ」

「そんなことをするためにおまえが坑道におりるのを、連中が許すわけがねえ」

「コティントンの名前があれば許すしかない。伯爵はまだ死んでないんだ」

ジョナサンやピーターが同意するのを待つ必要はなかった。どっとあがった歓声が、カイルの勝ちを証明していた。

カイルは歩いてロザリンのもとに戻った。「今度こそプルーデンス叔母のところへお帰り。馬車まで送るよ」

「大丈夫、ひとりで行けるわ。あなたはやるべきことをやって」

カイルは上着のボタンを外して脱ぐと、ロザリンに手渡した。ひとりの少年がだれかのブーツを持って駆けてきた。カイルは腰かけてブーツを履いた。経験豊富な五人の炭坑夫が、教会の入り口でランプを手に待っていた。

ロザリンはカイルの上着をぎゅっと胸に抱いて準備を見守っていた。興味津々のその様子は、まるで異国の儀式でも観察しているかのようだった。

「プルーデンス叔母に、ぼくが帰ったらお湯が大量に必要だと伝えておいてくれ」カイルは言った。

ロザリンが首を伸ばし、カイルの耳もとでささやいた。「むしろお風呂に浸《つ》かったほうがいいんじゃないかしら。きっとくたくたでしょうから、わたしが手伝わなくてはいけないかもね」

たちまちカイルは固くなった。昨夜の光景と、今後の無数の夜の光景と、そのお風呂の光景が、状況を悪化させる。

カイルは歯を食いしばって石の床を睨みつけ、衝動を抑えつけようとした。

「ローズ。ぼくはこれから数時間、暗い立て坑にもぐるんだぞ。いまのはずいぶん意地悪じやないか」

ロザリンは申し訳ないと思っている素振りも見せなかった。ひたすらうれしそうな顔でカイルを見送った。

16

坑夫たちを連れてカイルは教会を出ていった。村人たちはなんとしてでもこの技師に、今日のうちにあの立て坑におりてもらおうと決心したのだ。仮にそれを阻止しようとする監督者がいたとしても完全に無視されていただろう。

子どもたちは駆けていったものの、女性の多くは教会に残っていた。みんなカイルの上着をたたむロザリンを遠巻きに眺めていたが、ついにひとりの女性が近づいてきた。五十前後で、腰にギャザーのたっぷり入った簡素なワンピースを着て、頭には白い木綿のネッカチーフを巻いている。

「男連中は夜まで戻ってこないと思うよ。ちびっ子のひとりを使いにやって、馬車を呼んでこさせようか？」

「馬車はカイルに使ってもらって、わたしは歩いて帰ります。だれかがそれを御者に伝えてくれると助かるわ。夜まで馬を休ませられるように」

女性が六歳くらいの少年を呼び寄せて、伝言を託した。「それを着てれば暖かいだろうから、あんたを歩かせたってあたしたちが叱られることはなさそうね。内側にも毛皮がついてるんだろう？」

ロザリンは短い外套の端をめくって、毛皮の裏打ちを見せた。「古い外套から剝がしてつけ替えたの」

ほかの女性も何人か、おずおずと集まってきた。ひとりが手を伸ばして毛皮を撫でる。

「レディはそんなことしないもんだと思ってた。スカートを裏返して仕立て直したりなんかは」

「そういうことをするレディはたくさんいるのよ。ただ、だれにも内緒にしているだけ」

それを聞いて女性たちが笑った。乗馬用の服にはさらに関心が集まった。

ロザリンはしばらく残っておしゃべりをした。ティーズロウの女性たちも、ロンドンの女性たちとそう変わらなかった。どこの女性たちとも。買えないとわかっていても最新の流行を知りたがり、上流社会の噂話を聞きたがった。

その場もお開きになって、ハロルドの家に帰ろうと歩きだしたとき、最初に近づいてきたエリーという女性がふたたびそばにやって来た。「よかったら一緒に行ってもいいかい？　プルーデンスに会いたいんだ。彼女が最後に村に来てからもう何日にもなるから。あたしたちは古い友だちでね。娘のころは家が隣り同士だったんだよ」

ロザリンはぜひにと答えた。ティーズロウのはずれまで来たとき、エリーがふたたび口を開いた。

「カイルが結婚したときは、プルーデンスはそりゃ驚いたもんよ。心配もしてたわ。あたしにしか言わなかったけどね」

「わたしと会ったいまは心配が消えたのならいいんだけど」

「彼女が心配してたのはあんたじゃないのよ」エリーの重たい足取りに合わせて白いネッカチーフが上下に躍る。「当然、プルーデンスは甥のカイルにいつだって最高のものをと望んでる。あんたとの結婚が甥っ子の将来に役立つことは、彼女だってわかってるさ」

「じゃあ、なにを心配していたの？」

エリーが顔をしかめた。答えるべきかと迷っているみたいに。「最初はあたしにもわからなかった。だけどそのうち、村に噂が広まってね。あんたとノーベリー卿の」

ロザリンの胸は沈んだ。村全体に知られているのだ。村人たちは上流階級出身のカイルの妻に関心があるかもしれないが、ノーベリーの娼婦にも興味を持っているということ。

村人たちに協力している最中も、カイルはだれかになにかを言われるだろうか？　妥協が嫌いなだれかに、ロザリンの過去をほのめかすようなことを言われるだろうか？

このときほど、ノーベリー相手に発揮してしまった自らの愚かさを悔やんだことはなかった。カイルが生まれたときから知っている人々の行き来する道を、分別があって正直なエリーと並んで歩いている、この瞬間ほど。

「その話がティーズロウまで伝わるとは思っていなかったわ」ロザリンは打ち明けた。「わたしが隣りにいるとカイルに恥をかかせるなんて思っていなかった。カイルの言うことを聞いて、すぐにプルーデンスのところへ帰ればよかったわ」

「カイルはあんたと結婚したんだよ。あんたのせいで恥をかくなんて思ってないよ。話がこの村まで伝わったってことだけど、その、みんなが口にするようになったのは、二週間ほど前に伯爵のせがれがここへ来たあとでね。その偶然にはみんな気づいてる。あたしたちはばかじゃないし、あのふたりが犬猿の仲だってことも知ってる。何人かはその理由もね」

「ふたりが若かったころに、カイルがノーベリーを殴ったことでしょう？　ええ、そんなことがあれば仲が悪くなるのも無理はないわ」どうやらノーベリーはいまだに成長していないようだ。自分を殴った相手に仕返しをしようと、噂話を広めるなんて。

エリーが奇妙な表情でロザリンを見た。「殴ったこと自体じゃないんだ。たとえ殴り合いで負けてたとしても、カイルは勝負に勝ってたからね。あの子は、この世には人間が絶対にしちゃいけないことがあるって証明してみせたんだ。それがどんなに高貴な生まれの人間でも。善悪はすべての人間に平等で、いくら領主さまの子に生まれようと、それが変わることはないんだってことを。自分より身分の低い人間にそんなことを思い出させられるのは、屈辱だろうよ。しかも、聞いた話じゃ二度も」

「二度目も女性に関係のあることだったの？」

そろそろハロルドの家に曲がる角まで来ていた。エリーが家のほうに目を凝らす。まるでそこに住んでいる人が見えるかのように。

「カイルは自分が伯爵のせがれとその仲間に立ち向かっていったわけを話してないんだね？まあ、驚くことじゃない。遠い昔のことだから」エリーは顎をあげて家を示した。「プルーデンスはひと言もその話をしない。黙ってれば過ぎ去ってくと思ってるみたいにね。だけど一度だけ、あたしと二、三人に話してくれたことがある。いつか伯爵が亡くなって、そのせがれがカートンロウ・ホールに収まったら、あたしたちの身近にいるのがどんな存在か、把握してられるようにね。せがれは父親と違う、とだけ言っておこうか。女を人間と思ってないと。昔からそうだった」

ふたりは並んで道を歩いた。プルーデンスが古い友だちの姿に大喜びをする。ロザリンはふたりを台所に残して、カイルの上着をつるしに二階へのぼった。

エリーはノーベリーを激しく非難しながらも、詳細は明らかにしなかった。けれどロザリンに胸騒ぎを覚えさせるには、あれだけでじゅうぶんだった。どうやらカイルはこれまで、ノーベリーの特権意識に何度もノーを突きつけてきたらしい。そして今日、あの坑道を調査することで、もう一度。

けれど、いまはそれどころではない。エリーによれば、何年も前にカイルがノーベリーを殴った本当の理由は、ほんの数人しか知らないという。その数人に語って聞かせたのがプルーデンスだと。

それはつまり、すべてはプルーデンスに関わっているということだ。

カイルは体を引きずるようにして、馬車から闇夜におりたった。空に手を伸ばし、思い切り伸びをする。

あの坑道の天井がどれほど低いか忘れていた。カイルより背の低い男でさえ屈まなければ進めない。カイルはいま、不自然な形に体をよじったままでの五時間に及ぶ岩壁調査を終えたばかりだ。

ロザリンが馬車を置いていってくれたのはありがたかったが、なかに乗りこむことはできなかった。泥だらけなのだ。シャツも髪も……なにもかも。泥と黒い煤。月光のなかでも腕についた大きな染みが見て取れる。

家は真っ暗だった。みんな寝てしまったのだろう。それでいい。こんな姿をロザリンに見られたくない。人助けのために夫を送りだすのと、その夫が本来生まれついた炭坑夫のような格好で帰ってくるのとでは、わけが違う。

台所から光が漏れて、家の正面側の部屋にいくつか影を描きだしていた。小さくなった暖炉の火が、居間にほのかな明かりを投げかけている。ハロルドの椅子にだれかが丸くなっていたが、叔父ではなかった。ロザリンがナイトガウンに大きなショールをはおって眠っていた。両脚を椅子の上に引きあげて、むきだしの足は暖炉の熱でバラ色に染まっている。

おろした髪には念入りにブラシをかけたのだろう、金色に輝く川のようだ。薄明かりのなかでは、唇とまつげはふだんより色濃く見えた。

カイルは食事と風呂に飢えていて、立っていられないほど疲れていたが、ロザリンの姿に見とれてぼうっとしてしまった。これまでいつもそうだったように。きっとこれからもそうであるように。〝おまえには手の届かない女性だよ、カイル坊や〟

この女性が及ぼす効果は、いまのほうが強いくらいだ。いまのロザリンは、劇場で遠くから目にした美女でも、月光のなかに立つ謎めいた女性でもない。魂を揺さぶられるほど求め合った情熱的な女性ですらない。いまではこの女性をよく知るようになっていた。そして知れば知るほど、自分への理解も深まっていた。

暖炉側の肩からショールがめくれ落ちていたので、寒くないよう、そっと戻してやった。

カイルは妻を寝かせたまま台所に向かった。

ロザリンが約束した風呂が待っていた。錫《すず》の浴槽に半分ほど湯が溜《た》められており、さらに熱湯の入ったブリキの桶《おけ》がいくつか炉辺に置かれている。テーブルの上には磁器の器で覆いをした皿があった。

器を取ると、冷めた鳥料理とチーズとパンが現われた。カイルはグラスを手に食料貯蔵室に入り、ハロルドが蛇口をつけてそこに置いている小さな樽からエールを注いだ。それから台所に戻って食事を始めた。

食べて少しは楽になったものの、座っていると体の痛みが気になるばかりだった。そこで立ちあがり、桶のひとつの湯を浴槽に注いだ。もうひとつの桶に手を伸ばしたとき、白い袖から伸びた女らしい手が三つ目をつかんだ。

ロザリンが桶の湯を浴槽に注いで、こちらを向いた。泥と黒い煤をたしかめているのが、カイルにはよくわかった。やさしい女性だから嫌悪感こそ示さないものの、驚きを隠せるほど慣れてもいない。

「思ったとおりね。お風呂を用意しておいてよかったわ」ロザリンはそう言って、さらに桶に手を伸ばした。

カイルはそれを取りあげた。「自分でやるよ」

「わたしだってお風呂の用意くらい、何度もやっているわ、カイル」

「もうぼくと結婚したんだから、そんなことはしなくていいんだよ」

「そんな条件は記憶にないわね。もしプルーデンスが召使いを雇っていれば、わたしも喜んでこの役目を任せるけれど。そんなことよりあなたはその服を脱いで、さっさとお風呂に入りなさい」

そう言うと、カイルの返事を待たずに残りの桶に取りかかった。カイルは言われたとおり服を脱いで浴槽の縁をまたぎ、湯気の立ちのぼる湯のなかに身を沈めた。

ロザリンがシャツとズボンを拾いあげた。「これはきれいになるの?」

「新品同様とまではいかないが、それなりには。裏口の外に置いておいてくれ。プルーデンスが面倒を見てくれる」

ロザリンはそのとおりにしてから、カイルの後ろに膝をついて背中を擦りはじめた。さも当然といわんばかりの態度に家庭的な雰囲気を感じて、カイルはうれしくなった。きっとロザリンは若いころに何度もこうしてきたのだろう。兄たちが銀行家になる前に。つらい時期だっただろう。男を清潔に保つため、多大な努力をしたに違いない。

入浴を手伝う態度に誘惑をほのめかすところはみじんもなかった。カイルが全身煤に覆われ、暗くて空気の悪い場所にいたせいで目を真っ赤にしているのを見た途端、ロザリンのそちら方面への関心は失《う》せたに違いない。あるいはカイルの関心が失せたのを悟ったか。

「今日はなにかわかった? 力になれそう?」ロザリンが尋ねた。

「今日はたいしてはかどらなかったが、明日なにをすべきかはわかったよ。明後日《あさって》も。少し道具が必要なんだ。貸してくれないのなら伯爵のところへ行って許可証をもらってくると監督者に言ってやった」

今日はことあるごとに伯爵の名前を口にした。その回数たるや、伯爵がいまも生きていなければ墓のなかで呆《あき》れ返ったことだろう。伯爵との関係はじきに終わってしまうかもしれないが、カイルはその影響力を最大限に利用していた。コティントンがそれを知ることがあっても、きっと理解してくれるはずだ。

ロザリンが布をすすいでもう一度石けんを擦りつけ、カイルに差しだした。それから浴槽の横に回って、床に脚を組んで座った。「今日あなたが出発したあとに、村の女性たちと話したわ。しばらくおしゃべりしたの」

「どんな話を?」

ロザリンが肩をすくめた。「女同士のおしゃべりよ」

それから足もとの古びた床板にできた小さな水たまりに指を浸し、その水でなにやら落書きを始めた。

「みんな知っていたわ。わたしのこと。あの人は、あなたが彼の娼婦と結婚したことをみんなに触れてまわったのよ。ノーベリーは」

「だれに聞いた?」

「エリーという女性。プルーデンスの少女時代からのお友だちですって。わたしと一緒にここまで歩いてきて、一時間ほど過ごしていったわ」

「きみにそれを話すとは意地悪だな。だけど男のことで失敗した女性はきみが最初じゃないよ、ローズ。ぼくの記憶がたしかなら、エリーにひとり目の赤ん坊が生まれたのは結婚から七カ月目のことだった。それは大きな赤ん坊だったよ」

ロザリンが落書きを続けながらほほえんだ。「わたしの気を楽にさせようとして言っているんでしょう。やさしいのね。エリーはほかにもおもしろいことを言っていたわ。あなたが子どものころにノーベリーを殴ったのは、ある女性への仕打ちが原因だったって。エリーの話を聞くかぎりでは、それはあなたの叔母さんのことじゃないかと思ったの」

「そうだよ。ノーベリーとその仲間は、叔母にちょっかいを出してからかったんだ。悪がきがよくやるようにね」カイルは体を洗いつづけた。「ほかにエリーはなにを言っていた？」

「あなたについて、たくさんいいことを。殴った件については少し話をぼかしていたわ。数えるほどの人しか真相を知らないのは、プルーデンスがその人たちにしか教えていないからなんですって。いまだけでなく、この先ノーベリーが伯爵の跡を継いだときのためにも、彼がどういう人かを知っておくべきだ、というようなことをプルーデンスは言っていたそうよ」

カイルは布と石鹸に意識を集中させたまま、上階からの音に耳をすました。プルーデンスとハロルドの部屋からの音に。プルーデンス叔母は、あの日のことを長いあいだ秘密にしてきたのだろう。もしかしたら何年も。叔母がその沈黙を破ってエリーと数人になにを話したのか、なぜ話したのか——カイルはその答えを知っている気がした。

いままでは疲れがいくぶん和らいでいた。食事と風呂のおかげで、いくらかエネルギーが戻ってきた。温かな湯には長時間の睡眠にも劣らない効果があった。

それとともに怒りも新たに燃えあがっていた。何年も知らずにきた自分への怒り。知らないのはじつに都合のいいことだった。もし真相を知っていたら、伯爵の贈り物も沈黙のための賄賂としか思えなかったのではないだろうか。

ロザリンが立ちあがった。「ずいぶん遅くなったわね。明日もたいへんなんでしょう？　そろそろ眠ったほうがいいわ」

そう言って暖炉のほうに歩いていった。炎が放つ熱い光がナイトガウンを透かして、魅惑的な体の線を描きだす。ロザリンが炉辺で温めていた大きなタオルを拾うのに合わせて、お尻と胸のふくらみが動くさまを、カイルはありがたい思いで見物した。

ロザリンがタオルを手に戻ってきた。カイルは立ちあがって体を拭いはじめた。ロザリンがそれを見つめる。昨夜あのベッドのなかで、一生避けていることもできた話をしようと意を決したときのように。

ロザリンの視線がさがった。「一日の疲れから立ちなおったみたいね。完全に」手を伸ばし、その明らかな証拠をそっと撫でた。「ほんの少しのエールと食事がもたらす効果ってすごいのね。これなら歩いて二階へあがれるでしょう？」

「黙って」カイルはタオルを脇に放ってロザリンをつかまえた。欲望が荒々しい怒りとともに全身を駆けめぐり、カイルは激しく唇を奪った。怒りに突き動かされていた――その対象はロザリンではないが。

ロザリンを奪わずにはいられなかった。いま。この女性の温かくやわらかな部分に自分をうずめずにはいられなかった。ロザリンに漆喰壁のほうを向かせてナイトガウンをたくしあげ、脚とお尻をさらけださせた。

首とうなじにキスをして、体で体を覆った。やわらかな太腿のあいだにペニスを挿し入れて、湿った温もりに滑らせた。その感触に、ますます固くなって切望が募る。腰を動かしながら手をロザリンの前に回して乳房を愛撫すると、ロザリンも反応しはじめた。微妙な腰使いと濡れたひだの脈動で。

激情に突き動かされ、炎と欲望に支配された。カイルはロザリンを振り向かせると、抱きあげながら性急に貫いた。ロザリンが両脚を彼の腰にからみつけてしがみつき、無我夢中の渇望を受け入れた。

カイルは報告書の三部目の写しを書き終えた。合計で四部書きあげる予定だ。長くて詳細で完全な報告書で、どうしたらあの坑道の安全性を確保できるかの図解も添えてある。一部は監督者に、一部は労働者に渡すつもりだが、コティントンと鉱山所有者たちにも一部ずつ送るつもりだった。原本はロンドンへ戻るカイルが携えておき、必要とあらばまた写しを作成する。

ロザリンは二階で眠っている。カイルは懐中時計を取りだした。じきに夜明けだ。この書類を届けたら、正午にはロザリンとふたり、ロンドンに向けて出発しよう。

五日にわたってあの坑道におりたいまでは、あそこはまた馴染み深い場所になっていた。今日は道を進むのにランプさえいらなかった。そして坑道近くの裂け目や支柱を調べているあいだ、地面を削るつるはしの音がこだましていた。

「カイル、一晩じゅう起きてたの？　体に障るよ」

顔をあげて戸口を見ると、プルーデンスがエプロンをつけながら立っていた。

「もう終わるよ。眠るのは馬車のなかでいい」

プルーデンスがそばに来て、書類の山を見おろした。「どうもありがとうね。みんな感謝してるのよ。もちろんあたしも」

そう言って桶をつかむと、かつてカイルが庭に掘った井戸から水を汲《く》みに外へ出ていった。カイルは最後のページを書き終えてペンを置いた。

プルーデンスが戻ってきて、鍋を炉辺の近くに移しはじめた。いまではこれほど早い時間に起きだす必要はないのだが、生活習慣というのはそう簡単に変わるものではない。

「プルーデンス叔母さん、ロンドンへ戻る前に話したいことがあるんだ。ふたりはまだ寝てるから、いまがいちばんだと思う」

鍋の取っ手をつかんだプルーデンス叔母の手が止まった。おそらくカイルの口調のせいだろう。あるいは純粋に察知したのかもしれない。夏の嵐が近づいてくるのを感じ取れる人がいるように。

叔母が作業を再開した。「もちろんいいわよ、カイル」

「叔母さんは何人かの女性にノーベリーの件の真相を話したんだってだね。ローズがエリーから聞いたそうだ。ぼくにもその真相を教えてくれないか」

「あの男のことならだれよりおまえが知ってるだろう？」

「だけど叔母さんほどじゃない。それはたしかだ」

プルーデンスが膝をついて火を熾《おこ》しはじめた。あまりに無表情を保っているので、カイルの声が聞こえなかったかに思える。

「エリーとほかの女性になにを言ったんだ？」

「おまえに聞かせるべきことだったら話してるわ」ぴしゃりと言われた。叔母の顔は真っ赤だ。「エリーは昔から噂好きなのよ。今度会ったら耳を殴ってやらなきゃ。よりによって、おまえの奥さんに話すなんて――」

「ローズに話したのはごく一部だし、それも彼女とノーベリーの過去を村の人間がどう見てるかについて、安心させるためだったらしい。ほかの女性なら親切をそのまま受け取っていただろうが、ローズは……興味を持ってる」不思議なほどに。この村へ来てからカイルの人生の細部をほじくり返している。

「あたしはただ、あの男はならず者で、女に関しては信用ならないと言っただけよ。なにも目新しい話じゃないだろう、おまえにもローズにも」話はこれで終わりだと言わんばかりの口調だった。叔母がこの話をしたくないと思っても責められない。カイルはそっとしておこうかと考えた。叔母をそっとしておこうかと。

カイルは暖炉に歩み寄り、壁にもたれかかって、作業をする叔母を見守った。プルーデンスはちらりとこちらを見あげたが、湯を沸かそうと火にかけた鍋にすぐまた視線を戻した。

「あの日のことをずっと考えてたんだ、プルーデンス叔母さん。カートンロウ・ホールへ向かう道からほど近い森のなかで、叔母さんが彼とその仲間ふたりと一緒にいるところを見つけた日のことを。ぼくをそこへ導いた悲鳴や野次や、自分の目が見たもののことを。ぼくは子どもだったから、誤解したんじゃないかと思ってた。もしかしたら、誤解であってほしいと思ってたのかもしれない」

プルーデンスが悲しみと怒りをたたえた目でカイルを見た。それからちらりと天井を見あげた。ハロルドが眠っている部屋を。不意にドアに向かって歩きだし、菜園に出た。

カイルはあとを追った。叔母は、いまは枝ばかりのりんごの木のあいだを大股で通りぬけて、果樹園の反対側にたどり着いた。腕組みをしてカイルのほうに向きなおった。

「どうしていまさらこんな話をするの？　何年も前の話を？」

「わからない。もしかしたらローズが巻きこまれた醜聞のせいで、考えなおす気になったのかもしれない」

「考えなおさないでくれたらよかったのに、カイル。もう遠い昔の話だよ。父親のほうはじきに死んで、おまえはその息子とやり取りしなくちゃならなくなるのに」

「それについては、叔母さんは心配しなくていいんだよ。じゃあ、ぼくは正しいのかい？　ぼくが駆けつけたときには手遅れだったのか、プルーデンス叔母さん？」

「知ってどうなるっていうの？　いまさらどうしようもないのに」

「ぼくがノーベリーとやり取りをするときに、どんな人間を相手にしているかがわかる。叔母さんが沈黙を破ったのが、女性たちに知らせておくためだったなら、なぜぼくにも知らせておかなくちゃいけないか、わかってもらえるはずだ」

射しこんできた灰色の光のなかでようやく形を取りはじめたりんごの木を、プルーデンスは見つめていた。かすかにうなずくのが、カイルにも見えた。

「伯爵は知ってたのよ」プルーデンスが語りはじめる。「息子は父親に嘘をついたけど、仲間は怖くて嘘がつけなかった。だから伯爵は知っていた。あたしに大金を申し出てね。もちろん突っぱねたわ。かならず息子を被告席に座らせて、たとえお咎めなしになろうとも、こいつは生まれがいいだけの豚野郎だってことを世間に知らしめてやると言ってやった」

「その申し出は、いつ？」

「おまえに迎えを寄越す前日よ。あの日、あたしはおまえの体を擦りながら、これがどういうことかを痛感してたわ。伯爵は、あたしが口をつぐんだほうが得になる別の方法を考えだしたんだって思ってた。向こうはそれについてひと言も言わなかった。あたしが口を開いたらおまえを炭坑に送り返すって脅したりもしなかった。だけどあたしにはわかったの」

そしてコティントンは、プルーデンスが理解するとわかっていた。怒った彼女を見てその知性に気づき、これなら寛大な支援の動機を説明する必要はないと悟ったのだ。

つまり、もうひとつの理由があったということ――伯爵が挙げた以外にもうひとつ。とはいえコティントンは愚かではない。世の中には償いきれない罪もあるということを、取り返しのつかない罪もあるということを、知っていたのだ。

「あたしならいいの」プルーデンスが言う。「もちろんノーベリーが罪を問われることはなかったわ。だけどそれでよかったんだと思う。おまえがいまのおまえになってくれたほうが。想像したものよ、あのろくでなしがロンドンでおまえを目にするたびに、おまえがそこにいるのは純粋にあの日のおかげなんだと思い知って歯噛みするところを。父親がティーズロウから連れてきた少年が、どんなにあがいても敵《かな》わない男に成長したことくらい、あのろくでなしにもわかるだろうってね。そう思うとなんだか満足したの。法廷であの男を告発するよりもずっといい――そう自分に言い聞かせてきたの」

「法廷で告発する満足感を得られなかったこと、気の毒に思うよ」

「女には簡単なことじゃないからね。女のほうから望んだんだって言う連中が、かならずいるだろう？　あの男もそう言ったに違いないし、大勢がそれを信じただろうね。その罪で男を訴えたらどうなるか、女は知ってるのよ」手を伸ばすと、カイルが少年であるかのように頬をやさしくたたいた。「これでわかっただろう？　だけどおまえの役に立つかどうか。あたしとしては、訊かずにおいてくれたらよかったと思うけど」

「ハロルド叔父さんは知ってるの？」

「ずばり訊かれたことはないし、あたしも話したことはない。だけど薄々わかってるだろうね。ふたりとも水に流せるまでには二、三年かかったわ。もしもあたしが話してしまったら、あの人はノーベリーを殺すしかないだろう？　そうなったら絞首刑よ。だからあたしは口をつぐんだというわけ。だけど伯爵はもう長くないし――そのときが来たらノーベリーがますます頻繁にこのあたりを訪れるようになる。おまえが知ってるとおり、あの男は変わっちゃいないわ。だから村の年かさの女数人に本当のことを話したの。あちこちに目を光らせて、若い娘に忠告できるように」

　プルーデンスが家のほうに歩きだしたので、カイルも後ろをついていった。「ぼくが知ってるとおり？　ローズのことを言ってるなら、事情が違うよ」

「聞いたかぎりじゃ、ほとんど同じよ。ただしおまえが最悪の事態を阻んでくれた」プルーデンスが首を振った。「ローズもかわいそうに。愛されてると思ってたのに、向こうの狙いは体だけだったなんて。それをローズが拒んだら、いったいどうなった？　別の男に売り飛ばされそうになったのよ。もしもおまえが助けてやらなかったら、あいつじゃなく別の男に無理やり傷物にされてただろうね。どいつもこいつも同じよ、高貴なお生まれの男どもは」

カイルはもう少しで訂正しそうになった——が、どうにか思いとどまった。まったくもって驚いたことに、イースターブルック侯爵の脚本と新たな結末は、はるばるティーズロウまでたどり着き、ノーベリーの版を打ち消すようにして広まったらしい。

カイルは叔母に続いて台所に入った。心に居座っていた疑問には答えが与えられた。うまくいけば、ノーベリーを見つけだして殺したいという刺すような衝動も、数日のうちにおさまるだろう。

17

「みなさん出席してくださるそうよ。ディナーパーティは成功間違いなしだわ」アレクシアがそう発表したのは、ロザリンと一緒にヒル・ストリートの家を出たときだった。「このあいだあつらえた、あのきれいな赤いディナードレスを着たあなたは完ぺきでしょうね。わたしたちはもうひとつ勝利を飾るのよ。小さいけれど大事な勝利をね」

ロザリンは感謝の意をこめてアレクシアの手をぎゅっと握った。手袋をはめた手をつないだまま、ふたりはのんびりとハイドパークのほうに歩いていった。

また一歩、上流社会復帰への道を進めると思っても、ロザリンの心は晴れなかった。ロンドンに戻って三日三晩が過ぎた。三つの幸せな昼と、三つのすばらしい夜が。

ロンドンに戻ったら、せっかくふたりのあいだに芽生えた新たな温もりが消えるのではないかと心配していたが、杞憂《きゆう》だった。戻ってきた最初の夜、ロザリンもカイルも探索を続けようと願うあまり、互いの部屋を訪ねようとしてロザリンの暗い化粧室で鉢合わせしてしまった。

今後は衣装だんすを開けようとするたびに、そこにつかまらされたことを思い出すだろう。生まれたままの姿で脚を広げ、体を体で覆われて、後ろから奪われたときのことを。

あいにく今朝はひとつの暗雲が現われて、喜びで満ち足りた昨夜の余韻に影を落とした。一家の事務弁護士から手紙が届いて、オックスフォードシアの地所の件で面会を求められたのだ。

北へ行っているあいだ、ティモシーの窮状についてはいっさい考えなかった。兄を心配しないでいると、気が楽だった。それがいま、また兄の要求に良心が苛まれはじめていた。

事務弁護士との面会が待っていると思うと、落ちつかなかった。アレクシアを散歩に誘ったのは、ひとつには数時間でも先延ばしにしたいと思ったからだ。

「思っていたより長く北に行っていたのね」アレクシアが言う。「ヴォーン夫人に、わたしがディナーパーティを中止にしたとか夫人を招かないことにしたと思われるんじゃないかって心配したわ。そんな誤解が生じたらたいへんだもの。彼のご家族はお元気だった？」

「ええ。いい人たちだったわ、アレクシア。叔父さまも叔母さまも正直でやさしいの。わたしのことも気に入ってくださったならいいのだけど」

「実際にあなたに会って好意を抱かない人なんていないわ。だからわたしたちの作戦も次々と成功を収めているんじゃない。それと、あのおぞましい競売についての噂の修正版が広まっているおかげと。そこでは、あなたは清らかな乙女でノーベリーは最悪のならず者とされているのよ。白状すると、そちらを信じている人の誤解を解かなくてはと思ったことは一度もないわ」

「たいてい人は最悪の筋書きを信じて、醜聞にまみれた女性が幸せになるような結末は好まないのに」

「みんな子爵のことを知っていて、あまり好きではないのよ。感じのいい人とは言えないし、何年も前から度が過ぎているという噂もあったし。一方あなたは模範的な生活を送ってきたものね。世間には誤解させておけばいいのよ。ノーベリーがあなたにした仕打ちを思えば、これくらいのことは当然だわ」

ふたりは公園に入った。いまは新緑も雑踏も見当たらない。遊歩道にはまばらに人がいるものの、この季節のこの時間では、かなりのプライバシーが得られた。

「あなたには心から感謝してるのよ、アレクシア。それでも、そのパーティにカイルも出席できたらいいのにと思ってしまうわ。カイル本人は、一度にふたつの戦線で戦うべきじゃないと言っているけれど。わたしはただ、変だなと思ってしまうの。ヴォーン夫人とご主人は、わたしが娼婦の烙印《らくいん》を押されたことは忘れてくれるのに、わたしの夫が炭坑村で生まれたことは忘れてくれないなんて」

「そういう不公平に腹を立てるということは、結婚生活はうまくいっているのね。相手への思いやりが育っているしるしだわ」

アレクシアには半分もわかっていないのではないかという気がした。自分が結婚した男性のことを従姉に語って聞かせたかった。その男性の腕に抱かれていると、どんなに安心感と生きている実感を覚え、同時にどんなに無防備な気にさせられるかを説明したかった。さもないと、世間など知ったことか、カイルが意図的に締めだされるようなディナーパーティになど出席しないと宣言してしまいそうだ。

先に口を開いたのはアレクシアだった。「ところでアイリーンのことだけど、提案があるの。びっくりするような提案よ」

妹の名前を耳にして、ロザリンの舌の上で形になりつつあった言葉が凍りついた。この戦いはロザリン自身というより妹のためだった。カイルと結婚したのも、ほとんどはアイリーンのためだったと言える。

「やっぱり今回のシーズンは、あの子には早すぎると思うんだけど」ロザリンは言った。

「そんなことはないと思うなら、楽観的すぎるわ」

「そう言う前に最後まで聞いて。ずっと前から気づいていたの、この子はあなたの醜聞と同じくらい足を引っ張るだろうって」アレクシアがそう言いながら、オーロラブルーの毛皮つき外套に包まれたお腹の大きなふくらみに手を載せた。「二週間前、ヘイデンのお兄さんのところで食事をしていたときに、その話を持ちだしてみたの。ヘイデンはもちろんアイリーンの立場に同情を示したけれど、いまのわたしの〝か弱い体〟では、これ以上のことを抱えこんではいけないと断言したわ」

「彼の言うとおりよ。あなたのお産こそ、いちばん大事だもの。アイリーンのデビューは来年にしましょう」

「たしかにわたしも一理あると思って、そのディナーのあとは考えが揺らいでいたの。ところが数日前にヘンリエッタがやって来て、四月に舞踏会を開くから、そこでアイリーンをデビューさせてはどうかと持ちかけてきたの！」

「ヘンリエッタが？　驚いたわ」

「わたしもよ。本当にびっくり。恋をすることで女性がこんなに変わるなら、シーズンが始まる前に、上流社会のうるさ型にはひとり残らず恋人を見つけてほしいわ」

「そうなるように手配をするのが、わたしたちのいちばんの戦略かもしれないわね。恋愛をして幸せになると、いろんなものの見方が変わるから」

アレクシアが片方の眉をつりあげた。「最近のあなたのものの見方はどうなの、ローズ？　風は冷たいし空は雲に覆われているのに公園を散歩しようと誘ったのはなぜ？　だけどもしかしたら、今朝は天気なんて気にならなかったのかもしれないわね。冬の寒さも晴れ晴れとした心にはどうってことなかったのかも」

ロザリンは顔がほてるのを感じた。アレクシアが笑って身を乗りだし、ほてった頬にキスをした。「この結婚を勧めたのはわたしだから、気に入るところがあったのなら、ほっとしたわ。夫婦のベッドを、義務を果たす場所としか思えないなんて、本当にいやなことでしょうから」

義務ではない。義務だったことは一度もない。愛し合うときのカイルはいつも思いやりにあふれているし、いまではロザリンも、快感を得られればこの結婚生活がもっと満足できるものになるとわかっていた。

そしていま、ティーズロウでのあの夜以来、ふたりにとってベッドで過ごす時間は最良のときとなっていた。ある意味では、ロザリンがカイルといて完全にくつろげるときであり、自分の選択は間違っていなかったと確信できるときでもあった。

それでじゅうぶんなはずだった。耳もとのささやき、髪と乳房に感じる熱い息、ロザリンをうつ伏せにして降伏を要求する横暴なやり方さえ。快楽だけでもじゅうぶんだったが、カイルが心に残していく燃えるような焼印には、そのたびごとにますます自分が自分のものではなくなっている気にさせられた。

おいしい食事——ロザリンが求婚を受け入れたあの日、カイルは肉体的な悦びをそう表現した。このごろふたりはごちそうばかり食べている。もしかしたらカイルにはそれしか残されていないのかもしれない。数々の楽しみを揃えたさまざまなメニュー。

だとしたら、なぜロザリンは打算から選んだはずの結婚に、だんだん打算以外のものを感じはじめているのだろう？　カイルならこう言うかもしれない——快楽で体を満たされたせいで、心まで満たされたような勘違いをしているんだ、肉体と感情を混同しているんだと。夜ごとの探索をくり返すうちに新たな親密さが芽生えたのは、ごく自然な結果なのだろう。男性は、娼館にいる官能の達人とのあいだにも同じような感覚を見出すのかもしれない。

それでも、この新たな心の結びつきのせいで、事態は複雑になりつつあった。たとえば、今日の事務弁護士との面会とか。

「アレクシア、いままでにヘイデンを騙したことはある？　言いつけに逆らったことは？」

アレクシアは歩きながら考えをめぐらした。「一度か二度。騙してはいないと自分に言い聞かせたけれど、もちろんそれは自分の行動を正当化するためだったわ」そのときのことでも思い出したのだろう、ひとりでそっとほほえんだ。「いちばんひどい嘘を見破られたわ。しばらくは嘘をつこうと思わないし、その必要も感じない」

「罪の意識を覚えた？」

「そのときは。だけど世の中には夫が知らなくていいこともあると思うの。完全な正直さが求められているんだとしたら、わたしは何度か罪を犯したわ。わたしにとっては重要なことだけど、そのときのヘイデンにはけっして理解できなかっただろうから」アレクシアはしばし自分の答えについて考えてから続けた。「いまなら理解してくれるだろうけど、そういう理解に至るにはしばらく時間がかかるものよ。たとえ恵まれた形で結ばれた夫婦のあいだでも。そしてわたしたちは、そんなふうに結ばれた夫婦じゃない」

いかにもアレクシアらしい。難しくて差し出がましい質問にも、率直で考えぬかれた答えを返してくれた。ロザリンは従姉が説明しなかったことについて考えてみた。アレクシアの言う重要な嘘というのは、わたしに関係があるのではないだろうか。わたしとアイリーンとティムに、そしてわたしたち一家を守ろうとする決意に。

「どうしてそんなことを訊くの、ローズ？　そのときのわたしは状況のせいでひとりで決断しなくてはならなかったけど、あなたはそうする必要はないのよ。いつでもわたしに相談して」

ロザリンは打ち明けようかと思った。アレクシアなら秘密を守ってくれるだろう。頼めばヘイデン卿にも黙っていてくれるはずだ。

けれどアレクシアは、ティムを助けることには同意しなかった。ティムのところへ行くという考えには、きっぱりと反対した。

アレクシアにとって、ティムは死んだも同然の存在なのだ。従姉は身をもって最悪を学んだ。ティムが逃亡して、ヘイデン卿がロングワース家の家族と評判の残骸を守るために私財をなげうつところを目の当たりにしてきた。そしておそらくはずっと以前から、ティムがどれだけの額を盗んだか知っていたに違いない。

いまロザリンが抱えている小さな嘘を、アレクシアが許すことはないだろう。ティムのためなら、なおさら。それに、ロングワース家の悪行が招いたみじめな結果で、またこの従姉を悩ませるのは正しいこととは思えない。

「愛しているわ、アレクシア。やさしい言葉をありがとう。だけどわたしもあなたと同じように、自分で決断しなくてはいけないと思うの」

ヤードリー氏はあらゆる形で職業意識を前面に押しだしていた。法曹学院からほど近い弁護士事務所の部屋を訪ねていったロザリンに、いかにも業務上の面会といった雰囲気で、穏やかに礼儀正しく挨拶をした。ロザリンに椅子を勧めてから、書類の山とともに彼女と向き合った。場を和ませようとしてか、にっこりとほほえむ。近くの机には事務員が静かに控えていて、なにか言われたらすぐに書き留めようとペンを掲げていた。

ヤードリー氏の高い襟の先端はたるんだ喉に突き刺さり、クラヴァットはいかにも息苦しそうだ。流行の形にカットされた巻き毛が狙いどおりの効果をあげていないのは、白いものが交じりはじめた髪が薄くなりすぎているからだろう。経験豊富な事務弁護士は、長年ロングワース家に仕えてきた――最初はロザリンの父に、その後は息子たちに――が、この一年は仕事らしい仕事を依頼されていなかった。

ロザリンは質問が投げかけられるのを待った。事務弁護士は慎重な顔をしている。ロザリンの兄の劇的な破産のせいで評判に傷がついたのは間違いない。いまティモシーに仕えるのは不快でしかないだろうから、地所の売却にはいっさい関わりたくないと思っても当然だ。

今日ロザリンを呼びだしたのは、一家の事務弁護士をおりたいと伝えるためで、これが最後のお別れなのかもしれない。

ヤードリー氏が咳払いをした。「ブラッドウェル夫人、法律を調べたところ、兄上の代理委任状は精査に堪えるという結論が出ました。この手紙があれば、わたしは兄上に代わって土地を売却することができます」

「それはよかったわ。いつになります？　そういう売却にはどれくらいかかるのかしら？」

ヤードリー氏がふたたび咳払いをした。「じつはひとつ問題がありまして。残念ながら、この地所を売ることはできません」

ロザリンは意味がわからなくて首を傾《かし》げた。「どういうことかしら？　売れない理由を説明してくださる？」

「ここはご主人にお会いしたほうが……」

「あの地所はわたしではなく兄のものですし、主人はこの件になんの権利も持っていません。わかりやすく説明していただければ、わたしでも理解できると思います」

ヤードリー氏が頬をふくらませた。財政問題を女性に説明するのはあまり得意ではないらしい。

「ブラッドウェル夫人、兄上が借金からお逃げになったとき、あの地所は債権者たちの標的になったんです」氏は〝借金〟という言葉を意味深に強調して、少なくとも自分だけはその借金の裏にある犯罪を知っているとほのめかした。「そのときはヘイデン・ロスウェル卿があの地所の先取特権《さきどりとっけん》（債務者の財産について、ほかの債権者に優先して弁済を受けることのできる権利）を取得なさいました。ここに書類があります。ほかの債権者が損失を補おうとしてあの土地を奪わずに来たのは、ひとえにその先取特権ゆえなんです」

「ヘイデン卿があの地所を守るためになにかしてくださったことには気づいていました。それには感謝しています。けれどヘイデン卿の先取特権がいまも有効だとは思っていなかったわ」

予測しておくべきだった。その先取特権がいまだ有効だとしても、ヘイデン卿を責めることはできない。たとえ全員への返済が終わっていても。返済したのはだれならぬヘイデン卿なのだから。ヘイデン卿が代わりにあの地所を手に入れたとしても、ロザリンには異を唱えられない。

「じつはヘイデン卿の先取特権は前の夏に撤回されました」

「その先取特権が撤回されて、土地も建物も権利が返ってきて、兄の代理委任状が有効ならば、どうして売ることができないの？」

「別の先取特権があるんです」

「つまりふたつあったということ？　それならヘイデン卿が撤回なさるとは思えないわ。わたしたちの家族の地所を守ろうとしておきながら、ふたり目の債権者に明け渡すだなんて」

「そのふたり目の債権者は、ヘイデン卿が権利を撤回なさったときには存在しませんでした。最近のことです。ほんの数カ月前でした」

「驚いたわ、ヤードリーさん。どうしてそのときに知らせてくださらなかったの?」

「わたしがお仕えしていたのはあなたの兄上で、その兄上が破産されて借金を作り、外国に移られたという、この一年間のことを考えると、もはやあの地所を必要としておられないように思えたんですよ。要するにですね、ご一家との関係は終わったものと思っていましたから、お知らせする義務もないと考えたんです。あなたは今日のわたしのご報告に驚かれたでしょうが、わたしもこの代理委任状のことであなたから問い合わせを受けたときは同じくらい驚いたんですよ」

ロザリンは立ちあがって、うろうろと歩きだした。部屋の窓からは通りが見おろせた。行き交う人と馬車の上にこぬか雨が落ちている。ロザリンの御者は、馬車につながれた二頭の馬を歩かせて温まらせようと、ちょうど通りに出ていくところだった。

新しい先取特権。どうやらヘイデン卿はひとつかふたつ、借金を見落としたようだ。あの詐欺行為が生んだもつれた蜘蛛《くも》の巣から被害者全員を見つけだすのは不可能だったのだろう。

「その先取特権はどれくらい行使されているんですか、ヤードリーさん?」

土地はじきに奪われてしまうかもしれない。ロザリンとアイリーンは生まれたころから知っているわが家を失うかもしれないのだ。ふたりは収穫期の作物のように根ごと引きぬかれてしまう。土地の売却がティムの助けになると思っていたときはそれについて考えないようにしていたものの、いま、現実をしっかり受け止めると胸がよじれた。

記憶が次々とよみがえってきた。幸せなとき、悲しいとき。一家の生活を立てなおすため、長兄のベンがある銀行の株を買いこんで、代わりにそこで働くと発表したときのこと。まだ少年だったティムが菜園のあのりんごの木にのぼって、自分ものぼろうとするロザリンに小さな実を投げつけてきたときのこと。あの丘に寝転がって、危険なほど自由を感じた一時間のこと。

そして、初めてカイルにキスをされたときのことも。あのときカイルはふたりを隔てる身分と違いを一足飛びに越えてきた。

「権利の取得をのぞけば、それより先の段階は踏まれていないようです。ヘイデン卿のときと同じで、ただ敷かれているだけ。ですがいかなる売却も許されません」

ロザリンは事務弁護士のほうに向きなおった。ヤードリー氏も事務員も席を立っていた。

「その新しい先取特権が敷かれているだけなら、取得した方に撤回してもらうよう説得できるかもしれないわ。手紙をご覧になったでしょうけど、わたしが資金を送らなければ兄は深刻な状況に陥ってしまうんです」

ヤードリー氏は礼儀正しく反応を控えたが、目がすべてを語っていた。ティムが深刻な状況に陥っても、悲しむのは近しい親族だけだ。「この先取特権が撤回されることはないと思いますよ。気まぐれで取得されたのではありませんから」

「それでもやってみないことには。あなたがこのお仕事に乗り気でないのはわかります。わたしが自分でやってみますから、その債権者の名前をメモしていただけませんか。わたしからお手紙を書くか、ヘイデン卿に代理で書いていただきます」

ヤードリー氏が一瞬ためらった。それから事務員のほうを見て、うなずいた。事務員がペンを手にして机に屈みこみ、なにやら書きつけた。

事務員が紙をたたんでロザリンのところに持ってきた。ロザリンはそれをレティキュールに収めて暇《いとま》を告げた。

雨に濡れる心配のない馬車のなかに入ってから、ふたたび紙を取りだした。明かりを採ろうとカーテンを開けて、紙を広げた。

ヤードリー氏の落ちつかない様子と回りくどい説明の理由が瞬時にわかった。

問題の先取特権で地所の売却を邪魔している人物の名前を、ロザリンは呆然として見つめた。

カイル・ブラッドウェル氏。

18

カイルを訪ねてきた人物は署名をした契約書を手に帰っていったが、その条件には満足していなかった。彼が署名をすることは、ドアから入ってきた瞬間にわかっていた。満足しなかったのは、交渉中にふとカイルをとらえた決意が原因だ。

ふだんは気持ちよく別れるためなら数ポンドの犠牲も厭わない。けれど今日は、この木材業者と冷静に向き合えなかった。交渉は、引き分けでは終われない、勝たなくてはならないゲームになった。

カイルは事務室のドアが閉じるのを見守った。たったいまこの部屋を出ていった書類は多額の金を表わしている。あの木材はノルウェーからやって来るのだ。結局のところ、交渉は引き分けに終わったのかもしれない。

フロックコートを脱いで椅子の背にかけた。自分が生活し、働いているこの世界の端っこに隠れているのが、最近ますます難しく思えてきた。力がよみがえっていた。生まれながらの自分を隠してきたことを快く思っていない力が。

この変化をもたらしたのはロザリンだ。彼女といると本来の自分に戻った気がした。自分の頭のなかや計画にさえ、ここ数年は自分のなかで制限を設けてきた。この世界に属していないという事実を隠そうとして、本来の自分を見失っていた。

机に歩み寄り、新しい契約の骨子《こうし》が記されている書類を見おろした。それを脇に寄せて、今朝書いたメモに視線を落とした。大まかに記されているのは奇抜なアイデアだ。大胆で独創性に富んでいる。若いころにはこういうアイデアが湯水のように湧いてきた。だがフランスから戻ってきて以来、自分のそういう面は抑えつけてきた。

ロザリンは本来のカイルを気に入っているように見える。異なるふたつの世界によってつくられた男を好ましく思っているように。

メモの文字が薄れてロザリンの姿が浮かんできた。今日の夜明けどきの彼女を思い出す。流れるようなつややかな髪をカイルの腕にたゆたえて、鼓動とともに温もりを届けてくれた姿を。その美しさにはいつもどおり陶然とさせられたが、いまカイルに息を呑ませているのは手の届かない女性ではない。人生と権利を取り戻すためにその身を差しだした愛らしいレディでもない。

さらに別の光景が浮かんできた。官能的だけれど、欲望は重要ではない場面が。細かなことが脳に焼きつけられている。オックスフォードシアの菜園の光に包まれた頬の曲線。フォークを掲げる手。ロザリンのなにを思い出そうと、そのすべては美と洗練だ。もしかしたら木材業者にあんな決意で迫ったのは、そうでもしなければロザリンの姿を追い払えなかったからかもしれない。

彼女には何度も驚かされた。ベッドのなかのことだけではない。それよりもっと大きな変化がふたりのあいだに起きていた。カイルはこの結婚に、たいして期待していなかった。ましてやロザリンからなにかをもらえるとは思ってもみなかった。彼女と一緒にいることで得られる喜びなど、予想だにしていなかった。

今日、ロザリンはアレクシアを訪ねている。もう家に帰っただろうか。

いますぐロザリンの部屋を訪ねたとしても、妻は迷惑な素振りすら見せないだろう。むしろ自分の用事を脇に置いてでも、夫を激しい欲望に誘いこんで地も揺らぐほどの絶頂に導くのではないか。カイルが自分を一度失って、そして再発見する場所へと。

あるいは――。

ドアの外から聞こえた物音に幸せな夢想を遮られた。カイルは部屋を横切って、仕切りのドアを開けた。

まるでカイルの夢想から呼びだされたかのごとく、ロザリンが行ったり来たりしていた。足音がリズミカルに木の床をたたく。ロザリンがちらりと秘書の席を見やってから、カイルのいる戸口に目を向けた。歩くのをやめてじっと彼を見つめた。

なにかがおかしい。姿勢と首の傾げ方がそう物語っている。足音にもそんな響きがあった。

そして目のなかのとげとげしい光は、カイルの穏やかでやさしい妻が心の底から怒っていることを告げていた。

「ここへ来るのは初めてよ」ロザリンが言う。まるでカイルが与えようとも思っていない挑戦に受けて立つかのように。「シティーまで来たついでに寄ろうと思ったの」

「来てくれてうれしいよ。興味があるのを知っていたら、もっと早く連れてきたのに」

「事務員はどこ？　なかにいるの？」

「事務員は置いてない。手紙は自分で書くし、契約書に間違いがないかは事務弁護士が確認してくれるから」

真一文字に結ばれたロザリンの唇は、笑みと呼ぶには冷ややかすぎた。「いろいろと便利よね、事務弁護士というのは」

「入らないか？　こっちには椅子がある」

ロザリンは少しためらってから事務室に足を踏み入れた。

室内を歩いて窓からの景色を眺め、部屋のなかを品定めする。ゆっくりと動く鋭い視線が、宝石のような色の絨毯や、マホガニー材の家具や、背の高い本棚や、地図を収める大きな浅い引き出しを順ぐりにとらえていった。

「趣味のいい部屋ね。紳士のクラブはこんな感じなんじゃないかしら。それか、メイフェアの図書室か。特筆すべきところはないけれど、文句のつけようもない。まるであなたの上着みたい」

ロザリンの言葉に称賛の響きはなかった。ここにいるのは、ティーズロウで、カイルがなぜいまのような人間になったかを彼自身よりも理解してくれた女性ではない。それどころかこの女性は、カイルがそんな人間になることを選んだのは欺瞞《ぎまん》であり打算の結果だとほのめかしている。部分的には事実だから、カイルは侮辱だとは感じなかった。

暖炉にたきぎを足しながら言った。「今日は雨だから、温まったほうがいい。アレクシアのところへは行ったのかい？　シティーへ来る前に？」

ロザリンが暖炉のそばにやって来た。「ええ。アレクシアはわたしとアイリーンのためにいろいろ計画を立ててくれているわ。本当にやさしい人」

炎がロザリンの顔に金色の光を投げかけた。暖炉の炎が目をきらめかせて完ぺきな肌に赤みを添えるさまに、カイルは見とれた。その数秒は、ロザリンがここへ来るのは異例だということも、妻がなにかに腹を立てていることも、頭のどこかに消え去った。

ロザリンが正面からカイルに向き合った。「わたしがここへ来たのは、この部屋やあなたの仕事に興味があったからじゃないの。もっと興味を持つべきだったわ。あなたの家族や過去について、興味を持ったように。最近のわたしは自分のことばかり考えて、どんなことでも自分の視点からしか見ていなかった。だけど本当はわたしなんてつまらない存在で、結局わたしは添え物にすぎないのよね」

「どんな出来事でも行動でも、その理由と結果からは切り離せないんだから、きみが自分はつまらない存在だと言うのは間違ってるよ」

「そうかしら。疑わしいわ」

本気で言っているらしい。目に疑念が宿っている。カイルを疑っているのだ。

「カイル、わたしはずっとティムの被害者の全員が——損失をこうむった銀行の顧客の全員が——全額を返済されたんだと思っていたわ。あなたもそんなことを言っていたし、あなたの叔母さんと叔父さんもそう言っていた」

「そうだよ。全員が返済を受けた」

「だけど全員がヘイデン卿からの返済金を受け取ったわけではなかったのね?」

「ああ。ヘイデン卿は全員から搾り取られたわけじゃない」

「搾り取られる? だれも彼にお金を返せと言っていないわ」

「それでも彼は血を流した」

ロザリンがその言葉を受け止めた。これ以上、この話はしないだろう。ヘイデン卿の払った犠牲は不都合で気詰まりな真実だ。

「被害を受けた人のほとんどはとても怒ったでしょうね、カイル。だけどヘイデン卿のお金を受け取れば、その怒りを水に流さなくてはならない。お金が戻ってくれば、怒りをつなぎとめるものはなくなる。だからあなたは受け取らなかったの?」

怒っているのは、つまりそれか。「アレクシアから聞いたのか？　ぼくがご主人の金を受け取ろうとしなかったたって？」

「いいえ」

それでもだれかから聞いたのだ。あるいは自分で答えを導きだしたか。どうやってかは見当もつかないが。「プルーデンス叔母とハロルド叔父は被害者だけど、ぼくは違う。ぼくは信託者じゃなく受託者だったんだ。へイデン卿の申し出は受けられなかった。受けられる人間がいることが信じられなかった。罪を犯したのはへイデン卿じゃないのに」

「受けられるわよ、お金を取り返したいんだから。そのためには、怒りを水に流して犯罪を忘れさえすればいいんだから。ところがあなたはなにをした？　叔父さん夫婦のために資金を補った？　自分のお金で信託を積み立てなおした？」

「ぼくは叔父夫婦に責任があった。損失を招いたのは、ぼくの銀行選びがまずかったせいだ。補償するのは当然だろう」

「へイデン卿に返済させていたら、損失は出なかったわ。あなたが申し出を受けなかったのは、そうしてしまったら復讐を求める理由がなくなるからよ」

かなりの図星を突いていた。いまならカイルにもわかる。当時はわからなかったが。いずれにせよ、いまこの件について、ロザリンの納得や理解を得られるような説明をすることはけっしてできないだろう。

ロザリンが目の前まで歩み寄ってきた。興味深いものでも見るような、怪訝《けげん》な顔でじっとカイルの目を見つめる。まるで他人を見るように。「あなたはヘイデン・ロスウェルじゃないわ。あなたは二万ポンドに怯んだでしょうね。おそらく、もっと少ない額でも」

「大いに怯んだよ、ローズ。いまだって完全には立ちなおってない」

「だけどあなたは怯むのをやめられる方法を見つけたのね。いますぐにではなくても、じきにやめられる方法を」

いつもの上品さと落ちつきが、燃え盛る怒りをかろうじて抑えつけており、激情を忍ばせるものといえば、こわばった表情と射るような目だけだった。

だが、それだけではなかった。初めてこの女性と出会ったときに垣間見た、そこはかとない冷ややかさが戻ってきていた。妻はふたたび心に鎧《よろい》をまとったのだ。一家の破滅と、それに続く貧困と孤独を生き抜くためにまとった鎧を。

ロザリンを引き寄せようとカイルは手を伸ばした。抱きしめて、この口論がどこへ行き着こうと彼女が遠くへ行ってしまわないように。

ロザリンがくるりと向きを変えて、カイルの手が届かないところへ歩いていった。「賢い人ね、カイル。成功したのも不思議はないわ。あなたはなにも認めない。なにも話さない。自分が不利にならないように」

「なぜそんなに動揺しているのか、説明してくれ。話してくれるのを待っているんだ」

「動揺？　動揺？　なんてお上品な表現なの」ロザリンの言葉は室内の空気を切り裂いた。彼女はつかの間目を閉じて、落ちつきを取り戻してから続けた。「今日、オックスフォードシアにあるわたしの家族の地所について、あることを知ったわ。いまはあなたのものなんですってね」

「どうやって知った？」

「どうやって？　わたしは予想もしなかった裏切りを見つけたというのに、あなたが知りたいのはどうやって見つけたか、それだけ？」ロザリンはそう言うと、うろうろと歩きだした。体から怒りがあふれだす。けれどロザリンの話を聞いて、カイルのなかにも怒りが満ちてきた。

「いつなの、カイル？　最初に訪ねてきたあと？　あの日、あなたは家をあちこち見てまわって、土地をじっくり品定めしていったわね。そして土地と建物の権利者について尋ねた。ばかなわたし。友だちとして、心配して訊いてくれているんだと思っていたなんて。輝く鎧をまとった騎士として。実際は、どれだけの利益があるかと計算しているだけだったのに」

「くそっ、そんなことはない」

「あの地所が兄のものだと知っていたのね。だけどわたしは、あなたが返済を受けなかった債権者だなんて知らなかった。それだけじゃないわ。あなたは、あの土地を開発するより農地にしておいたほうが価値があるかどうか、土壌を調べまでした――」

「どうやって知ったんだ？」

ロザリンは問いを無視した。驚きに目を丸くして続ける。「おまけにわたしときたら、あなたがわざわざ土地を開発する気にならなかったとしても全部買い取ってくれそうな人の名前を教えたりして。あなたは最高に卑劣なやり方でわたしを欺いたのね。わたしを利用したのよ」

もうじゅうぶんだった。カイルは大股で歩み寄ると、ロザリンを腕のなかに引き寄せた。ロザリンは抵抗しようと身をよじったが、カイルは頑として放さなかった。ロザリンが下から睨みつけた。

カイルの脳裏に、ある記憶がよみがえった。襲われまいとして剝きだした歯の記憶が。

「放して、カイル」

「いやだ。先にぼくの話を聞いてくれ。たしかにぼくはあの土地の所有権を手に入れた」

そう認めてもロザリンの怒りは静まらなかった。閉じこめられた猫のように、逃げようとして身をよじった。

それでもカイルは放さなかった。「あの土地を奪うつもりはない。奪おうと思ったこともない。申請したのは、ほかの人間の手に渡らないようにするためだ。それと、売却されることがないように」

ロザリンが凍りついた。ふたりの視線がぶつかる。

「ぼくの先取特権のことをどうやって知った、ローズ？」

「一家の事務弁護士が教えてくれたわ」

「きみが訊かなければ教えなかったはずだ。どうして尋ねた？　どうにかして売り払って、やっぱりティモシーのところへ行こうと思ったのか？」その可能性を考えただけで、荒々しくも猛々《たけだけ》しい原始的な所有欲が湧き起こってきた。

「とんでもないわ」驚いて眉をひそめたものの、すぐに悟った表情がおりてきた。「それが理由なの？　わたしが兄のところへ行かないように？　たしかあなた、自分と結婚しようとしまいと行ってはならないと警告したわね」

「従姉にお金を頼めないなら、きみが旅の資金を作るにはそうするしかない」

「兄のところへは行かないと言ったでしょう？　あなたと結婚したでしょう？　宣誓をして結婚しておいて、先行き不安な兄のところへ逃げだすほど、わたしは不誠実でも愚かでもないわ」

論理的な説明をしているうちに、ロザリンは多少の落ちつきを取り戻したらしい。

カイルはそうはいかなかった。ロザリンが土地を売ろうとしたのが自分の目的のためではないのなら、別のだれかのためということになる。

ふたりは睨み合い、互いの目にすべてを見いだしていた――この二週間の幸せと、もう分かち合えない自由を。カイルが問いを口にする前から、なにを訊かれるかロザリンが感づいているのがわかった。腕のなかのしなやかな体がこわばった。

「また手紙が届いたんだな？　あの土地を売るよう指示されたんだろう？　だから事務弁護士に会いに行ったんだ」

ロザリンが傲然《ごうぜん》とうなずいた。目にはいまも挑戦的な光が宿っていた。

妻が言いつけに背いた。カイルの頭に次々と浮かんできたことのなかで、それはいちばんどうでもいいことだった。

ロザリンは兄と接触しただけでなく、その代理として行動し、なんらかの足跡を残したかもしれない。ロザリンを共犯者に仕立てあげたい人物がいるとして、その人物の告発に説得力をもたせる証拠のかけらを差しだしたようなものだ。

必死に頭をめぐらせ、ふと我に返ると、ロザリンが怪訝そうな——と同時に不安そうな——顔で見あげていた。待ち受けているかもしれない危険を思って、カイルは彼女を抱きしめる腕に力をこめた。

ロザリンが誤解した。抱擁に危険を感じたかのように、はっとした表情を浮かべた。

カイルはすぐさま腕をほどき、ロザリンから離れた。面と向き合わなくてすむように、窓の外に目を向ける。怖がらせてしまうかもしれないものは、見せたくなかった。

「きみの馬車が戻ってきたよ、ローズ。御者は馬を歩かせ終えたようだ。そろそろ行ったほうがいい、暗くならないうちに。下まで送ろう」

ふたりとも黙ったまま馬車まで向かった。隣りを歩くロザリンは女王のように堂々としていた。カイルが馬車に乗りこませたとき、その目は潤んでいるように見えたが、怒りはなおはっきりと表われていた。

涙と怒りについては、なるべく早く対処しよう。いまはロザリンの行動が本人を危険にさらしていないかを調べるのが先決だ。

カイルは馬車の扉を閉めて、窓からなかをのぞいた。「家に帰ったら手紙を燃やすんだ。受け取ったことはだれにも言うんじゃない。訊かれたら嘘をつけ。きみはそんな手紙を見ていない。彼がどこにいるかも知らない。いいね？　今度こそ言うとおりにしてくれ」

ロザリンの冷ややかな表情が崩れた。愛する人の顔が急に悲しみと狼狽でいっぱいになったのを見て、カイルはいますぐ馬車に乗りこんで慰めたい衝動に駆られた。

「燃やせないわ。事務弁護士への代理委任状が含まれていて、いまは弁護士のところにあるの」

くそっ。カイルは御者に行けと合図をしてから、その事務弁護士の事務所があるほうへと歩きだした。いまなにをすべきか、なにを聞きださなくてはならないかを計算しながら。そして、ロザリンと引き換えにティモシー・ロングワースの首を差しださなくてはならない日が来るのだろうかと考えながら。

19

その日はもうカイルの姿を目にしなかった。ロザリンが床につく時間になっても彼は帰ってこなかった。ロザリンはひとりで何時間もベッドに横たわり、廊下やドアの向こうの化粧室にカイルの足音を求めまいとして過ごした。

部屋を訪ねてきませんようにと思うほどにはまだ腹を立てていたが、ふたりの口論と、テイモシーの手紙にカイルが示した強い反応が気にかかってもいた。

ひとつ言いつけに背いただけにしては、カイルの怒りは度が過ぎていた。大きくて頑として激しかった。数時間考えてみて、怒りの原因は言いつけに背いたことではなかったのだと気づいた。カイルが別れ際にくだした命令と、歩み去っていくときの態度を考えると――あの怒りは不安の産物で、言うことを聞かない妻に機嫌を損ねただけではなかったことがわかった。

だとしたら、なにを不安に思ったのだろう？　なにか重要なことだ。ロザリンが知っている男性は、つまらないことで騒いだりしない。いままでにそういうことがあったとすれば、おおむねロザリンの兄に関することだった。だけどもしカイルが復讐を心に誓っているなら、ティムの居場所の手がかりとなる手紙を燃やせと命じるだろうか？　むしろ、手紙を渡せと言うのでは？

カイルはそうは言わなかった。手紙の差出場所はどこかと尋ねさえしなかった。

ロザリンはいつしかまどろんで、こま切れに眠った。翌朝目覚めると、カイルは夜中に戻ってきたが早朝にまた出ていったとのことだった。ロザリンはなにをしても気が紛れなくて家のなかをうろうろと歩きまわり、とうとう正午に馬車を用意させた。御者に頼んでハイドパークに向かわせる。そこで馬車をおり、長い散歩を始めた。

おかげで少しはいらいらがおさまったものの、胃のなかに居座っている不安はどうにもならなかった。悪い知らせが届くとしか思えなかった。次にカイルと会うときは、これまでにない堅苦しさがふたりのあいだを支配するだろう。あれほどの親密さを知ってしまったあとに、実用性とよそよそしさだけの結婚生活を送ることができるだろうか。

一時間ほどそぞろ歩きをしてから、向きを変えて公園の遊歩道を戻りはじめた。馬がこちらにやって来るのが見えた。鞍にまたがった男性は長身で凛としている。着ている服も馬の扱い方も馬上の姿勢も——なにもかもが折り目正しく見えた。

距離が近づくと、男性の青い瞳に視線を吸い寄せられた。いつもロザリンの心をとらえ、きちんと見つめた者だけにその深さを教えてくれる瞳に。あたりの空気に生命力がみなぎって、カイルが自らの力にくびきをかけるのを感じた。力が無駄に放出されることも、悪用されることもないように。

ロザリンの胃のなかのしこりがますます固くなった。この対面を恐れると同時にもどかしい思いで待ち望んでもいた。昨日はひどい別れ方をしてしまった。

カイルがロザリンのそばで馬を止めて、見おろした。やがて馬からおりて言った。「昨日のことで話がある」

カイルの存在に癒されたかったものの、実際はそうならなかった。この男性が初めて訪ねてきたあの日、ウォトリントン近くの小道を並んで歩いたときのことを思い出した。あのときと同じように、カイルが馬の手綱を引きながらロザリンの隣りを歩きだした。

これに比べてあの日の散歩の楽しかったこと。いまは昨日の口論でぶつけ合った言葉が、無数の見えない矢のようにふたりのあいだを飛び交っている。

「お説教をするの？」ロザリンは尋ねた。それでふたりのあいだにできた溝が消えるなら、ぜひしてほしかった。

「かもしれない。だけどまずはぼくの説明を聞いてほしい」カイルがあの青い目をロザリンに向けた。「もっと早く説明しておくべきだった」

「どうしてしなかったの？」

「説明すれば、きみに求婚を断わられていたからだ。きみはひどく断わりたがっていた。断わる理由を探していた。そしてぼくの説明を聞けば、格好の理由だと、飛びついていただろう。目の前の人生を捨てて大陸での人生に飛びこむことこそ唯一の価値ある選択肢だと、自分に嘘をついていただろう。なぜならきみはそう信じたがっていたから」

「わたしをわたし自身から救ってくれたなんて、親切な人ね」

「ぼくはきみを求めていたんだ、ローズ。きみを救ったのはぼく自身のためだよ」

求めていた。生まれのせいで、手に入れることを禁じられたものを。だからといってカイルを責められない。あの求婚の裏にある動機など、知っていた。

「昨日きみが言ったことは正しい」カイルが言った。「ぼくがヘイデン卿から返済を受けなかった理由のひとつは、そうすれば怒りを捨てずにすむし、復讐を正当化できるからだ。それを正義と呼んでいたが、怒りのせいで別のものになったことは否定できない。少なくとも自分にはこう言い聞かせていた——ぼくはヘイデン卿から金を受け取っていないし、復讐を求める人間はほかにもいると」

　ロザリンは足を止めてカイルを見た。彼の目に、最後の言葉が意味することを打ち消すなにかが映ることを、心から願った。

「ほかにも？」

「ぼくが知るかぎりでも八人は。彼らはヘイデン卿の考える正義を認めなかった。スパイを大陸に送りこんでお兄さんを探させ、英国に連れ戻そうとしてる」

不快な感覚が全身に広がった。それは胸のなかにまで入りこみ、恐怖で心臓を重くした。

「どうしてわざわざそんなことをするの？　損失を取り戻しておいてそんな人を送りこむなんて――」ようやくカイルの言葉の完全な意味を理解して、胸を引き裂かれた。「スパイなんて――。ティムは絶対に逃げられないわ。そんな知恵の働く人じゃない――」

悲しすぎる思いを乗り越えて、どうにか言葉をつないだ。「あなたの言うとおりね。知っていたら、わたしはここにはいられなかった。兄を助けようとしていたわ。安全に暮らせる場所を見つけて、身を隠す方法を考えていたでしょうね。兄ひとりではそんなことはできないでしょうから」

「それなら、きみに話さなくてよかったと心から思うよ。きみは自分の命をなげうっていただろうから。自分の自由までも」

ロザリンは木立のほうに目を向けた。いまはひどく殺風景で、寒々しい。ようやく気持ちが落ちついて、形ばかりは整理ができた。「そうまでして兄を陥れようとしているのは、いったいだれなの？」

「ノーベリーもそのひとりだ」

なんということ。とはいえ、ロザリンに対する卑劣な仕打ちはある種の復讐でもあった。あの競売のときに、ノーベリー本人がそのようなことを言っていた。

「ほかには？」

「プライドの高い男たちだ。貴族、金融関係者、商人……。大事《おおごと》になるほど失うものを持っている人たち。ティモシーに愚弄《ぐろう》されたことを水に流せない人たちだ」

まじめなきっぱりとした物言いに、ロザリンの鼓動は激しくなった。「それでも二万ポンドを失うことには怯んでしまう人たちね。あなたのように」

カイルが正面からロザリンの目を見据えた。「ああ、ぼくのように」

「驚いたわ。兄を絞首刑にしたいと思いながら、わたしに求婚したの？　まさか、わたし宛の手紙から兄の居場所をつかめないかと――？」

「そんなことを提案されはした。だけどぼくは、きみに手紙をすべて破棄しろと言わなかったか？　結婚したときに、仲間から抜けたんだ。だけどそれは間違いだったかもしれない」

「間違い！」狼狽でいっぱいになりつつあった心を、恐ろしい考えに貫かれた。「あの事務弁護士……あの手紙……。昨日わたしが帰ったあとに、彼のところを訪ねたんでしょう？　まさか町の名前と兄の偽名を聞きだして、ノーベリーとほかの人たちに知らせてしまった――？」

カイルがそっとロザリンの腕をつかんで彼の目を見つめさせた。「いや、そんなことはしてない。だけど昨日きみを事務所から送りだしたあとにぼくが起こした行動は、すべてきみを守るためにしたことだ。お兄さんじゃなく、きみを。ローズ、ぼくはお兄さんの首を求めてはいない。いまでは復讐も、正義すら求めてない。なぜなら、そうすればきみが悲しむから。だけどもし、きみか彼かを選ばなくてはならないとしたら、当然きみを選ぶ。きみは無実で、お兄さんはそうではないんだから」

ロザリンは言葉もなかった。泣くべきか叫ぶべきかわからなかった。

カイルの腕のなかにそっと引き寄せられたが、途方に暮れるあまり、抵抗することもできなかった。温もりが伝わってきた。同情も。恐怖を呼び覚ますかすかな悲しみも。

「話はまだあるんでしょう？」ロザリンはささやくように言った。「ここまでわたしを追ってきたのは、打ち明け話をするためじゃないわ。なにかを警告するために来たのね」

背中に頼もしい腕を回されたまま、ふたたび歩きだした。「なにもかも説明するよ」

カイルが背中に回した腕のなかで、ロザリンは心許ない様子だった。呆然とした表情で、兄をつかまえたがっている男たちの話を受け止めていく。カイルは自分だけ責任逃れをするようなことはしなかった。そもそもノーベリーと男たちの輪に加わっていなければ、じきに直面するかもしれない忌まわしい決断も避けられたはずだ。

「仲間から抜けていなければ、せめていまどういう状況になってるか、把握していられたんだろうが」カイルは説明した。「だけど昨日、彼らのひとりを探しだして聞きだすことができた」

ロザリンが目を伏せた。もう一発食らっても、もはや驚きはしないとでもいうように。

「どういう状況なの？」

言いたくない。本当に。「スパイをしているロイズという男から手紙が届いたそうだ。書かれたのは数週間前で、そのときロイズはトスカーナにいた。ティモシーがそのあたりにいて、ゴダードという偽名を使っていることまでつかんでいた」

「つまり兄は見つかってしまうということね。おそらくは、もう見つかってしまったかもしれない」

おそらくは。昨日聞きだした話のなかで唯一の明るい材料は、これでだれもロザリンに情報を要求したり、ノーベリーが提案したように、カイルが無理やり妻に吐かせることを求めたりしない点だ。

それでも、ロザリンが共犯者として訴えられる可能性は依然として残る。現状、そうなる可能性は低いだろうが。ロイズがトスカーナの小さな町々を歩きまわってロングワースを見つけだすことに失敗しないかぎり。

「どうして事務弁護士とティムの手紙のことをあんなに気にしていたの？」ロザリンの心は打ちのめされていても、頭は鈍っていないらしい。「仲間を抜けたなら、兄の偽名や居場所を知りたいと思っていないなら、どうしてあんなに激しく反応したの？」

すべて話すしかない。リージェント・パークで落ち合った日に求められた〝完全な正直さ〟を与えるしか。カイルは苦悩する妻を見つめ、こんな状況下での完全な正直さというのは、いったいどういうものだろうと考えた。

いまは危険などないのかもしれない。ロイズが自力でロングワースを見つければ、だれもロザリンを共犯者として挙げたりしないのかもしれない。

「事務弁護士に会って、例の手紙を燃やすよう要求した。ぼくが先取特権を撤回することはないから、代理委任状には意味がないと説明した。あの手紙は処分してしまうのがいちばんなんだ、ローズ。きみが彼の居場所を知ったことが、だれにも知られないように」

「ヤードリーさんは燃やしたの？」

「灰になるところをこの目でたしかめた」

それを聞いてロザリンは安心したように見えた。本当はそこまで安心したものでもないのだが。けれどロザリンは悲しみと混乱に打ちのめされるあまり、カイルの言葉を分析して抜け穴を見つけることができなかった。

ヤードリー氏はたしかに手紙を燃やしたが、それはカイルが文面に目を通してからのことだった。そして手紙そのものはこの世から消えたとしても、ヤードリー氏はそれが書かれたことだけでなく、ロザリン宛に送られたことも知っている。事務弁護士には守秘義務があるものの、万が一迫られたら、ロザリンと兄とのあいだにいまもやり取りがあることについて、ヤードリー氏が沈黙を守るかどうかはわからない。

頭上に剣がぶらさがっている。ロザリンはその切っ先が自分を狙っているのを感じた。悲しい儀式で一日が始まるようになった。夜明け近くにカイルがベッドを去ると、抱擁という慰めを失う。そのあとはほとんど眠れない。それからようやく下におりて、カイルが郵便物と新聞を読んでいる居間に入っていく。一歩ごとに自分を鼓舞しつつ。

アレクシアがディナーパーティを開く日の朝も、同じ儀式をこなした。そのパーティのために着飾ると思うと――明るく優雅なふりをしなくてはならないと思うと――めまいがした。コーヒーも食事も断わった。カイルが新聞をこちらに滑らせる。「なにもない」

安堵で全身の力が抜けた。カイルの郵便物に目を向ける。そちらにもなにもないのだろう。

「いつかなにかがあるわ」ロザリンは言った。

「断言はできないよ」

もちろんできる。

ロザリンは、イタリアの町をぶらぶらと歩く兄の姿を思い描いた。話す言葉と同じくらい英国人であることを物語る砂色の髪を隠しもせず、愚かにも逃げるときに用いたのと同じ偽名を使っている姿を。ロザリンはすでに地図を調べて、プラトがあまり大きな町ではなく、フィレンツェからそう遠くないことを知っていた。

ロイズという男はほとんど苦もなくティムを見つけてしまうだろう。

そうして見つかった兄が英国に連れ戻されて略式起訴がなされたら、ティムは公然と盗人と呼ばれるようになり、裁判にかけられて、有罪を宣告されて——。

「あんまり考えるな、ローズ」

ロザリンは顔をあげた。心のうちを見透かされたらしい。

この男性にも影響を及ぼしてしまう。これほどの詐欺事件に関わりがあるとなれば、盤石とはいえない彼の立場だけでなく、ケントの地所でおさめた成功までも痛手を受けるだろう。カイルはそれについてなにも言わない。まるで汚れたお飾りの妻に大打撃を与えられることなど気にしていないかのように。

それがロザリンにはつらかった。なにが悲しいといって、カイルがこの結婚で利益を得るどころか深い傷を負ってしまうかもしれないことだ。

「アレクシアのパーティには何時に出発する？」カイルが尋ねた。

「九時ごろに。本当は行きたくないけれど」

「行けばきっと楽しいよ。家のなかでじっとしているわけにはいかないだろう？　未来は予知できないんだから、自分が望むように生きて最善を期待するのがいいんじゃないかな」

たしかにもっともな言葉だった。ただ、このパーティが本当に自分の望む人生なのかがわからなかった。

「アレクシアに誇らしく思ってもらえるよう、精一杯のことをするわ」あなたにも、カイル。望んで結婚したとはいえ、カイルにはこれまで誇らしく思ってもらえるようなものを与えていない。「そうね、最善を期待するのなら、わたしたちがディナーパーティを開くというのはどうかしら。あなたのお友だちを招待するの。ずっとこのまま、別々の交友の輪と異なる世界で生きていたくないわ」

カイルの表情が微妙に変化した。ほんの一瞬、驚きが——それだけでなく狼狽までも——のぞいたような気がした。

「きみが望むなら、ぜひそうしよう」カイルが席を立って身を乗りだし、ロザリンにキスをした。「今日は家にいてきみを見送るよ。きっと全員がきみの姿に圧倒されるだろうな、ローズ。ぼくがいつも圧倒されるように」

「それで、ようやく旧友のジャン・ピエールに会う時間ができたか。奥方は奥方の道を行き、おまえはおまえの道を行く。結婚生活、かくあれかしだ」ジャン・ピエールが軽い酩酊《めいてい》状態で宣言し、目の前のテーブルに並んだトランプを眠そうに眺めた。

ふたりがときどき足を運ぶこの賭博《とばく》場で、ジャン・ピエールがなにより好きなのがブラックジャック《ヴァンテアン》だ。このフランス男はまったくの偶然に左右されるゲームを好まない。

それはカイルも同じだ。数百ポンド負けたり勝ったりすることはあるが、どんな種類であれ、こういう賭け事はあまり好きではない。こうした場所を訪れるのにはほかに理由がある。

いま、カイルは友と言葉を交わしながらゲームを眺めていた。勝敗に興味はないものの、賭けに興じている人間には大いに興味がある。理性を失って無謀な賭けに出ている連中ではない。ゲームに集中して選択肢を吟味していることを表情に忍ばせ、成功に近づく大胆な動きを取る男たちだ。なかでも、衣服と物腰から裕福な紳士とわかる者には目を留めないわけにはいかなかった。

こうした賭博場で、組合《シンジケート》の未来の投資家に数多く出会ってきた。

「時間ができたのは、妻が従姉と食事をするからだよ」カイルは言った。

「じゃあ俺は明日にはまたぽつんと漂う小舟というわけか。友が束縛されるというのは、じつに悲しいものだな」

「束縛されてなんかいない。ぼくが町に出ていかないとすれば、それは夜を新妻と過ごすほうが楽しいからだ」

「ますます俺をみじめにするつもりか。とはいえうれしいよ、おまえが妻といて楽しいなら。一緒にいるだけでなく――」ジャン・ピエールの曖昧な手つきは、夫が妻といて見出しそうなほかの楽しみをほのめかしていた。

「ぼくが聞いたかぎりでは、おまえがみじめに感じる理由はどこにもなさそうだけどな。おまえこそ、夜はたいてい忙しいものと思っていた」

「ああ、ヘンリエッタのことか」ジャン・ピエールの眉間にしわが寄った。「家族には名前を縮めてヘンおばと呼ばれてる。信じられるか？　雌鳥《ヘン》だぞ。あいつらはみんな怠け者で、略さずに呼ぶことができないんだ。まったく、おまえら英国人というやつは、ときどき理解不能だよ」いつもの曖昧で表現力に富むやり方で肩をすくめた。「おしゃべりをしないようほかのことに夢中にさせていれば、かわいい女さ。しかし……」また顔をしかめる。

「花の香りはもう薄れたのか、友よ《モナミ》？」カイルは言った。ジャン・ピエールはひとつの花壇に長居をしない男だ。

「いや、そうじゃなくて……。俺は最高に抜け目ないやり方で利用されてるような気がするんだ」

　カイルは思わず噴きだした。「彼女には会ったことがある。そんなに抜け目ない女性じゃないだろう」

「違うんだ。彼女も利用されてるんだよ」ジャン・ピエールが賭博場のディーラーにもういいと手振りで示し、トランプに背を向けた。ワインを少しすすって言葉を続ける。「二週間前、使いの者が小さなメモを届けに来た。そのメモには、ある劇場のあるボックス席が空いているから、ヘンリエッタとその娘をエスコートするなら使ってもいいと書かれていた。それを読んで、俺はばかみたいに喜んだ。メモそのものに得意になった。なんとも高級な用紙に、立派な紋章つきで、身分の高い人物から送られてきたメモに。つまり侯爵は、俺のささやかな誘惑をなんとも思ってないってことだ。侯爵は世慣れた人物で、そのおばは大人で、俺は善良——すべて問題ない」

「だからおまえは出かけていった、と」

「俺は王のようにそのボックス席に陣取って、役割を演じた。娘のほうに色目を使ってくる若い連中に睨みを利かせたんだ。期待されてることをわかってたからな」

「いいやつだな。イースターブルックも寛大な人だ」

「そう、おまえの考えてるとおり。俺は罠にかかってしまった。気がつけば俺はもう五回も俺のかわいい花とその娘をエスコートして、あの高級な娯楽を堪能しに、公衆の面前に出てる。世間には俺が彼女の恋人だとばれてしまった。こうなったからには、関係が終われば気詰まりなことになるから、俺が予定していたよりも長続きさせるしかない。侯爵はじつに軽率なことをしたもんだと俺は思った。だがもう少し考えてみて、もしかしたら侯爵はヘンリエッタにばつの悪い思いをさせたかったのか、あるいは単に自分がエスコート役を逃れたかっただけなんじゃないかと思いはじめた。だが、それはないと結論をくだした。つまり俺は別の理由で罠にかけられたんだ」

「イースターブルックはひどく風変わりな男だから、おばにささやかな情事を楽しんでほしいと思っているだけかもしれない。できるだけ長いあいだ」

ジャン・ピエールがやれやれと首を振った。「だとしたら娘は？　なぜいつも一緒なんだ？　それも取り決めの一部なんだよ。となると、俺に残された疑問はただひとつだ。なぜ俺はこんなふうに利用されてる？　おまえはなぜだと思う？」

カイルはその問いに意識の半分だけを傾け、もう半分はちょうど到着した男たちに向けた。陽気に入ってきたその一団は、騒々しくて赤ら顔で尊大だった。〝ロングワースをつるせ〟委員会の貴族のメンバー四人だ。ノーベリーもいて、若造のようなふるまいをしていた。良識があれば数年前にはやめているふるまいを。

この賭博場は、大損できるほど金を持っている人間ならだれでも歓迎してくれる。つまりは貴族が多く集まるということだ。カイルがここでノーベリーを見かけるのも、これが初めてではなかった。

カイルは意識のすべてをジャン・ピエールに向けて、到着したばかりの一団を無視することにした。ノーベリーの目を引かないように。それはまた別の日でいい。

「どうやらイースターブルックは本当におまえを利用してるみたいだな」カイルは言った。

「おばと従妹を家から追いだす方法をついに見つけたみたいだ」

「鋭いやつだな。俺はしばらく考えてようやくそれがわかった。おもしろくなってきただろう?」

「なにがだ」

「考えてみろ。あの家は本当にでかい。あのふたりと一緒にいたくないなら、侯爵は別の部屋に、別の階に、別の棟に行けばいいだけだ。完全に家から追いだしたいなら……」肩をすくめる。

カイルも肩をすくめた。

ジャン・ピエールがうんざりしたように舌打ちをした。「侯爵があの家を空っぽにしたいのには理由があるんだよ。ふたりの留守中に、見られては困るなにかをしてるんだ。謎めいてるだろう？　俺にはわかる」

孤独を好む男がいるだけで、謎めいてなどいない。だが、それをジャン・ピエールに説明するのは後回しになりそうだ。ノーベリーの連れのひとりがカイルに気づいて、一団がにやにやしながらこちらにやって来た。

「やつをつかまえたぞ」ロバート・リリングストン卿が発表した。

「やつ？」カイルは訊き返したが、答えはわかっていた。ノーベリーの気取った顔に書いてある。今夜のアレクシアのディナーパーティがどんな首尾に終わろうと、ロザリンはじきに悲しむことになりそうだ。

ロザリンに悲劇をもたらすことにこれほどの喜びを見いだす男たちを殴ってやりたかった。どんなに動機が公正で誇り高いものだとしても、かつて自分がそのひとりだったことがいやでたまらなかった。

カイルはどうにか反応を隠したが、観察力の秀れたジャン・ピエールにだけは悟られたようだった。

「ロングワースだ」ノーベリーが愉快そうに答えた。「覚えているだろう？　おまえの妻の兄だよ」

カイルはぴくりとも動かなかったのに、ジャン・ピエールの手が伸びてきて、カイルの腕を押さえた。

「ロイズがトスカーナで見つけてくれた。なんということはなかった。あの間抜けは小さな町に潜伏できると考えたらしい。異国の人間がそんな場所にいれば、目立つこと間違いなしだというのに」リリングストンが言った。

「英国に連れ戻されるのはいつです？」カイルは尋ねた。最悪の部分が始まるのはいつだ？

「もう英国にいる」ノーベリーが答えた。「ロイズが見つけて海岸へ引きずっていって、こうしてわれわれが話しているあいだもロンドン郊外で見張っている。われわれ四人は今日の午後、下級判事に略式起訴をしてきた。やつはじきにニューゲート監獄に送られるだろう」

もう起訴をしたのか。酔っ払っているのは祝杯をあげてきたからに違いない。

「おまえも来いよ、ブラッドウェル」リリングストンが言った。

「そうだ、来い」ノーベリーも言う。「おまえもほかの者に負けないくらいあの悪党の犯罪に腹を立てていただろう？　一緒に祝杯をあげようじゃないか。その悪党がつけを払うときが来たんだ。ちょうど哀れな炭坑夫が盗みを働いたらつけを払うようにな」

理性が止める前に腕がぴくりと動いていた。載せられていたジャン・ピエールの手に力がこめられたおかげで、どうにか衝動を抑えられた。

「あいにくわが友は、間近に迫っただれかさんの死に乾杯するほど非文明的な男じゃないんでね。ましてやそれが妻の兄ときた日には、なおさらだ」ジャン・ピエールが言った。「行け。こいつがその酔っ払った面を殴らないよう、俺が止めているうちに」

「きさまは何者だ？」ノーベリーがうなるように言った。「フランス人だな？　ブラッドウェルの友人ならフランスの田舎者だろう」

カイルは待っていたとばかりに挑発に乗ろうとした。頭のなかで吹き荒れる嵐を解き放つ口実を歓迎さえしていた。

ジャン・ピエールがカイルの前に出て、ノーベリーと向き合った。「俺がだれかって？　そうだな、いまは〝化学のすべてを知っている男〟とだけ言っておこうか。たとえば俺は、検出できない毒の存在を知っている。あんたのような男は、たいていそういう話題に興味を持つもんだ」

ノーベリーの鈍い脳みそがゆっくりと働いて、自分がたったいま脅されたことを悟った。酔っ払った男に可能なかぎりの尊大さを発散させながら、くるりと向きを変えて去っていった。連れの三人も体を引きずるようにして追っていった。

ジャン・ピエールがカイルのほうに向きなおったものの、その場から動こうとはしなかった。「くそっ《メルド》。頼むから良識を取り戻せ。四対一の戦いになってたんだぞ」

ノーベリーが去ったおかげで、カイルの怒りは多少なりとも和らいだ。代わりに、ロザリンがどれほど悲しむだろうという思いで胸がいっぱいになっていた。

「四対一、？　おまえはいい友だちだな」

「このいい友だちは、今夜おまえが最高に愚かな男になるのを止めてやったんだぞ。そしてこのいい友だちは、盗人の名誉を守るために自分の手を痛めたりしない。やつの妹はおまえの奥方だが、妹がどんなにすばらしい女性でも、兄貴が金を盗んだという事実は変わらないんだ」

そのとおりだ。ジャン・ピエールにとっても、だれにとっても。突き詰めて言えば、カイル・ブラッドウェルにとっても。

20

このディナーパーティの目的をロザリンはよく理解していた。それを邪魔するようなことはなにひとつしていない。けれどもロザリンには別の目的もあって、アレクシアの家を出るときには、それも達成されたのではないかと感じていた。

今夜のテーブルを囲んだのは、上流社会のなかでもきわめて偏見のない人ばかりだ。そうなるように、アレクシアが整えてくれたのだ。それがなにを意味するのか、みんなと会話をするうちに実感した。

ロザリンは臆することなくカイルの話をした。夫の長所や人柄のよさを語っていると、言葉が止まらなくなった。紳士ふたりはカイルの組合《シンジケート》のことを知っていて、会ってみたいと言ってくれた。また、カイルがロザリンに示した立派なふるまいに関して、それとなく賛辞を送ってくれた者もいた。

レディ三人は口を揃えてカイルは個性的なハンサムだと言い、堂々とした雰囲気が漂っていると話題にした。さらにひとりは、カイルが今夜のパーティに来られなくて残念だと言いもした。

　家に帰る馬車のなかで、ロザリンは今夜の成果を振り返った。ロザリンが勝利をおさめたのは間違いない。そして、隣りにカイルがいても上流社会への復帰が遅れることはないとも確信した。むしろ、手助けになるのではないだろうか。

　とどのつまり、カイルもあの醜聞劇の登場人物なのだから。ロザリンが今夜のテーブルに着けたのは、ひとえにカイルとの結婚があの忌まわしい夜に疑問を投げかけてくれたからにすぎない。紳士のひとりが話のなかでうっかりノーベリーの名前を口にしたとき、ほとんど全員がわずかに顔をしかめた。

　今夜の招待客のだれなら、自分たち夫婦ともっと深く交流することに興味を示してくれるだろうかと考えながら、ロザリンは自室へとあがっていった。わたしがディナーパーティを開くとしたら、庶民も同席するパーティを開いたら、だれなら招待に応じてくれるかしら？　侍女にドレスを脱がせてもらいながら、仮の招待客リストをこしらえてみた。化学者のムッシュー・ラクロワは興味深い人物で、知識も豊富だから、彼がいてもいやがる人はいないだろう。エリオット卿とレディ・フェイドラも来てくれるに違いない。

　鏡台の前に座ると、侍女が髪を梳《と》かしてくれた。ロザリンは鏡を見つめた。今宵のパーティのせいで、頬にかすかな赤みが差していた。

　楽しかった。笑っておしゃべりをして、一瞬たりとも場違いだとは感じなかった。アレクシアのおかげで仲間に入れられているだけで、実際は歓迎されていないというようには。

この作戦はうまくいくかもしれない。本当に。今夜までは心から信じられなかったけれど。なぜなら、自分は上流社会に復帰するにふさわしい人物だと思えなかったから。

どこからともなく頭に浮かんだ言葉だった。けれど鏡に映る自分の目を見つめたロザリンは、それが真実だということに気づいた。家族の犯した罪には償いが必要で、ロザリンは自分だけでなく全員の罪の償いをひとりで背負わなくてはならないのだと、ずっと思いこんでいた。

しばし思いに耽っていた。気がつけば侍女はさがってブラシは鏡台に置かれていた。

「考え事に没頭しているね、ローズ。鏡に映る自分を見つめながら、なにをそんなに考えているのかな？」

驚いて向きを変えた。夫婦の化粧室を仕切る戸口にカイルがいた。今夜は出かけていたようだが、もうクラヴァットは外してシャツの胸もとがはだけている。

「自分と対話をしていたの」ロザリンは言った。「鏡に映るわたしからいろいろなことを教わったわ」

「いいことを教わったんだろうね。満足そうな顔をしてる。自信に満ちた」

「ええ、いいことだと思うわ」

「それはつまり、今夜のディナーパーティは首尾よくいったということだね」カイルが片手を差しだした。「こっちに来て、ゆっくり聞かせてくれ」

　ロザリンはその手をつかんで、導かれるまま彼の部屋に入っていった。ベッドに腰かけて、反対側に腰かけたカイルに今夜のことをあれこれと語って聞かせた。カイルの目を見れば、ロザリンの一言一句に耳を傾けているのがよくわかった。

　こんなふうに喜びを分かち合ってくれることに胸が震えた。あの口論以来、ふたりのあいだには微妙な距離が生じていた。どこか心ここにあらずの雰囲気が。けれどいま、今宵の話に熱中しているふたりに、そうした気配はみじんもなかった。

　そのせいでロザリンはもっと打ち明けたい気持ちになった。「みんながあそこまで寛大だなんて思っていなかったわ。あんなに親切だなんて。いくらアレクシアが手配してくれても、いくらわたしたちが結婚したおかげであの競売の意味とそれにまつわる噂が曖昧になったとしても、また胸を張ることが許される日が来るなんて、本当には思っていなかった」

「それが間違いだったと悟ってくれて、うれしいよ。ぼくが部屋を訪ねたときに、鏡に映った自分から教わっていたのは、それだったのかな？」

「ええ。だけどそれだけじゃないの。わたしは長いあいだ、胸を張る資格なんてないんだと思いこんでいたんだわ。自尊心という固い殻に閉じこもっていたから、どうにか立っていることはできたけれど、殻のなかは混沌《こんとん》としていて、家族が犯した罪への罪悪感でいっぱいだった。ノーベリーとのことでさえ――いまになって振り返ると、あんなふうに自分を欺いた女性がだれなのか、よくわからない。二年前のロザリン・ロングワースとは違うし、いまのロザリンとも違う。わたしの知らない人物で、暗い選択肢しか見ようとせず、自分にはそれ以上のものなどふさわしくないと信じきっていたの」

カイルが考えこんだ顔になった。その指先は、ベッドの上掛けに広がるロザリンのナイトガウンの裾をもてあそんでいた。「きみがまだ立ちなおっていないのをいいことに、ぼくは結婚を申しこんだんだな」

「それは違うわ。そんなことは言わないで」夫はロザリンの最後の言葉を、自分のことも指しているものと思いこんだのだ。その解釈にロザリンはぞっとした。「あなたに求婚される前からわたしは立ちなおりはじめていたわ。本当よ」

「そうかもしれない。だけどそうじゃなかったとしても、ぼくは好機に乗じたことを悔やんだりしないよ。たとえそれが正しくない行為だったとしても。ぼくはけっして後悔しない、ロザリン」

唐突な宣言で、なおかつあまりにも切実だったから、ロザリンはうろたえてしまった。カイルの言葉を分析したり、そこに隠された動機や計算を推し量るのは後回しにしようと決めた。いま彼の目に浮かぶ表情は、真剣そのものだった。

彼のまなざしには温もりがあった。それはカイルの奥深くからあふれでる温もりで、ふたりだけの親密な時間にロザリンが覚えるやすらぎと喜びに呼応していた。彼の目には欲望も燃えていて、むきだしの脚を上下に擦る大きな手と同じくらい、ロザリンの体をぞくぞくさせた。けれどほかにもなにかがあった。

誇らしさが。カイル自身ではなく、ロザリンを誇らしく思う気持ちが。いままで気づいていなかった。いままではそこになかったのか、あるいはロザリンに見えていないだけだったのか。「あなたが後悔しないならうれしいわ、カイル。お飾りの妻しか手に入らないのに求婚するなんて少しばかり愚かじゃないかしらとずっと思っていたから」

「きみを求める思いや妻を誇りに思う気持ちに、きみの美しさがまったく関係ないとは言わない。だけどもう本当の意味では重要じゃないんだ」言いながら、ナイトガウンの首もとを結わえるリボンの端を誘うように引っ張った。「もうきみの美しさには心を動かされないという意味じゃないよ」

ロザリンはくすくす笑って彼の手を押しのけた。カイルも笑って、大胆にロザリンの脚をお尻まで撫であげた。ロザリンは彼の手が届かないところに逃げると、膝立ちになった。

喜びのあまり、心が浮き立って大胆になっていた。言うなれば、一年にわたって重たい荷車を引いていたのが、いま、そのくびきから解き放たれたかのようだった。

丘の上で空を見あげたあの日の感覚とも違った。いまは、別人になるという空想で重荷から逃れようとしているのではない。自分はまぎれもなく自分で、この興味深く知的な男性は、この類《たぐい》まれなる夫は、わたしという人間を誇らしく思ってくれている。

カイルはいまもベッドに横たわってロザリンを見つめていた。ロザリンが近づいてきたらつかまえようと、片手を掲げたまま。切ない思いがこみあげてきて喜びを圧倒し、胸がいっぱいになって涙がこぼれそうになった。

ひとりでは立ちなおれなかったかもしれない。重たい荷車をおろす方法を見つけられなかったかもしれない。運命はかくも親切に、この男性をわたしの人生に送りこんでくれた。

ロザリンはナイトガウンをたくしあげて頭から抜き取り、生まれたままの姿になった。カイルにじっと見つめられる。その視線だけでもじゅうぶんに欲望をかきたてられて、よろめいてしまいそうだ。カイルが片腕をついて体を起こし、ロザリンのほうに手を伸ばした。

ロザリンはその手を取って近づき、それからカイルを仰向けに倒した。腰にまたがって、たくましい腿にお尻を載せる。

「わたしはあなたから数えきれないほどのものをもらってきたわ、カイル。あなたは山ほど与えてくれた。約束した上流社会への復帰以外にも、たくさん。だから約束させて。今後かならず、あなたが結婚した自分勝手で自己中心的な女性から生まれ変わってみせると」

カイルが両手を差し伸べて、ゆっくりとロザリンの体を撫でおろした。「ぼくを聖人扱いしないでくれ。ぼくは与えたのと同じくらい多くのものをもらってるよ。嘘じゃない」

「本当かしら。今夜、突き止めてみるわ」ロザリンはそう言うと、カイルのズボンのボタンを外しはじめた。

カイルはそれに手を貸そうとしなかった。ロザリンのなすがままにシャツを取り去られ、カフスを外されていく。ロザリンがカフスに手間取っていると、あの魅力的な笑みを浮かべた。

「練習すれば慣れると思うんだけど」カフスと格闘しながら、ロザリンは言った。

「好きなだけ練習していいんだよ、ローズ」

言われなくてもわかっていた。ロザリンは不器用だけど、いや、不器用だからこそ、カイルはこれを楽しんでいる。興奮するのだ。またがっている部分を押しあげてくる証拠からすると、大いに。

押しあげられてロザリンも興奮し、余計に手もとがおぼつかなくなってきた。またがっていた腿からおりてズボンを取り去るころには、脚のあいだが疼いて、熱くいきいきと脈打っていた。

すべての服を脱がせてから、今度はくるぶし近くにまたがった。カイルがこちらを見おろす。彼の股間でそそり立つものが存在感を主張していた。

「お次は、ロザリン？」

ロザリンは、すでにカイルを欲していた。たまらないほどに。にじり寄って腰を掲げ、彼を導き入れて、あの得も言われぬ満足感に浸り、絶頂への甘美な階段をのぼりつめたかった。

「あなたが決めて、カイル」

欲望がすでにカイルのすべてを固くしていた——腕と脚、顎と口、そして全身を。いま、瞳は濃さを増して、かすかな笑みさえも固かった。

「触れてくれ。キスしてくれ」

口や胸にという意味ではない。ロザリンは急にほんの少し怖気づいて、なにも知らない少女になった気がした。

カイルがそれを察知した。ためらうロザリンへのほほえみにも、胸に抱き寄せようと腕を伸ばした仕草にも、失望はまったくなかった。

ロザリンはカイルの手が届かないところに身を引いた。それから人差し指で彼自身を撫であげ、円を描くように先端をなぞった。

前にも触れたことはある。だからそれ自体は目新しいことではないけれど、いまのロザリンは彼の脚にまたがって、自分の手の動きとそれに対するカイルの反応をじっと見つめている。そのことに、信じられないほど興奮を覚えた。お尻の下でかすかにこわばる脚の筋肉や、驚くほど敏感な彼の肌に、快感が螺旋を描いて体を駆けおりていく。愛撫されてもいないのに全身がわなないた。

おかげでカイルを悦ばせるのが容易になった。カイルの言ったとおり、快楽は与えることでもらえるのだ。いま、ロザリンは驚くほど多くをもらっていた。さらに多く与えることがごく自然で必要に思えるほど、たくさん。よく考えもせずに屈んで彼のものにキスをしていた。

こういうことについて聞いたことはあるけれど、なにをどうすればいいのかは知らなかった。いまの体勢では難しいことに気づいて、カイルのかたわらに膝をついた。このほうがずっと効果的に口を使える。カイルの食いしばった歯のあいだから漏れる低い声が、ロザリンの探索が特別な快楽を与えていることを告げていた。

脚のあいだの深奥に走る激しい震えだけで絶頂を迎えてしまいそうだった。カイルに抱きあげられたときは、この体が求めているとおり、ひとつになるのだと思った。

ところが導かれたのはベッドのヘッドボードに近い場所だった。「ここに膝をついて」

こことというのはカイルの顔の両側だった。言われたとおりにすると、切望の源を指でそっと撫でられた。ロザリンがヘッドボードをぎゅっとつかんだとき、カイルが体をずらして脚のあいだに顔を持ってきた。舌と唇がくりひろげる新たな愛撫とキスに、衝撃が体を貫いた。快感に満たされる。快感と、悲鳴をあげる渇望に。苦しいような感覚に、全身の力を奪われる。自分の叫び声が聞こえた。やめてと言いながらもっとちょうだいと懇願する声が。

どういうわけか、カイルはその願いに応じてみせた。ロザリンはヘッドボードをしっかりつかんだまま、体が砕け散るのではないかと思うほどの絶頂を迎えた。ぐったりとヘッドボードに寄りかかって、どうにか半分だけ正気を取り戻した。と思うやいなや、ふたたび忘我の境地へとたたきこまれた。

合計三度も。最後のときは、気を失うのではないかと思った。そのあとは力のかけらも残っていなかった。感覚があるのは、欲して切望して解き放たれた芯の部分だけだった。やさしく下に引き寄せられて、まだ感覚がある唯一の部分に挿入された。たくましい胸の上で休み、頼もしい腕に抱かれたまま、カイルのものに満たされた。彼が腰を動かしはじめると、ロザリンは満ち足りた忘我の境地から抜けだした。

喘ぎ声を漏らすと、頭のてっぺんに唇を押し当てられた。「まだ早すぎるかな?」

「いいえ。もうなにも感じられないと思っていたの。誤解していたみたいだわ」もっと深く彼を感じられるように、体の下で膝を曲げた。

ゆっくりと丹念に愛されて、欲求と切望がふたたび目を覚ます。今度はもっと強く。もっと一点に集中して。意識は雲に覆われていたものの、はっきりと彼を感じた。太い竿を締めあげてリズミカルに腰を揺すり、彼の突きが激しくなると恍惚感を覚えた。

今度はこれまでと違った。震えは一箇所に集中していた。脚のあいだでわななないて、刻一刻と深く激しくなっていくものの、ふたりがつながっている場所から離れようとしない。耐えられなかった。この快楽の力が信じられなかった。カイルの両手にしっかり腰をつかまえられて、心と体、両方の恍惚感を存分に味わった。

最後は完全な闇だった。感覚しかない世界だった。疲れ果ててカイルの胸に倒れこんだときも、快感はこのうえなく自由に流れていた。そしてロザリンを別の結びつきへ、心あふれる平穏の絆へと導いていった。

翌日、ロザリンは遅い時間に目覚めた。カーテンのすき間から射しこむ光を見るに、少なくとも午前半ばを過ぎている。

起きあがるとカイルが窓辺の椅子に腰かけて、こちらを眺めていた。すでに服を着ているものの、部屋に召使いが入ってきた形跡はない。コーヒーも片づけをしたあとも見当たらないし、暖炉の小さな炎を世話した様子も見受けられない。

カイルの椅子は影になっていた。ロザリンが目覚めたのに気づいてカイルは姿勢を正したが、なにも言わなかった。

「どうしてそこに座っているの？」ロザリンは尋ねた。

「きみが起きるのを待ってたんだ。眠るきみに見とれていた」

「ずいぶん長いこと待たせたでしょう。寝坊をしてしまったみたいだから。わたしには珍しいことだけど、今日は許されるわよね」

「それほど長くは待ってないよ。ぼくも一時間前に起きたばかりだ」

「あなたも許されるわ」

昨夜のことをほのめかすロザリンの冗談に、カイルは乗ってこなかった。椅子から立って言った。「あまり眠れなくてね」

ベッドに歩み寄ってきたカイルを見て、ロザリンは影が隠していたものを目の当たりにした。昨夜はあれほど悦びに満たされたというのに、いまのカイルに幸福感はいっさいなかった。夫のまじめな表情にロザリンは警戒心を抱いた。

カイルがベッドの端に腰かけて、ロザリンのほうを向いた。「きみに話さなくてはならないことがある。話したくはないが、ぼく以外の人間から耳に入れてほしくない」

ひんやりとした恐怖がロザリンの全身に広がった。「兄のことね?」

カイルがうなずく。「すでに英国に連れ戻されたそうだ。略式起訴もされたらしい」

ロザリンはシーツを引き寄せた。「そんな知らせが届くんじゃないかと不安に思いながら目覚めなかった朝にかぎって、そんな知らせが届くなんて」

カイルの手がそっと頬を撫でた。ロザリンはその感触に慰めを見出したが、恐怖は消えなかった。

「新聞に書かれていたの?」

「いや。まだ載ってない」

「じゃあ、どうやって知ったの?」

「ゆうべ聞いた」

ゆうべ。昨夜カイルは帰宅したロザリンを笑顔で出迎えて、パーティがいかに首尾よくいったかという話に耳を傾けてくれた。兄の逮捕が世間に広まったら、どれほど首尾よくいこうと意味はなくなると知っていたにもかかわらず。

「隠していたのね」

「ゆうべきみに知らせても、いいことはなかった。むしろ、きみが悲しい思いをするのが数時間早くなるだけで」

「わかるわ、カイル。わたしが醜聞という牢獄《ろうごく》に戻る前に、つかの間の自由を味わわせてくれたのね。悲しみのあまりテーブルに着くことさえ難しくなる前に、すばらしいごちそうを味わわせてくれたんだわ」

「そんなところだ」カイルが立ちあがった。その青い目には同情が映っていたものの、決意も浮かんでいた。「こんな日が来ることはわかっていた。きみはこれに屈したりしないね。ぼくがかならず守ってみせる。だけどいまは世間から身を隠して、ぼくが状況を把握するまで待っていてほしい。もしも家族以外のだれかが訪ねてきても、会ってはいけない。病気だと発表するんだ」

「それも嘘ではないわ。もう胸が痛んでいるもの。ああ、かわいそうなティム」

ふたりの会話に兄の名前が出てくるといつもそうなるように、カイルの態度に厳しさが加わった。「ぼくと結婚したら最悪の事態を免れさせてみせると約束したのは覚えてるね、ロザリン。かならずきみを守るよ。なにがあっても忘れないでくれ、それがぼくの唯一の義務であり、なにより大事なことなんだと」

カイルの決意にロザリンは癒された。励まされた。カイルの強さと自信に身をゆだねると、兄を案じて騒ぐ心が落ちついた。

昨夜の記憶がよみがえって、悦びと快楽のこだまが耳には聞こえない脈を打った。カイルもそれを感じたらしい。ロザリンに代わって醜聞と戦うべく身構えていたにもかかわらず、室内の空気に親密さが戻ってきた。

「ゆうべ、なにも問題はないようにふるまうのは難しかったでしょう、カイル？　とりわけ、あなた自身も大きな迷惑をこうむるとわかっていたんだから。それでも、いままで黙っていてくれてありがとう。先延ばしにしてくれたこと、本当に感謝しているわ」

「ちっとも難しくなかったよ、ローズ。幸せを見つけた女性にすっかり心を奪われて、このベッドを出たあとに待ち構えてるものを思いめぐらす余裕はなかったから」片手でロザリンの顎を包んで、じっと目を見つめた。「それからぼくらが分かち合ったごちそうだけど、体だけじゃなく心も満たしてくれたよ、ダーリン」

腰を屈めてキスをすると、大股で部屋を出ていった。

カイルは寝室の外で足を止めて、ドアの向こう側の物音に耳を澄ました。

部屋を出たら始まると思っていたすすり泣きは聞こえてこなかった。きっとロザリンは、ついにそのときが来たのだと、奮い起こした心の強さにいまも支えられているのだろう。けれどじきに涙がこぼれるはずだ。カイルは妻を待ち受ける不幸を思い描かないように努めた。胸が痛かった。まるでロザリンの悲痛が自分の胸にも流れこんでいるかのようだ。

妻をこの悲しみから逃れさせることはできない。全力を尽くして、一連の成り行きから遠ざけておくばかりだ。兄が絞首刑に処されたあともなにかしらの威厳をもって人生を続けられるように。

カイルは階下におりて、馬を用意させた。家を出る前にヘイデン卿宛てに伝言を送り、ロングワースがつかまったことを知らせた。当時の出来事とあの返済行為について、いきなり尋問されるのは、ヘイデン卿にとってもうれしいことではないだろう。

一時間後、カイルはストランド街のコーヒーハウスに足を踏み入れた。大きなテーブルでチェスをしている男性の視線をとらえる。男性が、気づいているといわんばかりにうなずいてから、次の手を動かした。

カイルは大きな窓辺の椅子に腰かけて、待った。三十分後、ノーベリーがチェスの試合に負けた。不満そうな顔で席を立ち、カイルのほうに歩いてくる。別の椅子に腰かけてコーヒーを注文し、椅子の背にもたれて長々とカイルを眺めた。

「やって来たとは賢明だな」ノーベリーが言う。

今朝カイルが目覚めると、ノーベリーからの伝言が待っていた。昨夜遅くに書かれたのだろう。メイフェアのとある家で情熱がふたつの魂を結びつけていたころ、別の家ではひとりの男が酔いと怒りの醒めやらぬなか、ろくでもないことをたくらんでいたというわけだ。

伝言のことは、ロザリンには教えなかった。完全な正直さが最善の選択でないときは確実にある。

「謝ってもらうぞ」ノーベリーが言った。

「あなたに？　あなたはぼくと妻を侮辱したんですよ。今後は形式的なつき合いだけに留めるのがまともというものです。コーヒーハウスで気軽に落ち合うのではなく」

「チェスの試合の予定があったのだ。おまえのような人間のために、なぜわたしが予定を変えなくてはならん」ノーベリーがもったいぶった几帳面《きちょうめん》さでコーヒーをかき混ぜた。「彼女の兄の件で話し合う必要があるんだ。そうでなければ、おまえに話があっても弁護士を通している」

「彼女の兄について話すことはありません」

「なにを言うか。われわれは裁判を早く始めるよう急がせるつもりだ。おまえは法廷で証言台に立て」

　カイルはコーヒーハウスのなかを見まわした。たいていのコーヒーハウスは一般大衆のための施設だが、ここに集うのは富と地位のある男性ばかりだ。店内のソファや革張りの椅子だけでなく、販売されている高価な葉巻も、どんな人間をひいきにしているかを物語っている。カイルはフリート街にあるケンダル・コーヒーハウスのほうがずっと好きだ。土木技師が会合を行ない、実務家が集う店のほうが。

「お断わりします。仲間から抜けると言ったら完全に抜けたんです」

「言われたとおりにするんだな。妻まで被告席に立たされたくなかったら」

カイルは説明を求めなかった。求めなくてもじきに聞かされる。ノーベリーはすっかり悦に入っているようだから、いまのが虚仮《こけ》脅しのはずはない。

「先週、じつに興味深い噂が転がりこんできた」ノーベリーが言う。「リリングストンが自分の事務弁護士と会ったときに、ロングワースの件をちらりと話したそうだ。するとその弁護士は、ロングワースの事務弁護士であるヤードリーに、やつから連絡があったことを打ち明けた。ロスウェルが保護しているあの土地を売却するための代理委任状が届いたそうだ。ロングワースの隠れ家がわかるかもしれないと思って、わたしは自らヤードリーの事務所に足を運んだ」

ノーベリーは間をあけて、カイルが続きを聞きだそうとするのを待った。だが、カイルはその手に乗って相手を満足させたりはしなかった。

「ヤードリーはあの手紙のことを白状した。書かれていた内容も、宛て先がおまえの妻だったことも。おまえはヤードリーに焼かせる前に読んだそうだから、彼女が兄のところへ行くつもりだったことは知っているな。〝金を持ってこっちへ来てほしい〟そう書かれていたんだろう？」

「土地の売却金のことですよ。それに、彼女はどこへも行くつもりはありませんでした」

「土地の売却金だけだとだれに言える？　ヤードリーの記憶は曖昧だし、おまえの記憶もあてにはならん」

それでじゅうぶんだろうか？　人は最悪の筋書きを信じるものだ。絞首台を逃れた当人に代わってヘイデン卿が返済をした事実と、被害者のひとりであるノーベリーとロザリンのあいだに不運な関係があったこと――それに加えてあの手紙があれば、じゅうぶんかもしれない。

「返済を受けなかったのはおまえだけだ」ノーベリーが言う。「問題にはなるまい。文書偽造の罪だけでも絞首台送りにできるが、陪審はときにおかしなことをするからな。それにヘイデン卿も判事に影響力を及ぼすかもしれん。おまえは返済を受けていない唯一の被害者で、いかなる正義もなされていないことはだれの目にも明らかだ。証言するんだな。さもないとおまえの妻もやつの隣りに立たせるぞ」

「いま確信しました。あなたはどこの馬の骨ともわからない人間だ。あんなに立派な父上からあなたのような息子が生まれるわけがない」

「立場を忘れてわたしを侮辱する前に、父の命が尽きかけていることをよく思い出すんだな」ノーベリーが拳をテーブルにたたきつけた。「あの汚れた女にすっかり騙されて真実が見えなくなったか。いいだろう、好きなだけ呆《ほう》けていろ。だがロングワースの裁判ではかならず証言させるからな」

ああ、そうすることになるだろう。愚かな男にしては、ノーベリーは鋼の縄で巧みな罠をこしらえたものだ。

「ぼくの妻の家族に対するあなたの関心は度を越してますよ。妻の兄はたしかに罪を犯しましたが、これほど必死に追及するなんて見苦しいとしか思えない。返済は受けたんでしょう? 妻に関しては、あんな卑劣な仕打ちをしたうえに、今度は無実だと知りながら脅すことで、恥を上塗りしているようなものだ」

「なんのことだかわからんな。あの家族への関心については——わたしを物笑いの種にした者はだれだろうと償ってもらう、それだけだ。だれだろうとな」

カイルはそれ以上なにも言わずに席を立った。大股で店を横切って、新鮮な空気のなかに出る。ノーベリーはたったいまカイルに警告をしたものの、当人は自分が意図をあらわにしたことに気づいているのだろうか。

何年も前、炭坑夫の息子はノーベリーを物笑いの種にした。去年の十二月に、もう一度。そしてコティントン伯爵の庇護という盾はじきになくなる。

21

その夜、カイルはロザリンの部屋を訪ねてきたが、そこに情熱はなかった。快楽も恍惚感も、悦びも駆け引きも。ただ隣りに横たわって彼女の体に腕を回し、たくましい胸に押しつけたロザリンの耳に、夜を数える鼓動を響かせていた。

カイルは安らぎを与えてくれた。いま、ロザリンがそれを必要としているのを知っているかのように。ロザリンはこの日、絞首台へと向かうティモシーの姿を頭から追いだそうとして過ごしたものの、あまり成果はあがらなかった。なにかで気晴らしをしようと思っても、すぐにまた不安に襲われて長続きしなかった。

カイルはいつまでこんなふうに抱いていてくれるだろう。心落ちつく静けさと温もりを与えてくれるだろう。いつまでそうしたいと思ってくれるだろう。

いまこの瞬間は、今日のところは、カイルも妻に同情している。けれど一週間後、一カ月後も慰めを差しだすだろうか？　それで妻を救えるならカイルは正義を顧みないと、ロザリンは信じつづけられるだろうか？

心を裸にしたせいで、カイルの強さをまざまざと感じた。今夜ほどはっきりとその力を感じたことはなかった。それはいま、ロザリンがしばしの休息を取れるよう、部屋のなかを平穏で満たそうとしている。ティムの恐ろしい未来をロザリンの頭から追いやっている。

だがしかし、ほかのことは頭のなかに入ってきてしまう。たとえば、悪名高い盗人と姻戚関係にあるせいで、カイルが上流社会から見くだされることとか。これまでカイルは醜聞による本格的な痛手をこうむったことはない。あの競売劇で演じた役割も、不利には働かなかった。

本格的な痛手というのがどういうものか、カイルは知らないのだ。昔からの友だちに見捨てられ、店や集いの場に入っていくとそっぽを向かれるというのがどんなものか。

こんなのは公平とはいえない。カイルが犯した唯一の過ちは、わたしと結婚したことだけなのに、そのせいで代償を払わなくてはならないなんて。

上流社会への復帰の道を提示されたときに、もっと強く忠告するべきだった。あなたが考えているようには、ことは運ばないかもしれない、わたしを救うどころか、悪名高いわたしの家族にあなたが破滅させられるかもしれないと。それなのにロザリンはあまりにも積極的に、カイルの楽観的な考えを受け入れてしまった。

カイルの体に回した腕に、ほんの少し力をこめた。胸を締めつける感情を体で表わして。するとカイルが頭のてっぺんにキスをした。

「気持ちがいいわ」ロザリンは言った。「暗くて静かで。あなたは温かくて」

「そうだね」カイルが起きあがってロザリンの上に重なり、太腿のあいだに腰を落ちつけた。前腕で体を支え、顔と顔とを数センチの距離に近づけると、ロザリンの顔を指でなぞりはじめた。顎から鼻へ、目から唇へ。

「今日の夕方、ヘイデン卿に会ってきた。ぼくなら一週間かけても知りえないことまで、すでに知っていたよ。ティモシーは今朝、下級判事の前に出されて、ニューゲートへ連れていかれた。裁判はじきに開かれるだろう。早くしろと急かしている男たちがいる」

じきに。早く。それがいちばんなのだろう。ティモシー以外の全員にとって。

「兄がつかまったことはもう世間に知られているの？」

「今日、号外が出た。明日の新聞はその件でもちきりになるだろう」

「次の日も、その次の日も、すべてが終わるまで、ね。今日はあなたに言われたとおり、ずっとこの家にいたわ、カイル。だけど何週間もそうしていられるとは思えない。そうするべきだとも思えない。だって世間の目には逃げ隠れしているように映るでしょう？　それか、恥じているように。兄のしたことは本当に嘆かわしいけれど、それがわたしの罪であるようにふるまうべきだとは思えないの」

闇のなかでもカイルがじっとこちらを見つめているのを感じた。

「本気で世間の目にさらされたいのか、ローズ？　耐える自信があるのか？」

あるだろうか。四カ月前なら、世間の目にさらされても堂々としているなど不可能だった。いけにえの子羊のごとくティムの罪を肩代わりして、兄のぶんまで蔑《さげす》まれていただろう。もうそんなことはできない。いまはブラッドウェル夫人で、ロングワースの妹ではないのだ。善良な男性に誇らしく思われ、愛情も注がれているのだ。今後もティムを思って不安に苛まれるときはあるだろうし、もちろん嘆き悲しむだろうけど、今朝、カイルが言ったことは正しい。わたしはこれに屈したりしない。なぜなら二度と兄の犠牲者になる気はないから。もっと重要なのは、カイルを兄の犠牲者にさせないことだ。けれどロザリンがこのまま世間の目から逃げ隠れしていたら、それを許してしまうかもしれない。

「もちろん批判の目にさらされたくはないわ。だけど前回の醜聞のとき以上に今回は立ち向かわなくてはならないと思うの」

「お兄さんを守ることはできないよ。弁護のしようはないんだ」

「わかっているわ」

「それほどひどいことにはならないかもしれない。アレクシアがそばにいてくれるだろうし、レディ・フェイドラと、彼女たちの夫もついてる」

いや、ひどくなるに決まっている。カイルには半分もわかっていないのだ。この先もわからないままでいてほしい。毎晩夫に泣き言を聞かせるなど、絶対にしない。

「あなたもね、カイル。あなたがそばにいてくれるなら、それがいちばん支えになるわ」

見えなくても、カイルの視線が熱を帯びたのがわかった。唇がおりてきた。そのやさしいキスはなにも求めていなかった。なにも期待していなかった。それでもロザリンは欲望をかきたてられ、胸がいっぱいになった。

「知っていてほしいことがあるんだ、ローズ。ヘイデン卿は法廷で証言台に立たされるだろう。被害者に金を払ったことを認めるだろうが、それによって告発の正当性を完全に裏づけることになる。ほかに選択肢はない。招集を受けたら行くしかないからね」間をあけて続けた。「ぼくも招集を受けるだろう。損失をこうむったひとりとして」

「損失をこうむって、返済されなかったひとりとして」

「そうだ」

カイルはロザリンの反応に身構えたように思えた。もしかしたら、涙ながらに行かないでと訴えられると思ったのかもしれない。怒って押しのけられると思ったのかもしれない。

だが、ロザリンはそんなことはしなかった。できなかった。それでもカイルの〝そうだ〟というひと言がほのめかすことに抗わずにはいられなかった。今回の裁判でなされるあらゆる証言のなかで、もっとも破壊力を持つのがカイルの証言だから。

「行かなくてはいけないの？」ささやくように尋ねた。

「残念ながら。ぼくが出廷することが、この先、いや、いまこの瞬間からぼくらのあいだで障害になるとしても、無理はないと思うよ」

そんなことではなにも変わらないと言えたらどんなにいいか。けれど変わってしまうだろう。すでに心のドアは閉じかけている。自分だけの傷つきやすい場所を失望から守るために。自分という人間を再発見したロザリンでさえ、カイルは善良な人だと知っている彼女でさえ、夫に兄を絞首台に送りこまれても裏切られたと感じずにいるのは、容易ではない。

「どうして行かなくてはいけないの？　名誉のため？　正義のため？」意図した以上に鋭い声になってしまった。「ロンドンを離れましょう。司法権の及ぶ範囲を出てしまえば、証言をしなくてもよくなるわ」

「正義なんてもうどうでもいいし、この件に関しては名誉も関係ない。ただ行かなくてはならないんだ。その現実を受け入れてぼくを許してくれたらと思うけど、無理な頼みだということもわかってる」

そう言ってカイルはふたたびロザリンの隣りに戻ったが、もはや抱擁は先ほどまでのようには安らぎを与えてくれなかった。ロザリンは、出ていってと言わなかった。まだ感じられる安らぎにしがみついていた。兄の件さえなければこの安らぎがどんなものになりえたか、昨夜が見せてくれた夢については考えないようにした。

ティモシー・ロングワースの裁判の前夜、カイルは気がつけば奇妙な一団のなかにいた。ドルリー・レーン劇場を訪れた上流社会の人々の面前で。

最初は単純だった。ジャン・ピエールがまたイースターブルック侯爵からメモを受け取って、劇場の例の席を使うよう勧められた。そこでジャン・ピエールは、少しでも気晴らしができるようにロザリンを連れておまえも来いとカイルを誘った。するとロザリンは、世間に堂々とした姿を見せるまたとない機会だと言って承諾した。約束の時間にカイルは妻をエスコートして、イースターブルック侯爵が押さえている人目によくつくボックス席へと入っていった。

当然、注目を浴びた。ロザリンは用意していた笑顔を絶やさず、気品を見せつけた。だれの前でも堂々としていられることを妻は証明してみせたが、目のなかの微妙な変化を見れば、向けられる視線や交わされるささやきを苦痛に思っていることが、カイルにはわかった。

それでもほどなく観客の関心はロザリンを離れはじめた。ボックス席のドアが開いて、エリオット卿が一風変わった妻、レディ・フェイドラとともに現われたのだ。

「ブラッドウェル、ヘンおばさん」エリオット卿が言う。「兄さんに今夜の芝居を勧められてね。まさかここでロンドン屈指の美女三人を一度に拝めるなんて、知らなかったよ」

「ロンドン屈指の問題女性でもあるわね」ロザリンがカイルの耳もとでささやいた。「ヘンリエッタとあなたのお友だちの情事はもっぱら噂になっているそうだし、レディ・フェイドラは有名な変わり者だもの」

「そのふたりと一緒なら、少しは肩の力も抜けるかな」

今夜ロザリンがここへ来ようと決心してくれて、カイルは喜んでいた。この一週間、妻は未来になんの関心もないかのように過ごしていた。カイルとふたりきりの時間をのぞいて。ふたりのあいだにかすかな警戒心が芽生えたと感じるのは、もしかしたら思い過ごしかもしれない。これといって指し示せるものはないのだ。親密さが薄れたことを証明する言葉も行動も。それでも感じた。裁判についてロザリンに知らせたらこうなることは予期していた。カイルが演じることになる役割を恨まないとしたら、ロザリンは人間とはいえない。

唯一の疑問は、この先すべてが終わったあとに、ふたりがまた堅苦しさを打ち破って秘密を見つけることができるかどうかだ。ティーズロウでのあの夜に初めて分かち合った、完全な心のゆだね合いにひそむ秘密を。

ジャン・ピエールが後ろを向いて、カイルの視線をとらえた。カイルは友のほうに身を乗りだした。

「珍しいと思わないか？　エリオット卿が仲間に加わるなんて。つまりこれは、侯爵を訪ねても危険はないということだ」ジャン・ピエールの低い声は芝居がかっていた。

「まったく、おまえはどうかしてるよ。きっと化学薬品のせいだな」

「どうかしてる？　だれが？」ヘンリエッタが尋ねて、会話に加わろうと向きを変えた。

「ぼくがだよ」ジャン・ピエールが言う。「きみの美しさに、いつもどうかさせられてしまう」

お世辞にはにかんだ笑みを浮かべて、ヘンリエッタが視線をほかのボックス席に移した。

ボックス席のドアがまた開いた。ヘイデン卿が妻とロザリンの妹、アイリーンとともに入ってきた。

若いキャロラインが、どうしてもアイリーンと一緒にいちばん前に座っておしゃべりをしたり観客を観察したりしたい、と言うので、席替えが始まった。結果、カイルはいちばん後ろの席でジャン・ピエールの隣りに座ることになった。

「ほぼ全員だな」友が意味深な視線で目の前に並んだ頭を眺めた。

「みんな気晴らしを求めてる、それだけさ。明日にはつらい試練が待ってるんだ。ローマが燃えるのを知っていて、今夜は時間つぶしをしてるんだよ」

「熱い思いをするのは彼女だけだろう。ヘイデン卿にも火の粉は振りかかるが、たいしたことはない。それでも全員がここに来た。彼が仕組んだんだ。そしてふたたびあの大きな屋敷には、彼と召使いだけが残された」ジャン・ピエールが言いながら鼻をとんとんとたたいた。

もしかしたら本当にイースターブルック侯爵が仕組んだのかもしれない。だとしたら、今度の件が数分は侯爵の頭を占めたということになる。どうあれ、カイルはありがたく思った。ロザリンは楽しんでいるように見える。噂の的になる人物がほかにもいるとあって、注目が分散されたおかげだ。

第二幕の半ばごろ、三度《みたび》ボックス席のドアが開いた。カイルは気配を感じただけだったが、ジャン・ピエールに肘で脇腹を小突かれて、なにごとかと振り向いた。

侯爵その人のお出ましだった。身分にふさわしい洗練された堂々たる姿で、後ろの壁際に陣取った。

「劇場で家族と会いたかったなら、純粋に招待すればいいものを」ジャン・ピエールが苛立たしげにささやいた。イースターブルック侯爵が現われたせいで、彼と召使いだけが残された屋敷の謎について思いめぐらす楽しみが断たれたのだろう。

「来るつもりはなかったんじゃないかな。ここにいても楽しそうには見えない」

侯爵はタカのような目でほかのボックス席を眺めていた。だれかを探しているのなら、あてが外れたのだろう。暗がりから前に出て、椅子のほうに歩み寄った。

弟たちが気づいて、驚きを目に浮かべた。女性陣は侯爵に敬意を表して席を立った。

イースターブルックがボックス席の最前列に座ると、場内に静かなざわめきが起きた。侯爵が命令をくだした。

「キャロライン、友だちと一緒に後ろに座れ。わたしがくすくす笑いを聞かなくてすむようにな。どこかの若造がちょっかいを出そうと忍びこんできても、ブラッドウェルが殴り飛ばしてくれるだろう。諸君、今夜はわたしが美女たちを独占してもかまわないだろうな？　無論、芝居が終わればお返しする」

それから芝居が終わるまで、侯爵は最前列の中央に留まって、舞台の上の動きに集中しているふりを続けた。アレクシアは侯爵の右側という最高の位置を占め、次兄の妻であるだけでなく侯爵その人からも大切にされていることを証明した。レディ・フェイドラは左側だ。その両端にはヘンリエッタとロザリンが座した。

「おまえの言うとおり、あの男には謎も計算もなさそうだな。単に気まぐれで風変わりなだけだ」ジャン・ピエールが耳打ちした。

カイルは侯爵の気まぐれになど興味はなかった。気になるのは、最前列に座る金髪の美女だけだった。このボックス席を見あげた安席の若者たちに息を呑ませているだろう女性だけ。イースターブルックの意図がどうあれ、その行動が人々に与える効果は変わらない。侯爵はいましがたブラッドウェル夫人に挨拶をした。明日、兄が裁判にかけられる女性に。そして彼女をそばに座らせた。今夜ロザリンが立ち向かった世間にとって、これほど重要なこともないだろう。

22

「ヘイデンはアレクシアが来るのを許さなかったのよ。興奮したら体に障るんじゃないかと心配だったのね。アレクシアからは愛と祈りをことづかったわ、ローズ」レディ・フェイドラはそう言って、ロザリンの隣りの椅子に腰かけた。ここはロンドンの中央刑事裁判所のなかだ。

エリオット卿も妻の隣りに腰かけて、ロザリンに励ましを与えようとしたが、どうやっても無理なことはだれにもわかっていた。

ティムの状況は救いようがなかった。略式起訴がされたいま、新聞には犯罪の詳細が書き立てられていた。名前も、金額も、犯行の大胆さも――。ロザリンは兄の罪をいやというほど知らされたものの、世間がまだよく理解していないことも学んでいた。

この裁判がたどる道は一本しかなく、その道は急なくだり坂だろう。もしも陪審席に座ることになったら、ロザリンでさえ有罪を宣告するしかない。

けれどロザリンが座っているのは傍聴席で、必死に心の準備をしている。いま行なわれている裁判が終わり、ここにいる大勢の前に兄の砂色の頭が現われるのを、じっと待っている。

兄を許すことも守ることもできないが、それでも心は悲痛な叫びをあげていた。

「来るなんて本当に勇敢だと思うよ」エリオット卿が言った。「彼もきっと感謝するだろう」

だれが？ ティモシーが？ わたしを見たら少しはほっとする？ まだ兄に会いに行ってはいない。そうした面会が許されるのは一度だけだろうから、今日より後にとっていた。そのときこそ必要とされるだろうから。けれどそんな再会と恐ろしい別れはどちらにとっても地獄のように思えるに違いない。

ロザリンは下の席に座っている男たちを見やった。カイルの姿が目に留まる。ひょっとするとエリオット卿はティモシーではなくカイルのことを言ったのかもしれない。とはいえカイルが感謝するとは思えなかった。今日、彼が証言をする姿を実際に見てしまったら、それを忘れて生きていくなど、ふたりともできない。

この日はゆっくりと、だが容赦なくふたりに近づいてきた。彼らはこの日が意味することを避けようとしてきた。カイルはまた慎重になっていた。ロザリンはまた警戒心を抱いていた。ふたりのあいだには日ごとに堅苦しさのヴェールがおりてきて、いままでは目を凝らさなくては、もう他人ではなくなっていたはずの男性が見えなくなっていた。

最後の三晩は別々に眠った。ロザリンの〝待つという恐怖〟を克服するすべはないとカイルは知っていたのだ。疲れを訴えて早めに部屋にさがった妻を見て、悟ったのだろう。

「ああ、あそこにヘイデンがいる」レディ・フェイドラが言った。

ヘイデン卿がドアのそばで一瞬足を止め、それから前に歩きだした。カイルの隣りに席を見つける。ひとつ前の裁判は、証拠の提示と証言を織り交ぜながらまだ続いている。

エリオット卿が手を伸ばして、手袋に覆われたロザリンの拳に載せた。「ヘイデンから伝言を預かったよ。お兄さんの罪が軽減されるよう、できるだけのことをすると言っていた。もちろん真実を語らなくてはならないが、目標はそこにあることをわかってほしいと」

「ヘイデン卿はずっとわたしの家族に寛大だったもの。いまになって動機を疑ったりしないわ。それでも伝言をありがとう」

エリオット卿が眉をひそめてちらりとレディ・フェイドラを見た。レディ・フェイドラは肩をすくめた。ふたりもじきに真実を知るだろう。

ティモシーの刑罰を軽くするためにヘイデン卿に言えることはひとつだけ。ティモシーひとりが全額を手に入れたのではなく、計画そのものも彼が考えたのではないということだ。

「証言台に立ったことは?」ヘイデン卿が尋ねた。

「ありません」カイルは答えた。

「では事実だけを話せ。陪審が理解できるよう、簡潔明瞭に。いくつか質問されるかもしれない。そのときは訊かれたことだけを答えろ」ヘイデン卿が鋭い目で周囲を見まわした。

「彼が処刑されないことを望んでいると想定しての助言だが」

「処刑されない可能性がありますか？」

「それはだれにもわからない。今日の判事は以前、慈悲を示したことがある。理由さえあれば、今回も示さないとはかぎらない」

現行の裁判が終わって次が始まるのを待っているのはふたりだけではなかった。間に合わせの傍聴席が上に作られたのだ。いま裁判にかけられている、けちな掏摸《すり》のためではない。上の席にいるのは、高級な帽子をかぶり、上質のリネンで眠る人々だ。レディ・フェイドラがかぶっている帽子は、炎の色をした髪に載せられている。品のいいボンネットはロザリンの金髪と顔のほとんどを隠していた。

さらに男たちが現われて、カイルとヘイデン卿が座っているあたりに押し寄せてきた。ノーベリーと〝ロングワースをつるせ〟委員会の面々もいる。

「証人だらけだ」カイルは言った。

「被害者だらけだ」ヘイデン卿が返した。

「あなたが金を払ったことは役立つでしょうか？」

「返済はしばしば慈悲の条件になる。とはいえ前回同じような裁判があったとき、被告は文書偽造による有罪判決だけで処刑された。まあ、評決の本当の理由は巨額の横領だろうが」

胸の悪くなるような皮肉はカイルにも理解できた。「ぼくもあなたの金を受け取っておくべきでした。そうすれば返済を受けなかった唯一の被害者にならずにすんだのに」

「受け取っていてもなにも変わらなかっただろう。断言できる」

人の移動が始まった。前の裁判が終わったので、去る人と席に着く人が入れ替わりはじめたのだ。ヘイデン卿が内緒話をするように首を傾けた。「証言は短く。仮定の話も詳細もなしだ。確実に知っていることだけを話せ」

ティムが連れてこられたとき、ロザリンはもう少しで泣きだしそうになった。砂色の髪は乱れ、顔色は病人のように青白く、心の底から怯えた表情をしている。その姿は少年のように見え、兄を裁く男たちに比べると体つきも劣っていた。

威厳も保てないようだった。集まった証人を見まわして、口もとを震わせている。ティムは傍聴席に視線を走らせて、ロザリンの姿を見つけた。ロザリンはどうにかほほえむと、片手をあげて小さく振った。兄の表情が崩れた。床に視線を落として、なんとか心を落ちつけている。

被害者がひとりずつ証言をしていった。消えていった金のこと、分割支払いが続いたこと、ティモシーの自白と返済の申し出について。実際の返済を行なったのはヘイデン・ロスウェル卿で、それは卿が被告人の従姉であるアレクシアと結婚したあとだったこと。

実質的な損失がなかったことは陪審にとって重要だけれど、ティムが容赦されるほどではないことは、ロザリンにもわかった。いつまでも続く証言に判事がどんな反応を示すか、ロザリンは見守った。

「思っていたよりいい感じね」レディ・フェイドラがささやいた。「全員が返済を受けてるなら――」

「全員ではないわ」ロザリンは言った。「カイルは受けていないの」

レディ・フェイドラの表情が曇った。夫になにやら耳打ちする。エリオット卿も深刻な顔になった。

レディ・フェイドラの手袋をはめた手が、ロザリンの手に重なった。「これはとてもつらいことで、あなたは嘆き悲しむだろうと思ってたけど、あなたがどれほどこの日を恐れて苦しんでたか、いま初めて気づいたわ、ロザリン」

励まそうとしてくれる気持ちがうれしかった。けれどカイルの名前が法廷に響きわたったとき、やはり心臓は飛び跳ねた。

カイルと目が合った。夫の悔やむ気持ちと申し訳ない思いが伝わってくる。それからカイルが前に出て宣誓をした。

彼の証言は短かった。拍子抜けするほどに。内容はほかの人とそう変わらず、銀行に信託財産をあずけたけれど、横領と文書偽造によってゼロになったという話だった。

今回欠けていたのは、失った金を取り戻したという部分だった。

検察側の弁護士はその点をはっきりさせようとした。「ブラッドウェルさん、失われたお金は返済を受けましたか？」

「ええ、全額を」

カイルの答えを聞いて証人のあいだに衝撃が走った。ノーベリーが激怒するのがロザリンにもわかる。偽証だという聞こえよがしのささやきが、法廷内のそのあたりから起きた。

検察側の弁護士が厳しい顔になる。「ブラッドウェルさん、つまりヘイデン卿がその信託分を返済したということですか？　ヘイデン卿もこのあとに証言をするということ、偽証をしたらすぐにばれるということを、忘れないでください」

カイルが相手の目を見て言った。「あなたがお訊きになったのは、どのように返済されたのか、だれが返済を行なったのかではなく、返済されたかどうかです。ぼくは正直に答えました。この信託には現在、窃盗以前とまったく同じ額の資金が積み立てられています」

「几帳面な方だということはわかりました。それでは質問を変えましょう。正確にはどのように再積立が行なわれたのですか？」

「ぼくが自分の金をあてました」

「となると、ロングワース氏から金を盗まれたのはあなたということになりますね」

「信託はぼく名義ではありませんでした。ロングワース氏が盗んだのは叔父と叔母の金で、ふたりは返済を受けています。叔父夫婦の盗まれた金をぼくの懐で補うという、ぼくの無謀で寛大な行為に対して、彼に責任を問うことは、とてもできません」

陪審はこれを愉快に思ったようだ。判事もほほえみそうになった。検察側の弁護士は嚙みつくように次の言葉を放った。「あなたが彼に責任を問うかどうかは重要ではない。それは法が決めることです」

「そうですか？　先ほどの裁判では、被告席にいる男に金を盗まれたとひとりの女性が証言しました。おそらく彼女の夫はそのぶんを補って、妻が家族の夕飯の買い物をできるようにしたでしょう。ところが夫は証言をしませんでした。突き詰めれば金を失ったのは彼なのに。この信託の場合で言うと、ぼくはその夫と同じ役割を果たしたんです。あるいは、今日あなたが尋問なさったほかの人の場合で言うと、ヘイデン卿の役割を」

「一理あるな」エリオット卿がつぶやいた。

たしかにそのとおりだった。検察側の弁護士はうろたえていた。「法についてのあなたの意見はどうでもいいんです、ブラッドウェルさん。もう一度質問します。今度はもっと厳密に。金を奪われたあとにあなたが信託に積み立てなおして生じたご自身の損失について、ヘイデン卿またはロングワース氏または彼の家族のだれかから返済を受けましたか？」

「はい」

検察側の弁護士が両手を宙に放りだして、判事に訴えた。「なんということだ、証人が返済を受けていないのは明らかなのに。彼は嘘をついています」

「あなたは嘘をついていますか、ブラッドウェルさん？」判事が問う。

「ぼくは質問に正直に答えています」

「ヘイデン卿は、あなたが返済金を受け取らなかったことを下級判事に認めていますが」

「返済金を受け取ったかとは訊かれていません。質問は、ヘイデン卿かロングワース家のだれかから返済を受けたか、です。損失は二万ポンドでした。ぼくは現在、ロングワース家の地所の先取特権を有していて、それには少なくとも五千ポンドの価値があると思われます」

「残りの一万五千は？」

「ロングワース氏の妹はぼくの求婚に応じてくれました。収支は釣り合っていると思います」

ロザリンの口もとに抑えようのない笑みが浮かんだ——目は潤んでいたけれど。カイルは懸命にティムを助けようとしている。巧みに自分の立場を守りながら。

法廷内にざわめきが広がった。検察側の弁護士はしばし騒ぎをそのままにしてから、にやりとした。「われわれをばかだと思っているんですか。あなたが結婚した女性はなんの財産も持たないというのに、それで収支が釣り合って、彼女の兄への貸しがなくなるという話を信じろと言うんですか？」

カイルが検察側の弁護士に向けた視線はあまりにもまっすぐで誠実だったので、法廷内はしんと静まり返った。「信じられないという方は、彼女に会ったことがないんでしょう。彼女はここにいます。二階の傍聴席、エリオット・ロスウェル卿のふたつ隣りに。どうぞご覧ください。それでも言えますか、彼女に一万五千ポンドの価値がないと」

全員の視線が向けられた。何十対という男性の目がエリオット卿を探しだし、それからふたつ隣りのロザリンをとらえた。ロザリンは顔が赤くなるのを感じた。

「ボンネットを脱ぐのよ。早く」レディ・フェイドラがささやいた。

ロザリンはリボンをほどいてボンネットを取った。ある記憶がよみがえってきた。そう遠くない昔に、まったく別の理由から、じろじろと眺められて品定めをされたときのことが。

カイルに目を向けると、彼もこちらを見ていた。ロザリンはほかの人を見なくてすむように、カイルだけを見つめた。カイルはわたしのためにこうしたのだ。役立たずの兄を救うために。これからどうなろうとも、ロザリンは一生感謝するだろう。

カイルの表情が変化した。ロザリンは衝撃に貫かれた。カイルの目は、ロザリンの兄を救うためにちょっとした策を弄したことをもう忘れているかのようだった。それは純粋に、お金に換算できない価値をもつ女性を見つめている男の目だった。

カイルは賞賛と誇りをあらわにしている。周りもそれに気づいている。こうして公に愛情と誇らしさを宣言されて、ロザリンの胸は熱くなった。謙虚な気持ちになった。とても光栄だった。

視線に圧倒されるあまり、中央刑事裁判所のなかの物音が耳に入らなくなった。静寂のなか、見えないキスに応じるように唇に触れると、心はいまさら愛の言葉を語った。

「証人の言《げん》には一理ある」判事が言った。「一万五千ポンドを持っていても、ろくな使い方ができない男もいますからね」

陪審団が笑い、訳知り顔で互いを肘でつついた。それでも検察側の弁護士は言い張った。

「たしかにたいへん美しい女性です。それでも、あなたは実際にはまったく返済を受けていない」

「ぼくは同意できません」カイルが言った。

「あなたの同意は必要ありません。質問は以上です」

次に宣誓をしたのはヘイデン卿だった。卿は検察側の弁護士の最初の質問を、鋭い視線と掲げた片手で遮った。「証言をする前に、これまでの証人の話に影響を及ぼす証拠を提出したい」

判事がうなずいた。検察側の弁護士は肩をすくめた。

「横領に気づいて銀行の全記録を調べた人間として、わたしはそれぞれの詐欺行為が行なわれた日付だけでなく、金額と名義もすべて把握している。ここまでの証人の多くは、本来なら招集されることはなかっただろう。なぜならこの件に関係がないからだ。彼らがこうむった損失は、ティモシー・ロングワースがあの銀行の共同経営者になる以前に生じている。ティモシー・ロングワースが罪を犯したのは事実だが、ここまでの証人すべてから盗んだわけではない」

衝撃の沈黙がたっぷり五秒は続いた。それからわっと騒がしくなって、質問や怒鳴り声が響いた。判事が何度か静粛にと訴えてようやく検察側の弁護士の声が聞こえるていどに静まった。

「あなたからご説明いただくのがいちばんでしょう、ヘイデン卿」

「去年の夏に返済を行なったとき、わたしが金を払ったのはティモシー・ロングワースの犠牲者にだけではなかった。彼に共同経営権を引き継がせ、事業のやり方と犯罪計画の両方を教えた人物の犠牲者にも返済をした。その人物とは、彼の兄、ベンジャミンだ。ベンジャミンの関与については、いくつかの理由から伏せてきた。返済さえ受ければ、だれに金を奪われたかを気にする者はいなかった。ベンジャミンはわたしの友人だったから、それがわたしの心情に影響していたことは認める。しかしあの詐欺行為がいつから始まり、どれほど根が深いかが明らかになってしまったら、銀行は破綻を余儀なくされて、さらに多くの人間が被害を受けることは目に見えていた」

「立派なことですな。とはいえ、それを公表するのは遅すぎたのではないでしょうか」

「わたしはベンジャミンには借りがあって、彼の名前が傷つかずにすむことを願っていた」

「そうでしょうとも。それでも質問に答えてもらいますよ。それが明るみに出ることはわかっておられたはずです」

「ブラッドウェルくんが答えたようにわたしも答えるつもりだ。偽証はしないが説明もしない。だがベンジャミン・ロングワースはこの世を去っているし、それと同時にわたしの借りもこの世から消えたと思うことにした。彼の弟はたしかに悪党だが、すでにじゅうぶん罪を犯しているのだから、兄の罪まで背負う必要はない」

「窃盗の日付については断言できますか?」

「自信を持って断言できる。ほとんどの金が消えたのは、ベンジャミン・ロングワースがギリシャでの戦いに赴く前のことだ」


検察側の弁護士は、どの証人が実際に被告人の被害者なのか、ヘイデン卿が答えることを要求した。これはかなり長くかかりそうだと見て取ったカイルは、外の空気を吸いにそっと中央刑事裁判所を抜けだした。

表は大勢の人でにぎわっていて、衝撃の事実がすでに広がりつつあった。それにつられて混乱と議論が起きている。願わくば、陪審団のあいだにも混乱が起きてくれるといいのだが。おそらくそれこそ、ヘイデン卿がいまになって真相を明らかにした理由なのだろう。

天気は建物のなかの悲しい出来事をあざ笑うかのようだった。時期はずれの暖かさで、いずれ到来する季節を予感させる。ひんやりとしたそよ風が運んでくる再生の香りに肌をくすぐられた。

「ヘイデン卿が全員の名前を挙げ終えるには、少なくとも一時間はかかるでしょうね」

カイルがくるりと振り向くと、ロザリンがボンネットを手に立っていた。

「そうだろうね。ヘイデン卿は全記録を暗記しているようだった」

「アレクシアが言うには、彼は数字を絶対に忘れないんですって。十万ポンド以上も出したことを忘れる人がいるとは思えないけれど」

ロザリンは穏やかな顔をしていた。落ちついていた。この数日よりもずっと。悪いことが起きるのを待っている時間のほうが、実際に起きているときよりもつらいのかもしれない。

「知ってたのか、ローズ？　上のお兄さんも関わっていたことを？」

ロザリンがうなずいた。「具体的なことまでは知らなかったけれど。去年の夏、ティムがいなくなってしまったあとに、アレクシアが本当のことを教えてくれたの。ヘイデン卿はティムが返済できるよう尽力してくれたのに、犯罪の根が予想以上に深かったことを知らされただけだったのね。兄がふたりとも罪を犯していたと知って、わたしはひどく打ちのめされて、詳しく調べる気にはとてもなれなかったわ」

「今日、ヘイデン卿がふたりの罪を切り離そうとしてくれたことに、ぼくはほっとしてるよ」

かすかな笑みがロザリンの口もとに浮かんだ。目は悲しそうだが水晶のように澄んでいる。まるでカイルの頭のなかを見透かせるかのように、じっとこちらを見つめた。

ロザリンがカイルの体に腕を回し、そっと胸にキスをしてから離れた。「どうもありがとう、カイル、あんなふうに証言をしてくれて。あれほど心を砕いて兄の刑を軽くしようとしてくれるなんて、ティムにはもったいないことだわ。自分をひどい目に遭わせた人間にやさしさを示すことがどれほど難しいか、兄にはわからないでしょうね。ティムはあまりにも子どもだから、絞首刑に処されるべきだと思っている人に慈悲を示すのが、どれほど強さを必要とするか、理解できないのよ」

「お兄さんのためにしたんじゃないよ、ローズ」

「ええ。わたしを苦しめないためにしてくれたんでしょう？　わたしを守るために。わたしを誇らしい気持ちにさせるために。わかっているわ。一生忘れない」ちらりと建物を見やって背筋を伸ばした。「そろそろ戻るわ。評決が出るときにはあの場にいたいの。兄ひとりで立ち向かわせたくない」

「もちろんだ」

ロザリンが歩いていった。カイルは建物の正面に沿ってぶらぶらと歩き、もうしばらく外に留まった。評決が出て判決が言い渡されるまでには戻ろう。ロザリンひとりで立ち向かわせたくない。

そのとき、通りのほうで小さな動きが起きた。少年たちが刷りたてのビラを抱え、号外だよと叫びながら駆けてくる。ほとんどはロングワース裁判の衝撃の事実を声高に知らせていた。ただひとりの少年だけが、それほど劇的ではない知らせを叫んでいた。

カイルはその少年のそばに歩み寄り、号外を買い求めた。紙面には黒い縁取りとごく短い文章があった。

コティントン伯爵逝去。


ロザリンはヘイデン卿の隣りを歩きながら、監獄の悪臭に必死で吐き気をこらえた。ティモシーのために、生活必需品を入れたかごを持ってきていた。多くはないが、ささやかな贅沢品も。後者は兄にはもったいないけれど、倹約を余儀なくされていた日々に、アレクシアがそういうものを寄越してくれたことを思い出したのだ。

アレクシアはお産が近いので一緒に来られなかった。ヘイデン卿はアイリーンが来ることも禁じたが、いまになってロザリンにはその理由がわかった。ニューゲートはひどい場所だった。前を通りすぎた大きな房のなかでは、男たちと女性ひとりが少女には見せられないことをしていた。ヘイデン卿の厳《いか》めしい顔つきから察するに、上品な女性にも見せられたものではないと考えているのだろう。

ティムが入れられたのは、ほかに五人の男性受刑者しかいない小さな房だった。人数の少ない部屋に入れたのは、ヘイデン卿のおかげだ。ロングワース家の人間のためにヘイデン卿が金を出すのは、どうかこれが最後であってほしい。

看守が気をきかせて、ほかの受刑者を外に出してくれた。

三人だけになってから、ティムは初めてこちらを見た。笑みに力はなく、逆に悲しさが増した。「来てくれてうれしいよ、ローズ。裁判にも来てくれて、うれしかった」

「兄妹じゃない、ティモシー。アイリーンから、愛していると言付かったわ。アレクシアからも。アレクシアはもうじき赤ちゃんが生まれるから一緒に来られなかったの。おめでたのことは手紙に書いたけど、きっと届かなかったでしょうね」

「アイリーンは元気かい?」

「元気よ。いまはアレクシアとヘイデン卿のところで暮らしているわ。あの子は影響を受けなかったわ——その、今度のことには」

下の妹を支えてくれたヘイデン卿に感謝の言葉を述べるだけの礼儀はティムもわきまえていた。だがそのあとロザリンに向けた目は、感情をむきだしにしていた。「おまえの夫は来なかったんだな」

「北へ行っているの。コティントン伯爵の葬儀があって。だけどそうね、もしロンドンにいたとしても来なかったと思うわ」

伯爵の訃報《ふほう》を聞いて、ティムの唇が引きつった。「じゃあいまはノーベリーが伯爵か。それが世間に知れわたる前に評決が出てよかったよ。さもないとぼくは間違いなく絞首刑にされていた。ノーベリーはぼくが死んで口をきけなくなることを心の底から望んでいたから。

残念だったなと目の前で笑ってやろう。とはいえぼくを待ってる運命が死よりそれほどましとは言えないが」

「ばかなことを言うな」ヘイデン卿がぴしゃりと言った。「十四年間の流刑は絞首刑とは大違いだ。生きていられる。いずれ自由の身になれるんだ。おまえはまだ若いんだから、やりなおせる。判事が慈悲を示したことに感謝するべきだ」

「なにが慈悲だ。どうせぼくは死ぬんだよ。それが一瞬か、時間をかけてか、それだけの違いだ。流刑地では奴隷みたいに働かされるんだぞ。そこに行くだけでも船で半年はかかるっていうじゃないか。ぼくはただちょっと金を借りただけなのに。きみに無理やり罪を認めさせられていなければ、ちゃんと返すつもりだったのに。法廷でだって、全部ベンのやったことだと言ってくれればよかったじゃないか。きっとみんな信じたさ」

ヘイデン卿の体がこわばるのを感じて、ロザリンは兄が殴られるのではないかと思った。

「だが全部ベンジャミンのしたことではなかった。そう言えば偽証することになっていた」

ティムの顔がこみあげる感情と怒りでよじれた。「こうなって喜んでるんだろう。ぼくがつかまって喜んでるんだ。ベンが死んで喜んでるんだ。ぼくにはお見通しだぞ」

ロザリンは前に出て兄を落ちつかせようとした。「ばかなことは言わないで。あの場でヘイデン卿は兄さんを助けてくれたのよ。これまでも、わたしたちみんなを助けてきてくれたわ。去年の夏にヘイデン卿がお金を出してくれていなかったら、きっとこれが本当に最後のお別れになっていたのよ、ティム」

ティムの目が潤んだものの、機嫌は直らなかった。ロザリンはヘイデン卿に視線を移した。

「兄とふたりになれるかしら？　三十分だけでいいの」

ヘイデン卿はそれを聞いてほっとしたようだった。「ドアの外にいよう。看守がしびれを切らしたら、わたしが引き止めておく」

ロザリンは持ってきたかごを小さくて無骨なテーブルに載せた。それが房のなかで唯一の家具だった。「旅のあいだとその先で必要になりそうなものを持ってきたわ。イタリアで着ていた服はいまもあるの？」

ティムがうなずいて、ロザリンがテーブルの上に並べるささやかな贈り物を眺めた。はさみやピンといった日用品を中心に詰めてきたが、缶入りの紅茶や多少のお菓子、それにシリング硬貨一袋も持ってきていた。ティムが手紙を書く気になったときのために、紙とペンも。

「ブランデーは？」兄が尋ねた。

「お酒はだめよ、ティム。もう二度と飲まないほうがいいわ」

ティムがうんざりしたように首を振り、テーブルから離れた。

「ティム、さっきノーベリーの話をしていたけれど、あれはどういう意味だったの？　兄さんが死んで口をきけなくなることを心から望んでいたっていうのは」

ティムが頭を掻いて、それから質問を払いのけるような手振りをした。「なんでもないよ。

「たいしたことじゃない。ぼくはこれで死んだも同然なんだから」

たいしたことじゃないかもしれないけれど、気になるの」

ティムが戻ってきて、贈り物をいじりはじめた。「四年くらい前に、つき合いがあったんだ。出会ったのは賭け事の席で、ノーベリーはときどき娯楽にぼくを誘ってくれるようになった」紅茶の缶を開けて香りを嗅ぐ。「ノーベリーはケントに地所を持っていた。父親の地所からそう遠くない場所に。そこでよくパーティを開いていたんだ」

「そのパーティのことなら知っているわ。兄さんも出席していたの？」

ティムが赤くなった。「あるパーティのときにちょっとした問題が起きた。ノーベリーが女友だちと喧嘩をして、彼女は帰ってしまったんだ。それでその夜、ぼくが、その、ベッドにもぐっていたときに、女性の悲鳴が聞こえたんだ。一度きりだったけど、それはいい、いい悲鳴じゃなくて……つまり、パーティの夜に聞こえてもおかしくない悲鳴じゃなかった」ますます顔が赤くなる。

「言っている意味はわかるわ」

「そうか。それで、ぼくはだれかが怪我でもしたんじゃないかと気になって、様子を見に行こうとしたら、また悲鳴が聞こえた。間違いなく下の階からだとわかったから、そっちへ向かってみたら、彼がいたんだ。台所の召使いのひとりを図書室に連れこんでいた。娘はたぶんまだ十歳を過ぎたばかりで、ノーベリーはその娘を縛りつけて――」

「彼は兄さんに見られたことを知っているの？」

「ぼくがのぞいたときには、彼はほかのことなんて眼中になかったよ」そう言って肩をすくめる。「ひどいなぶりようだった。娘には殴られた跡もあって、それが最初に目に飛びこんできた。まあ、ぼくもそう長居をしたわけじゃないが。娘はさるぐつわ代わりに口に押しこまれていたハンカチを吐きだそうとしていたよ。ノーベリーがそれに気づいてまた殴りつけたら、娘は気を失ったみたいだった」

〝そう長居をしたわけじゃないが〟ティムは止めようとしなかったのだ。ドアを閉じて、かわいそうな娘が苦しむままにしておいたのだ。

「兄さんがその場を立ち去って、彼に気づかれなかったのなら、どうして口封じをされると思ったの？」

兄の顔が曇り、また赤くなった。

「ティモシー、あなたまさか自分からノーベリーに近づいたの？　黙っていてほしければお金を寄越せと言ったの？」

「そんなに多くは要求してない。はした金だよ、去年の春、状況が悪化したときに。送った手紙には返事も来なかった。向こうは、どうせぼくには脅しを実行する度胸なんかないと思っていたんだ」

「そうでしょうね。だけどもちろん、確証もなかった」

ロザリンはノーベリーを思い描いた。果たしてティモシー・ロングワースに子爵を訴えたり脅迫を遂行したりする度胸があるだろうかと考える姿を。この先、ティモシーが発作的に勇気や良心の咎めを起こさないとはかぎらないと結論づける姿を。ティムは下級判事のところへ行く必要すらなく、ただノーベリーの父親に手紙を書けば事足りたはずだ。

ティムが罪を犯して自ら弱い立場に回ったことは、ノーベリーにとってどれほど好都合だったろう。絞首刑に処された男は絶対に口をきけない。

ロザリンは贈り物をかごに戻し、紙とペンを並べた。「その話を書き留めて、ティモシー。いますぐに」

「そんなことをしてもどうにもならないよ、ローズ。受刑者の話なんてだれも信じやしない。ましてや、そいつを訴えた人物に不利な話なんて。復讐のために考えついたつくり話と思われるのがオチだ」

「それでも書くのよ。書き終えたら、わたしが口述するとおりのことも書いてちょうだい。そうしたら――二通の手紙を書き終えたら――兄さんはふたつの善行を積んだことになるわ。罪を償っていくための、気高くて正直な行ないを。これは兄さんの魂と自尊心を取り戻すための、小さな第一歩なのよ」

23

カイルがロンドンに戻ったころには、ずいぶん夜も更けていた。身も心もくたびれた状態で家に入った。

家のなかは静かだった。ふだんと違うところはない。特別なところは。それでも玄関口にたたずむカイルの心は、学校の休暇でティーズロウに帰ったときと同じように、ほっと息をついていた。それは、しばらく離れていたわが家に戻ってきたときの感覚だった。

わが家。その安心感は新鮮で、とても心地よかった。もう何年も、どこかをわが家だと思ったことはなかった。

階段をのぼっていくと、ロザリンの部屋のドアの下から明かりが漏れているのに気づいた。こんなに遅い時間まで起きているとは思わなかった。

カイルは自室に入ってフロックコートを脱いだ。主人がいつ帰ってきてもいいように、ジョーダンがすべて用意してくれていた。化粧室に向かいかけたとき、ベッドのそばで足が止まった。目につくところに紙の束が置かれていた。

紋章には見覚えがあった。これまでに何度も目にしている。いまはもうこの世にいない男性からの手紙で。だがこれを寄越したのは別のコティントン伯爵だ。身分や肩書きを重んじるジョーダンが、あえてここに置いたのだろう。

カイルは手紙を書き物机に運んだ。ノーベリーのことはもう少し後回しだ。一日か二日のうちに目を通して、対処法を考えよう。

自分と妻の化粧室を通り抜けて、ロザリンの部屋に入った。ロザリンはピンク色のナイトガウンを着て白いレースのキャップをかぶり、自分の書き物机に向かっていた。ランプの明かりのもとで、じっと紙を見おろしている。なにやら書きつけてから、ペンの羽根で顎を掻いた。

「詩でも書いてるのかい、ローズ?」

ロザリンが驚いてペンを放りだし、カイルに駆け寄ってきた。その抱擁は歓迎であると同時に慰めでもあった。

女性らしいこの温もりは、疲れた体と心にとって最高の癒しだ。ロザリンの香りを嗅いだだけでも、悲しみの雲が薄れた。

「盛大なお式だったでしょうね」ロザリンが静かに言った。

「とても盛大だったよ。大量のサッシュとリボン、大勢の紳士と淑女。ノーベリーもぼくのあとに北へ戻ってきた。きっとロンドンに留まって、相続祝いでもしていたんだろう。だけどいったん家に帰ってきたら、悲嘆に暮れる息子の役を完ぺきに演じていたよ」

「息子同然にかわいがってもらったあなたのほうが、もっと嘆いたでしょうね」

おそらくは。実の息子のように嘆き悲しんだ。けれどカイルが悼んだのはコティントンの死だけではない。自らの少年時代と青年時代の終焉《しゅうえん》、これからの年月で少しずつ失っていくだろう故郷とのつながりにも思いを馳せていた。

「こっちへ来て、聞かせてちょうだい」ロザリンがカイルをベッドに導いて、隣りに座らせた。

「できればあまり話したくないんだ」葬儀には出席しなかったことを説明したくなかった。出席しても歓迎されないのはわかっていた。新しい伯爵と対立するのは目に見えていたし、そんなことで先代の葬儀に傷をつけたくなかった。

だから、すべてを遠くから見守った。行列と、領地墓地の新しい墓が見おろせる丘の上から。そのほうが好ましかった。ひとりで思いに浸れるから。

「もちろんよ。わかるわ」ロザリンが同情したようにカイルの手をやさしくたたいた。まるで母親のように。

カイルはその手をつかんで口もとに持っていった。肌に唇を押し当てる。自分にとっての〝わが家〟。「お兄さんには会えたかい？」

「ヘイデン卿が連れていってくれたわ」

「適任だったね」

「悲しいけれどね。残念なことに、ティムはあまり変わっていなかったわ。なにも学んでいなかった。考え方も子どもっぽいまま。あんなことで、これから待ち受けているものを乗り越えられるのか心配よ」

「本人が乗り越えようと思えば、乗り越えられるさ。きみのお兄さんなんだ、そんなに弱い人間のはずがない。自分のなかの強さを見つけさえすればいいんだ」

「だけどもし見つけられなかったら――。ええ、あなたの言うとおりね。すべては兄が選ぶ道だわ」

「もっと楽しい話をしないか、ローズ。もちろんこの数日のあいだに、もっとふつうで楽しいことはあったんだろう？　新しいボンネットとか、アレクシアの近況とか。そうだ、ヘンリエッタはどうしてる？」

ロザリンが笑った。なんと美しい声だろう。まるで春のそよ風のようだ。

「アレクシアは元気だけれど、ずいぶん動きづらそうよ。アイリーンは兄たちの犯罪を知ったショックにもめげずに、がんばっているわ。それからわたしは本当に新しいボンネットを手に入れて、わたしたちはパーティに招待されたわ」

「パーティか。まさしくロンドンではふつうのことだね。だれの主催かな」

「レディ・フェイドラとエリオット卿の主催だから、それほどふつうのことでもないのよ。

会場はイースターブルック侯爵のお家。画家のターナー氏が主賓なの。レディ・フェイドラは彼を知っているんですって。有名な人はみんな招待されて、レディ・フェイドラのお友だちも集まるわ。とても興味深い人ばかりだともっぱらの噂よ。芸術家とか作家とか。あなたにはぜひ来てほしいとレディ・フェイドラから直々に言われたの」

「これは楽しみだな。礼儀を重んじる人たちと独創性を重んじる人たちが一堂に会するとは。侯爵は姿を見せるのかな。彼ならきっと楽しむはずだ」

「本人に探りを入れてみるわ。じつは明日、訪ねてみようと思っているの。伯爵からの伝言を預かっているから。アレクシアが、なんとかとりなして面会できるようにしてみせると約束してくれたわ」

カイルはロザリンの部屋を見まわした。カイルの世界に存在していることを物語るしるしであふれている。ロザリンの背中に片腕を回して、そっとこめかみにキスをした。

「帰ってきてよかったよ、ローズ。宿屋に泊まったほうがよかったんだろうが、御者にこのまま行ってくれと命じたんだ。玄関を入ったら、たちまち心が落ちついた。そんなふうに安らぎを感じたのは、本当に久しぶりだ」

「ここはすてきなお家だもの。時が流れて馴染むほど、ますます安らぎを得られるようになるわ」

「そんな気持ちになれるのは、建物のせいじゃなくて、きみがここにいるからだよ」

「人も馴染むほどに安らぎを得られるようになるんじゃないかしら、カイル。きっとそれが結婚するということなのよ」

そうかもしれない。けれど最後の五十マイルでカイルが感じていたのは安らぎではなかった。募っていく期待だった。ロザリンのそばにいて、あれこれ話をして、一緒に横たわることしか考えられなかった。彼女を愛することしか。

ロザリンがカイルをベッドから立たせて、シーツをめくった。「もう夜遅いし、疲れているでしょう？　ここで一緒に眠るといいわ」

カイルはロザリンの腕を取って胸に抱き寄せた。レースのキャップをつつくと、はらりと金髪から舞い落ちた。

たしかに夜遅いが、それほどでもない。たしかに疲れているが、それほどでもなかった。

「会ってもらえないだろうと言ったでしょう？　いつもこんな調子なのよ。居留守をつかうことすらしないの。いつも同じメッセージを寄越すだけ。〝また別の日に、お世話さま〟とね」ヘンリエッタは甥の無礼にうんざりした様子で首を振った。「いっそ手紙を書きなさいな。わたしはそうすることにしてるのよ。手紙を書いて投函《とうかん》して、そうしたらその手紙はすぐにこの家に届けられて、ほかの郵便物と一緒に階段をのぼっていくの。手間のかかることだと思わない？」

「これは手紙では済ませられない用事なんです。直接伝えるように頼まれたので」

「ヘンおばさま、わたしが来るまで待っていてくれたらよかったのに」アレクシアが言う。

「わたし、それほど遅くなかったはずだけど」

アレクシアが颯爽《さっそう》と入ってきたのは、ヘンリエッタがしゃしゃりでた直後のことだった。侯爵に面会を拒まれたいま、ロザリンは日を改めるしかない。

「わたしの言ったとおりになさいな。手紙を書くの。読んでいるのは間違いないから」

「そうね。だけど投函するとなると、行ったり来たりに余計な時間がかかってしまうわ。ちょっといいかしら？」ロザリンは図書室の書き物机を手で示した。

「もちろんですとも。それで、アレクシア、だれがフェイドラの招待を受けたかわかったの？　聞いたところでは、彼女はずいぶん珍しい方とお友だちなんですって？」

アレクシアが報告をしているあいだに、ロザリンは短い文面を書きつけた。折りたたんで従僕を呼び、主人のところへ持っていかせた。

「仮面舞踏会にするべきだと思っている人もいるのよ。行きたくてたまらないけれど行くべきではないと思っている人でも出席できるように」ヘンリエッタが言う。

「フェイドラは絶対にそんな臆病なことに賛成したりしないわ」アレクシアが言った。

「だけどもし、最上流の方に来てほしいのなら――」

「フェイドラは最上流の方をお招きしています。おばさまとわたしのために。その方たちが出席しないと決めたとしても、フェイドラにとってはどうでもいいことよ」

ヘンリエッタは弱々しくほほえんで、それがどうでもいいことだという考え方を受け入れようと努めた。

従僕が戻ってきた。「旦那さまがお会いになるそうです。客間へどうぞ、ブラッドウェル夫人」

ヘンリエッタの目が驚きで丸くなり、すぐに苛立ちで狭まった。ロザリンは従僕に続いて客間に向かった。

しばらく待たされた。侯爵の気が変わったのではないかと思うくらい長く。もしかしたら、何時間もじっと座らせておくことで立場をわきまえさせようとしているのかもしれない。ロザリンの短い手紙の文面を考えると、それも致し方ないことに思えた。

けれどついに侯爵が現われた。ぼんやりとうわのそらで、いまいる世界には頭のごく一部しか置いていないように見える。

ロザリンは膝を曲げてお辞儀をした。「会ってくださってありがとうございます」

「会うまで図書室から一歩も動かないと脅されては、ほかに道はない。ヘンリエッタおばとその娘だけで、この家に女はじゅうぶんだ」

「われながら、ずるいやり方だったと思います。けれどこのお役目を早く終わらせたかったんです。今際《いまわ》の言葉を一年後にお伝えするというのは、間違っているように思えたので」

侯爵が首を反らし、しげしげとロザリンを眺めた。「きみがそんな役目を負わされるとは妙だな。なにしろわたしはほとんど彼のことを知らない。だがまあ、話すがいい。聞こうじゃないか」

ロザリンは口のなかが少し乾くのを感じた。「一言一句、そのままに伝えるよう強く言われました。どうかそれを念頭において――」

「話せ、ブラッドウェル夫人」

ロザリンは六メートルほど先の床に視線を据えて話しはじめた。「こうおっしゃいました――おまえは不届きにも自分の義務から逃げまわっている。そろそろ奇行に耽るのはやめて世間に踏みだせ。結婚して跡継ぎをもうけて政治に参入しろ。一家の知性を無駄にするな。おまえの人生はおまえだけのものではないのだから、好き勝手に生きるのは終わりにしろ。よく頭にたたきこんでおけ」

悪態は聞こえなかった。怒りの声も。ロザリンはおずおずと侯爵を見た。

まったくの無反応だった。たったいま墓のなかから説教をされたというのに――それも子どもを叱るように――ある意味では侮辱されたというのに、ちっとも意に介していないようだ。

「伝えるのは本人が死んでからにしろという理由がこれでよくわかった」

「とても失礼な伝言なので、このお役目を果たすのを恐れていました。けれど、もしかしたらそのおかげでふたりきりになれるかもしれない、そうなったら好都合だと思いなおしたんです。ぶしつけなお願いですが、わたしのためにもう少しだけお時間を割いていただけませんか」

侯爵がしばし考えてから長椅子を手で示した。「もう少しならかまわないだろう」

ロザリンは長椅子に腰かけた。侯爵は立ったままだった。座ってくれたらいいのだが。けれど侯爵は三メートルほど離れた場所に後ろ手を組んでたたずみ、ロザリンがこれから口にする言葉に、意識の半分ほどを傾けていた。

「イースターブルック侯爵、妙な質問で申し訳ありませんが、あなたはわたしと結婚させるために夫にお金を払いましたか？」

侯爵の意識がもう少しこちらに傾いた。「だれかがそんなことをしたと、なぜ思う？　きみは美しい女性だ。結婚を申しこむにはじゅうぶんな理由だろう」

「うれしい言葉をありがとうございます。ですが賢い男性にとって、女性の美しさがどれほどのものでしょう」

「ほかに理由があると思うなら、なぜ本人に訊かない？」

「主人とわたしのあいだでは、もうどうでもいいことだからです。いまお訊きしているのは、別の理由からなんです」それと、ロザリンその人を得ただけでもじゅうぶんお釣りがくると、カイルが信じてほしがっているから。今日ここでなにを知ろうとも、そのささやかな幻想は残しておくつもりだ。

「だれかが余計なお節介を焼いたとすれば、ヘイデンだろうな。いったいなぜわたしだと思った？」

「ヘイデン卿はなにもしていないとおっしゃいましたし、あの方は嘘をつきません。エリオット卿は結婚なさったばかりですから、わたしの状況に気づかれるほど余裕はありません。おばさまのヘンリエッタが堕落した女性を相手に慈悲の天使を演じられることは、まずないでしょう。となると、あなたしかいらっしゃらないんです」

侯爵が窓辺のテーブルに歩み寄って、そこに置かれている宝石で飾られた金の箱をうわのそらでつついた。「少しばかり背中を押したことは認めよう。その方法を説明するのは、無分別というものだろうな」

「なぜです？」

「きみとは関係のないことだからだ。アレクシアは、わたしの弟にはもったいないほどの幸福をもたらしてくれた。わたしはそれに感謝していて、できることなら彼女を喜ばせたいと思うようになった」間をおいて続けた。「アレクシアには忘れかけていたものを思い起こされるらしい」

「やさしさを？」

「いや、やさしさではない。楽観主義だ」

ロザリンが聞きたかった動機ではなかった。彼女は長椅子から立ちあがった。「わかりました。思っていたんです、もしかしたら……いえ、いいんです。ごきげんよう。会ってくださってありがとうございました」

ドアに手を伸ばしたとき、侯爵がふたたび口を開いた。「どう思っていたんだ?」

「その、もしかしたら、あなたは公正さと正義を重んじられたのではないかと。不正を糾《ただ》すために〝余計なお節介〟を焼かれたのではないかと」

侯爵はこれを愉快に思ったらしい。「だとしたら?」

「公正さと正義に関わる問題について、助言をいただきたいと思っていました」

「おもしろい。助言を求められることはめったにないぞ。最後に求められたのがいつだったか思い出せないくらいだ」侯爵は思いがけないロザリンの提案に、純粋に興味を引かれたようだった。「そういうわけで、助言を与えた経験はなきに等しいが、これはまたとない機会だ。きみにまだその気があるなら、わたしも最善を尽くそう」

ロザリンはレティキュールのなかからティムの手紙を取りだした。「ノーベリーがわたしの兄に執着していたのは、お金や自尊心や正義のためだけではありませんでした。ティムが真実を語ってくれたので、わたしはそれを書き留めさせました」

イースターブルックが手紙を受け取って目を通した。「夫には見せたのか?」

「いいえ。主人とノーベリーの関係は先代の伯爵が亡くなったことでじゅうぶん緊迫していますし、もうじゅうぶん憎み合っています。ノーベリーとわたしの関係を知ったうえでカイルがこれを見たら……」

「きみとノーベリーの関係を誤解する？　きみが認めた以上のことがあったと思いこむ？ノーベリーに決闘を申しこむ？」

「そんなところです」

イースターブルックがもう一度手紙に目を走らせた。「これは犯罪者の言葉だ。よくて疑わしい。悪ければ役に立たない」

「ティモシーも役に立つわけがないと断言していましたから、兄には嘘をつく理由がありません。ノーベリーが女性に乱暴を働いたのはこれが最初でもないんです。夫が生まれ育った村で——彼らがまだ若かったころに、その村であることが起きました。カイルの叔母に関わりのあることとです。そして、いまも頻繁に開かれているというハウスパーティ——」

「やつは女性のほうから求めてきたと言うだろうな」イースターブルックが嫌悪感もあらわな目で手紙を見やった。「とはいえ女性が求めるものにも限度があるし、幼い少女ならなおさらだ。それでも、法にできることはなにもない。告訴する人間はだれもいないだろう」

「その少女がいます。探しだせたらの話ですが。それからカイルの叔母も。わたしの夫も」

「何年も前のことだ。ブラッドウェルは子どもだった。叔母はそのとき声をあげなかったし、ブラッドウェル自身も本当のところは知らないかもしれない」

「夫はたしかに知っていると思います」

「ブラッドウェル夫人、相手は伯爵だ。貴族院での公判で、ほかの貴族が有罪を宣告するはずがない。公判に至るかどうかさえ怪しい」

「ほかの貴族は、過去に暴行を受けた庶民の女性の言葉より、あんな男の言葉を信じるとおっしゃるんですね」いつだってそうだ。子爵だったころでさえ、ノーベリーは手が届かない存在だった。コティントン伯爵になったいまでは、絶対の安全圏にいる。

もしかしたら、いつの日か別の道が現われるかもしれない。ロザリンは大股で侯爵の前まで戻り、手紙を返してもらおうと手を差しだした。

侯爵がロザリンの届かないところに手紙を掲げた。「これは預かっておこう。持っていても、きみたち夫婦を問題に巻きこむだけだろうから」

「あなたのところへ来るなんて、とんだ思い違いをしていました。貴族には貴族だけに通用する正義があることを忘れていました」

侯爵が返事をする前にロザリンはきびすを返して客間を出た。ティムが与えてくれた、ノーベリーの悪行の乏しい証拠さえ、もはや失ってしまった。

ロザリンは舞踏室の向こう側にいる夫に見とれた。今夜は一段とハンサムだ。新しいフロックコートの紺色が、青い瞳をいっそう鮮やかに見せている。体を包むやわらかな布は流行最先端のシルエットを形作り、引き締まった筋肉と均整のとれた体つきを引き立てていた。なおすばらしいのがチョッキだ。控えめだけれど地味ではなく、サファイア色の生地に銀糸が織りこまれた逸品だった。

カイルは堂々とした態度で、レディ・フェイドラの友人の芸術家と会話に花を咲かせている。パリで学んだ経験があるとわかって、今宵集まった芸術家たちがこぞって話をしたがった。

注目したのは芸術家ばかりではない。ことに女性陣は、この長身で肩幅の広い男性に目を奪われていた。個性的なハンサムで真っ青な目をした、周囲の空気もはつらつとさせる活力に満ちた男性に。今夜のカイルはその活力をいつものように抑えこんではいなかった。

「彼なら心配ないわよ、ローズ」耳もとで聞こえたレディ・フェイドラの声に、ロザリンは仰天した。レディ・フェイドラが近づいてきたことに気づいてもいなかった。

「ええ、心配はしていないわ。今夜のカイルはとてもくつろいでいるもの。とても楽しんでいるみたい」

今夜はレディ・フェイドラのことも心配いらなかった。炎の色をした髪は流行最先端の形に結いあげられ、ミントグリーンのディナードレスは雪のような肌を引き立てている。今夜のために、いつもの奇抜さは置いてきたのだ。あるいはこれも、多様な招待客をもっともらしく見せようという作戦の一部なのかもしれない。女主人役が黒い紗《しゃ》のドレスで現われたら、天秤は一方に大きく傾いてしまう。

「あたしが言ってるのはそういうことじゃないわ、ローズ。旦那さまが女性陣に注目されて妬《や》いてるんじゃないかと思ったの」

「その点についても心配していないわ」本心だ。嫉妬《しっと》など思いもよらないほど安心している。

「自信を持ってそう言えるのは、もちろん彼に魅力がないからではないわよ」

「ものすごく魅力的な人だもの、聞くまでもないわ。だけどそんなふうに自信を持っていられるのはいいことね。下心のある女主人からの招待にも応じられるし、こちらもそれを利用できるもの。見たところ、間もなくそういう招待が舞いこんできそうよ」

ひとりのレディがカイルと芸術家に接近していた。カイルは楽しげにおしゃべりをして、青い目を向けると女性の頬が赤くなることには気づいていないようだ。

カイルがふとこちらを向いて、ロザリンとレディ・フェイドラに気づいた。芸術家と女性に断わってから、歩み寄ってきた。「社交シーズンが始まったらロンドンじゅうが羨《うらや》むだろうね、レディ・フェイドラ。このパーティの噂が広まったら、もっと早くロンドンに戻ってこなかったことをきっと大勢が悔やむはずだ」

「だから今日にしたの。招待客リストを作成しやすいから。舞踏室がぎゅう詰めにならないようにするには友だちのだれを招いてだれを招かないべきか、考えなくてすむでしょ？　ほかの人については、ロンドンにいる貴族は全員、奥さんも一緒に招待しなくちゃいけないってエリオットに言われたわ。長兄のイースターブルックがパーティを主催したことはないからって。ありがたいことにノーベリーは姿を見せてないわね。悪趣味にも招待に応じはしたけれど」

カイルはノーベリーの名前を聞いてもうろたえなかった。ただほかの人より頭ひとつ高い位置から室内を眺め渡した。「エリオット卿はどこかな。到着してから会ってない」

「いちばん上の兄に口説かれて葉巻を吸いに行ったわ。イースターブルックは十分もしないうちに逃げだす口実を見つけたというわけ」レディ・フェイドラも室内を見渡して、顔をしかめた。「あらたいへん。サラ・ロウトンがターナーさんをうんざりさせてるわ。ターナーさんったら、立ったまま眠ってしまいそう。ちょっと失礼して、助けてくるわね」

女主人はロザリンとカイルをその場に残して、務めを果たしに歩いていった。

「今夜のレディ・フェイドラは一段ときれいだな」カイルが言った。「もちろんきみほどじゃないけれど、ローズ。きみはここにいるどんな女性よりも輝いてるよ」

じっと見つめられて、ロザリンは頬が赤くなるのを感じた。「しばらく田舎にひとりでこもっていたせいか、なんだか今日が社交界デビューみたいな気がするわ。片足はまだ学校の教室に残したまま、完全にはここに属していないみたいに感じるの」

「きみがそんな思いをしてるなんてだれも気づかないよ。みんなの目に映るのは洗練された女性だと、ぼくが断言する。きっと本当のデビューのときも、今日と同じくらい輝いてたんだろうね」

「じつは公式にはデビューしていないの。そのころはオックスフォードシアにいて、満足なお金がなかったから。ああ、あのときは恨んだわ。ロンドンで暮らせないなんて、人生が奪われているみたいに感じたものよ。一年かそこらはあの家のことさえ憎んだの。それがいまは、あそこに行きたくてたまらない。おかしいわよね。このあいだまで監獄だと思っていた場所に、いまでは郷愁を覚えているなんて」

「あそこはずっときみの家だったんだよ、ローズ。もしかしたら監獄だったことは一度もなくて、ずっと安らぎの場所だったのかもしれない。またそんな場所がほしいかい？」

「静かな場所で少し休めるとうれしいかもしれないわ。兄を失ったことを存分に悼むことができるように。兄には二度と会えないでしょうから」

カイルがロザリンの手を取って、自分の腕につかまらせた。「じゃあ、近いうちに行こうか。だけどいまはこのすばらしい舞踏室をぐるっと回ろう。以前ぼくの友だちに興味を示していただろう？　レディ・フェイドラがヘンリエッタを通してジャン・ピエールから名前を聞きだした何人かが、ここに来ているんだ。ぜひみんなに会ってほしい。こんなにすばらしい女性が妻なんだぞと、ぼくがそっくり返れるように」

当然のようにロザリンはみんなを魅了した。カイルには最初からわかっていた。あの気品と落ちつきと善良さがあれば、結果は見るまでもない。カイルの友人たちとの会話に、ロザリンは熱心に耳を傾けた。初めて会った人との会話に。

カイルが結婚を知らせたときに銀行家のハミルトン氏がロングワース一家を蔑んだことを、ロザリンが知る日は来ないだろう。ハミルトン氏はロングワース兄弟をいやというほど知っていた。

それから、さまざまな国の橋を設計した男性の妻であるコールドウェル夫人が、たとえ夫の友人と結婚しようとも、悪名高いロザリン・ロングワースには同じテーブルを囲ませないと公言したことを知る日も来ないだろう。

そんな人々も、ひとたびロザリンと出会ってしまえば考えを改めることはカイルにはわかっていた。プルーデンス叔母とハロルド叔父がそうだったように。紳士淑女だけでなく新進気鋭の芸術家も集まる席に招かれたせいで、みな考え方が丸くなったというのもあるのかもしれない。侯爵の杯でパンチを飲むという行為は、間違いなくすべてに新たな光を投げかけたはずだ。

ジャン・ピエールがヘンリエッタに名前を教えていなければ、こうした出会いもなかっただろう。カイルは、ないものと思いこんでいた。今後、こうした交友関係は仕事上のつながりに限られるものと覚悟していた。

けれどロザリンはカイルの友人たちを気に入ったようだ。彼女がコールドウェル夫人の招待に応じたいと思うなら、過去の偏見への恨みなど水に流そう。ロザリンにはできるだけ多くの友だちがいたほうがいいかもしれない。作戦はうまくいっているように見えるものの、戦いはまだ終わっていないのだから。

ひととおり会話がはずんだあとで、カイルはロザリンを連れて舞踏室を横切った。ロザリンがアレクシアを見つけたとき、ある人物がカイルを見つけた。

黄褐色の頭が向きを変え、凝らした目の焦点が合う。ノーベリーは結局姿を見せたのだ。

「ローズ、アレクシアと話してくるといい。ぼくはエリオット卿を探しに行くよ。来週のいつかの朝にボート漕《こ》ぎをしないかと誘われてるんだ」

ロザリンが歩いていくと同時に、ノーベリーがこちらを目指してやって来た。カイルは向きを変えて壁際に進んだ。これからなにが起きるにせよ、舞踏室の真ん中では起こらないように。

標的の前に立ったノーベリーは素面のようだった。「わたしの手紙に応じなかったな。来いと命じたのに来なかった」

「忙しくて行くどころではなかったし、どのみちあなたの命令に応じる気はありません。書くべき返事も思いつかなかった。一通目については意味さえわからなかった。あまりにも筋の通らない言いがかりで」

「いや、よくわかったはずだ」

たしかに。その一通目の手紙は、亡き父にまつわる恨み言を酔いに任せて書き散らしたものだった。憎しみと後悔と嘆きの入り混じった文面はあまりにも生々しく感情的で、素面のときには絶対に書けなかっただろうし、ましてやカイル・ブラッドウェル宛にはしたためられなかっただろう。

とはいえ、ほかのだれ宛にそんな手紙を書けたというのか？　例の乱交パーティの仲間には無理だ。ああいう男たちが興味を示すわけはない――念願だったはずの父の死が、いざ現実になってしまったら、絶望に暮れる息子の心情になど。いま向き合っているふたりの男の血のつながりを疑う心理も、彼らには理解できないはずだ。

ノーベリーは自分があの手紙でなにを書いたか覚えているのだろうか。ふたりは本当は腹違いの兄弟なのだという、苦々しくも突拍子のない言いがかりを。それ以外の手紙なら――冷静かつ素面のときに書かれた悪意に満ちた文面なら――ひと言も違えることなく暗唱できるだろうが。

「カイル、おまえに話がある。おとなしく聞け」

「では別の部屋に行きましょう。図書室ならだれもいないはずだ」

案の定、図書室はがらんとしていた。ドアが閉じるか閉じないかのうちにノーベリーの攻撃が始まった。

「あの悪党を逃がそうとしたな。返済を受けたかのような証言をして」

「座りませんか？　暖炉の前のあの椅子は座り心地がよさそうだ」

「うるさい。いいから説明しろ」

舞踏室の真ん中は回避できたが、どうやらこの部屋の真ん中で対決するしかなさそうだ。効果的な一発をお見舞いしようと相手の様子をうかがうふたりの拳闘家のように。

カイルにまったく異論はなかった。

「法廷で話したのは事実です。それ以上でも以下でもない」

「嘘だ。おまえはあの男の妹との結婚で返済を受けたと言った。わたしの娼婦との結婚で」

カイルの拳がノーベリーの顔に命中した。ノーベリーが目を丸くしてよろめいた。

「警告したはずです」カイルは言った。冷たい怒りが満ちてくる。

「警告した？　このわたしに！」拳の当たったところを押さえてノーベリーが叫んだ。「よくも貴様！　あの盗人と一緒に船に乗せてやる。おまえの汚れた妻も一緒にな。もう父には守ってもらえないぞ。おまえなど、そんな権利もないのに高貴な人間に近づこうと醜い努力をしてきた、ほかの成り上がり連中と同じだ」

「ぼくをどうすることもできませんよ。もしもその殴られた痕《あと》の説明を求められたら、あなたがぼくの妻をどんなふうに侮辱したか、陪審に話すつもりです。ぼくの母の貞操を根拠もなく非難したあのみっともない手紙のことも話します。ほかのことも話しましょう、ずっと昔のことも。あなたを殴ったのはこれが最初ではないことと、前回はなぜ殴ったかを」

ノーベリーが身をこわばらせた。最初は慎重な顔つきをしていたものの、やがて陰湿な表情に変わった。「おまえの家族はじゅうぶんな見返りを受けたはずだ」

「とんでもない。ぼくが事実を知ったあとにあなたを殺さなかったことを幸せと思ってください」

「向こうが望んだんだ。当時おまえの叔母はなかなかの美人で、いまのようにくたびれていなかった。いつも色目を使っていた。あの女がわたしたち全員を誘って――」

カイルはまた殴った。今度はノーベリーは床に倒れた。鼻の下に血が一筋、垂れる。

ノーベリーが起きあがってハンカチを取りだした。鼻の下を押さえ、血を見て驚きの表情を浮かべた。「おまえは正気じゃない！」

「恐ろしく正気ですよ」

ノーベリーがよろよろと立ちあがる。「おまえはそうやって問題ばかり起こす。そろそろ厄介払いするときが来たようだ。おまえが書いた鉱山の報告書を読んだぞ。人が自分の地所を活用しようというのに、よくも横から口を挟めたものだ。撤回する機会を与えてやろうと思っていたが、気が変わった」父が死んでせいせいした。これでおまえと縁が切れる」目がぎらりと光って、嘲笑が唇を歪めた。「ケントのあの地所も使わせないことにしよう。あそこはもうわたしの土地だ。父がどんな書類に署名していようと知ったことか。おまえが死ぬまで事務弁護士に封印させてやる」

カイルは相手を睨みつけ、言葉による打撃を受け止めた。痛みを感じてしかるべきだった。ところが実際に感じたのは安堵だけだった。今後は二度とこの男に会わなくてすむ。

そのとき、右手からかすかな物音が聞こえた。目を向けると、背もたれの高い椅子の足もとにワイングラスを置く手が見えた。

どうやらここにも人はいたらしい。

黒髪がのぞいてひとりの男性が立ちあがった。イースターブルック侯爵がこちらを向いて、退屈そうな顔を見せた。「人に聞かれて困る話をするときは、事前に人がいないことをたしかめるんだな、ノーベリー」

「おまえこそ、人の話を盗み聞きする前にいると知らせろ！」

「あいにく知らせる暇がなかった。入ってきた途端にわめきはじめて、一秒たりとも止まらないんだからしょうがない」

もうひとりの男性が別の椅子から立ちあがった。エリオット卿も話を聞いていたのだ。

「そこにできつつあるのは痣《あざ》かな、ノーベリー？」エリオット卿が尋ねる。「殴る音が聞こえた気がしたんだが、殴り返す音がしないから、気のせいかと思ってた」

「ノーベリーが殴り返したんだとしたら、ブラッドウェルに痣がつくことを恐れたんだろう」侯爵がのんびりと言った。

ノーベリーが嘲笑う。「証人ができたぞ、ブラッドウェル。これでおまえに殴られたといって略式起訴を起こせるな」

「ばかげた茶番になるだろうな。そんなくだらないことに巻きこまれるのはごめんだ」イースターブルックが言う。「いまここで決着をつけてはどうだ？　ノーベリー、おまえがブラッドウェルを殺さないようにエリオットとわたしが見ていてやる。行きすぎだと思ったらすぐに止めてやろう」

ノーベリーのしかめ面が凍りついた。冷たく光る目の奥でじっくり考えているようだ。

エリオット卿がふたりのそばを通り越して、ドアに鍵をかけた。「ふたりとも、ぼくが上着を預かるよ」

カイルは上着を脱いでエリオット卿に手渡した。ノーベリーはためらっている。

「挑戦には応じないと」エリオット卿が言う。「紳士ならこういう状況でほかに選択肢はないはずだ。それとも、こんなにささいなことで本当に起訴するつもりかい？　となるとぼくたち兄弟は、聞いたことすべてを下級判事に伝えなくてはならないな。ブラッドウェルの叔母に関する発言は、犯行を認めたと解釈されるだろうね」

ノーベリーが真っ赤になって上着を脱ぎ捨てた。

侯爵が悠然と歩いて、邪魔にならないように軽い家具をさりげなくどかせた。

エリオット卿がふたりの上着を長椅子に置いて、カイルの背後に立った。「クイーンズベリー・ルールでいこう」

「そうしなければいけませんか?」

「残念ながら」

ノーベリーが両の拳を掲げてにやりとした。「そいつはクイーンズベリー・ルールを知らないんだ。こういう連中のあいだでは用いられていないからな」

「知ってますよ。ただ、相手を完敗させるまでに時間がかかるので、より痛い思いをさせるだけだと思いましてね。だけど状況が状況だ、ぼくはかまわない」

それでも長くはかからなかった。ノーベリーは速くも強くもなかったし、豪語していた稽古の成果もそう表われなかった。

これはロザリンのぶん。これはプルーデンスのぶん。そしてぼくの知らない女性たちのぶん。カイルは頭のなかで唱えながら、鋭いパンチをくりだしつづけた。十分もしないうちにノーベリーはふたたび床の上に倒れていた。気を失って、見た目以上に痛めつけられて。

カイルはノーベリーを見おろした。心のなかの氷は冷たい炎に変わって、燃えつづけたいと願っていた。拳は緩もうとしなかった。

侯爵の手が肩に置かれた。「もっとやりたい気持ちはわかるが、これくらいにしておけ。エリオット、床の上のぼろ人形を壁にもたせかけさせてやれ。じきに意識が戻るだろう」

このごろのアレクシアは少し立っているだけで疲れてしまうので、ロザリンは従姉につき添って、静かに休める場所を探した。図書室のドアを押してみたが、鍵がかかっていた。

「変ね」アレクシアがもう一度押してみる。

今度はさっと開いた。ロザリンの鼻から十センチも離れていないところに、戸枠に縁取られるようにして背の高い三人の男性が現われた。ロザリンは首を反らして、侯爵とエリオット卿とカイルを順ぐりに眺めた。カイルはやや顔が赤く、少し怒っているようで、とても険しい表情をしている。

どうやらアレクシアとロザリンは口論の邪魔をしてしまったらしい。

「ドアに鍵がかかっていたわ」ロザリンは言った。

「本当に？」エリオット卿がけろりとした顔で言う。

三人の向こうからうめき声が聞こえた。ロザリンは片方から首を伸ばし、アレクシアがもう片方から同じことをして、部屋のなかをのぞきこんだ。

「ねえ、あそこの隅にだれかいない？」アレクシアが言った。「だれか具合でも悪いの？」

「コティントン伯爵がいるだけだよ」エリオット卿が言う。「相続したことをまだ祝ってるみたいでね、もうみっともないほど熱心に。それで、ちょっと聞こし召しているらしいんだ。彼の御者を呼びに行って、家に連れ帰ってもらうところだよ。こっそりとね。ほかの招待客の目について噂にならないように」

ロザリンは目を凝らしてノーベリーを見た。ちっとも酔っているようには見えない。むしろ――。

突然、濃紺の上着に包まれたたくましい男性の胸に視界を遮られた。視線をあげると、うっとりするような青い瞳に出会った。

「カイル、あの人を殴ったの？　また？」

「ずっと先送りにしてきた話に決着をつけただけだよ」

カイルがロザリンの腕を取って、ドアから遠くへ、舞踏室のほうへと歩きだした。その表情にロザリンは心を奪われた。ほくそ笑むでもなく、得意がるでもなく、満足気ですらない。それは、やらなくてはならない小さな作業を終えた男性の顔だった。ロザリンの菜園の門を修理したあとの顔にそっくりだった。

イースターブルック侯爵がアレクシアをエスコートして、ふたりのあとからやって来た。舞踏室の座り心地のいい椅子におさまっていたお尻を直《ただ》ちにどかせるよう、侯爵が鋭いひと睨みで命じる。

そして空いた席にアレクシアを座らせて、世話を焼きはじめた。「少し顔色が悪いな。なにか冷たいものでも飲んだほうがいい」

「ぼくが取ってきましょう」カイルが言って歩いていった。

ロザリンは侯爵のそばにそっと近づいた。「かなり痛めつけたのかしら？」

「徹底的に」

「よかった。そんなことを言うのはおしとやかじゃないけれど、それが本心だわ」

イースターブルック侯爵がちらりとアレクシアを見た。アレクシアはちょうど現われた友だちに意識を取られていた。「ブラッドウェル夫人、このあいだわたしを訪ねてきたときの会話をまだ夫に話していないなら、話すといい。彼が、今日くだした罰は今後支払う代償に見合うだろうかと悩みはじめたとしても、きみの兄上の話を聞けば勇気が出るだろうから」

代償？「あの少女の話を聞いたら、またあの人を殴るだけじゃないでしょうか」それどころか殺してしまうかもしれない。

「今後、あのふたりの人生が交差することはない」

「さすがにそれは信じられません」

イースターブルック侯爵がグラスを手に戻ってくるカイルを眺めた。「昨日、有力な貴族数人と話をした。新しい伯爵の悪行の数々を語って聞かせ、きみの兄上の手紙を見せた。全員がわたしと同じ結論をくだした」

「それはつまり、もちろんノーベリーが裁判にかけられることはなく、罰されるなどもってのほかと、全員が思われたということですね。それなら夫はかならずまた彼の人生を横切るでしょう」

「ノーベリーが裁判にかけられることも罰されることもないとは言っていない、ブラッドウェル夫人。公判で有罪を宣告されることはないという意味だ。しかしその脅威だけでも有力な武器になることがある」

「どういうことかしら」

「ノーベリーが今日の傷を癒しているあいだに、何人かの主教が彼を訪問する。きわめて私的な陪審による判決文を携えてな。ノーベリーが愚かで、もっと強力な説得を要しないかぎり、彼は間もなくケントの地所に引きさがって、今後は教区牧師とその妻以外だれの訪問も受けないまま、一生を過ごすことになるだろう」

「あの人を止められるものがあるとは思えないわ。ケントにいても、訪ねる人がいなくても、好きなようにするでしょう」

「きわめて特殊な近侍と家政婦が選ばれた。いわば軟禁生活のようなものになるだろう——贅沢はできても自由だけは許されない生活に。間違いない、ノーベリーは今日をかぎりにおしまいだ」

カイルが不思議そうな顔で通りすぎた。いったい妻はイースターブルック侯爵となにを長々話すことがあるのだろうと思っているような顔で。

「いまのお話を夫に聞かせてもかまいませんか？」ロザリンは尋ねた。

「もちろんだ。まあ、すでにじゅうぶん敵《かたき》は取った気分だろうが。まるであらゆる恨みを晴らすかのような殴りっぷりだった」

侯爵が悠然とアレクシアのほうに歩きだしたので、ロザリンもあとを追った。「尽力してくださって本当にありがとうございました、イースターブルック侯爵」

「忌まわしい過去を知って、義務を果たしたまでだ、ブラッドウェル夫人。きみの言ったとおり、貴族には貴族だけに通用する正義がある」

24

ロザリンは田舎の春をこよなく愛している。大地が温まって植物がふたたび目を覚ます香りはたまらない。朝の冷たい空気さえ午後の温もりを約束している。

ベッドにもぐってカイルとぴったり寄り添う心地よさは、また格別なものがあった。そよ風がふたりの体を冷ますあいだも、情熱が肌をほてらせる。

「きみは美しすぎるな」カイルがつぶやいて、乳房の固い先端にそっとキスをした。今日のその部分はあまりにも感じやすくて、そよ風にも手にも唇にも痛いほど反応してしまう。

「目にするたびに疼いてしまうよ」

ロザリンはからかうように、その疼きの源を手で包んだ。カイルの目が空色から深いサファイア色に変わった。「疼くなら、癒してあげるわ」

カイルはその申し出に身をゆだねたが、同時にロザリンにも疼きを与えた。彼の口と手に誘われて、ロザリンは幸せな降伏のなかを漂った。いまではこの恍惚感はなじみ深いものになっていた。心はすべての不安と悩みを手放して、弁解も言い訳も忘れて、こうしてふたりがひとつになると、ついにはあらゆる境界線を失うのだ。

とても強くて男らしい手が、やさしく体を撫でおろす。熱い唇が耳に触れた。「疼いていたのはぼくの体だけじゃなさそうだ、ローズ。きみの愛撫には、たとえつかの間でも心まで癒される。きみの笑顔にも」

「心が疼くの？　かわいそうに。あなたに悩みをもたらすものがあるのなら、悲しいわ」

「そうじゃないんだ、愛《いと》しい人。この胸の疼きはすてきなものなんだよ。愛と切望の疼きだ。きみはロマンティックな幻想なんて抱けないとぼくに忠告したけれど、それでもぼくは約束しなかった、きみを愛さないとは」

ロザリンはカイルの手に触れて、魅惑的な刺激をやめさせた。ぎゅっと抱きしめると、呼吸を首筋に、鼓動を胸に感じた。

「たしかにわたしは、そういうことについて二度と自分に嘘はつかないと言ったわ、カイル。だけどいまわたしの胸を満たしている感情に嘘はないし、真実でなければあなたが愛を口にしないこともわかっている。わたしたちなら、愛がなくてもそれなりの結婚生活を送れたでしょうけど、こうして愛し合っているほうがずっと幸せだと思うの」

カイルが前腕をついて体を起こし、乱れた髪のカーテン越しにロザリンを見おろした。そんなふうに見つめられると、やはりロザリンの自信は揺らいだ。激しく深く見つめられると。

「きみからその言葉を聞くとは思ってもいなかったよ、ローズ。死ぬまで聞けないものと覚悟していた」

それでもカイルは愛を口にした——なんの見返りも期待せずに。それがロザリンの胸を疼かせた。カイルが言ったとおり、それはすてきな疼きだった。「愛について、あなたが軽々しく口にしないことはわかっているわ、カイル。あなたが信頼できる人だということもわかってる。わたしはあなたの愛を心で感じただけでなく、目で見もしたの。だから言葉なんていらないわ」指先でカイルの顎のしっかりした輪郭をなぞった。「だけど言葉にされるとやっぱりうれしい。自分が言葉にできたこともうれしいの。わたしにも、やっとわかったわ。これこそが、過去を捨て去って、未来を信じて前に踏みだすということなのね」

カイルが深くキスをした。わがもの顔で。それからやにわにロザリンの上に重なって膝を曲げさせると、あらわになった秘密の部分を見おろしながら、念入りな愛撫で忘我の境地にさらっていった。強い波となって全身に打ち寄せる快感にこらえきれなくなったロザリンは、とうとうカイルに懇願した。大きな声で、恥じらいもなく。

カイルが両手をついて体を支え、弱々しく震えているロザリンを見おろした。首を屈めて、挿入している部分を見つめる。ロザリンも見つめた。昼の明るい光のなかで、ゆっくりと抜き挿しされるたびに、自分のその部分が何度もカイルを咥えこむところを。

この深い感覚がどれほど甘美でも、ずっとこうしてはいられなかった。カイルが目を閉じて首を伸ばし、速く激しく突きはじめた。その力に、ロザリンは渦を巻くように闇に落ちていった。

いつもと同じようにわれを忘れた。体と心の切望でいっぱいになった。カイルの光り輝くエネルギーと存在感に満たされて、彼に関係のないものは思考も痛みも消え去った。絶頂への階段をのぼりつめ、ふたり一緒にあのすばらしい空間に飛びこんだ。心と体がひとつになったまま。

時間が経ってもロザリンはカイルを抱きしめていた。ふたりの結婚に愛が加わって、満足感と安心感に浸っていた。その完ぺきさを噛みしめていると、太陽がカーテンの向こうで輝きを放ち、そよ風が吹いて、再生の香りときざしを運んできた。


「いい天気だ。ちょっと長めの散歩に出かけないか」

カイルがそう提案したのは、ロザリンが卵料理をこしらえた鍋を洗って拭いているときのことだった。ロザリンが料理を受け持ったのは、ここへはふたりだけで来たからだ。ロンドンのあれやこれやから逃れるために。

ロザリンは春をこよなく愛しているものの、いい天気と暖かさは雪解け水による泥をも意味する。そこでロザリンはハーフブーツを履いて肩掛けをつかむと、カイルに続いて庭に出た。

ふたりはぶらぶらと歩いて門を抜け、少し先の畑までやって来た。遠くには、あの日ロザリンが仰向けに寝転がってティモシーのところへ行くことを夢見た丘が見える。

今日、こうしてカイルと並んでいると、いったいどうしてティムのところへ行くことがいい考えだと思えたのか、まったく思い出せなかった。そう遠い昔のことではないのに。

「きみに説明しなくちゃいけないことがあるんだ、ローズ。残念だけど、いい知らせじゃない」カイルが言った。

ロザリンは足を止めてカイルを見つめた。いまの口調を聞いて、胸のなかにいやな予感が芽生えた。「どういう知らせ?」

「ぼくはきみを新たな醜聞に巻きこもうとしてる」

「あなたが醜聞を引き起こすなんて信じられないわ」

「いや、本当なんだ。きみにも経験があるたぐいのものだよ。ダーリン、ぼくは破滅した」

カイルはふつうに話そうとしていたが、ロザリンはその声に過剰なほどのやさしさを感じ取った。

ロザリンがどんな反応を示すかと不安に思っているのかもしれないが、カイル自身は悲しそうには見えない。とくに心配そうにも。この畑を歩いたあとにブーツを見おろしたら自分が肥やしを踏んでいたことに気づいた、というような表情だ。不運だけれど、容易に元に戻せる。

「どれくらいの……破滅なの?」もう少しでその言葉が喉につかえそうになった。ロザリンの人生において、それは数々の不幸の先がけだった。

「完全なる破滅だ。ぼくが担当している土地開発計画からノーベリーが自分の地所を引きあげた。父親のほうが書類に署名をしていたが、ノーベリーの事務弁護士は恒久的に凍結することができる。一方ぼくのところには木材が届いて支払いをしなくちゃならないし、つけで買った資材もある。ほかの投資家は損失が出ても生き延びるだろうけれど、ぼくは——」

「こうなる前から苦しい立場に置かれていたあなたは、生き延びることができない。ということは、借金を返せない人が入れられる監獄行きということ？」

「そこは債権者の温情しだいだろうね。だけど温情を示しても彼らが得るものはほとんどない」カイルが指先でロザリンの顎をすくいあげた。「ぼくのことは心配しなくていい。いつかは帰ってくるんだから。だけど何年かかかるだろうし、ロンドンにもいられないかもしれない」

カイルがロザリンの肩に腕を回して、ふたりはふたたび歩きだした。

「きみの生活も心配ない」カイルが言う。「また燃料や食料を切り詰める必要はないよ。これまでどおり、上流社会復帰への道を進みつづけられる。結婚したときの贈与財産もあるし、信託からは年に三百ポンドの収入が得られる」

「信託？」

「結婚してすぐのころに、きみのために始めた」

「とても苦しい時期だったのに、新しくお金を預けたの？　賢明とは言えないわ、カイル。そのお金は取っておかなくてはいけなかったのに」

「いまの状況を予見できていたら取っておいたかもしれないが、自分がしたことは後悔してないよ」

どうしてこんなに落ちついていられるのだろう？　破滅はささいなことではない。ブーツについた肥やしとは大違いで、むしろ片脚を切断されるようなものだ。それなのにカイルはまったく後悔していないと言う。財産のほとんどをロザリンのために費やしたせいで、いま災難に直面しているというのに。

ロザリンのなかに動揺がこみあげてきた。カイルの債権者たちは、温情を示すどころか恨みを抱くかもしれない。借金を返せない人のための監獄にカイルも入れられるなど、想像するだけで卒倒しそうだ。ロザリンの今後について話すカイルの口ぶりを聞いていると、胸の鼓動が速くなってきた。まるで、ロンドンから遠く離れた場所へ行くことになったとしても、ロザリンを連れていくつもりはおろか、来てほしいとも思っていないかのようだ。

「あなたが用意しておいてくれた収入で、きっとふたりの生活はまかなえるわ。だから、やっぱり賢明だったのかもしれない」ロザリンは言った。「いいえ、それより信託は解約してしまって、今度の破滅から逃れるためにそのお金を役立てましょう」

「だめだよ。たとえ法廷が許したとしても、ぼくにはそれはできない」

結婚して間もないころにカイルがその信託を始めた理由なら、わかる気がした。そのお金は、カイルがイースターブルック侯爵から受け取った〝背中の一押し〟に違いない。それをロザリンに与えるとは、なんと向こう見ずな行為だろう。なんとロマンティックな。ふたりの結婚に愛が加わる、ずっと前のことなのに。

「資材を注文してしまったのなら、それを使って家かなにかを建てたほうがいいように思えるわ」ロザリンは言った。

「それには土地が不可欠だよ、ローズ。たとえぼくが法廷に行って説得できたとしても、ケントの地所は何年も先まで手出しできないし、コティントンの土地に支払った金もとうぶん戻ってこないだろう」

「じゃあ、別の土地を見つければいいのよ」

「そうするにも金がかかる。有利な契約だとしても、支払いは前金だ」

「もしかしたらヘイデン卿が貸して――」

「だめだ、ローズ。きみの親戚に借金はできない」

当然だ。提案するのも愚かなことだった。もうじきカイルには自尊心しかなくなってしまうのに。

ロザリンは前方の丘を、それから周りの休閑地を眺めた。いちばん幼いころの記憶のひとつが、いま歩んでいるこの小道をふたりの兄と並んで歩いたときのことだ。ロザリンが生きてきたあいだに、この景色のなかで変わったのは季節だけだった。

どんなときも――死や喪失という悲劇に見舞われたときも、父の借金とティムの破滅による二度の貧困に苦しんだときも――この地所は、世界にロザリンの居場所があることを証明してきた。どんなに乏しい食事をしていようが、この世に居場所はあるのだと。居間には椅子が二脚と古いテーブル一脚しかないかもしれないけれど、そこはかつてロザリンの先祖が州民すべてを招いた場所なのだ。

喉が焼けた。郷愁に溺れそうだった。それでも黙ってはいられなかった。ロザリンは足を止めてカイルの腕をそっとつかみ、引き止めた。

「この土地を使ったら、カイル？　木材と資材をここへ運びこむの。わたしの兄たちがしたことへの返済としてはぜんぜん足りないでしょうけど、多少のお詫《わ》びにはなるわ」

「もう返済は受けたと法廷で言っただろう？　あれは本心だよ、ローズ」カイルの笑みは魅力的だったが、それはつまり、夫の意思は揺らいでいないという証《あかし》でもあった。「ここはきみの家族にとっての〝わが家〟――いつでも帰ってこられる場所だ。きみたち家族の安らぎの場所なんだよ。それに、いまでもお兄さんのものだし、彼はいつかきっと帰ってくる」

そう言うと、ロザリンの手をとって一緒に歩きだした。そよ風のなかへ。

「じつはね、カイル、ここはもうじき兄ではなくわたしのものになるの。ティモシーは事務弁護士に手紙を書いて、名義をわたしに換えるための代理権を彼に与えたの。地所を売却するという前回の手紙が精査に堪えるなら、これもじゅうぶんに堪えるはずよ」

丘の上にたどり着いてから、ようやくカイルが口を開いた。「お兄さんはいつその手紙を？」

「監獄で、流刑にされる前にわたしが会いに行ったときに。ヘイデン卿と看守に頼んで証人になってもらったわ」

「お兄さんはなぜそんなことを？」

「わたしがそうしてと言ったの。向こうへ行っているあいだに兄がなにか愚かなことをして、ここを失ってしまうんじゃないかと心配だったから。それに、その手紙とこの地所を持っていればなにかしら役立つんじゃないかとも思ったわ。どうやら正解だったみたいね」

カイルが首を振った。「きみのものなら、なおさらそんなことはできないよ」

「まったく、強情な人ね」ロザリンはカイルに詰め寄って、この期に及んで気高いふるまいなど認めない、と態度で示した。「あなたはわたしの夫なのよ。わたしたちはひとつなの。喜びも愛も破滅も、すべてふたりのものなの。あなたが監獄に入れられたり、財産を立てなおすために何年もかけて努力をしているときに、わたしひとりでパーティに行くなんて思わないで。あなたがこの土地を使わないうえに信託も解約しないなら、わたしの収入をあなたの借金の抵当に入れて、ふたりでかき集められるものだけでここで生きていきましょう」

「きみにそんな生活はさせられない。ぼくが許さない。きみは一度そういう苦しみに耐えたんだ。二度と同じ思いはさせない」

「わたしがすると言ってるの。あなたがなにを許そうとね。どうにかして収入を抵当に入れてみせる。一シリング残らず取っておいて、わたしの手で債権者のところへ持っていくわ」

カイルの顔にはしかめ面が浮かびつつあったものの、途中で困ったような表情になった。しばらくのあいだ、じっとロザリンを見つめていた。

「お願いよ、カイル」ロザリンは迫った。「いっそ、この地所をわたしからの贈り物だと思って。わたしの持参金だと。必要なら、わたしを組合《シンジケート》の投資家のひとりだと思って」

「土地を売ることになるんだぞ。それはわかってるのか？　土地や建物を貸すだけじゃないんだ。土地がお兄さんの名義であるいまのうちに、あの先取特権を行使して土地をぼくのものにしてしまっていいのか？　ひとたびきみの名義にしてしまえば、夫のぼくがきみの不動産を利用することはあっても、売ることからは守れるんだぞ」

「じゃあ先取特権を行使して、あなたのものにして」

カイルが数歩離れて目を凝らし、なだらかに広がる土地を眺めた。「きみの家と裏の畑は手をつけずに済むだろう。この丘も。それ以外でじゅうぶんなはずだ」

ロザリンはカイルに歩み寄って後ろから抱きしめた。頼もしい背中にそっと顔を押し当てる。「じゅうぶんでなければ、家と畑も売りましょう」

カイルがロザリンの腕のなかで振り返り、見おろした。「本当に本気なのか？　たとえ家が残っても、すべてが変わってしまうんだよ。きみが犠牲にしようとしているのはとても大事な――」

「本当に本気よ。これ以上、反論しないで。犠牲なんて言うのもやめて。わたしを愛しているのなら、敬意を持ってくれているのなら、そんなことは言わないはずよ」

カイルは反論しなかった。なにか言いさえしなかった。ただロザリンにキスをした。いつもと同じ、最高に甘いキスを。ロザリンの心は安堵で軽くなった。

「じゃあ、決まりね？」ロザリンはささやいた。

「すぐに借地人に話をして、別の耕作地を見つけてやろう」カイルが言った。

ふたりは固く抱き合った。カイルの温かな息を髪に感じたと思うや、頭のてっぺんにキスをされた。「ロザリン、きみには感動してしまう」つぶやいたカイルの声はこみあげる感情のせいでかすれていた。「ずっと前からそうだった。最初は美しさで、次は善良さと情熱で、そしていまは愛で。きみといると、胸が熱くなって疼いて、誇らしさでいっぱいになる。ぼくに舞いこんできたすべての幸運のなかで、きみは運命がくれた最高の贈り物だ」

ロザリンは首を傾けて唇を重ねた。カイルの温もりと愛が流れこんできた。これまでに経験したことのない温もりが。与えられるなど思ってもみなかった愛が。

ふたりはぴったりと寄り添って丘の上からの景色を眺めた。身も心も溶け合うふたりは、互いの腕にしっかりと支えられていた。

訳者あとがき

人が生きていくうえで大切なものって、なんだと思いますか？

家族や友達、趣味や生きがい、信念や信仰、さらには情熱を注げる仕事や、安心して暮らせる環境などなど、挙げていけばキリがないかもしれません。

一方、架空の世界であるロマンス小説、とりわけヒストリカル・ロマンスに登場するキャラクターたちも、現代に比べると窮屈ともいえる時代背景のなかで、それぞれの大切にするものを懸命に守りながら生きています。地位や名誉、代々の家名、誇りや自尊心。多くのロマンス小説のなかでは、そうしたものをなにより大事にしてきた彼らが、物語が進むうちに愛こそすべてだと気づいていくわけですが、イジワルな訳者はときどきこう思ってしまうのです——愛もいいけど、お金も大事よね。山ほどはいらないけど、生きていくにはそれなりに必要。だって、ないと心がすさむじゃない？

本書のヒロイン、ロザリン・ロングワースは、そんなお金の大切さをいやというほど知る女性です。なにしろ実の兄が銀行の債券偽造と横領の罪を犯して国外へ逃亡してしまい、いまや彼女は田舎でたったひとり、厳しい倹約生活を余儀なくされているのです。由緒ある家柄に生まれたとはとうてい思えない、貧しさと身を切るような孤独に苛まれる日々。兄を恨む気持ちがないではないけれど、やはり血のつながった兄妹ですし、両親を亡くしたいまでは、そんな兄でもロザリンにとっては大切な家族です。そうして心から恨むことも憎むこともできないまま、ロザリンはひっそりと暮らしていました。そんなところへ高名な伯爵の跡取り息子、ノーベリー卿から言い寄られたら、冷静に考える前に受け入れてしまうのも無理はありません。

しかし、じつはノーベリー卿にはロザリンに言い寄る秘めた理由がありました。なんと彼も、ロザリンの兄に金を横領された被害者のひとりだったのです。つまりこれは形を変えた〝返済〟――ロザリンの純潔を奪い、彼女を徹底的に貶めることで復讐欲を満たそうというゆがんだ計画でした。

ところが、その計画は頓挫します。ノーベリー卿が主催した貴族の集まる乱痴気パーティで、みんなが寄ってたかってロザリンを屈辱の海に沈めようとしていたとき、ひとりの男性が高潔にも助け船を出すのです。それがカイル・ブラッドウェル――貧しい炭鉱夫の息子に生まれながら、ある高名な伯爵に素質を見抜かれて後援を受けたことをきっかけに、持ち前の知性と才能で運命を切り開き、立身出世した男性でした。そして、彼を後援した高名な伯爵こそ、まさしくノーベリー卿の父親だったのです。

複雑にからみ合う人間関係は、次々と驚くような展開を迎えていきます。家名も評判も失墜してしまったヒロインと、貧しい炭坑村から上流階級の客間を出入りするまでにのぼりつめたヒーロー。そんなふたりがくり広げる、マデリン・ハンターお得意の大人のロマンス、どうぞ最後までお楽しみください。

さて、マデリン・ハンターの作品は悪者が制裁を受けないからすっきりしない、という声があると聞きました。言われてみれば、このロスウェル・シリーズ第一作目の『きらめく菫色の瞳』では、本書のヒロインの兄ティモシーは、銀行の債権偽造と横領という罪を犯しながら、まんまと国外へ逃亡してしまいます。シリーズ第二作目の『誘惑の旅の途中で』も、過去にヒロインの母を死に追いやった骨董品の贋作者が具体的に罰されるシーンは描かれることなく終わってしまいました。

そろそろすっきりさせてくれないかしら、とお思いのみなさま。お待たせしました、第三作目となる本書では、第一作目で国外に逃亡したティモシーだけでなく、ヒロインを苦しめる貴族ノーベリー卿にも鉄槌がくだります。それも、意外な形で。両方の鉄槌に大いに貢献するのがシリーズに名を冠するロスウェル三兄弟なのですが、なかでも長兄クリスチャンのかっこいいこと！　自由すぎる服装と奇抜な言動からは想像もつかない計らいに、訳者は思わずうなってしまいました。

話は変わりますが、本書のなかで印象的なものといえば、なにはさておきアップルパイでしょう。ヒロインのロザリンは召使いも雇えない身の上ですから、家事はすべて自分でこなしているのですが、あいにくだれからも料理を教わらなかったので、その腕のほうは推して知るべし。アップルパイは都合三回、登場するものの、そのたびに意味合いが異なっています。まだ本編をお読みになっていない方にはネタバレになってしまうので、ここでは詳しく語りませんが、アップルパイが本書のすてきな脇役であるという訳者の意見、すでにお読みいただいた方ならきっとうなずいてくださることでしょう。本書を楽しんでくださった方には、バターとシナモンもかぐわしいアップルパイの香りとともに、この作品のことを胸にしまっていただけたらと思います。

最後にわたくしごとになりますが、今回も拙い訳者を支えてくださった二見書房のみなさまに心からお礼を申しあげます。

常に刺激と励ましである翻訳者仲間と、いつもそばにいてくれる家族にも、ありがとう。

二〇一二年　初夏

ザ・ミステリ・コレクション

光輝《ひかりかがや》く丘《おか》の上《うえ》で

著者　マデリン・ハンター
訳者　石原未奈子《いしはらみなこ》

発行所　株式会社 二見書房
東京都千代田区三崎町2-18-11
電話 03(3515)2311［営業］
03(3515)2313［編集］
振替 00170-4-2639

印刷　株式会社 堀内印刷所
製本　株式会社 関川製本所

落丁・乱丁本はお取り替えいたします。
定価は、カバーに表示してあります。

ISBN978-4-576-12079-9
http://www.futami.co.jp/

きらめく菫色の瞳

マデリン・ハンター
宋 美沙［訳］

破産宣告人として屋敷を奪った侯爵家の次男ヘイデン。その憎むべき男からの思わぬ申し出にアレクシアの心は動揺するが…。RITA賞受賞作を含む新シリーズ開幕

誘惑の旅の途中で

マデリン・ハンター
石原未奈子［訳］

自由恋愛を信奉する先進的な女性のフェイドラ。その奔放さゆえに異国の地で幽閉の身となった彼女は〝通りがかりの〟心優しき侯爵家の末弟に助けられ…!?

その夢からさめても

トレイシー・アン・ウォレン
久野郁子［訳］

大叔母のもとに向かう途中、メグは吹雪に見舞われ近くの屋敷を訪ねる。そこで彼女は戦争で心身ともに傷ついたケイド卿と出会い思わぬ約束をすることに……!?

ふたりきりの花園で

トレイシー・アン・ウォレン
久野郁子［訳］

知的で聡明ながらも婚期を逃がした内気な娘グレース。そんな彼女のまえに、社交界でも人気の貴族が現われ、熱心に求婚される。だが彼にはある秘密があって…

あなたに恋すればこそ

トレイシー・アン・ウォレン
久野郁子［訳］

許婚の公爵に正式にプロポーズされたクレア。だが、彼にとって〝義務〟としての結婚でしかないと知り、公爵夫人にふさわしからぬ振る舞いで婚約破棄を企てるが…

恋のかけひきは密やかに

カレン・ロバーズ
小林浩子［訳］

異母兄のウィッカム伯爵の死を知ったギャビー。遺産の相続権がなく、路頭に迷うことを恐れた彼女は兄が生きているように偽装するが、伯爵を名乗る男が現われて…

赤い薔薇は背徳の香り
シャロン・ペイジ
鈴木美朋［訳］

不幸が重なり、娼館に売られた子爵令嬢のアン。さらに〝事件〟を起こしてロンドンを追われた彼女は、若くして戦争で失明したマーチ公爵の愛人となるが……

運命は花嫁をさらう
テレサ・マデイラス
布施由紀子［訳］

愛する家族のため老伯爵に嫁ぐ決心をしたエマ。だがその婚礼のさなか、美貌の黒髪の男が乱入し、エマを連れ去ってしまい……雄大なハイランド地方を巡る愛の物語

愛する道をみつけて
リズ・カーライル
川副智子［訳］

とある古城の美しく有能な家政婦オーブリー。若き城主の数年ぶりの帰還でふたりの間に身分を超えた絆が…。しかし彼女はだれにも明かせぬ秘密を抱えていて……？

真珠の涙にくちづけて
キャサリン・コールター
栗木さつき［訳］

衝突しながらも激しく惹かれあう勇み肌の伯爵と気高き〝妃殿下〟。彼らの運命を翻弄する秘宝とは……ヒストリカル三部作「レガシーシリーズ」第一弾！

くちづけは心のままに
スーザン・イーノック
阿尾正子［訳］

女学院の校長として毎日奮闘するエマに最大の危機が訪れる。公爵グレイが地代の値上げを迫ってきたのだ。学院の存続を懸け、エマと公爵は真っ向から衝突するが…

鐘の音《ね》は恋のはじまり
ジル・バーネット
寺尾まち子［訳］

スコットランドの魔女ジョイは英国で一人暮らしをすることに。さあ〝移動の術〟で英国へ——、呪文を間違えたジョイが着いた先はベルモア公爵の胸のなかで…⁉

二見文庫　ザ・ミステリ・コレクション